DZIEWCZYNA
Z POCIĄGU

PAULA HAWKINS

DZIEWCZYNA Z POCIĄGU

Z angielskiego przełożył
Jan Kraśko

Świat Książki
wydawnictwo

Tytuł oryginału
THE GIRL ON THE TRAIN

Wydawca
Grażyna Smosna

Redaktor prowadzący
Katarzyna Krawczyk

Redakcja
Magdalena Wagner

Korekta
Halina Ruszkiewicz
Agnieszka Wójcik

Świat Książki
Warszawa 2015

Świat Książki Sp. z o.o.
02-103 Warszawa, ul. Hankiewicza 2

Księgarnia internetowa: swiatksiazki.pl

Łamanie
Piotr Trzebiecki

Druk i oprawa
Abedik S.A.

Dystrybucja
Firma Księgarska Olesiejuk sp. z o.o., sp. j.
05-850 Ożarów Mazowiecki, ul. Poznańska 91
e-mail: hurt@olesiejuk.pl tel. 22 733 50 10
www.olesiejuk.pl

Oprawa twarda   Oprawa broszurowa
ISBN 978-83-8031-451-1   ISBN 978-83-8031-450-4
Nr 90097668   Nr 90097650

Dla Kate

Pochowaliśmy ją pod srebrzystą brzozą niedaleko starych torów, grób oznaczyliśmy małym kopczykiem. Ot, kilkoma kamieniami. Nie chciałam, żeby miejsce jej spoczynku zwracało uwagę, lecz nie mogłam jej nie upamiętnić. Będzie spokojnie spała, nikt jej nie przeszkodzi, bo słychać tam tylko śpiew ptaków i stukot przejeżdżających pociągów.

Jedna sroczka smutek wróży, dwie – radości pełne dni. Trzy to dziewczę urodziwe...*. Utykam na „trzy", nie pamiętam, co jest dalej. Huczy mi w głowie, w ustach mam pełno krwi. Trzy to dziewczę urodziwe. Słyszę sroki, ich głośne skrzeczenie – śmieją się, naśmiewają ze mnie. Całe stado: złe wieści. Widzę je teraz, są jak czarna plama na tle słońca. Nie, to nie ptaki, to coś innego. Ktoś nadchodzi. Coś mówi.

– I zobacz. Zobacz, do czego mnie zmusiłaś.

* C.J. Daugherty, *Dziedzictwo*. Przekład Martyna Bielik, Kraków 2013.

Rachel

Rano

Przy torach leży kupka ubrań. Coś jasnoniebieskiego – koszula? – przemieszanego z brudnobiałym. To pewnie śmieci, część ładunku zrzuconego nielegalnie w karłowatym lasku porastającym nasyp. Albo coś pozostawionego przez torowców; często się tu kręcą. Ale może to być również coś innego. Matka mawiała, że mam zbyt bujną wyobraźnię. Tom też mi to powtarzał. Nic na to nie poradzę: widzę te porzucone łachmany, brudny podkoszulek czy pojedynczy but i od razu myślę o tym drugim, o bucie i stopach, które je nosiły.

Szarpnięcie, zgrzyt i przeraźliwy pisk – pociąg znowu rusza, kupka ubrań znika mi z oczu i toczymy się do Londynu z prędkością żwawego biegacza. Ktoś siedzący za mną wzdycha z bezradną irytacją: podmiejski z Ashbury na Euston, ten o ósmej cztery, potrafi wystawić na próbę cierpliwość najwytrawniejszego pasażera. Podróż powinna trwać pięćdziesiąt cztery minuty, ale rzadko kiedy tyle trwa: ta część torowiska jest bardzo stara, zaniedbana, nękana przez ciągłe problemy z sygnalizacją i niekończące się naprawy.

Pociąg pełznie jak żółw. Trzęsąc się, mija magazyny i wieże ciśnień, mosty i wiaty, mija stojące tyłem do torów skromne wiktoriańskie domy.

11

Przesuwają się jak na filmie, jak na ujęciu z wózka, a ja patrzę z głową opartą o szybę. Widzę je jak nikt inny, bo pewnie nawet ich właścicielom nie jest dane oglądać ich z tej perspektywy. Dwa razy dziennie mam okazję zajrzeć do czyjegoś życia, choć tylko na chwilę. Obcy ludzie w swoich bezpiecznych domach – w tym widoku jest coś pocieszającego. Dzwoni czyjaś komórka, niedorzecznie wesoła, optymistyczna melodyjka. Nie spieszą się z odbieraniem, więc melodyjka brzmi i rozbrzmiewa. Czuję, jak współpasażerowie poprawiają się na siedzeniach, słyszę, jak szeleszczą gazetami i stukają w klawiatury laptopów. Pociąg szarpie, przechyla się na zakręcie i zwalnia przed czerwonym semaforem. Próbuję nie podnosić wzroku, próbuję czytać darmową gazetę, którą wciśnięto mi do ręki na stacji, lecz słowa rozmazują się przed oczami i nic nie przykuwa mojej uwagi. Wciąż widzę tę kupkę ubrań tuż przy torach, samotną i porzuconą.

Wieczorem

Dżin z tonikiem pieni się na brzegu puszki, gdy podnoszę ją do ust i piję. Cierpki i zimny ma smak moich pierwszych wakacji z Tomem, które spędziliśmy w wiosce rybackiej na Wybrzeżu Baskijskim w 2005 roku. Rano płynęliśmy na malutką wyspę oddaloną kilkaset metrów od brzegu, by kochać się na ukrytych plażach, a po południu piliśmy w barze mocny, gorzki dżin z tonikiem, patrząc, jak chmary plażowych piłkarzy grają chaotycznie w rugby na odsłoniętym przez odpływ piasku.

Pociągam kolejny łyk i kolejny. Puszka jest już na wpół pusta, ale to nic, bo w plastikowej torbie na podłodze mam jeszcze trzy. Jest piątek, więc nie muszę mieć wyrzutów sumienia, że piję w pociągu. *Thank God it's Friday.* Zabawa dopiero się zaczyna.

Z tego, co mówią, w weekend będzie ślicznie. Piękne słońce, bezchmurne niebo. Kiedyś pojechalibyśmy pewnie do

Corly Wood z wałówką i gazetami i spędzilibyśmy cały dzień, opalając się na kocu i pijąc wino. Zrobilibyśmy grilla z przyjaciółmi albo poszlibyśmy do Rose, gdzie z twarzami coraz bardziej zaczerwienionymi od słońca i alkoholu posiedzielibyśmy do wieczora w ogródku piwnym, a potem wzięlibyśmy się pod ręce i wrócilibyśmy chwiejnie do domu, by zasnąć razem na sofie.

Piękne słońce, bezchmurne niebo, nikogo do zabawy, nic do roboty. Takie życie, życie, którym teraz żyję, jest trudniejsze latem, kiedy wszędzie jest tyle światła i tak mało dającej schronienie ciemności, kiedy wszyscy wychodzą z domu, kiedy są rażąco, wprost agresywnie szczęśliwi. To męczy i jeśli się do nich nie przyłączysz, czujesz się podle.

Czeka mnie długi weekend, czterdzieści osiem pustych godzin do wypełnienia. Podnoszę puszkę do ust, lecz nie została w niej ani kropelka.

PONIEDZIAŁEK, 8 LIPCA 2013

RANO

Znowu podmiejski ósma cztery – co za ulga. Nie żebym nie mogła się doczekać Londynu i początku tygodnia. Wcale nie mam ochoty tam jechać. Chcę tylko usiąść wygodnie na miękkim welurowym siedzeniu, poczuć na twarzy ciepło wpadającego przez okno słońca, poczuć, jak pociąg kołysze się i buja, buja i kołysze przy kojącym akompaniamencie rytmicznego stukotu kół. Wolę już patrzeć na stojące przy torach domy niż być gdziekolwiek indziej.

Mniej więcej w połowie drogi stoi wadliwy semafor. Zakładam, że jest wadliwy, bo niemal zawsze świeci się na czerwono. Zatrzymujemy się przed nim prawie codziennie, czasem tylko na kilka sekund, czasem na minutę. Jeśli siedzę w wagonie D,

13

a zwykle tak jest, i jeśli pociąg staje przed semaforem, a staje niemal zawsze, mam doskonały widok na mój ulubiony dom: dom numer piętnaście. Piętnastka jest bardzo podobna do innych domów stojących przy torach. To wiktoriański piętrowy bliźniak z dobrze utrzymanym wąskim ogródkiem, długim na jakieś sześć metrów i zakończonym płotem, za którym jest pasmo ziemi niczyjej, a potem nasyp. Znam ten dom na pamięć. Znam każdą cegłę, znam kolor zasłon w sypialni na górze (beżowe w granatowy wzorek), wiem, że z futryny okna w łazience odłazi farba i że po prawej stronie dachu brakuje czterech dachówek.

Wiem, że w ciepłe letnie wieczory jego lokatorzy, Jason i Jess, wychodzą czasem przez rozsuwane duże okno, aby posiedzieć na prowizorycznym tarasie na dachu nad kuchnią. Jason i Jess są wspaniałą, wręcz idealną parą. On, ciemnowłosy i dobrze zbudowany, jest mężczyzną silnym i opiekuńczym. Cudownie się śmieje. Ona należy do tych drobnych ptasich kobiet, to prawdziwa piękność o bladej cerze i krótkich jasnych włosach. Ma odpowiednie do tego rysy twarzy, oprószone piegami wystające kości policzkowe i śliczną linię szczęki.

Wypatruję ich, kiedy stajemy przed semaforem. Rano, zwłaszcza latem, często widzę, jak Jess pije kawę. I kiedy ją widzę, czuję, że ona widzi mnie, że na mnie patrzy, i chcę do niej pomachać. Nie, jestem zbyt nieśmiała. Jasona widuję rzadziej, bo jest już w pracy. Ale nawet kiedy ich nie ma, zastanawiam się, co robią. Może tego dnia mają wolne i Jess leży w łóżku, a on przygotowuje śniadanie albo poszli pobiegać, bo to do nich pasuje. (Tom i ja też biegaliśmy, w niedziele, ja trochę szybszym niż normalnie krokiem, on krokiem wolniejszym, żebyśmy mogli biec ramię w ramię). A może Jess jest na górze, w pokoju gościnnym, może na przykład maluje albo biorą razem prysznic, ona, opierając się rękami o wyłożoną kafelkami ścianę, on z dłońmi na jej biodrach.

Odwróciwszy się lekko do okna, tyłem do przedziału, otwieram małą butelkę Chenin Blanc, jedną z kilku, które kupiłam w Whistlestop na Euston. Wino jest ciepłe, ale nic to. Nalewam trochę do plastikowego kubka, zakręcam butelkę i chowam ją do torebki. Na picie w pociągu w poniedziałek ludzie patrzą mniej przychylnym okiem, chyba że pije się w towarzystwie, a ja piję sama.

Jest tu sporo znajomych twarzy, ludzi, którzy dzień w dzień jeżdżą tam i z powrotem, tak jak ja. Poznaję ich, a oni pewnie poznają mnie. Ale nie wiem, czy mnie widzą, czy widzą mnie taką, jaką naprawdę jestem. Jest cudowny wieczór, ciepły, lecz nie duszny. Słońce zaczyna leniwie opadać, wydłużają się cienie i drzewa toną powoli w złocistym świetle. Pociąg stukocze, mija szybko piętnastkę, postacie Jasona i Jess rozmazują się w wieczornym słońcu. Wracając, widuję ich rzadko. Jeśli z przeciwnej strony nie nadjeżdża inny pociąg i jeśli jedziemy powoli, czasem migają mi na tarasie. Jeśli nie – tak jak dzisiaj – zawsze mogę ich sobie wyobrazić. Jess siedzi pewnie z nogami na stole i kieliszkiem wina w ręku, a Jason stoi za nią z rękami na jej ramionach. Czuję dotyk jego dłoni, czuję ich ciężar, opiekuńczy i podtrzymujący na duchu. Często przyłapuję się na tym, że próbuję sobie przypomnieć, kiedy ostatni raz miałam znaczący kontakt fizyczny z inną osobą, ot, zwykłe przytulenie czy uścisk ręki. Gdy o tym myślę, drga mi serce.

Wtorek, 9 lipca 2013

Rano

Kupka ubrań z zeszłego tygodnia wciąż tam jest, jeszcze bardziej zakurzona i opuszczona niż kilka dni temu. Czytałam gdzieś, że uderzający w człowieka pociąg może zedrzeć z niego ubranie. Śmierć na torach to nic niezwykłego. Podobno umiera tak dwieście, trzysta osób rocznie, a więc co najmniej jeden człowiek co dwa dni. Nie jestem pewna, ilu ginie przypadkowo. Pociąg jedzie powoli i uważnie patrzę, ale nie widzę na ubraniu śladów krwi.

Zatrzymujemy się przed semaforem, jak zwykle. Widzę Jess stojącą na dolnym tarasie przed szklanymi drzwiami. Jest na bosaka, w jasnej sukience we wzorki. Spogląda przez ramię za siebie i pewnie mówi coś do Jasona, który robi śniadanie. Pociąg rusza, ale nie odrywam od niej oczu, nie odrywam oczu od jej domu. Nie chcę widzieć innych, zwłaszcza tego cztery posesje dalej, tego, który kiedyś należał do mnie.

Mieszkałam pięć lat przy Blenheim Road dwadzieścia trzy, bezbrzeżnie szczęśliwa i bezgranicznie nieszczęśliwa. I teraz nie mogę na niego patrzeć. To był mój pierwszy dom. Nie moich rodziców, nie dom, który wynajmowałam z innymi studentami – ten był tylko mój, mój pierwszy. A teraz nie mogę, teraz nie chcę go widzieć. Nie, mogę, chcę i nie chcę zarazem, próbuję tego nie robić. Codziennie powtarzam sobie „nie patrz" i codziennie patrzę. Nie mogę się powstrzymać, chociaż nie ma tam nic, co chciałabym zobaczyć, chociaż wszystko, co widzę, boli mnie i rani. Chociaż doskonale pamiętam, jak się czułam, gdy podniosłam wzrok i zobaczyłam, że kremową lnianą zasłonę w sypialni na górze zastąpiono czymś w delikatnym dziecięcym różu. Chociaż wciąż pamiętam, jak zabolał mnie widok Anny podlewającej róże pod płotem w podkoszulku opinającym jej wielki brzuch. Zagryzłam wtedy wargi, mocno, aż do krwi.

Zaciskam powieki i liczę do dziesięciu, piętnastu, dwudziestu. Już. Został w tyle, już go nie widać. Wtaczamy się i wytaczamy z Witney, przyspieszamy, przedmieścia zlewają się stopniowo z brudnym północnym Londynem i bliźniaki znikają, ustępując miejsca upstrzonym graffiti wiaduktom i pustym domom z powybijanymi szybami. Im bliżej Euston, tym bardziej się denerwuję. Rośnie napięcie: jak będzie dzisiaj? Po prawej stronie torów, jakieś pięćset metrów przed stacją, jest betonowy budynek, niski i zapuszczony. Na ścianie ktoś namalował strzałkę wskazującą kierunek następnej stacji i słowa: KONIEC PODRÓŻY. Myślę o kupce ubrań na nasypie i ściska mnie w gardle.

WIECZOREM

Pociąg, którym wracam wieczorem, ten o siedemnastej pięćdziesiąt sześć, jest trochę wolniejszy: chociaż nie zatrzymuje się na dodatkowych stacjach, jedzie sześćdziesiąt jeden minut, a więc siedem minut dłużej niż ten poranny. Ale wszystko mi jedno, ponieważ tak jak rano nie spieszy mi się do Londynu, tak wieczorem nie spieszno mi do Ashbury. Nie dlatego, że to Ashbury, chociaż tak, miasto jest okropne: założone w latach sześćdziesiątych rozrasta się w sercu Buckinghamshire jak rak. Ale nie jest gorsze ani lepsze od jemu podobnych, tych z centrum pełnym kawiarni, sklepów z telefonami komórkowymi i filii JD Sports i przedmieściami, za którymi rozciąga się królestwo multipleksów i hipermarketów Tesco. Mieszkam we względnie eleganckiej, nowej dzielnicy wybudowanej w miejscu, gdzie komercyjne centrum miasta zaczyna przechodzić w przedmieścia, ale to nie jest mój dom. Moim domem jest ten przy torach, ten, którego byłam współwłaścicielką. W Ashbury nią nie jestem, nie jestem nawet najemczynią – jestem lokatorką i zajmuję mały pokój w bezbarwnym, nierzucającym się w oczy dwupoziomowym mieszkaniu Cathy, wszystko dzięki jej uprzejmości i przychylności.

Zaprzyjaźniłyśmy się na studiach. Tak na pół gwizdka, bo nigdy nie byłyśmy prawdziwymi przyjaciółkami. Na pierwszym roku Cathy mieszkała po drugiej stronie korytarza, chodziłyśmy na te same zajęcia i podczas tych pierwszych onieśmielających tygodni, zanim poznałyśmy ludzi, z którymi miałyśmy więcej wspólnego, byłyśmy naturalnymi sojuszniczkami. Od drugiego roku widywałyśmy się coraz rzadziej, a po studiach nie widziałyśmy się chyba ani razu, nie licząc ślubów koleżanek czy kolegów. Jednak tak się przypadkiem złożyło, że w mojej godzinie potrzeby Cathy miała wolny pokój i uznałam, że to sensowne rozwiązanie. Byłam pewna, że potrwa to tylko parę miesięcy, najwyżej pół roku, poza tym nie bardzo wiedziałam, co robić. Nigdy nie mieszkałam sama, rodziców zamieniłam najpierw na współlokatorki, potem na Toma. Doszłam do wniosku, że to bardzo dobra propozycja, i się zgodziłam. Było to prawie dwa lata temu.

Nie, nie jest aż tak strasznie, Cathy jest miła. Może się trochę narzuca, lecz jest miła. I każe mi to zauważać. Jej uprzejmość jest wypisana wielkimi literami, to jej najważniejsza cecha i Cathy chce, żebym ją dostrzegała, często, niemal codziennie, co bywa męczące. Ale w sumie nie jest tak źle, bywają gorsze współlokatorki. Nie, w mojej nowej sytuacji (wciąż jest dla mnie nowa, chociaż minęły już dwa lata) to nie ona mi najbardziej przeszkadza ani nawet nie Ashbury. Przeszkadza mi to, że nie jestem panią siebie. W jej mieszkaniu zawsze czuję się jak gość, który już dawno powinien był wyjść. Czuję się tak w kuchni, gdy walczymy o miejsce, robiąc kolację. Czuję się tak, gdy Cathy siedzi obok mnie na sofie, kurczowo ściskając pilota w ręce. Jedynym miejscem, gdzie mogę być naprawdę u siebie, jest mój malutki pokoik, do którego wciśnięto podwójne łóżko i biurko, tak że ledwo można między nimi przejść. Wygodnie mi tam, ale nie jest to miejsce, gdzie chciałoby się być, dlatego skrępowana i bezsilna przesiaduję głównie w salonie albo przy kuchennym stole. Straciłam kontrolę nad wszystkim, nawet nad domami w mojej głowie.

Rano

Upał narasta. Dopiero wpół do dziewiątej, a już jest duszno i powietrze jest już ciężkie od wilgoci. Chciałoby się burzy, ale niebo jest bezczelnie czyste, jasne, bladobłękitne. Wycieram pot z górnej wargi. Szkoda, że nie kupiłam wody. Tego ranka ku swojemu bolesnemu rozczarowaniu nie widzę Jasona i Jess. To głupie, wiem. Przyglądam się domowi, ale nie ma tam nic do oglądania. Zasłony na dole są rozsunięte, ale drzwi na ogród ktoś zamknął i w szkle igrają promienie słońca. Zamknięte jest również okno na taras. Może Jason wyszedł do pracy? Myślę, że jest lekarzem i pracuje w którejś z tych zagranicznych organizacji. Jest ciągle pod telefonem, na szafie zawsze czeka spakowana torba. Kiedy w Iranie jest trzęsienie ziemi albo kiedy Azję nawiedza tsunami, rzuca wszystko, chwyta torbę i w ciągu kilku godzin jest już na Heathrow gotów lecieć i ratować ludziom życie.

Jess w swoich odważnie wzorzystych sukienkach i butach Converse, ze swoją urodą i postawą, pracuje pewnie w przemyśle modowym. A może muzycznym albo w reklamie, jest stylistką albo fotograficzką. No i dobrą, artystycznie utalentowaną malarką. Widzę ją teraz w pokoju gościnnym na górze: głośna muzyka, otwarte okno, pędzel w ręku i olbrzymie płótno oparte o ścianę. Będzie tam do północy – Jason wie, że lepiej jej nie przeszkadzać, kiedy pracuje.

Oczywiście nikogo nie widzę. Nie wiem, czy Jess maluje, czy Jason cudownie się śmieje ani czy Jess ma pięknie ukształtowane kości policzkowe. Nie widzę stąd rysów jej twarzy, ani razu nie słyszałam jego głosu. Nigdy nie widziałam ich z bliska, bo kiedy mieszkałam przy Blenheim Road, jeszcze ich tam nie było. Przeprowadzili się po tym, jak odeszłam, a więc mniej więcej przed dwoma laty, nie wiem dokładnie kiedy. Zaczęłam

ich zauważać rok temu, tak myślę, i stopniowo, po kilku mie-
siącach, stali się dla mnie kimś ważnym.

Ich imion też nie znam, więc musiałam ich jakoś nazwać. „Jason", bo jest przystojny jak brytyjski gwiazdor filmowy, żaden
tam Depp czy Pitt, tylko Firth albo Jason Isaacs. A „Jess" po
prostu dlatego, że idzie w parze z „Jasonem", że pasuje do jej
urody i beztroskiej postawy. Są tandemem, zgranym duetem.
I wiem, że są szczęśliwi. Są tacy, jakimi pięć lat temu byliśmy
Tom i ja. Są tym, co straciłam, wszystkim tym, czym chcę być.

WIECZOREM

Moja bluzka, niewygodnie obcisła, z napiętymi na piersiach gu-
zikami, jest przepocona i pod pachami mam lepkie, wilgotne
plamy. Pieką mnie oczy, drapie mnie w gardle. Tego wieczoru
nie chcę, żeby droga powrotna się przedłużała. Chcę wrócić do
domu, rozebrać się i wejść pod prysznic, być tam, gdzie nikt nie
może mnie zobaczyć.

Patrzę na siedzącego naprzeciwko mężczyznę. Jest mniej
więcej w moim wieku, ma trzydzieści, trzydzieści pięć lat
i ciemne włosy siwiejące na skroniach. I ziemistą cerę. Jest
w garniturze, ale zdjął marynarkę i rzucił ją na siedzenie obok.
Stoi przed nim cieniutki jak papier MacBook. Mężczyzna wolno pisze. Na prawej ręce ma srebrzysty zegarek z dużym cy-
ferblatem, chyba drogi – to Breitling? Ciągle zagryza wnętrze
policzka. Pewnie jest nerwowy. Albo głęboko zamyślony. Pisze ważny mejl do kolegi z nowojorskiego biura lub starannie
sformułowany list do przyjaciółki, w którym z nią zrywa. Nagle podnosi głowę i spotykamy się wzrokiem. Patrzy na mnie,
potem na małą butelkę wina na stoliku. Ucieka spojrzeniem
w bok. W ułożeniu jego ust jest coś sugerującego zniesmacze-
nie. Budzę w nim odrazę.

Nie jestem już taka jak kiedyś. Przestałam być powabna,
jestem na swój sposób odstręczająca. Nie tylko dlatego, że

przytyłam, że od picia i z braku snu mam napuchniętą twarz. Jest tak, jakby ludzie widzieli wszystkie moje urazy, jakby dostrzegali je w moich oczach, w tym, jak się noszę, jak się poruszam.

Pewnego wieczoru w poprzednim tygodniu, gdy zeszłam na dół po szklankę wody, podsłuchałam w salonie rozmowę Cathy z jej chłopakiem Damienem. „Jest samotna, mówiła Cathy, naprawdę się o nią martwię. Samotność nikomu nie służy". I dodała: „Nie znasz nikogo z pracy albo z klubu rugby?". Na co Damien odparł: „Kogoś dla Rachel? Nie chcę się wygłupiać, ale nie sądzę, żebym znał kogoś aż tak zdesperowanego".

CZWARTEK, 11 LIPCA 2013

RANO

Skubię plaster na palcu. Jest mokry, zamókł, gdy myłam rano kubek po kawie. Robi wrażenie lepkiego i brudnego, chociaż rano był czysty. Nie chcę go zdejmować, bo mocno się zacięłam. Kiedy wróciłam do domu, Cathy nie było, poszłam więc do monopolowego i kupiłam dwie butelki wina. Wypiłam jedną, po czym pomyślałam, że korzystając z nieobecności Cathy, usmażę sobie stek z czerwoną cebulą i zjem go z sałatą. Dobry, zdrowy posiłek. I krojąc cebulę, zacięłam się w palec. Pewnie poszłam do łazienki, żeby go obmyć, a potem położyłam się i o wszystkim zapomniałam, bo kiedy się obudziłam, usłyszałam Cathy i Damiena, którzy mówili, że to ohydne zostawiać kuchnię w takim stanie. Cathy przyszła do mnie na górę, cicho zapukała i uchyliła drzwi. Przekrzywiła głowę i spytała, czy dobrze się czuję. Przeprosiłam ją, nie wiedząc za co. Powiedziała, że nic nie szkodzi, tylko czy mogłabym po sobie posprzątać? Na desce do krojenia była krew, a w salonie pachniało surowym mięsem, bo na blacie wciąż leżał siniejący już stek.

Damien nawet się ze mną nie przywitał. Na mój widok pokręcił tylko głową i poszedł na górę.

Kiedy się położyli, przypomniało mi się, że nie wypiłam drugiej butelki wina, więc ją otworzyłam. Usiadłam na sofie, włączyłam telewizor i mocno wyciszyłam dźwięk, żeby nic nie słyszeli. Nie pamiętam, co oglądałam, ale w pewnej chwili poczułam się chyba samotna, szczęśliwa albo nie wiem jaka, bo zapragnęłam z kimś porozmawiać. Potrzeba rozmowy musiała być ogromna, ale z wyjątkiem Toma nie miałam do kogo zadzwonić.

Z wyjątkiem Toma nie chcę rozmawiać z nikim. Według rejestru połączeń wychodzących w mojej komórce dzwoniłam do niego cztery razy: o 23.02, 23.12, 23.54 i 0.09. Sądząc po ich długości, zostawiłam mu dwie wiadomości. Może odebrał, ale nie pamiętam, żebym z nim rozmawiała. Pamiętam tylko pierwszą wiadomość; zdaje się, że poprosiłam, aby oddzwonił. Możliwe, że w tej drugiej prosiłam o to samo, więc nie jest tak źle.

Pociąg szarpie, staje przed semaforem, a ja podnoszę wzrok. Jess siedzi na dolnym tarasie, pijąc kawę. Opala się z nogami na stole i odchyloną do tyłu głową. Za nią widać czyjś cień, ktoś tam chodzi: to Jason. Marzę, żeby go zobaczyć, dostrzec chociaż fragment jego przystojnej twarzy. Chcę, żeby wyszedł, stanął za Jess i, jak to on, pocałował ją w czubek głowy.

Ale on nie wychodzi, a ona się prostuje. Dzisiaj porusza się inaczej niż zwykle, jest powolniejsza, jakaś ociężała. Próbuję zmusić go do wyjścia siłą woli, ale pociąg rusza, a jego wciąż nie widać. Jess jest sama. I nagle, nawet o tym nie myśląc, zaglądam do wnętrza mojego domu, nie mogę odwrócić wzroku. Przeszklone drzwi są otwarte na oścież, kuchnia tonie w słońcu. Nie umiem powiedzieć, naprawdę nie umiem, czy widzę to, czy to tylko moja wyobraźnia: jego żona stoi przy zlewie i zmywa? Czy w foteliku-huśtawce przy kuchennym stole siedzi mała dziewczynka?

Zamykam oczy, czekam, aż ciemność zgęstnieje i rozleje się wokoło, aż uczucie smutku ustąpi miejsca czemuś gorszemu: wspomnieniu, krótkiej jak rozbłysk retrospekcji. Nie prosiłam go, żeby oddzwonił, w każdym razie nie tylko. Płakałam, teraz już pamiętam. Mówiłam, że wciąż go kocham, że nigdy nie przestanę. „Proszę cię, Tom, błagam, muszę z tobą porozmawiać. Bardzo tęsknię". Nie, nie, nie, nie, nie, nie, nie. Muszę się z tym pogodzić, nie ma sensu chować głowy w piasek.

Będę czuła się strasznie przez cały dzień, przez cały dzień będzie powracało to do mnie falami – silniejszymi, potem słabszymi, potem znowu silniejszymi – te skręty żołądka, ten męczący wstyd i uderzenia gorąca, przez cały dzień będę mocno zaciskała powieki, jakbym zamykając oczy, mogła sprawić, że wszystko zniknie. I przez cały dzień będę wmawiała sobie, że mogło być gorzej. Prawda? Że mogłam na przykład znowu upaść przy ludziach albo nawrzeszczeć na kogoś na ulicy. Albo poniżyć męża na imprezie z grillem, obrzucając stekiem wyzwisk żonę jego znajomego. Albo znowu wdać się z Tomem w bójkę, zaatakować go kijem golfowym i zrobić dziurę w tynku w korytarzu do sypialni. Albo po trzygodzinnej przerwie na lunch wrócić do pracy, na oczach wszystkich chwiejnym krokiem przejść przez biuro i zaczekać, aż Martin Miles weźmie mnie na bok i powie: „Chyba powinnaś pójść do domu, Rachel". Czytałam kiedyś książkę napisaną przez byłą alkoholiczkę, w której autorka wyznała, że uprawiała seks oralny z dwoma różnymi mężczyznami dopiero co poznanymi w restauracji przy ruchliwej londyńskiej ulicy. Przeczytałam to i pomyślałam, że tak nisko jeszcze nie upadłam. Że to jest granica.

WIECZOREM

Przez cały dzień myślałam o Jess, mogłam skupić się tylko na tym, co widziałam rano. Dlaczego pomyślałam, że coś jest nie tak? Z tej odległości nie widziałam wyrazu jej twarzy, mimo to, patrząc na nią, czułam, że jest sama. Więcej: że jest samotna. Może i tak było, może Jason wyjechał wezwany do któregoś z tych tropikalnych krajów, gdzie ratuje ludziom życie. A ona za nim tęskni, a ona się martwi, chociaż wie, że to jego obowiązek.

Oczywiście, że za nim tęskni, tak jak ja. Jason jest dobry i silny, jest wzorem męża. Tworzą zgraną parę. Widzę to, wiem, jacy są. Jego siła, opiekuńczość, która z niego bije – to wcale nie znaczy, że Jess jest słaba. Ona też jest silna, tylko na inny sposób: jest tak inteligentna, że Jason z podziwu rozdziawia usta. Potrafi błyskawicznie dotrzeć do sedna problemu, wyizolować je i przeanalizować w czasie, w którym inni nie zdążą nawet powiedzieć „dzień dobry". Na przyjęciach Jason często bierze ją za rękę, chociaż są razem od wielu lat. Szanują się wzajemnie i nie robią sobie afrontów.

Jestem wykończona. Nie piłam, jestem trzeźwa jak świnia. Czasem czuję się tak źle, że muszę się napić, czasem tak źle, że nie mogę. Dzisiaj na myśl o alkoholu przewraca mi się żołądek. Ale trzeźwość w wieczornym pociągu to prawdziwe wyzwanie, zwłaszcza teraz, w ten upał. Każdy centymetr kwadratowy mojej skóry pokrywa warstewka potu, drapie mnie w ustach, swędzą mnie oczy, bo wtarłam sobie tusz w kąciki.

W torebce wibruje komórka; podskakuję ze strachu. Dwie siedzące po drugiej stronie przejścia dziewczyny patrzą na mnie, a potem ukradkiem wymieniają uśmiechy. Nie wiem, co o mnie myślą, ale na pewno nic dobrego. Z walącym sercem wyjmuję telefon. Czuję, że to też nic dobrego: Cathy, która poprosi mnie, jak zwykle bardzo uprzejmie, żebym dziś wieczorem dała sobie spokój z alkoholem? A może moja matka z wiadomością, że za tydzień będzie w Londynie i wpadnie do mnie do biura, więc może poszłybyśmy na lunch? Patrzę na ekran. Tom. Waham się, ale tylko przez sekundę, i odbieram.

– Rachel?

Znam go od pięciu lat i przez cały ten czas nigdy nie byłam dla niego „Rachel", tylko „Rach". Czasem „Shelly", bo wiedział, że nie znoszę tego imienia, i wybuchał śmiechem, patrząc, jak wzdrygam się poirytowana, a potem chichoczę, bo kiedy się śmiał, zawsze śmiałam się i ja.

– Rachel, to ja. – Mówi grobowym głosem, jest zmęczony. – Posłuchaj, musisz z tym skończyć...

Milczę. Pociąg zwalnia i jesteśmy prawie naprzeciwko mojego domu, tego dawnego. Mam ochotę powiedzieć: „Wyjdź, stań na trawniku, chcę cię zobaczyć".

– Proszę cię, nie możesz tak do mnie wydzwaniać. Musisz wziąć się w garść...

W gardle narasta mi gula, twarda jak kamień, gładka i uparta. Nie mogę przełknąć śliny. Nie mogę mówić.

– Rachel? Jesteś tam? Wiem, że ci się nie układa, i bardzo ci współczuję, naprawdę, ale... nie mogę ci pomóc, a te ciągłe telefony denerwują Annę. Rozumiesz? Nie mogę ci już pomagać. Idź na spotkanie AA czy gdzieś. Proszę cię. Idź po pracy na spotkanie.

Zrywam brudny plaster z czubka palca i patrzę na pomarszczone różowawe ciało, na krew zakrzepłą u nasady paznokcia. Kciukiem prawej ręki uciskam ranę i czuję, że się otwiera, czuję ostry, gorący ból. Wstrzymuję oddech. Zaczyna sączyć się krew. Siedzące po drugiej stronie przejścia dziewczyny obserwują mnie z pustymi twarzami.

MEGAN

Rok wcześniej

RANO

Słyszę nadjeżdżający pociąg; znam na pamięć ten rytm. Wy-jechawszy z Northcote, przyspiesza, a potem za zakrętem zwalnia: stukot przechodzi w łoskot, czasem piszczą hamulce i zatrzymuje się przed semaforem paręset metrów od domu. Stojąca na stole kawa już ostygła, ale jest mi tak rozkosznie ciepło, jestem tak błogo rozleniwiona, że nie chce mi się wstać i zaparzyć świeżej.

Czasem nawet nie patrzę na przejeżdżające pociągi, tylko ich słucham. Gdy siedzę tak rano, z zamkniętymi oczami, z pro-mieniami gorącego, pomarańczowego słońca pod powiekami, mogłabym być dosłownie wszędzie. Na plaży w południowej Hiszpanii, w Cinque Terre we Włoszech z tymi wszystkimi pięknymi kolorowymi domkami i wożącymi turystów pociąga-mi. Mogłabym być w Holkham, czuć smak soli na języku, sły-szeć krzyk mew i dudnienie pociągu widma przejeżdżającego zardzewiałymi torami kilkaset metrów dalej.

Dzisiaj się nie zatrzymuje, powoli jedzie dalej. Słyszę stukot kół na złączach szyn, niemal czuję, jak się kołysze. Nie widzę twarzy pasażerów, ale wiem, że to tylko dojeżdżający do pracy, że jadą na Euston, aby znowu usiąść za biurkiem, ale zawsze mogę sobie pomarzyć: o bardziej egzotycznych podróżach, o przygodach na końcu świata i jeszcze dalej. Często podróżuję tak do Holkham; to dziwne, że wciąż o tym myślę, zwłaszcza w poranki takie jak ten, z taką czułością i tęsknotą, ale tak, wciąż tam wracam. Kłaniająca się wiatrowi trawa, wielkie szaroniebieskie niebo nad wydmami, rozpadający się dom, w którym roi się od myszy, świece, brud i muzyka. Teraz jest to dla mnie jak sen. Trochę za szybko bije mi serce.

Słyszę jego kroki na schodach, słyszę, że mnie woła.

– Megs, chcesz jeszcze kawy?

Budzę się i czar pryska.

WIECZOREM

Chłodno mi od wiatru i ciepło od martini, które przyprawiłam porcją wódki na dwa palce. Jestem na tarasie, czekam na Scotta. Chcę namówić go, żeby zabrał mnie na kolację do włoskiej restauracji przy Kingly Road. Cholera jasna, nie wychodziliśmy nigdzie od wieków.

Niewiele dziś zrobiłam. Miałam przygotować wniosek o przyjęcie na kurs tkanin artystycznych w St Martins. Nawet zaczęłam, pracowałam już w kuchni, gdy usłyszałam krzyk jakiejś kobiety, potworny wrzask, jakby kogoś mordowano. Wybiegłam do ogrodu, ale nic stamtąd nie było widać.

Jednak wciąż ją słyszałam, ten okropny, przenikający na wskroś krzyk, ten przesycony rozpaczą przeraźliwy głos. „Co ty robisz? Co ty jej robisz? Daj mi ją, daj mi ją". I tak bez końca, chociaż trwało to pewnie tylko kilka sekund.

Pobiegłam na górny taras i kilka ogrodów dalej zobaczyłam przez drzewa dwie kobiety przy płocie. Jedna płakała – może nawet obie – było tam również drące się wniebogłosy dziecko.

Chciałam już wezwać policję, ale się uspokoiły. Ta, która tak krzyczała, wbiegła z dzieckiem do domu. Druga została. Potem też ruszyła w stronę domu, potknęła się, upadła, wstała i zaczęła chodzić w kółko po ogrodzie. Naprawdę dziwne. Bóg wie, co się tam działo. Nie byłam tak podekscytowana od wielu tygodni. Moje dni są teraz puste, bo nie chodzę już do galerii. Bardzo mi tego brakuje. Brakuje mi rozmów z artystami. Brakuje mi nawet tych głupich bogatych mamusiek, które wpadały tam z kubkiem kawy w ręku, żeby pogapić się na obrazy i powiedzieć psiapsiółce, że ich mała Jessie lepiej malowała w przedszkolu.

Czasem mam ochotę odnaleźć kogoś ze starych czasów, ale zastanawiam się wtedy, o czym bym z nimi rozmawiała? Pewnie nawet by mnie nie poznali, mnie, dawnej Megan, szczęśliwej mężatki z przedmieść. Tak czy inaczej, nie mogę ryzykować i oglądać się za siebie, to zawsze zły pomysł. Zaczekam do końca lata i poszukam pracy. Szkoda marnować te długie letnie dni. Znajdę coś, tutaj albo gdzie indziej, wiem, że znajdę.

WTOREK, 14 SIERPNIA 2012

RANO

Stoję przed szafą i po raz setny patrzę na rząd wieszaków z pięknymi ubraniami, doskonałą wprost garderobę dla szefowej niewielkiej, lecz nowatorskiej galerii sztuki. Nie ma tu nic dla niani. Boże, już na sam dźwięk tego słowa robi mi się niedobrze. Wkładam dżinsy i podkoszulek, ściągam do tyłu włosy. Nie zawracam sobie głowy makijażem. Miałabym robić się na bóstwo tylko po to, żeby spędzić dzień z czyimś bachorem? Bez sensu.

Zbiegam na dół, podświadomie rwąc się do kłótni. Scott robi kawę w kuchni. Patrzy na mnie z uśmiechem i od razu poprawia mi się humor. Chowam nadąsaną minę do kieszeni i też się uśmiecham. Scott podaje mi kawę i mnie całuje.

Nie ma sensu się na nim wyżywać, to był mój pomysł. Zgłosiłam się na ochotnika i zostałam opiekunką dziecka sąsiadów.

Początkowo myślałam, że może być zabawnie. Zupełnie mi odbiło, chyba zwariowałam. Nudziło mi się, byłam zła i zaciekawiona. Chciałam zobaczyć, chciałam się dowiedzieć. Pomysł zaświtał mi chyba zaraz po tym, jak ta kobieta krzyczała w ogrodzie. Nie żebym ją o to spytała, a skąd. O takie rzeczy się nie pyta, prawda?

Scott bardzo mnie zachęcał, był w siódmym niebie, kiedy o tym wspomniałam. Myśli, że jeśli spędzę trochę czasu z dziećmi, zamarzy mi się własne. Tymczasem jest dokładnie odwrotnie, bo kiedy kończę, od razu biegnę do domu, rozbieram się i idę pod prysznic, żeby zmyć z siebie zapach dziecka.

Tęsknię za starymi czasami, za galerią, gdy ładnie umalowana i uczesana mogłam rozmawiać z dorosłymi o sztuce, filmach albo o niczym. Rozmowa o niczym byłaby dużym krokiem naprzód w moich relacjach z Anną. Boże, jaka z niej nudziara! Odnoszę wrażenie, że kiedyś, dawno temu, miała coś do powiedzenia, ale teraz gada tylko o dziecku: nie zimno jej? Nie za ciepło? Ile wypiła mleka? I zawsze jest w domu, więc przez większość czasu czuję się tam jak piąte koło u wozu. Moim zadaniem jest pilnowanie małej, kiedy Anna odpoczywa, robi sobie przerwę. Ale właściwie w czym? No i jest dziwnie nerwowa. Ciągle zdaję sobie sprawę z jej obecności, widzę, jak się kręci i podskakuje. A podskakuje, ilekroć przejeżdża pociąg albo dzwoni telefon. „Dzieci są takie delikatne, mówi, prawda?". Nie mogę się z tym nie zgodzić.

Wychodzę i powłócząc nogami, idę Blenheim Road do stojącego pięćdziesiąt metrów dalej domu. Krok za krokiem, ciężko i niechętnie. Dzisiaj otwiera mi drzwi nie ona, tylko on, mąż. Tom w garniturze i butach, gotowy do wyjścia. W garniturze jest nawet przystojny. Nie tak przystojny jak Scott, bo jest drobniejszy i bledszy, a jego oczy są osadzone za blisko siebie, ale w sumie wygląda całkiem nieźle. Posyła mi szeroki uśmiech à la Tom Cruise, i już go nie ma, ja zaś zostaję sam na sam z nią i dzieciakiem.

PO POŁUDNIU

Rzuciłam to!

Czuję się dużo lepiej, mogę góry przenosić. Jestem wolna! Siedzę na tarasie i czekam na deszcz. Niebo jest czarne, powietrze gęste od wilgoci, jaskółki robią pętle i nurkują. Scott wróci mniej więcej za godzinę i muszę mu powiedzieć. Będzie wkurzony, ale tylko przez chwilę, potem mu to wyna- grodzę. I nie zamierzam przez cały dzień siedzieć w domu: robię plany. Mogłabym pójść na kurs fotografii albo otwo- rzyć stoisko i sprzedawać biżuterię. Mogłabym nauczyć się gotować.

Miałam w szkole nauczyciela, który powiedział mi kiedyś, że jestem mistrzynią zmieniania swojego image'u. Wtedy nie wiedziałam, o co mu chodzi, i myślałam, że opowiada głupie bajki, ale potem jego opinia przypadła mi do gustu. Uciekinierka, kochanka, żona, kelnerka, kierowniczka galerii, niania i jeszcze kilka innych ról. A więc kim chcę być jutro?

Tak naprawdę to nie chciałam rezygnować, po prostu wy- rwało mi się. Siedzieliśmy przy kuchennym stole, ja, Anna z dzieckiem na kolanach oraz Tom, który musiał po coś wrócić i akurat pił kawę, i kiedy tak siedzieliśmy, doszłam do wniosku, że to idiotyczne, że moja obecność w tym domu jest zupełnie bez sensu. Co gorsza, czułam się nieswojo, jakbym im prze- szkadzała.

– Znalazłam inną pracę – wypaliłam. – Dlatego nie mogę już przychodzić.

Anna posłała mi wymowne spojrzenie – chyba mi nie uwie- rzyła. Powiedziała tylko: „Jaka szkoda", a ja od razu wyczułam, że niczego nie żałuje. Wyraźnie jej ulżyło. Nie spytała mnie nawet, jaka to praca, dlatego ulżyło i mnie, bo nie zdążyłam wymyślić przekonującego kłamstwa.

Tom był trochę zaskoczony. „Będzie nam pani brakowało", rzucił, ale to też było kłamstwo. Jedyną osobą, która będzie szczerze zawiedziona, jest Scott, dlatego muszę mu coś powiedzieć. Może powiem, że Tom mnie podrywał. To by załatwiło sprawę.

Czwartek, 20 września 2012

Rano

Dopiero kilka minut po siódmej i na dworze jest chłodno. Chłodno, lecz pięknie: te sąsiadujące ze sobą pasemka ogródków, zielone i zimne, które tylko czekają, aż słońce spełźnie z nasypu i je ożywi. Nie śpię od wielu godzin, nie mogę zasnąć. Nie spałam od tygodni. Nienawidzę tego, nienawidzę bezsenności bardziej niż czegokolwiek innego, tego leżenia, tego tik-tak, tik-tak w mózgu. Wszystko mnie swędzi. Mam ochotę ogolić sobie głowę.

I uciec. Pojechać gdzieś kabrioletem z opuszczonym dachem. Na wybrzeże, jakiekolwiek. Chcę pospacerować po plaży. Mój starszy brat i ja chcieliśmy być podróżnikami. Mieliśmy takie wspaniałe plany, Ben i ja. Właściwie to planował Ben, był wielkim marzycielem. Chcieliśmy pojechać motocyklem z Paryża na Lazurowe Wybrzeże, zwiedzić całe Zachodnie Wybrzeże Stanów, od Seattle do Los Angeles. Zaliczyć trasę z Buenos Aires do Caracas, śladami Che Guevary. Może gdybym to wszystko zrobiła, nie skończyłabym tutaj, nie wiedząc, co dalej. Albo może bym skończyła i byłabym całkiem zadowolona. Ale oczywiście tego nie zrobiłam, ponieważ Ben nigdy nie dotarł do Paryża, a nawet do Cambridge. Zginął na drodze A10 z czaszką zmiażdżoną przez ciężarówkę z naczepą.

Nie ma dnia, żeby mi go nie brakowało. Bardziej niż kogokolwiek innego. Jest wielką dziurą w moim życiu, dziurą w duszy.

A może był tylko praprzyczyną? Nie wiem. Nie wiem nawet, czy chodzi o niego, czy o to, co stało się potem i jeszcze potem. Wiem tylko, że jednego dnia czuję się dobrze, życie jest słodkie i niczego więcej mi nie potrzeba, a następnego rwę się do ucieczki, nie mogę znaleźć dla siebie miejsca i znowu się pogrążam.

Dlatego idę na terapię! Może być dziwnie, ale i śmiesznie. Zawsze uważałam, że fajnie jest być katolikiem: pójść do spowiedzi, zrzucić ciężar z serca i zaczekać, aż ksiądz ci przebaczy, odpuści wszystkie grzechy, oczyści konto.

Oczywiście to nie to samo. Jestem trochę zdenerwowana, nie mogę ostatnio spać, a Scott napiera. Mówię mu, że trudno mi jest rozmawiać o tym z ludźmi, których znam – nawet z tobą. A on na to, że o to właśnie chodzi, bo obcemu można powiedzieć wszystko. Jednak to nie do końca prawda. Bo nie można. Biedny Scott. Gdyby tylko wiedział. Kocha mnie tak bardzo, że boli mnie serce. Nie mam pojęcia, jak to robi. Ja bym chyba zwariowała.

Ale muszę coś zrobić, a idąc na terapię, czuję się przynajmniej tak, jakbym coś robiła. Jeśli dobrze się temu przyjrzeć, wszystkie te plany – kurs fotografii i gotowania – zdają się trochę bezsensowne, jakbym tylko grała, zamiast naprawdę żyć. Brakuje mi czegoś, co musiałabym zrobić, czegoś niezaprzeczalnego. Bo nie mogę już tak dalej, nie mogę być tylko żoną. Nie rozumiem, jak ktoś może, jak można nic nie robić, tylko czekać. Czekać, aż mąż wróci do domu i cię ukocha. Czekać albo poszukać sobie jakiejś rozrywki.

WIECZOREM

Kazano mi czekać. Miałam wejść pół godziny temu, ale wciąż tu jestem, wciąż siedzę w poczekalni, przeglądając „Vogue'a", i zastanawiam się, czy nie wstać i nie wyjść. Wiem, że wizyty u lekarza się przedłużają, ale rozmowy z terapeutą? Na filmach zawsze wypraszają pacjenta, kiedy tylko skończy się czas, opłacone pół godziny. Filmowców z Hollywood nie interesują pewnie ci z publicznej służby zdrowia.

Już mam podejść do recepcjonistki i powiedzieć, że dość się naczekałam i wychodzę, gdy otwierają się drzwi do gabinetu i staje w nich chudy jak tyczka, wysoki mężczyzna, który z przepraszającą miną wyciąga do mnie rękę.

– Pani Hipwell – mówi. – Bardzo przepraszam, że musiała pani tak długo czekać.

A ja uśmiecham się do niego, mówię, że nic nie szkodzi, i w tym momencie już wiem, że będzie dobrze, bo chociaż towarzyszy mi ledwie od kilku chwil, czuję, że jestem spokojniejsza. Chyba dzięki jego głosowi. Łagodnemu i niskiemu. Mówi z lekkim akcentem, ale się tego spodziewałam, bo nazywa się doktor Kamal Abdic. Ma trzydzieści kilka lat i niesamowitą, ciemną jak miód cerę, dlatego wygląda bardzo młodo. No i te ręce, te długie, delikatne palce – niemal czuję na skórze ich dotyk.

Nie rozmawiamy o niczym ważnym, to tylko sesja wstępna, zapoznawcza. Pyta, w czym problem, więc opowiadam mu o atakach paniki, bezsenności, o tym, że leżę w nocy zbyt przerażona, by zasnąć. Chce o tym porozmawiać, ale nie jestem jeszcze gotowa. Pyta, czy piję, czy biorę narkotyki. Mówię, że mam ostatnio inne słabostki. Patrzę mu w oczy i wiem, że zrozumiał. Dochodzę do wniosku, że powinnam podejść do tego poważniej, więc opowiadam mu o zamknięciu galerii, mówię, że nie wiem, co ze sobą począć, że jestem zagubiona i za dużo czasu spędzam w swojej głowie. Nie licząc słów zachęty, prawie się nie odzywa, a ja chcę usłyszeć jego głos, więc przed wyjściem pytam, skąd pochodzi.

– Z Maidstone – odpowiada. – Z Kent. Ale kilka lat temu przeprowadziłem się do Corly. – Wie, że nie o to pytam, i posyła mi złośliwy uśmiech.

W domu czeka na mnie Scott; wciska mi drinka do ręki, chce

wszystko wiedzieć. Mówię, że było OK. Pyta o terapeutę: czy mi się podoba, czy jest miły? Mówię, że jest w porządku, bo nie chcę wpadać w przesadny entuzjazm. Pyta, czy rozmawialiśmy o Benie. Uważa, że to wszystko przez Bena. Może i ma rację. Może zna mnie lepiej, niż myślę.

WTOREK, 25 WRZEŚNIA 2012

RANO

Budzę się wcześnie, ale kilka godzin spałam; w porównaniu z zeszłym tygodniem zawsze to jakiś postęp. Wstając, czuję się niemal rześko, więc zamiast siedzieć na tarasie, postanawiam pójść na spacer.

Odcinam się od wszystkiego, prawie nie zdając sobie z tego sprawy. Chodzę tylko do sklepów, na pilates i terapię. Czasem do Tary. Ale głównie siedzę w domu. Nic dziwnego, że jestem niespokojna.

Wychodzę z domu, skręcam w prawo, potem w lewo, w Kingly Road. Mijam pub Rose. Kiedyś często do niego chodziliśmy, nie pamiętam, dlaczego przestaliśmy. Nie bardzo mi się tam podobało, zbyt wiele nadużywających alkoholu czterdziestokilkuletnich par, rozglądających się za czymś lepszym i zastanawiających się, czy wystarczy im odwagi. Może dlatego przestaliśmy tam bywać, bo mi się nie podobało. Mijam pub, mijam sklepy. Nie chcę daleko chodzić, zrobię tylko małe kółko, żeby rozprostować nogi.

Miło jest wcześnie wstać, zanim z domów wylegną idące do szkoły dzieci, zanim ruszą podmiejskie pociągi. Ulice są puste i czyste, dzień jest pełen możliwości. Znowu skręcam w lewo i dochodzę do małego placu zabaw, jedynej, dość marnej namiastki parku, jaką tu mamy. Plac jest pusty, ale za kilka godzin zaroi się od maluchów, matek i opiekunek. Przyjdzie połowa dziewczyn z zajęć pilates, od stóp do głów ubranych w ciuchy ze Sweaty Betty, które będą się na wyścigi rozciągać z kubkiem kawy w starannie wymanikiurowanych rękach. Mijam park i idę w kierunku Roseberry Avenue. Gdybym tu skręciła, doszłabym do galerii – mojej byłej galerii, z której zostało tylko puste okno wystawowe – ale nie chcę, bo wciąż mnie trochę boli. Bardzo chciałam odnieść sukces. Nieodpowiednie miejsce, nieodpowiedni czas – na przedmieściach nie ma zapotrzebowania na sztukę, nie w tak słabej gospodarce. Dlatego skręcam w prawo, mijam Tesco i pub, do którego chodzą mieszkańcy osiedla, w końcu zawracam. Zaczynam mieć tremę, zaczynam się denerwować. Boję się wpaść na Watsonów, bo ilekroć ich widzę, zawsze czuję się niezręcznie. Jest już oczywiste, że nie mam nowej pracy, że skłamałam, nie chcąc opiekować się ich dzieckiem.

Czuję się niezręcznie, ale tylko na jej widok. Tom mnie po prostu ignoruje. Ale ona wydaje się brać to do siebie. Najwyraźniej myśli, że moja krótka kariera niańki dobiegła końca przez nią albo jej dziecko. Tymczasem wcale nie chodziło o nią, chociaż tak, przez to, że mała ciągle płakała, trudno ją było pokochać. To dużo bardziej skomplikowane, ale oczywiście nie mogę jej tego wytłumaczyć. Nieważne. Po prostu nie chcę widywać Watsonów i chyba między innymi dlatego zaczęłam się wycofywać. Mam cichą nadzieję, że się wyprowadzą. Wiem, że Annie się tu nie podoba: nie znosi tego domu, nie znosi mieszkać wśród rzeczy jego byłej żony, nie znosi pociągów.

Przystaję na rogu i zaglądam pod wiadukt. Zapach zimna i wilgoci zawsze przyprawia mnie o dreszcze – jakbym odwróciła kamień, żeby zobaczyć, co pod nim jest: mech, robaki i ziemia. Przypominają mi się dziecięce zabawy z Benem w ogrodzie, to, jak szukaliśmy żab nad stawem. Idę dalej. Ulica jest pusta, ani śladu Toma i Anny i część mnie, ta, która łaknie odrobiny dramatyzmu, czuje się bardzo zawiedziona.

WIECZOREM

Właśnie dzwonił Scott. Musi zostać dłużej w pracy i nie jest to wiadomość, którą chciałam usłyszeć. Jestem podenerwowana, denerwuję się przez cały dzień. Nie mogę usiedzieć na miejscu. Chciałam, żeby przyjechał i mnie uspokoił, ale wróci dopiero za kilka godzin, a do tego czasu zwariuję i wiem, że znowu czeka mnie bezsenna noc.

Nie mogę tu siedzieć i patrzeć na pociągi, jestem zbyt roztrzęsiona; serce tłucze mi się w piersi i trzepocze jak ptak próbujący wydostać się z klatki. Wkładam japonki, schodzę na dół i frontowymi drzwiami wychodzę na Blenheim Road. Jest wpół do ósmej i widzę tylko kilku maruderów wracających z pracy. Oprócz nich w pobliżu nikogo nie ma, chociaż słyszę krzyki dzieci, które korzystając z ostatnich promieni letniego słońca, bawią się w przydomowych ogródkach, zanim ktoś zawoła je na kolację.

Idę w kierunku stacji. Przystaję na chwilę przed domem numer dwadzieścia trzy i zastanawiam się, czy nacisnąć guzik dzwonka. Tylko co miałabym im powiedzieć? Że zabrakło mi cukru? Że wpadłam na pogaduchy? Zasłony są do połowy rozsunięte, ale nikogo nie widzę.

Idę dalej, do rogu, i niewiele myśląc, wchodzę pod wiadukt. Jestem mniej więcej w połowie przejścia, gdy przejeżdża nade mną pociąg. Coś fantastycznego, bo czuję go w trzewiach, czuję, że szybciej krąży mi krew, jak podczas trzęsienia ziemi. Patrzę w dół i widzę, że coś tam leży, przepaska do włosów, fioletowa, rozciągnięta, bardzo zużyta. Pewnie zgubił ją jakiś biegacz, ale jest w niej coś takiego, że przechodzi mnie dreszcz i chcę jak najszybciej stąd wyjść, wrócić na słońce.

Gdy idę w stronę domu, mija mnie w swoim samochodzie. Na sekundę spotykamy się wzrokiem, uśmiecha się do mnie.

Rachel

Rano

Jestem wyczerpana, mam głowę ciężką od snu. Kiedy piję, prawie w ogóle nie śpię. Ścina mnie na parę godzin, a potem budzę się chora z przerażenia, chora z odrazy do samej siebie. Jeśli zdarzy mi się dzień, kiedy nie piję, nocą zapadam w sen najgłębszy ze snów, pogrążam się w bezdennej nieświadomości i rano nie mogę się dobrze obudzić, nie mogę otrząsnąć się ze snu, który towarzyszy mi wiele godzin, czasem nawet cały dzień.

W przedziale jest dzisiaj tylko garstka ludzi, wszyscy daleko ode mnie. Nikt na mnie nie patrzy, więc opieram głowę o okno i zamykam oczy.

Budzi mnie pisk hamulców. Stoimy przed semaforem. O tej godzinie, o tej porze roku, słońce świeci prosto na stojące przy torach domy, zalewając je światłem. Niemal to czuję, ciepło porannego słońca na twarzy i ramionach, gdy po śniadaniu czytam gazetę przy stole – Tom siedzi naprzeciwko mnie, więc kładę bose stopy na jego stopach, bo jego są dużo cieplejsze. Czuję, że się do mnie uśmiecha, i czerwienię się od szyi po piersi, jak zawsze, gdy tak na mnie patrzy.

Szybko mrugam i znika. Wciąż stoimy przed semaforem. Widzę Jess w ogrodzie, a za nią mężczyznę, który właśnie wychodzi z domu. Mężczyzna coś niesie – chyba kubek kawy – i dociera do mnie, że to nie Jason. Ten jest wyższy, smukły, opalony. To przyjaciel rodziny, jej brat albo brat Jasona. Pochyla się i stawia kubek na metalowym stole na tarasie. Nie, to jej kuzyn z Australii, który zatrzymał się u nich na kilka tygodni, albo stary przyjaciel Jasona, jego drużba. Jess podchodzi do niego, obejmuje go w pasie i całuje w usta, długo i namiętnie. Pociąg rusza.

Nie mogę w to uwierzyć. Gwałtownie wciągam powietrze, zdaję sobie sprawę, że przez cały czas wstrzymywałam oddech. Dlaczego to zrobiła? Przecież Jason ją kocha, widzę to i wiem, przecież są szczęśliwi. Nie mogę uwierzyć, że mogłaby mu to zrobić, Jason na to nie zasługuje. Jestem załamana, jakby to mnie zdradzono. Moją pierś wypełnia znajomy ból. Tak jak kiedyś. Wtedy był oczywiście większy, silniejszy, ale doskonale go pamiętam. Takich rzeczy się nie zapomina.

Dowiedziałam się tak jak chyba wszyscy w dzisiejszych czasach: przez lapsus elektroniczny. Czasem jest to SMS albo wiadomość nagrana na poczcie głosowej, w moim przypadku był to mejl, współczesny odpowiednik śladu szminki na kołnierzyku. Odkryłam to zupełnym przypadkiem, naprawdę, nie myszkowałam ani nie szpiegowałam. Miałam nie tykać jego komputera, bo bał się, że niechcący skasuję coś ważnego albo kliknę gdzie nie trzeba i zainfekuję komputer wirusem czy trojanem.

– Technika nie jest chyba twoją najmocniejszą stroną, prawda, Rach? – powiedział, kiedy udało mi się skasować całą listę kontaktów w jego skrzynce pocztowej. Dlatego nie wolno mi było tykać komputera. Ale chciałam dobrze, próbowałam zrekompensować mu to, że byłam taka trudna i żałosna: planowałam coś specjalnego, wyjazd z okazji czwartej rocznicy naszego ślubu, podróż, która miała przypomnieć nam, jacy kiedyś byliśmy. Chciałam zrobić mu niespodziankę, dlatego musiałam potajemnie sprawdzić jego godziny pracy, musiałam zajrzeć.

Nie szpiegowałam, nie próbowałam go nakryć ani nic, nie jestem głupia. Nie chciałam być jedną z tych koszmarnie podejrzliwych żon, które grzebią mężom w kieszeniach. Raz ktoś zadzwonił do niego na komórkę, kiedy brał prysznic, więc odebrałam, a on się wściekł. Zarzucił mi, że mu nie ufam, był bardzo urażony i strasznie się potem czułam.

Musiałam zerknąć na jego plan pracy – akurat spieszył się na spotkanie i zostawił włączony laptop. To była świetna okazja, więc spojrzałam na harmonogram i zanotowałam kilka dat. Zamykając okienko przeglądarki z kalendarzem, zauważyłam, że się nie wylogował, że mam dostęp do jego konta i widzę wszystkie mejle. Na samej górze była wiadomość od aboyd@cinnamon.com. Kliknęłam. XXXXX. Nic więcej, same iksy. Pomyślałam, to spam, ale po chwili dotarło do mnie, że to pocałunki.

Miałam przed sobą odpowiedź na list, który wysłał kilka godzin wcześniej, tuż po siódmej rano, gdy jeszcze spałam.

Wczoraj zasnąłem, myśląc o Tobie, marząc, że całuję Twoje usta, piersi, wnętrze Twoich ud. Obudziłem się rano z głową pełną Ciebie, rozpaczliwie pragnąc Cię dotknąć. Dlatego nie oczekuj, że zachowam zdrowe zmysły, nie przy Tobie.

Przeczytałam jego listy: były ich dziesiątki, ukryte w folderze „Admin". Odkryłam, że nazywa się Anna Boyd i że mój mąż ją kocha. Tak pisał, bardzo często. Pisał, że nigdy dotąd tak się nie czuł, że nie może się doczekać, że już niedługo będą razem.

Nie znajduję słów, żeby opisać, co wtedy przeżywałam, ale teraz, w pociągu, jestem wściekła, wbijam paznokcie w dłonie, od łez pieką mnie oczy. Zalewa mnie fala wielkiego gniewu. Czuję się tak, jakby coś mi odebrano. Jak mogła? Jak mogła to zrobić? Co ją napadło? Przecież żyją takim wspaniałym życiem, takim pięknym! Nigdy nie rozumiałam, jak ludzie mogą być tak beztrosko obojętni na krzywdy wyrządzone tym, że idą za głosem serca. Kto powiedział, że tak trzeba, że to dobrze? Zdobyć wszystko? To czysty egoizm. Zalewa mnie fala nienawiści. Gdybym ją teraz zobaczyła, gdybym zobaczyła Jess, naplułabym jej w twarz. Wydrapałabym jej oczy.

WIECZOREM

Był jakiś problem na linii. Odwołano pospieszny o 17.56 do Stoke, wszyscy przesiedli się do mojego i w przedziale są tylko miejsca stojące. Na szczęście ja siedzę, ale przy przejściu, nie przy oknie, i ludzie napierają na moje ramię i kolano, naruszają moją przestrzeń. Mam ochotę ich odepchnąć, wstać i porządnie komuś przyłożyć. Upał narastał cały dzień, cały dzień mnie osaczał i oddycham jak przez maskę. Pootwierano wszystkie okna, mimo to powietrze stoi, nawet kiedy jedziemy, jak w metalowej puszce. Duszę się. Jest mi niedobrze. Nie mogę przestać odtwarzać w myślach porannej sceny w kawiarni, ciągle tam wracam, ciągle widzę wyraz ich twarzy.

Wszystko przez Jess. Rano dostałam jakiejś obsesji na punkcie jej i Jasona, tego, co zrobiła, i jak się będzie czuł, o konfrontacji, do której dojdzie, kiedy się dowie i kiedy świat zawali mu się tak jak mnie. Chodziłam oszołomiona, nie zważając na to, gdzie idę. I jak głupia weszłam do kawiarni, gdzie zaglądają wszyscy od Hamiltona Whiteleya. Stanęłam w drzwiach, zobaczyłam ich i było już za późno, żeby się odwrócić. Spojrzeli na mnie, lekko rozszerzyły im się oczy i dopiero wtedy przypomnieli sobie o uśmiechu. Martin Miles, Sasha i Harriet, cały triumwirat, kwintesencja niezręczności i skrępowania. Zaczęli do mnie machać, wołać.

– Rachel! – wykrzyknął Martin, biorąc mnie w ramiona.

Nie spodziewałam się tego i moje niezdarne ręce ugrzęzły między naszymi ciałami. Sasha i Harriet uśmiechnęły się i cmoknęły mnie na odległość, żeby za blisko nie podchodzić.

– Co ty tu robisz?

Przez długą, bardzo długą chwilę miałam pustkę w głowie. Wbiłam wzrok w podłogę, czułam, że się czerwienię, i wreszcie, zdawszy sobie sprawę, że tylko pogarszam sytuację, roześmiałam się sztucznie, i odparłam:

– Idę na rozmowę! Na rozmowę w sprawie pracy!

– Tak? – Martin nie ukrywał zaskoczenia, a Sasha i Harriet kiwnęły głowami i znowu się uśmiechnęły. – Gdzie?

Za nic nie mogłam przypomnieć sobie nazwy ani jednej firmy public relations. Dosłownie ani jednej. Ani jednej firmy zajmującej się handlem nieruchomościami, tym bardziej takiej, która mogłaby ogłosić nabór. Stałam przed nimi, pocierając palcem dolną wargę i kręcąc głową, w końcu Martin spytał:

– Tajemnica, co? Tak, niektóre firmy strasznie wydziwiają. Zakazują cokolwiek mówić, dopóki nie podpiszesz umowy i wszystko nie jest oficjalnie zaklepane.

Wiedział, że mówi bzdury, zrobił to, żeby wybawić mnie z opresji, nikt tego nie kupił, ale wszyscy udawali, kiwali głowami, że tak, tak właśnie jest. Harriet i Sasha patrzyły ponad moim ramieniem na drzwi, były zażenowane, chciały uciec.

– Pójdę po kawę – rzuciłam. – Nie chcę się spóźnić.

Martin położył mi rękę na przedramieniu.

– Miło było cię widzieć. – Powiedział to niemal z wyczuwalną litością w głosie. Dopiero rok, może dwa lata temu uświadomiłam sobie, jaki to wstyd, kiedy ktoś się na tobą lituje.

Zamierzałam pójść do Holborn Library przy Theobalds Road, ale nie miałam siły, więc zamiast tam poszłam do Regent's Park. Doszłam do samego końca, aż do zoo. Usiadłam w cieniu pod platanem, myśląc o czekających mnie pustych godzinach, odtwarzając w myśli rozmowę w kawiarni, wspominając minę Martina, gdy się ze mną żegnał.

Siedziałam tam niecałe pół godziny, gdy zadzwoniła komórka. Znowu Tom, z domu. Chciałam go sobie wyobrazić, jak siedzi z laptopem w naszej słonecznej kuchni, ale w ten obraz wdarły się szczegóły z jego nowego życia. Bo pewnie gdzieś tam była, ona, Anna, gdzieś z tyłu, pewnie robiła herbatę albo karmiła córeczkę i padał na niego jej cień. Zaczekałam, aż się nagra. Schowałam telefon do torebki, próbując go ignorować. Nie chciałam słyszeć nic więcej, nie dzisiaj, dzisiejszy dzień był wystarczająco straszny, a nie minęło jeszcze wpół do jedenastej. Odczekałam trzy minuty, wyjęłam komórkę i zadzwoniłam na pocztę głosową. Wzięłam się w garść, przygotowując się na tortury – miałam zaraz usłyszeć jego głos, kiedyś jasny i pełen śmiechu, który teraz tylko upominał mnie, pocieszał albo żałował – ale nie, to nie był on.

„Rachel? Mówi Anna". Rozłączyłam się.

Nie mogłam oddychać, nie mogłam powstrzymać gonitwy myśli ani swędzenia skóry, więc wstałam, poszłam do sklepu przy Titchfield Street, kupiłam cztery puszki dżinu z tonikiem i wróciłam na ławkę. Otworzyłam jedną, wypiłam najszybciej, jak potrafiłam, i otworzyłam drugą. Usiadłam tyłem do alejki, żeby nie widzieć biegaczy, matek z wózkami i turystów, bo jeśli ich nie widziałam, mogłam jak dziecko udawać, że oni nie widzą mnie. Znowu zadzwoniłam na pocztę.

„Rachel? Mówi Anna". Długa pauza. „Musimy porozmawiać o tych telefonach". Znowu pauza. Pewnie dzwoni do mnie i robi coś jeszcze, pełna wielozadaniowość, jak na zajętą żonę i matkę przystało, może sprząta albo ładuje pralkę. „Posłuchaj, wiem, że przeżywasz ciężkie chwile – ciągnie, jakby nie miała nic wspólnego z moim bólem – ale nie możesz do nas stale wydzwaniać". Połyka końcówki wyrazów, jest poirytowana. „Budzisz nie tylko nas, ale i Evie, a to niedopuszczalne. Próbujemy ją właśnie przestawić na całonocne spanie". Próbujemy. My. Nasza rodzinka. Z naszymi problemami i zwyczajami. Pieprzona dziwka. Jest jak kukułka, złożyła jajko w moim gnieździe. Wszystko mi odebrała. Odebrała, a teraz chce mi powiedzieć, że moje cierpienie jest jej nie na rękę?

Dopijam drugą puszkę i zaczynam trzecią. Rozkoszne uderzenie alkoholu do głowy trwa tylko kilka chwil, potem zaczyna mnie mdlić. Za szybko ciągnę, nawet jak na mnie, muszę zwolnić, jeśli nie zwolnię, zdarzy się coś niedobrego. Zrobię coś, czego będę żałowała. Oddzwonię, powiem jej, że mam ją gdzieś, ją i jej rodzinę, że to, czy jej dziecko będzie dobrze spało przez resztę życia, wisi mi i powiewa. Powiem, że tekst, który jej zapodał – „Dlatego nie oczekuj, że zachowam zdrowe zmysły, nie przy Tobie" – zaserwował także mnie, kiedy zaczęliśmy się spotykać; napisał to w liście, deklarując swoją dozgonną namiętność. Nie są to nawet jego słowa, ukradł je Henry'emu Millerowi. Wszystko, co ta baba ma, jest używane. Ciekawe, jak się z tym czuje. Chcę do niej zadzwonić i spytać: „Jak to jest, Anno, mieszkać w moim domu, wśród mebli, które kupiłam, spać w łóżku, które przez tyle lat z nim dzieliłam, karmić dziecko przy kuchennym stole, na którym mnie dymał?".

To niezwykłe, wciąż tak uważam, że zdecydowali się tam zostać, w tym domu, moim domu. Nie mogłam w to uwierzyć, kiedy mi powiedział. Uwielbiałam ten dom. To ja nalegałam, żeby go kupić, mimo lokalizacji. Lubiłam mieszkać przy torach, lubiłam patrzeć na pociągi, lubiłam ich stukot, nie przeraźliwy wizg ekspresów, tylko starodawny stukot leciwych wagonów. Tom mówił, że nie zawsze tak będzie, że w końcu wymienią tory na lepsze i będą koło nas przejeżdżać pospieszne, ale nie wierzę, żeby kiedykolwiek to zrobili. Gdybym miała pieniądze, zostałabym tam, wykupiłabym ten dom. Ale nie miałam i kiedy się rozwodziliśmy, nie mogliśmy znaleźć nikogo, kto zapłaciłby przyzwoitą cenę, więc Tom powiedział, że mnie wykupi i będzie tam mieszkał, dopóki nie znajdzie chętnego. Jednak nikogo nie znalazł i zamiast tego ściągnął tam ją, a ponieważ dom podobał się jej tak jak mnie, postanowili zostać. Anna musi być chyba bardzo pewna siebie, jak sądzę, siebie i jego, inaczej przeszkadzałoby jej to, że przebywa tam, gdzie kiedyś przebywała ta pierwsza. Najwyraźniej nie widzi we mnie żadnego zagrożenia. Przychodzi mi na myśl Ted Hughes, to, że sprowadził Assię Wevill do domu, w którym mieszkał kiedyś z Sylvią Plath, że Wevill nosiła jej sukienki, czesała włosy jej szczotką. Mam ochotę zadzwonić do Anny i przypomnieć jej, że Assia skończyła z głową w piekarniku, tak jak Sylvia. Musiałam zasnąć, uśpił mnie dżin i gorące słońce. Obudziłam się gwałtownie i rozpaczliwie pomacałam wokoło w poszukiwaniu torebki. Leżała na ławce. Wszystko mnie swędziało, oblazły mnie mrówki, były we włosach, na szyi i piersi, więc zerwałam się na równe nogi i zaczęłam je strzepywać. Dwóch nastolatków, którzy dwadzieścia metrów dalej kopali piłkę, przerwało zabawę i patrząc na mnie, zgięło się wpół ze śmiechu.

Pociąg staje. Jesteśmy niemal naprzeciwko domu Jess i Jasona, ale nie widzę go, bo w przejściu stoi tłum ludzi zasłaniających widok. Zastanawiam się, czy tam są, czy Jason już wie, czy odszedł, czy może jeszcze nie odkrył, że życie, którym wciąż żyje, jest jednym wielkim kłamstwem.

Sobota, 13 lipca 2013

Rano

Bez patrzenia na zegarek wiem, że jest między siódmą czterdzieści pięć a ósmą piętnaście. Domyślam się tego po barwie światła, odgłosach z ulicy, buczeniu elektroluksu, którym Cathy odkurza w korytarzu pod moimi drzwiami. Żeby nie wiem, co się działo, w każdą sobotę wstaje wcześnie i sprząta. Bez względu na to, czy są to jej urodziny, czy dzień Wniebowstąpienia, wstaje bladym świtem i bierze się do roboty. Mówi, że to ją oczyszcza, dobrze nastraja na weekend, a ponieważ sprząta aerobowo, nie musi chodzić na ćwiczenia.

To poranne odkurzanie wcale mi nie przeszkadza, bo i tak bym się obudziła. Rano nie mogę spać, nie mogę drzemać spokojnie do południa. Budzę się gwałtownie z urywanym oddechem, szybko bijącym sercem i nieświeżym posmakiem w ustach i od razu wiem, że to już. Że już nie śpię. Im bardziej chcę zasnąć, tym bardziej nie mogę. Nie pozwalają mi światło i życie. Leżę i wsłuchując się w odgłosy tej wesołej, niestrudzonej krzątaniny, myślę o kupce ubrań przy torach, o tym, jak Jess całowała kochanka w porannym słońcu.

Rozciąga się przede mną cały dzień, prawie półtora tysiąca wypełnionych pustką minut.

Mogłabym pójść na targ przy Broad, kupić trochę sarniny i pancettę i spędzić dzień na gotowaniu.

Mogłabym usiąść na sofie z kubkiem herbaty i pooglądać *Sobotnią kuchnię* w telewizji.

Mogłabym pójść poćwiczyć.

Poprawić CV.

Mogłabym zaczekać, aż Cathy wyjdzie z domu, pójść do monopolowego i kupić dwie butelki Sauvignon Blanc.

W tamtym życiu też budziłam się wcześnie, na stukot podmiejskiego o ósmej cztery. Otwierałam oczy i wsłuchiwałam się w bębnienie deszczu o szybę. Czułam go z tyłu, rozespanego, ciepłego i podnieconego. Potem on szedł po gazety, ja robiłam jajecznicę, siadaliśmy w kuchni przy herbacie, szliśmy do pubu na późny lunch, a jeszcze potem zasypialiśmy w nieładzie przed telewizorem. Teraz jest pewnie inaczej – koniec z leniwym sobotnim seksem i jajecznicą – ale zamiast tego ma inne radości, bo leży między nimi mała gaworząca córeczka. Pewnie uczy się już mówić, wszystkie te „tata" i „mama", tajemny język, który rozumie tylko rodzic.

Ból jest ciężki i trwały, siedzi pośrodku piersi. Nie mogę się doczekać, kiedy Cathy wyjdzie z domu.

WIECZOREM

Jadę zobaczyć Jasona.

Cały dzień czekałam, aż Cathy wyjdzie, żebym mogła się napić. Ale nie wyszła. Siedziała kamieniem w salonie, bo miała „zaległości w papierach". Pod wieczór nie mogłam już dłużej znieść tej więziennej nudy, więc powiedziałam jej, że idę na spacer. Poszłam do Wheatsheaf, wielkiego anonimowego pubu przy High Street, i wypiłam trzy duże kieliszki wina. Do tego dwie szklanki Jacka Danielsa. Potem poszłam na stację, kupiłam parę puszek dżinu z tonikiem i wsiadłam do pociągu.

Jadę zobaczyć Jasona.

Nie zamierzam go odwiedzać, nie stanę przed ich domem i nie zapukam do drzwi. Nie, nic w tym stylu. Nic zwariowanego. Chcę tylko tamtędy przejechać, pociągiem. Nie mam nic innego do roboty, a nie chce mi się wracać. Chcę go tylko zobaczyć. Zobaczyć jego i ją.

To zły pomysł. Wiem, że to zły pomysł.

Ale co się może stać?

Pojadę na Euston, przesiądę się i wrócę. (Lubię pociągi, co w tym złego? Pociągi są cudowne).

Kiedyś, kiedy byłam jeszcze sobą, często marzyłam o romantycznych podróżach koleją z Tomem. (Linią Bergen z Bergen do Oslo na piątą rocznicę ślubu, Błękitnym Pociągiem z Pretorii do Kapsztadu na jego czterdzieste urodziny).

Chwileczkę, zaraz będziemy ich mijać.

Światło jest jasne, ale słabo widzę. (Podwójny obraz. Zamknij jedno oko. Teraz lepiej).

Są! To on? Stoją na tarasie. Stoją? To Jason? To Jess?

Chcę być bliżej, nie widzę. Chcę być bliżej.

Nie jadę na Euston. Wysiądę w Witney. (Nie powinnam tam wysiadać, to zbyt niebezpieczne, bo co będzie, jeśli zobaczy mnie Tom albo Anna?).

Tak, wysiądę w Witney.

To zły pomysł.

To bardzo zły pomysł.

Po drugiej stronie przejścia siedzi mężczyzna o rudawozłotych włosach, bardziej rudawych niż złotych. Uśmiecha się do mnie. Chcę coś do niego powiedzieć, ale słowa wyparowują, znikają z języka, zanim zdążę je sformułować. Czuję ich smak, lecz nie potrafię określić, czy są słodkie, czy gorzkie.

Uśmiecha się do mnie czy szyderczo wykrzywia usta? Nie wiem.

Niedziela, 14 lipca 2013

Rano

Serce wali mi tak mocno, jakby było w gardle, głośno i natarczywie. Zaschło mi w ustach, boli mnie, gdy przełykam ślinę. Przewracam się na bok, twarzą do okna. Zasłony są zaciągnięte, ale światło i tak razi mnie w oczy. Podnoszę rękę, uciskam powieki, próbuję rozmasować ból. Mam brudne paznokcie.

Coś jest nie tak. Przez sekundę mam wrażenie, że spadam, jakby łóżko zniknęło spod ciała. Dziś w nocy. Coś się stało. Gwałtownie wciągam powietrze i siadam – za szybko – serce bije jak oszalałe, głowa pulsuje bólem.

Czekam, aż wróci mi pamięć. Zwykle trochę to trwa. Czasem wraca już po kilku sekundach. Czasem nie chce.

Coś się stało, coś złego. Była jakaś kłótnia. Podniesione głosy. Pięści? Nie wiem, nie pamiętam. Poszłam do pubu, wsiadłam do pociągu, byłam na stacji i na ulicy. Na Blenheim Road. Poszłam na Blenheim Road.

Czarny strach zalewa mnie jak fala.

Coś się stało, wiem, że coś się stało. Nie widzę tego, ale czuję. Boli mnie wnętrze ust, jakbym ugryzła się w policzek, mam na języku metaliczny posmak krwi. Mdli mnie, kręci mi się w głowie. Przeczesuję ręką włosy. Wzdrygam się. Mam guza, bolesnego i wrażliwego na dotyk, tu, po prawej stronie głowy. Włosy są pozlepiane krwią.

Potknęłam się. Tak, na schodach, na stacji w Witney. Uderzyłam się? Pamiętam, że jechałam pociągiem, ale potem jest tylko czarna czeluść, otchłań. Głęboko oddycham, próbując uspokoić serce, zdusić narastającą w piersi panikę. Myśl. Co robiłam? Byłam w pubie, wsiadłam do pociągu. W pociągu był jakiś mężczyzna, już pamiętam, rudy mężczyzna. Uśmiechał się. Chyba do mnie zagadał, ale nie wiem, co mówił. Zagadał i coś jeszcze, wspomnienia są niepełne, ale nie mogę ich dosięgnąć, znaleźć ich w ciemności.

Boję się, ale nie wiem czego i to jeszcze bardziej wzmaga strach. Nie wiem nawet, czy jest się czego bać. Rozglądam się po pokoju. Na stoliku nocnym nie ma komórki. Torebka nie leży na podłodze ani nie wisi na oparciu krzesła, gdzie zwykle ją zostawiam. Ale musiałam ją mieć, bo jestem w domu, co znaczy, że miałam klucze.

Wstaję. Jestem naga. Patrzę na swoje odbicie w dużym lustrze w szafie. Trzęsą mi się ręce. Na policzkach mam rozmazany tusz, mam rozciętą dolną wargę. I siniaki na nogach. Jest mi niedobrze. Siadam na łóżku z głową między kolanami, czekając, aż miną mdłości. Znowu wstaję, biorę szlafrok i lekko uchylam drzwi. W mieszkaniu jest cicho. Nie mam pojęcia skąd, ale wiem, że Cathy nie ma. Powiedziała mi, że zostaje na noc u Damiena? Mam wrażenie, że tak, chociaż nie pamiętam kiedy. Zanim wyszłam? Czy rozmawiałam z nią później? Najciszej jak umiem, wychodzę na korytarz. Drzwi do jej sypialni są otwarte. Zaglądam. Łóżko jest posłane. Mogła już wstać i posłać, ale nie przypuszczam, żeby tu nocowała, co przynosi mi pewną ulgę. Jeśli jej nie ma, to znaczy, że nie widziała ani nie słyszała, jak wczoraj wracałam, i nie wie, w jakim byłam stanie. To nie powinno mieć znaczenia, lecz ma: poczucie wstydu po takim wybryku jest proporcjonalne nie tylko do powagi sytuacji, ale też do liczby osób, które były jego świadkiem.

Na szczycie schodów znowu dostaję zawrotów głowy i kurczowo przytrzymuję się poręczy. To jeden z moich największych lęków (oraz że kiedy w końcu pęknie mi wątroba, wykrwawię się na śmierć do brzucha), że spadnę ze schodów i skręcę sobie kark. Na myśl o tym znowu robi mi się niedobrze. Chcę się położyć, ale muszę znaleźć torebkę, sprawdzić komórkę. Muszę przynajmniej wiedzieć, czy nie zgubiłam kart płatniczych, do kogo dzwoniłam i kiedy. Torebka leży w przedpokoju pod frontowymi drzwiami. Obok niej moje wygniecione dżinsy i bielizna; u podnóża schodów czuję smród moczu. Chwytam i otwieram torebkę – komórka jest, dzięki Bogu, komórka, kilka zmiętych dwudziestek i zakrwawiona chusteczka higieniczna. Wracają mdłości, czuję w gardle smak żółci; biegnę, lecz nie zdążam do łazienki i wymiotuję na wykładzinę w połowie schodów.

Muszę się położyć. Jeśli się nie położę, zemdleję i spadnę. Posprzątam potem.

Na górze podłączam komórkę do prądu i kładę się na łóżku. Podnoszę ręce i nogi, ostrożnie, delikatnie, żeby dokładnie obejrzeć wszystkie kończyny. Na nogach mam siniaki, nad kolanami, typowe dla każdego pijaka, od wpadania na różne przeszkody. Na przedramionach też i te są bardziej niepokojące, ciemne i owalne, jak odciski palców. Nie muszą oznaczać niczego groźnego, już takie miewałam, zwykle po tym, jak upadłam i ktoś pomagał mi wstać. Skaleczenie na głowie bardzo boli, ale może być skutkiem czegoś tak niewinnego jak wsiadanie do taksówki. Mogłam wrócić do domu taksówką.

Biorę komórkę. Mam dwie wiadomości. Jedna jest od Cathy, która zadzwoniła do mnie kilka minut po piątej, pytając, gdzie jestem. Idzie na noc do Damiena, będzie jutro. Ma nadzieję, że nie piję sama. Druga, nagrana kwadrans po dziesiątej, jest od Toma. Słysząc jego głos, omal nie upuszczam telefonu, bo Tom krzyczy.

„Jezu Chryste, co się z tobą dzieje, do cholery? Mam tego dość, słyszysz? Szukałem cię prawie godzinę, jeździłem w kółko i szukałem. Wystraszyłaś Annę, wiesz? Myślała, że chcesz... myślała, że... Chciała dzwonić na policję, ledwo ją powstrzymałem. Odczep się od nas. Przestań do mnie wydzwaniać, przestań się tu kręcić, daj nam święty spokój. Nie chcę z tobą rozmawiać. Rozumiesz? Nie chcę z tobą rozmawiać, nie chcę cię widzieć, trzymaj się z daleka od mojej rodziny. Chcesz zniszczyć sobie życie, to je zniszcz, ale nie pozwolę ci zniszczyć mojego. Już nie. Nie będę cię dłużej chronił, rozumiesz? Trzymaj się od nas z daleka".

Nie wiem, co zrobiłam. Co ja zrobiłam? Co robiłam między piątą a dziesiątą piętnaście? Dlaczego mnie szukał? Co zrobiłam Annie? Naciągam kołdrę na głowę, mocno zaciskam powieki. Wyobrażam sobie, jak idę do ich domu, jak skręcam w wąską ścieżkę między ogrodem i ogrodem sąsiadów, jak przechodzę przez płot. Otwieram rozsuwane drzwi na taras, ukradkiem wchodzę do kuchni. Anna siedzi przy stole. Chwytam ją od tyłu, nawijam na rękę jej długie jasne włosy, szarpię, ściągam ją z krzesła na podłogę i tłukę jej głową w zimne niebieskie płytki.

WIECZOREM

Ktoś krzyczy. Sądząc po kącie padania światła wlewającego się przez okno, bardzo długo spałam. Jest chyba późne popołudnie, wczesny wieczór. Boli mnie głowa. Na poduszce jest krew. Z dołu dochodzi czyjś krzyk.

– No nie! Na miłość boską! Rachel! Rachel! Zasnęłam. O Chryste, nie wyczyściłam schodów. Na dole zostało moje ubranie. Boże, o Boże.

Wkładam spodnie od dresów i podkoszulek. Otwieram drzwi i tuż za progiem widzę Cathy. Patrzy na mnie przerażona. – Co się stało? – pyta i podnosi rękę. – Nie, przepraszam, nic nie chcę wiedzieć. Nie mogę na to pozwolić, nie w moim domu. Nie zamierzam… – urywa, lecz patrzy w głąb korytarza, w stronę schodów.

– Przepraszam – mówię. – Bardzo przepraszam, źle się poczułam, chciałam posprzątać, ale…

– Byłaś chora? Nie. Byłaś pijana, prawda? Miałaś kaca. Przykro mi, Rachel. Nie mogę tego tolerować. Nie mogę tak żyć. Musisz się wyprowadzić. Dobrze? Dam ci miesiąc na znalezienie mieszkania, ale potem się wyprowadzisz. – Cathy odwraca się i idzie do swojego pokoju. – I na litość boską, sprzątniesz wreszcie ten syf? – Zatrzaskuje za sobą drzwi.

Sprzątam na schodach i wracam do siebie. Drzwi Cathy są wciąż zamknięte, lecz czuję bijącą zza nich tłumioną wściekłość. Wcale się jej nie dziwię. Ja też byłabym wkurzona, gdybym po powrocie do domu znalazła zasikane majtki i kałużę wymiocin na wykładzinie. Siadam na łóżku, otwieram laptop, loguję się na pocztę i zaczynam pisać list do matki. W końcu nadeszła pora. Muszę prosić ją o pomoc. Gdybym przeprowadziła się do domu, nie mogłabym tak żyć, musiałabym się zmienić, wytrzeźwieć. Ale nie przychodzą mi do głowy odpowiednie słowa, nie wiem, jak jej to wytłumaczyć. Wyobrażam sobie jej twarz, gdy czyta ten błagalny list, jej gorzki zawód, irytację. Niemal słyszę, jak wzdycha.

Piszczy komórka. Nowa wiadomość, sprzed kilku godzin. Znowu Tom. Nie chcę słyszeć, co ma do powiedzenia, ale muszę, nie mogę go zignorować. Nastawiając się na najgorsze, z coraz szybciej bijącym sercem dzwonię na pocztę głosową.

„Rachel? Możesz oddzwonić?". Ma spokojniejszy głos, więc moje serce trochę zwalnia. „Chcę się tylko upewnić, czy bezpiecznie dotarłaś do domu. Byłaś w takim stanie, że…". Pauza, długa i pełna ubolewania. „Posłuchaj. Przepraszam, że na ciebie nakrzyczałem, ale było tu trochę… gorąco. Bardzo ci współczuję, naprawdę, ale to się musi skończyć".

Odsłuchuję wiadomość jeszcze raz, z jego głosu bije dobroć i do oczu napływają mi łzy. Mija dużo czasu, zanim przestaję płakać, zanim udaje mi się napisać, że jestem już w domu, że bardzo go przepraszam. Nie mogę nic dodać, bo nie wiem za co. Nie wiem, co zrobiłam Annie, czym ją przestraszyłam. Anna aż tak bardzo mnie nie obchodzi, ale Tom tak i nie chcę, żeby był nieszczęśliwy. Po tym, co przeszedł, w pełni na to zasługuje. Nie chcę i nigdy nie będę chciała odbierać mu szczęścia, wolałabym tylko, żeby zaznał go ze mną.

Kładę się i wpełzam pod kołdrę. Chcę wiedzieć, co się stało, żałuję, że nie wiem, za co musiałam go przepraszać. Rozpaczliwie próbuję rozwikłać ten ulotny fragment pamięci. Jestem pewna, że się z kimś pokłóciłam albo że byłam świadkiem kłótni. Z Anną? Dotykam palcami rany na głowie, dotykam rozciętej wargi. Niemal to widzę, niemal słyszę te słowa, lecz obraz znowu się oddala. Nie mogę tego rozgryźć. Ilekroć myślę, że zaraz schwytam tę chwilę, wszystko ucieka w cień, poza zasięg wspomnień.

MEGAN

RANO

Zaraz lunie, czuję, że lada chwila. Szczękam zębami, mam białosine czubki palców. Nie wchodzę do środka. Podoba mi się tu, to rozładowuje uczucia, oczyszcza jak lodowata kąpiel. Zresztą i tak Scott zaraz wyjdzie, zaprowadzi mnie do domu i owinie kocem jak dziecko.

Wczoraj miałam atak paniki. Już wracałam, gdy zobaczyłam motocykl, który ciągle przyspieszał, czerwony samochód jadący tuż przy krawężniku, jakby kierowca polował na prostytutki, i dwie kobiety z wózkami blokującymi chodnik. Nie mogłam ich ominąć, więc weszłam na jezdnię i omal nie potrącił mnie samochód jadący w przeciwnym kierunku, którego nie zauważyłam. Kierowca zatrąbił i krzyknął coś do mnie. Nie mogłam złapać tchu, serce waliło mi jak szalone, ścisnęło mnie w żołądku jak wtedy, gdy bierze się pigułkę i ma się zaraz dostać kopa, poczułam gwałtowne uderzenie adrenaliny, po którym dostaje się mdłości, choć jest się jednocześnie podnieconym i przerażonym.

Wpadłam do domu, przebiegłam przez salon i ogród i usiadłam pod płotem, czekając, aż nadjedzie pociąg, aż się we mnie przetoczy, zagłuszając inne odgłosy. Chciałam, żeby Scott wyszedł i mnie uspokoił, lecz nie było go w domu. Próbowałam przejść przez płot i posiedzieć chwilę po drugiej stronie, tam, gdzie nikt nie chodzi. Skaleczyłam się w rękę, więc wróciłam do domu, a potem przyszedł Scott i spytał, co się stało. Powiedziałam, że zmywając, upuściłam szklankę. Nie uwierzył mi i bardzo się zdenerwował.

W nocy wstałam, zostawiłam Scotta śpiącego i po cichu zeszłam na dół, na taras. Wybrałam numer i słuchałam jego głosu, gdy odebrał, początkowo cichego i sennego, potem głośniejszego, czujnego, zaniepokojonego i poirytowanego. Rozłączyłam się, chcąc zobaczyć, czy oddzwoni. Nie ukryłam numeru, więc mógł. Ale on milczał, więc zadzwoniłam jeszcze raz, jeszcze raz i jeszcze raz. Włączyła się poczta głosowa, nijaki, rzeczowy głos, który obiecał, że skontaktuje się ze mną przy najbliższej sposobności. Zastanawiałam się, czy nie zadzwonić do gabinetu i nie przyspieszyć spotkania, ale doszłam do wniosku, że nawet ich automatyczny system telefoniczny nie działa w środku nocy, więc wróciłam do łóżka. Nie spałam ani minuty.

Rano mogłabym pojechać do Corly Wood i zrobić kilka zdjęć; o tej porze jest mgliście, ciemno i klimatycznie, więc fotki powinny być dobre. Zastanawiałam się, czy nie zająć się robieniem takich malutkich pocztówek, mogłabym sprzedawać je w sklepie z pamiątkami przy Kingly Road. Scott ciągle powtarza, że nie muszę zawracać sobie głowy pracą, że powinnam po prostu odpoczywać. Jak inwalidka! Odpoczynek to ostatnia rzecz, jakiej potrzebuję. Muszę znaleźć coś, czym mogłabym wypełnić dzień. Wiem, co będzie, jeśli nie znajdę.

WIECZOREM

Doktor Abdic – prosi, żeby mówić mu Kamal – zasugerował na dzisiejszej sesji, abym zaczęła pisać pamiętnik. Mało brakowało i wypaliłabym, że nie, nie mogę, nie ufam mężowi, mógłby go przeczytać. Nie powiedziałam tego, uważając, że zachowałabym się straszliwie nielojalnie wobec Scotta. Ale to prawda. Nie mogłabym napisać tego, co naprawdę czuję, myślę czy robię. Dowód: gdy dziś wieczorem wróciłam do domu, mój laptop był ciepły. Scott umie wyczyścić historię przeglądania, czy jak się to tam nazywa, doskonale potrafi zacierać ślady, ale wiem, że przed wyjściem wyłączyłam komputer. Znowu czyta moje mejle.

W sumie nie mam nic przeciwko temu, nie znajdzie nic ciekawego. (Mnóstwo spamu z firm pośrednictwa pracy i listy od Jenny z zajęć pilatesu, która na zmianę z koleżankami co czwartek wieczorem gotuje kolację i namawia mnie, żebym wstąpiła do ich klubu. Wolałabym już umrzeć). Nie przeszkadza mi to, ponieważ Scott ma dzięki temu pewność, że nic się nie dzieje, że nic nie knuję. Tak jest dobrze i dla mnie – dla nas – nawet jeśli to nieprawda. Zresztą nie mogę się na niego gniewać, bo ma powody do podejrzliwości. Dałam mu je kiedyś, dam pewnie znowu. Nie jestem wzorową żoną. Nie potrafię nią być. Żebym nie wiem, jak bardzo go kochała, to mi nie wystarczy.

SOBOTA, 13 PAŹDZIERNIKA 2012

RANO

Spałam pięć godzin, najdłużej od wieków, ale najdziwniejsze jest to, że wczoraj wieczorem, już po powrocie, byłam tak nakręcona, że chodziłam po ścianach. Powiedziałam sobie, że już tego nie zrobię, nie po ostatnim razie, lecz gdy go zobaczyłam, gdy go zapragnęłam, pomyślałam, czemu nie? Nie rozumiem, dlaczego powinnam się ograniczać, mnóstwo ludzi tego nie robi. A już na pewno mężczyzn. Nie chcę nikogo skrzywdzić, ale trzeba być wiernym sobie, prawda? I właśnie to robię, jestem wierna swojemu prawdziwemu „ja", temu, którego nikt nie zna, nawet Scott i Kamal, nikt.

Po zajęciach pilatesu spytałam Tarę, czy pójdzie ze mną do kina w przyszłym tygodniu i czy będzie mnie kryła.

– Jeśli zadzwoni, możesz mu powiedzieć, że jestem w toalecie i zaraz oddzwonię? Potem przekręcisz do mnie, ja do niego i będzie spoko.

Uśmiechnęła się, wzruszyła ramionami i odparła:

– Nie ma sprawy. – Nawet nie spytała, gdzie idę ani z kim. Ona naprawdę chce być moją przyjaciółką.

Spotkaliśmy się Pod Łabędziem w Corly, wynajął pokój. Musimy być ostrożni, nie możemy dać się nakryć. Wpadka byłaby dla niego fatalna, zniszczyłaby mu życie. Dla mnie też byłaby katastrofą. Nie chcę nawet myśleć, co zrobiłby Scott.

Później chciał ze mną porozmawiać o tym, co się stało, gdy byłam młoda i mieszkałam w Norwich. Kiedyś coś mu wspomniałam, ale wczoraj zażądał szczegółów. Coś mu tam powiedziałam, lecz nie była to prawda. Kłamałam, zmyślałam, mówiłam obrzydliwe rzeczy, które chciał usłyszeć. Dobrze się bawiłam. Nie mam wyrzutów sumienia, że kłamałam, zresztą wątpię, czy mi uwierzył. Jestem pewna, że on też kłamie.

Leżał na łóżku, patrząc, jak się ubieram. Powiedział:

– To nie może się powtórzyć. Dobrze wiesz, że nie może. Nie możemy tego ciągnąć.

Miał rację, wiem, że nie możemy. Nie powinniśmy, nie wolno nam, ale to zrobimy. To nie był ostatni raz. Nie odmówi mi. Myślałam o tym w drodze do domu i jest to coś, co najbardziej w tym lubię: mieć nad kimś władzę. To najbardziej upaja.

Wieczorem

Jestem w kuchni, otwieram butelkę wina, kiedy Scott staje za mną, kładzie mi ręce na ramionach, ściska je i pyta:

– Jak było na terapii?

Mówię, że dobrze, że robimy postępy; zdążył już przywyknąć do tego, że nigdy nie zdradzam szczegółów.

– Dobrze się bawiłaś z Tarą?

Stoję tyłem do niego i nie wiem, czy tak sobie pyta, czy coś podejrzewa. Nie wyczuwam nic w jego głosie.

– Jest miła – mówię. – Dogadalibyście się. Za tydzień idziemy do kina. Może potem zaproszę ją na kolację?

– A mnie do kina nie zaprosisz?

– Oczywiście, że tak. – Odwracam się i całuję go w usta. – Ale ona chce iść na ten film z Sandrą Bullock, więc…

– Dość, wystarczy! Przyprowadź ją do nas na kolację – mówi, delikatnie przyciskając ręce do moich pośladków.

Nalewam wino i wychodzimy na dwór. Siadamy na tarasie, z nogami w trawie.

– Ona jest mężatką? – pyta.

– Tara? Nie. Singielką.

– Ma chłopaka?

– Chyba nie.

– A dziewczynę? – Unosi brwi i głośno się śmieje. – To ile ona ma lat?

– Nie wiem – mówię. – Około czterdziestu.

– Aha. I nikogo nie ma. To trochę smutne.

– Hmm. Chyba jest samotna.

– Takie zawsze do ciebie lgną, co? Te samotne. Ciągną prosto do ciebie.

– Myślisz?

– A więc nie ma dzieci, tak? – pyta i nie wiem, może mam coś z uszami, ale kiedy tylko wspomina o dzieciach, słyszę napięcie w jego głosie, czuję, że zaraz się pokłócimy, a tego nie chcę, nie mam na to siły, więc wstaję i każę mu zabrać kieliszki, bo idziemy do sypialni.

Idzie za mną, a ja rozbieram się na schodach i kiedy wchodzimy do pokoju, popycha mnie na łóżko. Nawet o nim nie myślę, ale to nie szkodzi, ponieważ on o tym nie wie. Jestem tak dobra, że mi wierzy.

Rachel

Rano

Cathy zawołała mnie, gdy wychodziłam, i uściskała mnie sztywno i krótko. Myślałam, że powie, że jednak mnie nie wyrzuca, ale ona wcisnęła mi do ręki zapisaną kartkę, oficjalny nakaz eksmisji, łącznie z datą wyprowadzki. Nie umiała spojrzeć mi w oczy. Współczułam jej, szczerze, chociaż nie tak bardzo jak sobie. Posłała mi smutny uśmiech.

– Przykro mi, że muszę to zrobić, naprawdę ogromnie mi przykro.

Zrobiło się niezręcznie. Stałyśmy w przedpokoju, gdzie mimo moich intensywnych prób z wybielaczem wciąż zalatywało wymiocinami. Chciało mi się płakać, ale nie rozpłakałam się, żeby jeszcze bardziej jej nie dobijać, uśmiechnęłam się tylko pogodnie i powiedziałam:

– Przestań, to żaden problem. – Jakby poprosiła mnie o małą przysługę.

Ale w pociągu zalewam się łzami i mam to gdzieś, czy ktoś na mnie patrzy. Mogli właśnie przejechać mi psa albo wykryć u mnie jakąś śmiertelną chorobę. Mogę być dla nich bezpłodną rozwiedzioną alkoholiczką, już wkrótce bezdomną.

W sumie to absurdalne. Jakim cudem tak skończyłam? Zastanawiam się, gdzie się to zaczęło, mój upadek. W którym momencie mogłam to powstrzymać? Kiedy źle skręciłam? Na pewno nie wtedy, gdy poznałam Toma, który wyleczył mnie ze smutku po śmierci taty. Nie wtedy, gdy nurzając się w błogości i beztrosce, wzięliśmy ślub w nietypowo zimny majowy dzień siedem lat temu. Nie wtedy, gdy wprowadziliśmy się pod dwadzieścia trzy – nie przypuszczałam, że w wieku ledwie dwudziestu sześciu lat będę mieszkała w tak ładnym, przestronnym domu. Tak dobrze pamiętam te pierwsze dni, to chodzenie bez butów, ciepło drewnianej podłogi, delektowanie się przestrzenią, pustymi pokojami, które czekały, aż je wypełnimy. Snuliśmy plany: co posadzimy w ogrodzie, co powiesimy na ścianach, na jaki kolor pomalujemy pokój gościnny, w mojej głowie – już wówczas – pokój dziecięcy.

Może to było wtedy. Może właśnie wtedy wszystko zaczęło się psuć, w chwili, gdy pierwszy raz pomyślałam o nas nie jak o parze, tylko jak o rodzinie, bo kiedy już to sobie wyobraziłam, nasza dwójka przestała mi wystarczać. Czy to wtedy Tom zaczął patrzeć na mnie inaczej, z rozczarowaniem odzwierciedlającym mój zawód? Po tym, z czego dla mnie zrezygnował – i po to, żebyśmy mogli być razem – dałam mu do zrozumienia, że on to za mało.

Płaczę aż do Northcote, potem biorę się w garść, wycieram oczy i na drugiej stronie nakazu eksmisji zapisuję, co mam zrobić:

Holborn Library
Mejl do matki
Mejl do Martina, referencje???
Spotkania AA – centrum Londynu/Ashbury
Powiedzieć Cathy o pracy?

Kiedy pociąg zatrzymuje się przed semaforem, podnoszę wzrok i widzę Jasona, który stoi na tarasie i patrzy na tory.

Wygląda tak, jakby patrzył prosto na mnie, i to dziwne, ale mam wrażenie, że już tak kiedyś patrzył, że naprawdę mnie widział. Wyobrażam sobie, że się do mnie uśmiecha, i nie wiedzieć czemu ogarnia mnie strach.

Jason odwraca się i pociąg rusza.

Wieczorem

Wciąż siedzę na oddziale ratunkowym szpitala uniwersyteckiego. Kiedy przechodziłam przez Gray's Inn Road, potrąciła mnie taksówka. Chcę podkreślić, że absolutnie nic nie piłam, chociaż tak, byłam rozkojarzona, niemal spanikowana, czyli w kiepskim stanie. Niezwykle przystojny lekarz, rozczarowująco szorstki i rzeczowy, zszywa mi właśnie długie na dwa i pół centymetra rozcięcie nad prawym okiem. Kończy zakładać szwy i widzi guza na mojej głowie.

– Już go miałam – mówię.

– Jest świeży – odpowiada.

– Ale nie dzisiejszy.

– Trochę wojowaliśmy, co?

– Źle wsiadłam do taksówki.

Ogląda guza dobre kilka sekund, w końcu mówi:

– Naprawdę? – Cofa się i patrzy mi w oczy. – Chyba nie. Ktoś panią uderzył.

Robi mi się zimno. Pochylam się, żeby uniknąć ciosu, podnoszę ręce – czy to przebłysk prawdziwych wspomnień? Lekarz podchodzi bliżej i jeszcze raz ogląda ranę na głowie.

– Czymś ostrym, ząbkowanym...

– Nie, nabiłam go sobie w taksówce. Uderzyłam się, wsiadając. – Próbuję wmówić to jemu i samej sobie.

– Niech będzie. – Uśmiecha się do mnie, cofa i przykuca, tak że nasze oczy są teraz na tej samej wysokości. – Dobrze się pani czuje... – zagląda do notatek – Rachel?

– Tak.

Długo na mnie patrzy, chyba mi nie wierzy. Jest zatroskany. Może myśli, że jestem maltretowaną żoną.

– Dobrze – mówi. – Oczyszczę ranę, bo paskudnie wygląda. Czy mam do kogoś zadzwonić? Może do męża?

– Jestem rozwiedziona – odpowiadam.

Wszystko mu jedno.

– To może do kogoś innego?

– Tak, do mojej przyjaciółki, gdyby pan zechciał.

Podaję mu nazwisko i numer Cathy. Cathy wcale się o mnie nie martwi – jest wcześnie – ale mam nadzieję, że dowiedziawszy się, że potrąciła mnie taksówka, zlituje się nade mną i wybaczy mi wczorajsze. Pewnie pomyśli, że miałam wypadek, bo byłam pijana. Zastanawiam się, czy nie poprosić lekarza, żeby zbadali mi krew albo coś, bym mogła przedstawić jej dowód trzeźwości. Uśmiecham się do niego, ale on na mnie nie patrzy, coś notuje. Zresztą to idiotyczny pomysł.

To była moja wina, taksówkarz nie miał z tym nic wspólnego. Wtargnęłam – a dokładniej mówiąc, wybiegłam – na jezdnię tuż przed jego samochodem. Nie mam pojęcia, dokąd tak pędziłam. Chyba zupełnie nie myślałam, a już na pewno nie o sobie. Jeśli w ogóle, to o Jess. Która nie jest Jess. Nazywa się Megan Hipwell i zaginęła.

Siedziałam w bibliotece przy Theobalds Road. Właśnie wysłałam mejl do matki (nie napisałam nic ważnego, chciałam tylko wysondować aktualny poziom jej matczynych uczuć) z mojej poczty na Yahoo. Na głównej stronie Yahoo zawsze są nowe wiadomości powiązane z kodem pocztowym użytkownika czy czymś tam; Bóg wie, skąd go znają, ale znają. I było tam jej zdjęcie, zdjęcie Jess, mojej Jess, blondynki doskonałej, a obok nagłówek: OBAWY O LOS ZAGINIONEJ MIESZKANKI WITNEY.

W pierwszej chwili nie byłam pewna. Na zdjęciu wyglądała jak Jess, dokładnie tak, jak ją sobie wyobrażałam, mimo to miałam wątpliwości. Ale potem przeczytałam wzmiankę, zobaczyłam nazwę ulicy i już wiedziałam.

Policja hrabstwa Buckinghamshire coraz bardziej niepokoi się o los dwudziestodziewięcioletniej Megan Hipwell, zamieszkałej przy Blenheim Road w Witney. Ostatni raz widział ją mąż, Scott Hipwell, gdy w sobotę o siódmej wieczorem wychodziła z domu, by odwiedzić znajomą. S. Hipwell twierdzi, że zniknięcie żony „zupełnie do niej nie pasuje". M. Hipwell – szczupła blondynka o niebieskich oczach, metr sześćdziesiąt wzrostu – była ubrana w dżinsy i czerwony podkoszulek. Każdy, kto ma jakiekolwiek informacje na jej temat, jest proszony o skontaktowanie się z policją hrabstwa Buckinghamshire.

Zaginęła. Jess zaginęła. Megan zaginęła. W sobotę. Odpaliłam Google'a – wzmianka ukazała się w „Witney Argus", ale nie było tam szczegółów. Przypomniało mi się, że rano widziałam, jak Jason – Scott – stał na tarasie, jak na mnie patrzył, jak się do mnie uśmiechał. Wzięłam torebkę, wstałam i wybiegłam z biblioteki na ulicę, prosto pod koła taksówki.

– Rachel? Rachel? – Przystojny lekarz próbuje przyciągnąć moją uwagę. – Przyjechała pani przyjaciółka.

MEGAN

CZWARTEK, 10 STYCZNIA 2013

RANO

Czasem nie chce mi się nigdzie wychodzić, czasem myślę, że będę szczęśliwa, jeśli już nigdy moja noga nie postanie poza domem. Nie tęsknię nawet za pracą. Chcę po prostu siedzieć spokojnie ze Scottem w mojej ciepłej, bezpiecznej przystani.

Dobrze, że jest ciemno i zimno, że pogoda jest paskudna. Dobrze, że od tygodni nie przestaje padać deszcz, marznący, zacinający i przenikliwy, któremu towarzyszy wichura wyjąca w drzewach tak głośno, że zagłusza stukot pociągów. Nie słyszę ich na torach, tego nęcącego odgłosu, który kusi i zachęca do podróży w siną dal.

Dzisiaj też nie chce mi się wychodzić ani uciekać, nie chce mi się nawet iść na spacer. Wolę zostać, zaszyć się z mężem w domu, oglądać telewizję i jeść lody – zadzwonię i każę mu wcześniej wrócić, żebyśmy mogli pokochać się po południu.

Oczywiście potem będę musiała wyjść, bo jestem umówiona z Kamalem. Ostatnio opowiadam mu trochę o Scotcie, o moich błędach, porażkach w roli żony. Kamal twierdzi, że muszę znaleźć jakiś sposób na szczęście, że muszę przestać szukać go gdzie indziej. To prawda, muszę, wiem, że tak, ale zaraz potem coś mnie napada i myślę: w cholerę z tym, życie jest zbyt krótkie.

Wspominam nasz rodzinny wyjazd do Santa Margherita podczas ferii wielkanocnych. Właśnie skończyłam piętnaście lat. Poznałam na plaży pewnego faceta, dużo ode mnie starszego – miał trzydzieści, może nawet czterdzieści kilka lat – i zaprosił mnie na przejażdżkę jachtem. Byłam z Benem i jego też zaprosił, ale mój jak zawsze opiekuńczy starszy brat zdecydował, że nie popłyniemy, ponieważ mu nie ufał, uważał, że to podejrzany typ. Oczywiście miał rację. Ale ja byłam wściekła, bo kiedy znowu nadarzy nam się okazja, żeby pożeglować po Morzu Liguryjskim prywatnym jachtem? Ben powiedział, że takich okazji będzie mnóstwo, że nasze życie będzie pełne przygód. W końcu nie popłynęliśmy. Tamtego lata Ben stracił panowanie nad motocyklem na A10 i już nigdy nie wypłynęliśmy razem w morze.

Tęsknię za życiem, jakim wtedy żyliśmy, on i ja. Nie wiedzieliśmy, co to strach.

Opowiedziałam o Benie Kamalowi, ale zbliżyliśmy się za bardzo do innych rzeczy, do prawdy, całej prawdy o tym, co się stało z Makiem, co było przedtem i potem. Z Kamalem jest bezpiecznie. Nikomu tego nie powtórzy, bo obowiązuje go tajemnica lekarska.

Ale nawet gdyby mógł powtórzyć, nie przypuszczam, by to zrobił. Ufam mu, naprawdę mu ufam. To zabawne, bo tym, co mnie powstrzymuje, nie jest wcale strach ani to, co by z tym zrobił, nie strach przed osądem, tylko Scott. Mówiąc Kamalowi coś, czego nie mogłam powiedzieć Scottowi, poczułabym się tak, jakbym go zdradziła. Kiedy myślę o innych rzeczach, które zrobiłam, o innych zdradach, wydaje się, że to drobiazg, ale tak nie jest. Czasem zupełnie mnie to dobija, gdyż tu chodzi o prawdziwe życie, o moje prawdziwe „ja", którym nie chcę się z nim dzielić.

Wciąż się powstrzymuję, ponieważ nie mogę wyrzucić z siebie wszystkich uczuć. Wiem, że taki jest cel każdej terapii, ale po prostu nie mogę. Muszę opowiadać mętnie, mylić mężczyzn, kochanków i moich byłych, lecz wmawiam sobie, że tak jest OK, bo to nieważne, kim są. Ważne jest, jak się przy nich czuję. Stłamszona, niespokojna, wygłodniała. Dlaczego nie mogę mieć tego, czego chcę? Dlaczego nie mogą mi tego dać? Czasem dają. Czasem potrzebuję jedynie Scotta. Jeśli tylko nauczę się pielęgnować to uczucie, które mnie teraz wypełnia – jeśli odkryję, jak skupiać się na tym szczęściu, cieszyć się chwilą, nie myśleć o następnych podnietach – wszystko będzie dobrze.

WIECZOREM

Przy Kamalu muszę być skupiona. Trudno jest nie błądzić myślami gdzie indziej, kiedy patrzy na mnie swoimi lwimi oczami, kiedy składa ręce na kolanach i krzyżuje długie nogi. Trudno jest nie myśleć, co moglibyśmy razem robić.

Muszę się skupić. Rozmawialiśmy o tym, co działo się po pogrzebie Bena, po mojej ucieczce. Przez jakiś czas mieszkałam w Ipswitch, ale niedługo. To tam poznałam Maca. Pracował w pubie czy gdzieś. Podrzucił mnie do domu. Z litości.

– Nie chciał nawet… no wie pan. – Śmieję się. – Przyjechaliśmy do niego i zażądałam pieniędzy, a on spojrzał na mnie jak na wariatkę. Powiedziałam, że jestem już pełnoletnia, ale mi nie uwierzył. I zaczekał, naprawdę zaczekał do moich szesnastych urodzin. Do tego czasu zdążył się już przeprowadzić do tej rudery pod Holkham. To był taki kamienny dom na końcu ślepej uliczki, kilkaset metrów od plaży, kawałek ziemi i biegnące tuż obok stare tory kolejowe. Nocą rzadko kiedy spałam – zawsze byłam nakręcona, dużo wtedy paliliśmy – leżałam w łóżku i wydawało mi się, że słyszę stukot pociągu. Był tak wyraźny, że często wstawałam i wyglądałam przez okno, wypatrując świateł.

Kamal poprawia się na krześle i powoli kiwa głową. Milczy. To znaczy, że mam mówić dalej.

– Byłam z nim naprawdę szczęśliwa. Mieszkałam tam... Boże, chyba ze trzy lata. Kiedy odeszłam, miałam... dziewiętnaście lat. Tak, dziewiętnaście.

– Dlaczego pani odeszła, skoro była pani szczęśliwa? – pyta.

Już tam jesteśmy, dotarliśmy szybciej, niż się spodziewałam. Nie zdążyłam tego przemyśleć, nie miałam czasu się przygotować. Nie, nie mogę. Jest za wcześnie.

– Mac mnie zostawił – mówię. – Złamał mi serce. – To tylko połowa prawdy. Nie jestem gotowa wyznać mu całej.

Kiedy wracam do domu, Scotta jeszcze nie ma, więc otwieram laptop i próbuję go wygooglować, pierwszy raz. Pierwszy raz od dziesięciu lat szukam Maca. Ale nie mogę go znaleźć. Na świecie są setki Craigów McKenziech, ale żaden nie jest tym moim.

PIĄTEK, 8 LUTEGO 2013

RANO

Spaceruję po lesie. Wyszłam, kiedy było jeszcze ciemno, a teraz dopiero świta i wszędzie panuje martwa cisza, nie licząc skrzeczenia srok na drzewach. Czuję, że mnie obserwują, oceniają, świdrują wzrokiem. Stado srok. Jedna sroczka smutek wróży, dwie – radości pełne dni. Trzy to dziewczę urodziwe, cztery – chłopiec ci się śni. Pięć da srebra cały dzbanek, sześć przyniesie złota moc. Siedem tajemnicę kryje w najstraszniejszą ciemną noc.

Tak, mam kilka tajemnic.

Scotta nie ma, jest na jakimś kursie w Sussex. Wyjechał wczoraj rano, więc mogę robić, co chcę.

Uprzedziłam go, że po terapii idę z Tarą do kina. I że będę miała wyłączony telefon. Z nią też rozmawiałam. Ostrzegłam ją, że Scott może zadzwonić, żeby mnie sprawdzić. Spytała, pierwszy raz, co knuję. Uśmiechnęłam się tylko, puściłam do niej oko i roześmiała się. Chyba jest samotna, więc mała intryga dobrze jej zrobi.

Na terapii rozmawialiśmy o Scotcie, o tej sprawie z laptopem sprzed tygodnia. Szukałam Maca kilka razy, po prostu próbowałam się dowiedzieć, gdzie teraz jest, co robi. W dzisiejszych czasach w internecie są zdjęcia wszystkich i wszystkiego; chciałam zobaczyć jego twarz. Nie mogłam go znaleźć. I poszłam wcześniej spać. Scott oglądał telewizję, a ja zapomniałam wykasować historię przeglądania. Głupi błąd – jest to zwykle ostatnia czynność, jaką wykonuję przed wyłączeniem komputera, bez względu na to, czego szukałam. Wiem, że Scott, spec od techniki, zna różne sposoby, więc gdyby chciał, i tak by się dowiedział, ale to dłużej trwa i zwyczajnie nie ma ochoty się w tym grzebać.

Tak czy inaczej, zapomniałam. I następnego dnia wybuchła awantura. Jedna z tych nieprzyjemnych. Spytał mnie, kto to jest Craig, od jak dawna się spotykamy, gdzie się poznaliśmy, co takiego dla mnie zrobił, czego nie zrobił on. Jak głupia palnęłam, że to znajomy z dawnych czasów, co tylko pogorszyło sprawę. Kamal spytał mnie, czy się boję Scotta, i naprawdę się wkurzyłam.

– To mój mąż – warknęłam. – Oczywiście, że nie.

Kamal był zaszokowany. Ja też. Nie spodziewałam się, że wybuchnę takim gniewem, że aż tak chcę go chronić. Mnie też to zaskoczyło.

– Megan, myślę, że wiele kobiet boi się swoich mężów. – Chciałam coś powiedzieć, ale uciszył mnie gestem ręki. – Zachowanie, które pani opisuje, czytanie mejli, sprawdzanie historii przeglądania... Mówi pani o tym tak, jakby to było powszechne, normalne. Ale tak nie jest. Tak rażące naruszanie czyjejś prywatności nie jest normalne. Uważa się je często za rodzaj znęcania się emocjonalnego.

Roześmiałam się, bo cóż to za melodramatyzm?

– To nie jest znęcanie się – powiedziałam. – Nie wtedy, kiedy nie ma się nic przeciwko temu. A ja nie mam. Mnie to nie przeszkadza.

Kamal uśmiechnął się smutno.

– Nie uważa pani, że powinno?

Wzruszyłam ramionami.

– Może, ale nie przeszkadza. Scott jest zazdrosny, zaborczy. Taki po prostu jest. Ale kocham go, a o niektóre rzeczy nie warto się kłócić. Jestem ostrożna. Zwykle. Zacieram za sobą ślady, więc zazwyczaj nie ma problemu.

Kamal pokręcił głową, leciutko, niemal niedostrzegalnie.

– Nie wiedziałam, że ma pan prawo mnie osądzać.

Po sesji spytałam go, czy pójdzie ze mną na drinka. Odparł, że nie, że nie może, że byłoby to niestosowne. Więc poszłam za nim do domu; mieszka kilka kroków od gabinetu. Zapukałam do drzwi, a kiedy otworzył, spytałam:

– A to jest stosowne? – Objęłam go za szyję, stanęłam na palcach i pocałowałam go w usta.

– Megan – powiedział aksamitnym głosem. – Przestań. Nie rób tego. Przestań.

To było cudowne, to przyciąganie się i odpychanie, pożądanie i opór. Nie chciałam, żeby to uczucie mnie opuściło, tak bardzo pragnęłam je zatrzymać.

Wstałam wcześnie rano z głową wirującą od pomysłów. Nie mogłam tak po prostu leżeć, rozbudzona i samotna, analizując wszystkie możliwości, które mogłabym wykorzystać lub nie, więc wstałam, ubrałam się i poszłam przed siebie. Tak się tu znalazłam. Spacerowałam i odtwarzałam w myślach to, o czym mówiliśmy: on powiedział, ona powiedziała, pokusa i spełnienie. Gdybym tylko potrafiła się na coś zdecydować, trzymać się tego, przestać się wreszcie kręcić. A jeśli tego, czego szukam, nie da się znaleźć? Jeśli to po prostu niemożliwe?

Płuca wypełnia mroźne powietrze, sinieją mi czubki palców. Część mnie chce zakopać się w liściach i zamarznąć. Ale nie mogę. Pora wracać.

Jest prawie dziewiąta, gdy dochodzę do Blenheim Road i skręciwszy za róg, widzę, jak idzie w moją stronę z wózkiem. Dzieciak choć raz się nie drze. Ona patrzy na mnie, lekko skłania głowę i posyła mi słaby uśmiech, na który nie reaguję. Kiedy indziej udawałabym miłą, ale tego ranka jestem prawdziwa, jestem sobą. Zalewa mnie fala euforii, jakbym była na haju, nie potrafiłabym udawać, nawet gdybym chciała.

Po południu

Zasnęłam. Obudziłam się spanikowana, jak w gorączce. Z poczuciem winy. Tak, mam wyrzuty sumienia. Tyle że za małe.

Przypomniało mi się, jak wychodził w środku nocy, mówiąc – znowu – że to już ostatni raz, definitywnie ostatni, że nie możemy już tego robić. Ubierał się, wkładał dżinsy. Leżałam na łóżku i roześmiałam się, bo powiedział to samo poprzednim razem, tak jak dwa i trzy spotkania przedtem. Łypnął na mnie spode łba. Nie wiem, jak to opisać, ponieważ nie zrobił tego z gniewem ani pogardą – to było ostrzeżenie.

Jest mi nieswojo. Chodzę po domu, nie mogę znaleźć sobie miejsca, czuję się tak, jakby ktoś tu był, kiedy spałam. Wszystko jest tak jak dawniej, jednocześnie inaczej, jakby ktoś dotykał moich rzeczy, nieznacznie je poprzesuwał, i kiedy tak chodzę, wyczuwam czyjąś obecność, obecność kogoś kryjącego się poza zasięgiem mojego wzroku. Trzy razy sprawdzam drzwi na taras, ale są zamknięte. Nie mogę się doczekać powrotu Scotta. Potrzebuję go.

Rachel

Rano

Znowu jadę podmiejskim o ósmej cztery, ale nie do Londynu. Jadę do Witney. Mam nadzieję, że to poruszy moją pamięć, że kiedy wysiądę na stacji i zobaczę wszystko na trzeźwo, dowiem się, jak było naprawdę. Nie liczę na cud, ale nic więcej nie mogę zrobić. Nie mogę zadzwonić do Toma. Za bardzo się wstydzę, poza tym wyraził się jasno. Nie chce mieć ze mną nic wspólnego.

Megan przepadła bez wieści; nie ma jej od ponad sześćdziesięciu godzin i zaczynają o niej mówić w wiadomościach krajowych. Rano zajrzałam na stronę BBC i MailOnline, wspominają o niej i na innych.

Wydrukowałam artykuły z BBC i „Daily Mail", mam je przy sobie. Dowiedziałam się z nich następujących rzeczy:

Megan i Scott pokłócili się w sobotę wieczorem. Sąsiad twierdzi, że słyszał ich podniesione głosy. Scott przyznał, że się posprzeczali, i myślał, że żona pojechała na noc do przyjaciółki, Tary Epstein z Corly.

Ale Megan tam nie dotarła. Tara twierdzi, że ostatni raz widziała ją w piątek po południu na zajęciach pilatesu. (Wiedziałam, że Megan chodzi na pilates). I że „miała się dobrze, normalnie. Była w dobrym humorze, mówiła, że planuje coś specjalnego na swoje trzydzieste urodziny w przyszłym miesiącu".

Jeden ze świadków widział, jak kwadrans po siódmej w sobotę wieczorem Megan idzie w kierunku stacji kolejowej w Witney.

Nie ma tu rodziny. Jej rodzice nie żyją.

Jest bezrobotna. Prowadziła małą galerię sztuki w Witney, ale zamknięto ją w kwietniu zeszłego roku. (Wiedziałam, że ma coś wspólnego ze sztuką).

Scott jest konsultantem specjalistą od technologii informatycznych i pracuje na własny rachunek. (Informatyk, konsultant specjalista – cholera, nie mogę w to uwierzyć!).

Są małżeństwem od trzech lat, od stycznia dwa tysiące dwunastego mieszkają przy Blenheim Road.

Według „Daily Mail" ich dom jest wart czterysta tysięcy funtów.

Czytam to i wiem, że Scott jest w opałach. Nie tylko dlatego, że się pokłócili. Bo zwykle jest tak: kiedy kobiecie przydarzy się coś złego, policja prześwietla najpierw jej męża albo przyjaciela. Ale w tym przypadku śledczy nie znają wszystkich faktów. Wzięli na celownik tylko męża, pewnie dlatego, że nie wiedzą nic o kochanku.

Mogę być jedyną osobą, która wie o jego istnieniu.

Grzebię w torebce, szukam kawałka papieru. Na drugiej stronie rachunku za dwie butelki wina robię listę najbardziej prawdopodobnych powodów zniknięcia Megan Hipwell:

1. Uciekła z kochankiem, którego od tej pory będę nazywała B.
2. B zrobił jej coś złego.
3. Scott zrobił coś złego B.
4. Zostawiła męża, wyjechała i zamieszkała gdzie indziej.
5. Skrzywdził ją ktoś inny niż B.

Myślę, że pierwsza możliwość jest najbardziej prawdopodobna, ale czwarta depcze jej po piętach, ponieważ Megan jest kobietą upartą i niezależną, jestem tego pewna. A jeśli miała romans, mogła wyjechać, żeby trochę ochłonąć, prawda? Powód piąty raczej odpada, bo rzadko kiedy ktoś zabija zupełnie obcą osobę.

Guz ciągle boli i nie mogę przestać myśleć o kłótni, którą widziałam, którą sobie wyobraziłam albo która mi się przyśniła w sobotę wieczorem. Gdy mijamy dom Megan i Scotta, podnoszę wzrok. Czuję pulsowanie krwi w głowie. Jestem podekscytowana. Ogarnia mnie lęk. Odbijające promienie słońca okna domu numer piętnaście wyglądają jak oczy ślepca.

WIECZOREM

Właśnie siadam, kiedy dzwoni komórka. Cathy. Czekam, aż włączy się poczta głosowa.

Cathy zostawia wiadomość: „Cześć, Rachel. Dzwonię, żeby spytać, czy nic ci nie jest". Martwi się o mnie od tego wypadku z taksówką. „Chcę cię przeprosić, no wiesz, za tamto, za to, że kazałam ci się wynosić. Nie powinnam była tego robić. Przesadziłam. Możesz zostać tak długo, jak zechcesz". Długa pauza. „Zadzwoń do mnie, dobrze? I wracaj prosto do domu, nie idź do pubu".

Nie zamierzam iść do pubu. W porze lunchu miałam rozpaczliwą ochotę się napić, po tym, co stało się rano w Witney. Ale się nie napiłam, musiałam być trzeźwa. Minęło dużo czasu, odkąd ostatni raz przydarzyło mi się coś wartego zachowania trzeźwości.

To było takie dziwne, ta moja wyprawa do Witney. Czułam się tak, jakbym nie była tam od wieków, chociaż minęło ledwie kilka dni. Mimo to miałam wrażenie, że jestem w zupełnie obcym miejscu, na obcej stacji kolejowej, w obcym mieście. Jakby zamiast mnie w sobotę wieczorem pojechał tam ktoś inny. Bo dzisiaj byłam spięta i trzeźwa, wyczulona na światło i odgłosy. Bałam się tego, co mogę odkryć.

Wtargnęłam na cudzy teren. Tak właśnie się czułam, ponieważ teraz jest to ich teren, Toma, Anny, Scotta i Megan. Jestem outsiderką, nie przynależę tam, mimo to wszystko jest takie znajome. Stacja. Zbiegam betonowymi schodami, mijam kiosk z prasą, dochodzę do Roseberry Avenue, potem do skrzyżowania w kształcie litery T: po prawej stronie jest osłonięta łukowatym zadaszeniem alejka prowadząca do wilgotnego przejścia dla pieszych pod wiaduktem, po lewej – Blenheim Road, wąska, wysadzana drzewami, z obydwu stron zabudowana ładnymi wiktoriańskimi segmentami. Jakbym wróciła do domu, ale nie byle jakiego, tylko do domu mojego dzieciństwa, miejsca, które pozostawiłam przed wiekami. Jakbym wchodząc schodami na górę, wiedziała, który dokładnie stopień zaraz zaskrzypi – to tego rodzaju swojskość.

Czuję ją nie tylko w głowie, czuję ją również w kościach, jest jak pamięć mięśniowa. Rano, mijając czarne wejście do tunelu pod wiaduktem, przyspieszyłam kroku. Nie musiałam o tym myśleć, bo zawsze w tym miejscu idę trochę szybciej. Co wieczór, zwłaszcza zimą, zawsze przyspieszałam, szybko zerkając w prawo, tak na wszelki wypadek. Nigdy nikogo tam nie było – ani wtedy, ani dzisiaj – mimo to, patrząc w tę czarną dziurę, stanęłam jak wryta, ponieważ nagle zobaczyłam w niej siebie. Tam, kilka metrów dalej, opartą o ścianę, zakrwawionymi rękami obejmującą zakrwawioną głowę.

Stałam z głucho walącym sercem, tak że idący na stację ludzie musieli mnie omijać. Paru odwróciło się, żeby na mnie spojrzeć, bo dosłownie zamarłam. Nie wiedziałam – wciąż nie wiem – czy tak rzeczywiście było. Po co miałabym wchodzić pod wiadukt? Co mogło zmusić mnie do wejścia gdzieś, gdzie jest ciemno, mokro i gdzie cuchnie moczem?

Odwróciłam się i poszłam z powrotem na stację. Już nie chciałam tam być. Już nie chciałam pukać do drzwi Megan i Scotta. Chciałam tylko uciec. Pod wiaduktem stało się coś złego, wiem to.

Kupiłam bilet, szybko weszłam na górę, na drugi peron, i wtedy znowu coś mignęło mi przed oczami, tym razem nie przejście, ale właśnie schody: potknęłam się na nich i podtrzymał mnie jakiś mężczyzna. Mężczyzna z pociągu, ten rudy. Zobaczyłam go niewyraźnie, jak na niemym filmie. Śmiał się, tak, ze mnie albo z czegoś, co sam powiedział. Był miły, tego jestem pewna. Prawie. Stało się coś złego, ale nie sądzę, żeby miał z tym coś wspólnego.

Wsiadłam do pociągu i pojechałam do Londynu. Poszłam do biblioteki i usiadłam przy komputerze, żeby poszukać czegoś o Megan. Na stronie „The Telegraph" była krótka wiadomość, że „policji pomaga w śledztwie trzydziestoletni mężczyzna". Pewnie Scott. Nie wierzę, że mógłby zrobić Megan krzywdę. Wiem, że nie zrobił. Widziałam ich razem, wiem, jacy są. Był tam również numer do Crimestoppers, gdzie można dzwonić, jeśli ma się jakieś informacje. Zadzwonię w drodze do domu, z budki. Powiem im o B, opowiem, co widziałam.

Gdy wjeżdżamy do Ashbury, dzwoni moja komórka. Znowu Cathy. Biedactwo, naprawdę się o mnie martwi.

– Rach? Jesteś w pociągu? Wracasz do domu? – Jest zdenerwowana.

– Tak – odpowiadam. – Będę za kwadrans.

– Policja tu jest – mówi, a mnie robi się zimno. – Chcą z tobą porozmawiać.

Środa, 17 lipca 2013

Rano

Megan wciąż nie ma, a ja skłamałam śledczym, i to wiele razy.

Wracałam do domu spanikowana. Próbowałam wmówić sobie, że chodzi o ten wypadek z taksówką, ale to nie miało sensu. Rozmawiałam z policjantem na miejscu zdarzenia, to była wyłącznie moja wina. Nie, wizyta policji musiała mieć coś wspólnego z sobotą. Musiałam coś zrobić. Popełnić jakąś straszną zbrodnię i stracić przytomność.

Wiem, że to mało prawdopodobne. Bo co takiego mogłam zrobić? Pójść na Blenheim Road, zabić Megan Hipwell, pozbyć się jej ciała i o wszystkim zapomnieć? Brzmi absurdalnie. I jest absurdalne. Ale wiem, że w sobotę wieczorem coś się stało. Wiem o tym od chwili, gdy spojrzałam w głąb ciemnego tunelu pod wiaduktem i ścięła mi się krew w żyłach.

Zaniki pamięci się zdarzają i nie polegają tylko na tym, że człowiek słabo pamięta, jak wrócił z klubu do domu albo z czego się śmiał, gawędząc w pubie. Prawdziwe zaniki pamięci są inne. Są jak czarna dziura, bezpowrotnie stracone godziny.

Tom kupił mi książkę na ten temat. To niezbyt romantyczne, ale miał dość moich porannych przeprosin, tego, że nie wiedziałam, za co go właściwie przepraszam. Chyba chciał, żebym zrozumiała, jaką krzywdę mu robię, do czego jestem zdolna. Autorem książki jest lekarz, ale nie wiem, czy dogłębnie zbadał problem: twierdzi, że dotknięty zanikiem pamięci człowiek nie tylko zapomina o tym, co się stało, ale że w ogóle nie ma czego zapominać. Według jego teorii człowiek doprowadza się wtedy do stanu, w którym mózg przestaje magazynować wspomnienia krótkotrwałe. I kiedy już tam jest, w tej czarnej dziurze, zachowuje się inaczej niż zwykle, ponieważ reaguje tylko na zmyślone przez siebie ostatnie wydarzenie; nie zachowując wspomnień, po prostu nie wie, co się naprawdę wydarzyło. Autor przytacza także różne anegdoty i przestrogi dla dotkniętych amnezją pijaków, jak choćby tę o mieszkańcu New Jersey, który upił się na imprezie z okazji czwartego lipca, wsiadł do samochodu, przejechał kilkanaście kilometrów w złym kierunku i staranował furgonetkę wiozącą siedem osób. Furgonetka stanęła w płomieniach, zginęło sześć osób. On wyszedł z wypadku bez szwanku, jak to pijak. W ogóle nie pamiętał, że wsiadł do samochodu.

Inny mężczyzna, tym razem z Nowego Jorku, wyszedł z baru, pojechał do domu, w którym się wychował, zadźgał nożem jego mieszkańców, rozebrał się do naga, wsiadł do samochodu, wrócił do domu i poszedł spać. Nazajutrz czuł się strasznie. Nie miał pojęcia, gdzie zgubił ubranie, i dopiero gdy przyjechała po niego policja, odkrył, że bez najmniejszego powodu bestialsko zamordował dwie osoby.

Wszystko to brzmi absurdalnie, jednak teoretycznie jest możliwe i w drodze do domu wmówiłam sobie, że mam coś wspólnego ze zniknięciem Megan.

Siedzieli na sofie w salonie, czterdziestokilkuletni mężczyzna po cywilnemu i młodszy w mundurze, z trądzikiem na szyi. Cathy stała przy oknie, wyłamując palce. Była przerażona. Mężczyźni wstali. Ten w cywilu, bardzo wysoki i lekko zgarbiony, uścisnął mi rękę i przedstawił się jako detektyw inspektor Gaskill. Przedstawił także swojego kolegę, ale nie pamiętam jego nazwiska. Byłam rozkojarzona. Ledwo oddychałam.

– O co chodzi? – rzuciłam. – Coś się stało? Coś z moją matką? Z Tomem?

– Nie, nie – odparł Gaskill. – My w innej sprawie. Chcemy tylko spytać, co robiła pani w sobotę wieczorem.

Mówił jak facet z telewizora, czysty surrealizm. „Chcemy tylko spytać, co robiła pani w sobotę wieczorem". Właśnie. Co, do cholery, robiłam?

– Muszę usiąść – powiedziałam i Gaskill wskazał sofę, gdzie siedział już sierżant Trądzik. Cathy przestępowała z nogi na nogę i zagryzała wargę. Odchodziła od zmysłów.

– Dobrze się pani czuje? – spytał inspektor; chodziło mu o rozcięcie nad moim okiem.

– Potrąciła mnie taksówka – odparłam. – Wczoraj po południu w Londynie. Zawieźli mnie do szpitala. Może pan sprawdzić.

– Dobrze. – Gaskill lekko pokręcił głową. – No więc? Co robiła pani w sobotę wieczorem?

– Pojechałam do Witney – odrzekłam, próbując zapanować nad drżącym głosem.

– Po co?

Sierżant Trądzik wyjął notes i ołówek.

– Chciałam zobaczyć się z mężem.

– Och, Rachel... – westchnęła Cathy.

Inspektor ją zignorował.

– Z mężem? – powtórzył. – To znaczy byłym mężem? To-mem Watsonem?

Wciąż noszę jego nazwisko. Tak było wygodniej. Nie musiałam wymieniać kart płatniczych, adresów mejlowych, paszportu i tak dalej.

– Tak. Chciałam się z nim zobaczyć, ale doszłam do wniosku, że to zły pomysł, i wróciłam do domu.

– O której to było?

Gaskill mówił spokojnym głosem, miał kamienną twarz. Ledwo poruszał ustami. Słyszałam, jak ołówek sierżanta Trądzika sunie po papierze. Słyszałam dudnienie krwi w uszach.

– O... Chyba o wpół do siódmej. Do pociągu wsiadłam około szóstej.

– I wróciła pani...

– Nie wiem, o wpół do ósmej? – Zerknęłam na Cathy i po wyrazie jej twarzy poznałam, że wie, iż kłamię. – Może trochę później. Bliżej ósmej. Tak, już pamiętam: wróciłam kilka minut po ósmej. – Czułam, że się czerwienię. Jeśli Gaskill nie zwęszył łgarstwa, nie zasługiwał na to, żeby pracować w policji.

Odwrócił się, wziął krzesło spod stołu, który stał w kącie, i przyciągnął je do siebie szybkim, niemal gwałtownym ruchem. Postawił je dokładnie naprzeciwko sofy, niecały metr ode mnie. Usiadł, położył ręce na kolanach i przekrzywił głowę.

– Dobrze. Tak więc wyjechała pani około szóstej, co znaczy,

że do Witney dotarła pani o wpół do siódmej. Wróciła pani około ósmej, czyli musiała pani wyjechać stamtąd mniej więcej pół godziny wcześniej. Zgadza się?

– Tak – odparłam i znowu zdradził mnie niepewny głos. Czułam, że zaraz spyta mnie, co robiłam tam przez godzinę, a ja nie będę wiedziała, co odpowiedzieć.

– I ostatecznie nie zobaczyła się pani ze swoim byłym mężem. Więc co tam pani robiła przez godzinę?

– Trochę spacerowałam.

Czekał, aż to rozwinę. Chciałam dodać, że poszłam do pubu, ale to by było głupie, bo łatwo mógł sprawdzić tę informację. Spytałby, do którego i czy z kimś tam rozmawiałam. Zastanawiając się, co powiedzieć, zdałam sobie sprawę, że w ogóle nie zapytałam, dlaczego to go interesuje, co samo w sobie musiało być dziwne. Jakbym zrobiła coś złego.

– Rozmawiała pani z kimś? – spytał, czytając w moich myślach. – Była pani w sklepie, barze…

– Na stacji rozmawiałam z jakimś mężczyzną! – wypaliłam głośno i niemal triumfalnie, jak gdyby miało to jakieś znaczenie. – Dlaczego pan pyta? Co się dzieje?

Inspektor odchylił się na krześle.

– Pewnie pani słyszała o tej kobiecie z Witney. Mieszka przy Blenheim Road, kilka domów od pani byłego męża, i zaginęła. Chodzimy od drzwi do drzwi, pytając ludzi, czy nie widzieli jej w sobotę wieczorem, czy nie zauważyli albo nie słyszeli czegoś dziwnego. Podczas tych rozmów wypłynęło pani nazwisko. – Zrobił pauzę, czekając, aż to do mnie dotrze. – Tego wieczoru widziano panią na Blenheim Road, mniej więcej w tym samym czasie, gdy zaginiona, Megan Hipwell, wyszła z domu. Jedna z sąsiadek, Anna Watson, twierdzi, że widziała panią w tamtej okolicy w pobliżu swojej posesji. Utrzymuje, że dziwnie się pani zachowywała, co ją zaniepokoiło. Do tego stopnia, że chciała zadzwonić na policję.

Serce trzepotało się w mojej piersi jak ptak na uwięzi. Nie mogłam mówić, bo widziałam tylko siebie, widziałam, jak z zakrwawionymi rękami stoję pod wiaduktem. Z zakrwawionymi rękami. To była moja krew? Na pewno. Podniosłam wzrok, zobaczyłam, że Gaskill patrzy mi prosto w oczy, i uświadomiłam sobie, że muszę coś szybko powiedzieć, inaczej dalej będzie czytał w moich myślach.

– Nic nie zrobiłam. Nic a nic. Po prostu… Po prostu chciałam zobaczyć się z mężem.

– Byłym mężem – poprawił mnie znowu inspektor. Wyjął z kieszeni zdjęcie. Zdjęcie Megan. – Czy widziała pani tę kobietę w sobotę wieczorem?

Długo na nie patrzyłam. Surrealistycznie było zobaczyć ją akurat w taki sposób, blondynkę doskonałą, której życie stworzyłam i rozebrałam na kawałki w swojej głowie. To był portret, profesjonalna robota. Rysy twarzy miała trochę grubsze, niż myślałam, nie tak delikatne jak „moja" Jess.

– Pani Watson? Widziała ją pani?

Nie wiedziałam. Naprawdę nie wiedziałam. Wciąż nie wiem.

– Chyba nie – odparłam.

– „Chyba"? A więc mogła ją pani widzieć?

– Nie… Nie jestem pewna.

– Czy piła pani w sobotę wieczorem? Przed wyjazdem do Witney, piła pani?

Twarz zalała mi fala gorąca.

– Tak.

– Anna Watson uważa, że była pani pijana, kiedy zobaczyła panią w pobliżu swojego domu. Czy była pani pijana?

– Nie. – Patrzyłam prosto na niego, żeby nie widzieć oczu Cathy. – Po południu wypiłam parę drinków, ale nie byłam pijana.

Inspektor westchnął. Chyba go zawiodłam. Zerknął na sierżanta Trądzika i znowu przeniósł wzrok na mnie. Wstał, wolno i z namaszczeniem odstawił krzesło na miejsce.

– Jeśli przypomni pani sobie coś, co mogłoby nam pomóc, cokolwiek, czy zechce pani do mnie zadzwonić? – Podał mi wizytówkę.

Przygotowując się do wyjścia, z powagą skinął głową Cathy, a ja opadłam na sofę. Moje serce powoli zwalniało i nagle znowu przyspieszyło, bo spytał:

– Pracuje pani w public relations, tak? U Huntingtona Whitely'ego?

– Tak – potwierdziłam. – U Huntingtona Whitely'ego.

Sprawdzi to, odkryje, że skłamałam. Nie może, muszę mu powiedzieć.

I właśnie to zamierzam zrobić dziś rano. Pójść na posterunek i się przyznać. Powiem mu wszystko: że wyrzucono mnie z pracy kilka miesięcy temu, że w sobotę wieczorem byłam bardzo pijana i nie mam pojęcia, o której wróciłam do domu. Powiem to, co powinnam była powiedzieć wczoraj: że ich śledztwo idzie w złym kierunku. I że moim zdaniem Megan Hipwell miała romans.

WIECZOREM

Pomyślą, że jestem podglądaczką. Stalkerką, wariatką, kimś niezrównoważonym psychicznie. Nie powinnam była tam chodzić. Pogorszyłam tylko swoją sytuację i chyba nie pomogłam Scottowi, a przecież to dla niego tam poszłam. Scott potrzebuje pomocy, ponieważ jest oczywiste, że policja będzie podejrzewała, że zrobił coś złego żonie, a ja wiem, że to nieprawda, bo go znam. To brzmi niedorzecznie, ale takie mam wrażenie. Widziałam, jak się przy niej zachowuje. Nie zrobiłby jej krzywdy.

No dobrze, nie tylko dlatego tam poszłam. Była jeszcze sprawa tego kłamstwa, które musiałam sprostować. Tego, że pracuję u Huntingtona Whitely'ego.

Minęły wieki, zanim zebrałam się na odwagę. Dobrych kilka razy zawracałam, ale w końcu weszłam. Powiedziałam oficerowi dyżurnemu, że chcę rozmawiać z detektywem inspektorem Gaskillem, a on zaprowadził mnie do dusznej poczekalni, gdzie siedziałam ponad godzinę, zanim ktoś po mnie przyszedł. Przez ten czas zdążyłam się spocić i trzęsłam się jak skazana w drodze na szafot. Zaprowadzono mnie do innego pokoju, mniejszego i jeszcze bardziej dusznego, bez okien i dostępu powietrza. Tam czekałam dziesięć minut i dopiero wtedy wszedł Gaskill z jakąś kobietą, też po cywilnemu. Powitał mnie uprzejmie, wcale się nie zdziwił na mój widok. Przedstawił mi swoją koleżankę, detektyw sierżant Riley. Jest młodsza ode mnie, wysoka, szczupła, ciemnowłosa, i ma ostre rysy twarzy, jak chytra lisica. Nie odpowiedziała uśmiechem na mój uśmiech.

Usiedliśmy i długo milczeliśmy. Gaskill i Riley po prostu patrzyli na mnie wyczekująco.

– Pamiętam tego mężczyznę – powiedziałam w końcu. – Tak jak mówiłam, widziałam go na stacji. Mogę go opisać. – Riley leciutko uniosła brwi i poprawiła się na krześle. – Był średniego wzrostu, średniej budowy ciała i miał rudawe włosy. Potknęłam się na schodach, a on mnie podtrzymał. – Gaskill nachylił się do mnie z łokciami na stole i dłońmi splecionymi na wysokości ust. – Był… Był chyba w niebieskiej koszuli.

Nieprawda. Tak, pamiętam jakiegoś mężczyznę z pociągu i jestem pewna, że miał rudawe włosy i chyba uśmiechał się do mnie, możliwe, że szyderczo. Myślę, że wysiadł w Witney i niewykluczone, że coś do mnie mówił, ale nie wiem, czy jest to wspomnienie z soboty, czy z innego dnia. Mogłam potknąć się wiele razy, na wielu schodach. Nie mam pojęcia, w co był ubrany.

Moja krótka opowieść nie zrobiła na nich wrażenia. Riley prawie niedostrzegalnie pokręciła głową. Gaskill rozplótł palce i rozłożył przed sobą ręce dłońmi do góry.

– Dobrze. Czy na pewno to chciała pani zeznać?

Mówił bez gniewu, niemal z zachętą w głosie. Żałowałam, że przyszedł z tą Riley. Z nim mogłabym porozmawiać, jemu mogłabym zaufać.

– Już nie pracuję u Huntingtona Whitely'ego – powiedziałam.

– Ach tak? – Odchylił się. To go zainteresowało.

– Odeszłam trzy miesiące temu. Moja współlokatorka, a właściwie właścicielka mieszkania... Ona nic nie wie, nie powiedziałam jej. Pomyślałam, że będzie martwiła się o czynsz. Mam trochę pieniędzy i płacę, ale... W każdym razie wczoraj skłamałam i chciałam pana przeprosić.

Riley nachyliła się ku mnie i uśmiechnęła nieszczerze.

– Rozumiem. Już tam pani nie pracuje. Nigdzie pani nie pracuje, prawda? Jest pani bezrobotna. – Kiwnęłam głową. – Dobrze. Ale nie pobiera pani zasiłku...

– Nie.

– I pani... koleżanka nie zauważyła, że nie wychodzi pani rano do pracy?

– Wychodzę. To znaczy nie do pracy, ale codziennie jeżdżę do Londynu, tak jak kiedyś, o tej samej godzinie, żeby... Żeby się nie dowiedziała.

Riley zerknęła na Gaskilla. A on patrzył na mnie z płytką zmarszczką między oczami.

– Dziwnie to brzmi, wiem, ale... – Zamilkłam, bo wypowiedziane na głos słowa te brzmią nie tyle dziwnie, ile niedorzecznie.

– Aha. A więc tylko pani udaje, tak? – Riley zmarszczyła brwi, jakby się o mnie martwiła. Jakbym była kompletnie porąbana. Nie odezwałam się, nie kiwnęłam głową ani nic, po prostu milczałam. – Mogę spytać, dlaczego zrezygnowała pani z pracy?

Nie było sensu kłamać. Jeśli przed tą rozmową nie zamierzali sprawdzać mojej historii zatrudnienia, teraz na pewno to zrobią.

– Wyrzucono mnie – wymamrotałam.

– Zwolniono – wyjaśniła Riley z nutką satysfakcji w głosie. Najwyraźniej spodziewała się takiej odpowiedzi. – Dlaczego?

Cicho westchnęłam i odwołałam się do Gaskilla.

– Czy to naprawdę ważne? Czy to ważne, dlaczego mnie zwolniono?

Gaskill milczał – przeglądał notatki, które podsunęła mu Riley – ale lekko pokręcił głową. Riley zmieniła taktykę.

– Pani Watson, chcę panią spytać o ten sobotni wieczór.

Znowu zerknęłam na Gaskilla – przecież już o tym rozmawialiśmy – jednak nie patrzył na mnie.

– Dobrze – powiedziałam, raz po raz dotykając ręką głowy, podrażniając ranę. Nie mogłam się powstrzymać.

– Dlaczego poszła pani na Blenheim Road? Dlaczego chciała pani porozmawiać z byłym mężem?

– To chyba nie pani sprawa – odparłam i szybko, zanim zdążyła zareagować, dodałam: – Czy mogłabym prosić o szklankę wody?

Inspektor wstał i wyszedł – nie taki chciałam osiągnąć efekt. Riley wciąż milczała, po prostu patrzyła na mnie z cieniem uśmiechu na ustach. Nie mogłam tego wytrzymać, więc spojrzałam na stół, rozejrzałam się po pokoju. Wiedziałam, że to taka taktyka: milczała, żebym poczuła się w końcu nieswojo i coś powiedziała, nawet wbrew sobie.

– Chciałam z nim o czymś porozmawiać. O prywatnych sprawach. – Zabrzmiało to głupio i pompatycznie.

Riley westchnęła. Zagryzłam wargę i postanowiłam, że nie odezwę się, dopóki Gaskill nie wróci. Kiedy tylko wszedł i postawił przede mną szklankę mętnej wody, Riley zapytała:

– O prywatnych sprawach?

– Tak.

Wymienili spojrzenia, nie wiem, poirytowani czy rozbawieni. Czułam w ustach smak potu. Wypiłam łyk wody; była stęchła. Gaskill poskładał papiery i odsunął je na bok, jakby już ich nie potrzebował albo jakby nie znalazł w nich nic interesującego.

– Pani Watson, żona pani... pani byłego męża, Anna Watson, skarżyła się na panią. Twierdzi, że pani ich niepokoi, że niepokoi pani jej męża, że przychodzi pani nieproszona do ich domu i... – Inspektor zerknął na dokumenty, lecz Riley go uprzedziła.

– Że włamała się pani do nich i zabrała ich dziecko, kilkumiesięczną dziewczynkę.

Pożarła mnie czarna dziura, która otworzyła się na środku pokoju.

– Nieprawda! Nie zabrałam... To nie tak, nieprawda. Nie zabrałam... Ja jej nie zabrałam.

Bardzo się zdenerwowałam, zaczęłam się trząść i płakać, powiedziałam, że chcę wyjść. Riley odsunęła się z krzesłem, wstała, spojrzała na Gaskilla, wzruszyła ramionami i wyszła. Inspektor podał mi chusteczkę higieniczną.

– Może pani wyjść, kiedy tylko pani zechce. Chciała pani z nami porozmawiać.

Uśmiechnął się do mnie przepraszająco. Bardzo go w tym momencie lubiłam. Chciałam uścisnąć mu rękę, ale nie uścisnęłam, ponieważ byłoby to trochę dziwne.

– Myślę, że ma pani więcej do powiedzenia i kiedyś mi pani powie – dodał, a ja polubiłam go jeszcze bardziej za to „mi", zamiast „nam". – Może zrobimy przerwę? – Wstał i odprowadził mnie do drzwi. – Niech pani rozprostuje nogi i coś zje. Wróci pani i wtedy wszystko mi pani powie.

Zamierzałam zapomnieć o całej sprawie i pojechać do domu. Już szłam na stację gotowa odwrócić się do tego plecami. Ale potem pomyślałam o pociągach, o tym, że jeżdżę tą trasą tam i z powrotem, że codziennie mijam ten dom, dom Megan i Scotta. A jeśli nigdy jej nie znajdą? Będę się w nieskończoność zastanawiała – wiem, to mało prawdopodobne, jednak mimo wszystko – czy moje zeznania mogły jej pomóc. A jeśli nie wiedząc o B, oskarżą o coś Scotta? A jeśli Megan jest u B, związana w piwnicy, jeśli jest ranna i krwawi albo jeżeli B zakopał ją w ogrodzie?

Posłuchałam Gaskilla. W sklepie na rogu kupiłam butelkę wody i kanapkę z szynką i serem i poszłam do jedynego parku w Witney, mizernego skrawka ziemi otoczonego domami z lat trzydziestych, niemal w całości zajętego przez zalany asfaltem plac zabaw. Usiadłam na ławce na skraju, patrząc, jak matki i opiekunki krzyczą na dzieci wyjadające piasek z piaskownicy. Kiedyś, kilka lat temu, marzyłam o tym. Wyobrażałam sobie, że tu przychodzę – oczywiście nie po to, żeby zjeść kanapkę z szynką i serem między przesłuchaniami na policji – że przychodzę tu z moim dzieckiem. Wyobrażałam sobie, jaki wózek kupię, że będę przesiadywała godzinami w Trotters i Early Learning Centre, przebierając w ślicznych ubrankach i zabawkach edukacyjnych. Wyobrażałam sobie, że będę tu siedziała, podrzucając na kolanach mój własny kłębuszek radości.

Ale nic z tego nie wyszło. Żaden lekarz nie umiał mi wyjaśnić, dlaczego nie mogę zajść w ciążę. Jestem wystarczająco młoda, w niezłej formie, kiedy próbowaliśmy, wcale tak dużo nie piłam. Mąż miał dużo spermy i aktywnych plemników. Po prostu się nie udało. Ani razu nie poroniłam – oszczędzono mi tych męczarni – zwyczajnie nie zaszłam. Zaliczyliśmy jedną próbę zapłodnienia in vitro, bo na więcej nie było nas stać. Tak jak wszyscy nas ostrzegali, była nieprzyjemna i nieudana. Nikt mnie natomiast nie ostrzegł, że wszystko się przez tę próbę załamie. Ale się załamało. A raczej najpierw załamałam się ja, potem my.

W bezpłodności najgorsze jest to, że nie można przed nią uciec. Nie wtedy, kiedy ma się trzydzieści kilka lat. Znajomym rodziły się dzieci, znajomym znajomych też, ciąża, poród, a potem pierwsze przyjęcia urodzinowe. Cały czas mnie o to pytano.

Moja matka, przyjaciele, koleżanki z pracy. Kiedy przyjdzie moja kolej? Doszło do tego, że nasza bezdzietność stała się tematem rozmów przy niedzielnym lunchu, rozmów nie tylko między mną a Tomem, ale też w szerszym gronie. Czego próbujemy, czego powinniśmy spróbować, naprawdę myślisz, że drugi kieliszek wina ci nie zaszkodzi? Wciąż byłam młoda, wciąż mieliśmy mnóstwo czasu, ale porażka oplotła mnie jak opończa, dobiła i pogrążyła, w końcu straciłam nadzieję. Wtedy nie dopuszczałam do siebie myśli, że to tylko moja wina, jak powszechnie uważano, że tylko ja zawiodłam. Jednak tempo, w jakim Anna zaszła w ciążę, dowodzi, że Tom jest płodny, że nigdy nie miał z tym żadnych problemów. Myliłam się, twierdząc, że wina leży po obu stronach. Leżała tylko po mojej.

Lara, moja najlepsza przyjaciółka jeszcze ze studiów, urodziła dwoje dzieci w ciągu dwóch lat, najpierw chłopca, potem dziewczynkę. Nie lubiłam ich. Nie chciałam o nich słyszeć. Nie chciałam z nimi przebywać. Po jakimś czasie Lara przestała się do mnie odzywać. Pewna dziewczyna z pracy powiedziała mi – od niechcenia, jakby mówiła o usunięciu wyrostka robaczkowego albo wyrwaniu zęba mądrości – że miała niedawno aborcję farmakologiczną i że było to dużo mniej traumatyczne niż skrobanka, którą zaliczyła na studiach. Przestałam z nią rozmawiać, nie mogłam na nią patrzeć. W pracy zrobiło się niezręcznie, wszyscy to zauważyli.

Tom podchodził do tego inaczej. Po pierwsze, to nie była jego wina, poza tym nie potrzebował dziecka tak jak ja. Owszem, chciał być tatusiem, naprawdę chciał – jestem pewna, że marzył, aby pokopać piłkę z synkiem w ogrodzie albo wziąć córeczkę na barana i pójść z nią na spacer do parku. Ale uważał również, że będzie nam się dobrze żyło i bez dzieci. Jesteśmy szczęśliwi, powtarzał, dlaczego nie możemy po prostu żyć tak dalej? Zaczęłam go irytować. Nie mógł zrozumieć, że można tęsknić za czymś, czego się nigdy nie miało, że można to opłakiwać.

Czułam się odizolowana w swoim nieszczęściu. Odizolowana i samotna, więc zaczęłam trochę pić, a ponieważ z czasem piłam coraz więcej, byłam coraz bardziej samotna, bo nikt nie lubi przebywać w towarzystwie pijanej dziewczyny. Przegrywałam, więc piłam, piłam, więc przegrywałam. Lubiłam swoją pracę, ale nie zrobiłam błyskotliwej kariery, a nawet gdybym zrobiła, bądźmy szczerzy: u kobiety wciąż liczą się tylko dwie rzeczy – uroda i to, jak sprawdza się w roli matki. Nie jestem zbyt ładna i nie mogę mieć dzieci, więc jaka jestem? Bezwartościowa.

Nie twierdzę, że dlatego piję. Nie mogę zwalić winy na moich rodziców, dzieciństwo, zboczonego wujka czy jakąś straszną tragedię. To tylko moja wina. Zresztą i tak zawsze byłam trunkowa, lubiłam pić. Ale bardzo posmutniałam, a smutek nudzi się z czasem i temu smutnemu, i wszystkim naokoło. Wtedy z pijącej stałam się pijaczką, a nie ma nic nudniejszego niż smutna pijaczka.

Teraz jest już lepiej. Odkąd zaczęłam żyć na własny rachunek, trochę mi przeszło, to z dziećmi. Nie miałam wyjścia. Czytałam książki i artykuły, zrozumiałam, że muszę się z tym pogodzić. Są różne możliwości, jest nadzieja. Gdybym wytrzeźwiała i wyszła na prostą, mogłabym adoptować dziecko. Nie mam jeszcze trzydziestu czterech lat, to jeszcze nie koniec. Czuję się lepiej niż kilka lat temu, kiedy zostawiałam wózek na zakupy i wychodziłam ze sklepu, jeśli kręciło się tam za dużo matek z dziećmi. Wtedy nie byłam w stanie przyjść do parku, usiąść na placu zabaw i patrzeć, jak pulchne maluchy bawią się na zjeżdżalni. Wtedy sięgnęłam dna, wtedy pragnienie było najgorsze i myślałam, że stracę zmysły.

Zresztą może rzeczywiście straciłam na chwilę. W sobotę, w dniu, o który wypytywali mnie na policji, mogło mi odbić. Tom powiedział raz coś, co zupełnie mnie dobiło. A właściwie napisał: przeczytałam to rano na Facebooku. Nie, nie przeżyłam wstrząsu, wiedziałam, że Anna jest w ciąży, bo mnie uprzedził, poza tym widziałam ją i różowe zasłonki w oknie pokoju dziecięcego. Krótko mówiąc, mogłam się tego spodziewać. Ale zawsze myślałam o dziecku jako jej dziecku, tylko jej. Dopóki nie zobaczyłam zdjęcia Toma z nowo narodzoną córeczką, dopóki nie zobaczyłam, jak się do niej uśmiecha. Pod spodem napisał: „A więc to jest powód całego zamieszania! Nigdy nikogo tak nie kochałem! To najszczęśliwszy dzień w moim życiu!". Wyobraziłam sobie, jak to pisze, dobrze wiedząc, że zajrzę na Facebooka i te słowa mnie zabiją. Jednak to go nie powstrzymało. Miał to gdzieś. Rodziców nie obchodzi nic oprócz dzieci. Dzieci są centrum wszechświata, liczą się tylko one. Wszyscy pozostali są nieważni, cierpienie czy radość innych nie ma znaczenia, jest czymś nierzeczywistym.

Byłam zła. Zrozpaczona. Może opanowała mnie chęć zemsty. Może pomyślałam, pokażę im, że mój ból jest prawdziwy. Nie wiem. Zrobiłam coś głupiego.

Po paru godzinach wróciłam na posterunek. Spytałam Gaskilla, czy mogę porozmawiać z nim w cztery oczy, ale powiedział, że nie. Potem lubiłam go już trochę mniej.

– Nie włamałam się do ich domu – zaczęłam. – Tak, byłam tam, chciałam zobaczyć się z Tomem. Zadzwoniłam, ale nikt mi nie otworzył...

– Więc jak pani weszła? – przerwała mi Riley.

– Drzwi były otwarte.

– Frontowe? Były otwarte?

Westchnęłam.

– Nie, skąd. Te rozsuwane, od ogrodu.

– Jak dostała się pani do ogrodu?

– Przeszłam przez płot, znam drogę...

– Przeszła pani przez płot, żeby dostać się do domu byłego męża?

– Tak. Kiedyś... Zawsze chowaliśmy tam zapasowy klucz. Do skrytki, na wypadek gdyby któreś z nas zapomniało albo zgubiło ten na kółku. To nie było włamanie. Chciałam tylko po-rozmawiać z Tomem. Myślałam, że może... dzwonek się zepsuł albo coś.

– Był środek powszedniego dnia, prawda? – spytała Riley. – Dlaczego założyła pani, że mąż jest w domu? Zadzwoniła pani do niego?

– Chryste! Dacie mi wreszcie powiedzieć czy nie?! – Krzyk-nęłam, a ona pokręciła głową i znowu posłała mi ten uśmiech, jakby mnie znała, jakby czytała we mnie jak w otwartej książ-ce. – Przeszłam przez płot – powtórzyłam, próbując mówić ci-szej – i zapukałam do rozsuwanych drzwi, które były uchylone. Nikt się nie odezwał. Wetknęłam do środka głowę i zawołałam Toma. Znowu nic, ale usłyszałam płacz dziecka. Weszłam i zo-baczyłam, że Anna...

– Pani Watson?

– Tak. Że pani Watson śpi na sofie. Dziecko leżało w prze-nośnym foteliku i płakało, właściwie przeraźliwie krzyczało, miało czerwoną twarzyczkę, musiało płakać już od jakiegoś czasu. – Gdy to mówiłam, dotarło do mnie, że powinnam była powiedzieć co innego, że usłyszałam płacz z ulicy i dlatego tam zajrzałam. Nie wyszłabym wtedy aż na taką wariatkę.

– A więc dziecko głośno krzyczało, a matka spała tuż obok i się nie obudziła? – pyta mnie Riley.

– Tak. – Podpiera się łokciami, ręce ma na wysokości ust i nie widzę jej miny, ale wiem, co myśli. Że kłamię. – Wyjęłam małą z fotelika, żeby się uspokoiła. To wszystko. Żeby prze-stała płakać.

– Chyba jednak nie wszystko, prawda? Bo kiedy Anna się obudziła, już tam pani nie było. Była pani przy płocie, przy to-rach. Tak?

– Mała nie chciała przestać płakać – odparłam. – Huśtałam ją, a ona ciągle marudziła, więc wyszłam z nią na dwór.

– Na tory?

– Do ogrodu.

– Chciała pani zrobić krzywdę dziecku Watsonów?

Zerwałam się z krzesła. To melodramatyczne, wiem, ale chciałam dać im do zrozumienia – dać do zrozumienia Gaskillowi – że to oburzające podejrzenie.

– Nie muszę tego słuchać! Przyszłam powiedzieć wam o tym mężczyźnie! Przyszłam wam pomóc! A wy… O co mnie właściwie oskarżacie? O co?

Gaskill pozostał niewzruszony, obojętny. Gestem ręki kazał mi usiąść.

– Pani Watson… Ta druga pani Watson, Anna, wspominała o pani podczas przesłuchania w sprawie Megan Hipwell. Twierdzi, że nie pierwszy raz zachowywała się pani jak osoba nieobliczalna, niezrównoważona psychicznie. Opowiedziała nam o tym incydencie z dzieckiem. Utrzymuje, że nęka pani ją i jej męża, że pani do nich wydzwania… – Zajrzał do notatek. – Tak, niemal co wieczór. Że nie chce się pani pogodzić z tym, że wasze małżeństwo się rozpadło…

– To nieprawda! – zaprotestowałam, bo nie, to nie była prawda. Owszem, czasem dzwoniłam do Toma, ale nie co wieczór, bez przesady. Wyczułam, że Gaskill nie jest jednak po mojej stronie, i znowu zachciało mi się płakać.

– Dlaczego nie zmieniła pani nazwiska? – spytała Riley.

– Słucham?

– Wciąż używa pani nazwiska męża. Dlaczego? Gdyby mąż zostawił mnie dla innej, chybabym je zmieniła. Nie chciałabym nazywać się tak jak moja następczyni…

– Cóż, może nie jestem aż tak małostkowa. – Jestem małostkowa. Nie mogę znieść, że Anna jest Anną Watson.

– Rozumiem. A ta obrączka? Ta na łańcuszku na pani szyi. To ślubna?

– Nie – skłamałam. – Jest… Należała do mojej babci.

– Naprawdę? Dobrze. Według mnie pani zachowanie, tak

jak sugerowała Anna Watson, wskazuje, że nie chce pani pogodzić się z faktami, przyjąć do wiadomości, że pani były mąż ma nową rodzinę.

– Nie rozumiem...

– Co to ma wspólnego z Megan Hipwell? – dokończyła za mnie Riley. – Wieczorem w dniu jej zaginięcia widziano panią na ulicy, przy której mieszka. Panią, pijaną, niezrównoważoną kobietę. Biorąc pod uwagę, że pani Watson i Megan Hipwell są do siebie podobne...

– Nieprawda, nie są! – Oburzył mnie ten pomysł. Jess wygląda zupełnie inaczej. Megan wygląda zupełnie inaczej.

– Obie są blondynkami, obie są szczupłe i drobne, obie mają bladą cerę...

– A więc zaatakowałam Megan Hipwell, myśląc, że to Anna? To najgłupsza rzecz, jaką słyszałam. – Ale mój guz znowu pulsował bólem i sobotnie wydarzenia wciąż kryły się w najczarniejszym mroku.

– Czy wie pani, że Anna Watson zna Megan Hipwell? – spytał Gaskill, a mnie opadła szczęka.

– Ona... Co takiego? Nie. One się nie znają.

Riley uśmiechnęła się i natychmiast spoważniała.

– Owszem, znają się. Megan Hipwell była opiekunką ich dziecka... – Zajrzała do notatek. – Na przełomie sierpnia i września.

Nie wiem, co powiedzieć. Nie mogę sobie tego wyobrazić: Megan w moim domu z dzieckiem, jej dzieckiem.

– Ta rozcięta warga – spytał Gaskill – to z wczorajszego wypadku?

– Tak. Musiałam ją zagryźć, kiedy upadłam.

– Gdzie to było?

– W Londynie, na Theobalds Road. Niedaleko Holborn.

– Co tam pani robiła?

– Słucham?

– Co robiła pani w centrum Londynu?

Wzruszyłam ramionami.

– Już mówiłam – odparłam chłodno. – Moja współlokatorka nie wie, że straciłam pracę. Więc jeżdżę tam jak zwykle i idę do biblioteki, żeby poszukać nowej i popracować nad CV.

Riley pokręciła głową z niedowierzaniem albo zadziwieniem. Jak można się tak stoczyć?

Odsunęłam się z krzesłem, szykując się do wyjścia. Miałam dość tego protekcjonalnego tonu, tego, że robią ze mnie idiotkę, traktują jak wariatkę. Nadeszła pora wyłożyć asa na stół.

– Naprawdę nie wiem, dlaczego o tym rozmawiamy – powiedziałam. – Myślałam, że macie ważniejsze sprawy na głowie, jak choćby zniknięcie Megan Hipwell. Rozumiem, że już rozmawialiście z jej kochankiem, tak? – Milczeli, po prostu gapili się na mnie bez słowa. Nie spodziewali się tego. Nic nie wiedzieli. – Może tego nie wiecie, ale Megan Hipwell miała romans. – Wstałam i ruszyłam do drzwi.

Gaskill mnie zatrzymał. Poruszał się cicho i zaskakująco szybko, więc zanim zdążyłam położyć rękę na klamce, stał już przede mną.

– Myślałem, że pani jej nie zna.

– Bo nie znam – odparłam, próbując go ominąć.

Zaszedł mi drogę.

– Proszę usiąść.

Wtedy opowiedziałam im o tym, co widziałam z pociągu, powiedziałam, że widywałam Megan na tarasie, jak opalała się po południu albo piła rano kawę. Powiedziałam, że w zeszłym tygodniu widziałam ją z kimś, kto na pewno nie był jej mężem, że całowali się na trawniku.

– Kiedy to było? – warknął Gaskill. Chyba się zirytował. Może dlatego, że powiedziałam im o tym dopiero teraz i zmarnowali cały dzień, gadając o mnie.

– W piątek. W piątek rano.

– A więc dzień przed jej zaginięciem widziała ją pani z innym mężczyzną? – spytała Riley i rozdrażniona westchnęła. Zamknęła notes. Gaskill odchylił się do tyłu, sondując wzrokiem moją twarz. Ona myślała pewnie, że zmyślam, on nie był tego pewny.

– Może go pani opisać? – spytał.

– Wysoki, ciemnowłosy...

– Przystojny? – przerwała mi Riley.

Wydęłam policzki.

– Wyższy od Scotta Hipwella. Wiem, bo widziałam ich razem, Jess... przepraszam, Megan i Scotta, a tamten wyglądał zupełnie inaczej. Był smuklejszy, szczuplejszy, miał ciemną cerę. Wyglądał na Azjatę.

– Potrafi pani określić z pociągu czyjeś pochodzenie etniczne? – spytała Riley. – Imponujące. Tak przy okazji, kto to jest Jess?

– Słucham?

– Przed chwilą wspomniała pani o jakiejś Jess.

Poczułam, że znowu się czerwienię. Pokręciłam głową.

– Chyba nie.

Gaskill wstał i wyciągnął do mnie rękę.

– Myślę, że to wystarczy. – Uścisnęłam ją, zignorowałam Riley i odwróciłam się do drzwi. – Proszę nie chodzić na Blenheim Road, pani Watson – dodał inspektor. – I nie kontaktować się z byłym mężem, chyba że w ważnej sprawie. Proszę również, żeby nie zbliżała się pani do pani Watson i jej dziecka.

W pociągu analizuję wszystko to, co poszło dziś nie tak, i z zaskoczeniem stwierdzam, że wcale nie czuję się tak strasznie, jak bym mogła. I chyba wiem dlaczego: wczoraj wieczorem nie piłam, teraz też nie mam ochoty. Zainteresowało mnie – pierwszy raz od Bóg wie kiedy – coś innego niż moje własne nieszczęście. Mam jakiś cel. A przynajmniej zajęcie.

Rano

Na stacji kupiłam trzy gazety: Megan nie ma od czterech dni i pięciu nocy i coraz więcej o tym piszą. Tym z „Daily Mail" – można to było przewidzieć – udało się znaleźć jej zdjęcia w bikini, ale zamieścili również życiorys, najbardziej szczegółowy ze wszystkich, jakie dotąd czytałam.

Urodziła się w 1984 roku w Rochester jako Megan Mills i w wieku dziesięciu lat przeprowadziła się z rodzicami do King's Lynn w Norfolk. Była inteligentnym dzieckiem, bardzo towarzyskim i uzdolnionym artystycznie, ładnie śpiewała. „Była bardzo wesoła, bardzo ładna i buntownicza" – to słowa jej szkolnej koleżanki. Ta buntowniczość nasiliła się po śmierci jej brata Bena, z którym była bardzo zżyta. Zginął w wypadku motocyklowym; miał wtedy dziewiętnaście, a ona piętnaście lat. Trzy dni po pogrzebie uciekła z domu. Dwa razy ją aresztowano, raz za kradzież, raz za nagabywanie mężczyzn w celach nierządu. Według „Mail" całkowicie zerwała kontakt z rodzicami, którzy zmarli kilka lat temu, nie pogodziwszy się z córką. (Czytam to i jest mi bardzo smutno. Dociera do mnie, że może jednak aż tak się nie różnimy, że ona też jest samotna).

W wieku szesnastu lat wprowadziła się do swojego chłopaka, który miał dom pod Holkham w północnym Norfolk. Szkolna koleżanka mówi, że: „To był starszy facet, muzyk czy ktoś taki. Ćpał. Kiedy zaczęli się spotykać, praktycznie przestaliśmy ją widywać". Jego nazwiska nie podano, więc pewnie go nie znaleźli. Może w ogóle nie istniał. Koleżanka mogła to zmyślić, żeby zaistnieć w prasie.

Potem autorzy skaczą o kilka lat do przodu i Megan ma nagle dwadzieścia cztery lata, mieszka w Londynie i pracuje jako kelnerka w restauracji w północnej części miasta. Tam poznaje Scotta Hipwella, niezależnego specjalistę IT, znajomego właściciela restauracji, i od razu przypadają sobie do gustu. Po „intensywnym flircie" pobierają się – ona ma dwadzieścia pięć lat, on trzydzieści.

Jest tu jeszcze kilka innych wypowiedzi, w tym Tary Epstein, przyjaciółki, u której Megan miała nocować w dniu zaginięcia. Tara mówi, że Megan „jest uroczą, beztroską dziewczyną", że „robiła wrażenie bardzo szczęśliwej" i że „Scott by jej nie skrzywdził, bo bardzo ją kocha". Czyli same banały. Dużo ciekawsza jest wypowiedź artysty, który wystawiał swoje prace w kierowanej przez Megan galerii, niejakiego Rajesha Gujrala. Rajesh uważa, że Megan jest „cudowną kobietą o ciepłym sercu, inteligentną, zabawną, piękną i bardzo skrytą". Wygląda na to, że się w niej podkochuje. Autorem ostatniego cytatu jest David Clark, „dawny kolega Scotta", który twierdzi, że „Megs i Scott to wspaniała para. Są szczęśliwi i bardzo zakochani".

Jest tu również kilka wzmianek o przebiegu dochodzenia, jednak z oświadczeń policji nic nie wynika: rozmawiali z „kilkoma świadkami" i „śledztwo jest prowadzone wielotorowo". Autorem jedynego ciekawego komentarza jest detektyw inspektor Gaskill, który potwierdza, że policji pomagają w dochodzeniu dwie osoby. Jestem pewna, że to główni podejrzani. Jednym jest Scott. Czy drugim może być B? Czy B to Rajesh?

Lektura pochłania mnie do tego stopnia, że nie zwracam na nic uwagi – dopiero co wsiadłam, a pociąg staje już jak zwykle przed czerwonym semaforem. W ogrodzie Scotta ktoś jest, dwóch umundurowanych policjantów przed przeszklonymi drzwiami. Kręci mi się w głowie. Znaleźli coś? Ją? Jej ciało zakopane w ogrodzie albo ukryte pod podłogą? Nie mogę przestać myśleć o kupce ubrań przy torach, co jest głupie, ponieważ zauważyłam je przed zaginięciem Megan. Tak czy inaczej, jeśli w ogóle ktoś zrobił jej krzywdę, to na pewno nie Scott, to niemożliwe. Do szaleństwa ją kocha, wszyscy tak mówią. Zmieniła się pogoda i światło jest kiepskie, niebo ołowiane i groźne. Nie widzę wnętrza domu, nie widzę, co się tam dzieje. Jestem załamana. Nie mogę stać z boku, siedzę w tym teraz na dobre i złe. Muszę wiedzieć, co się dzieje.

Przynajmniej mam plan. Po pierwsze, muszę sprawdzić, czy istnieje jakiś sposób na to, aby przypomnieć sobie sobotnie wydarzenia. Zamierzam poszperać w bibliotece i poczytać trochę o hipnoterapii – może zadziała – dowiedzieć się, czy odzyskanie tego straconego czasu jest w ogóle możliwe. Po drugie, muszę skontaktować się ze Scottem Hipwellem. Uważam, że to ważne, ponieważ nie sądzę, żeby policja uwierzyła w moją opowieść o kochanku. Muszę powiedzieć o nim Scottowi. Zasługuje na to.

Wieczorem

Pociąg jest pełen przemoczonych deszczem pasażerów – ich ubrania parują, para osadza się na szybach. Nad mokrymi, pochylonymi głowami unosi się nieznośny zapach potu, perfum i detergentów. Groźne poranne chmury wisiały na niebie przez cały dzień. Robiły się coraz cięższe i czarniejsze, wreszcie pękły w monsunowej ulewie, która rozpętała się w chwili, gdy urzędnicy wychodzili z pracy, w godzinie szczytu, korkując ulice i zatykając wejścia do metra tłumami ludzi otwierających i zamykających parasole.

Nie mam parasolki i przemokłam do suchej nitki; czuję się tak, jakby wylano na mnie kubeł wody. Bawełniane spodnie oblepiają mi uda, wypłowiała niebieska bluzka jest krępująco przezroczysta. Całą drogę z biblioteki do metra przebiegłam z torebką przyciśniętą do piersi, żeby zasłonić, co się dało. Z jakiegoś powodu uznałam, że to zabawne – ktoś, kogo złapał deszcz, wygląda śmiesznie – i śmiałam się tak bardzo, że gdy dobiegłam do końca Grey's Inn Road, nie mogłam złapać tchu. Nie pamiętam, kiedy ostatni raz tak się śmiałam.

Ale już się nie śmieję. Ledwie usiadłam, sprawdziłam w telefonie najświeższe wiadomości o Megan i przeczytałam coś, czego najbardziej się obawiałam. „Policja z Witney przesłuchuje trzydziestopięcioletniego mężczyznę w sprawie zaginięcia Megan Hipwell. Mężczyzna został pouczony o przysługujących mu prawach". To Scott. Jestem tego pewna. Mam jedynie nadzieję, że przeczytał mojego mejla, zanim został zatrzymany, ponieważ jeśli pouczono go o przysługujących mu prawach, to znaczy, że sprawa jest poważna, że go o coś podejrzewają. Chociaż oczywiście to „coś" nie jest jeszcze sprecyzowane. Całkiem możliwe, że w ogóle nic się nie stało. Że Megan żyje. Czasem nie mogę odpędzić od siebie myśli, że zdrowa, w doskonałej formie siedzi na balkonie z widokiem na morze i z nogami na balustradzie popija zimnego drinka.

Myśl ta jest ekscytująca i rozczarowująca zarazem i od tego rozczarowania robi mi się niedobrze. Nie chcę, żeby coś jej się stało, bez względu na fakt, jak bardzo byłam na nią zła za to, że zdradzała Scotta, że zburzyła moją iluzję małżeństwa doskonałego. Nie chcę, ponieważ czuję się częścią tej tajemnicy, czuję się powiązana. Nie jestem już tylko dziewczyną z pociągu, która jeździ tam i z powrotem bez żadnego celu. Pragnę, żeby Megan wróciła cała i zdrowa. Naprawdę. Ale jeszcze nie teraz.

Rano napisałam do Scotta. Adres znalazłam bez trudu. Wygooglowałam go i trafiłam na stronę www.shipwellconsulting. co.uk, gdzie reklamuje „szeroki zakres konsultingu IT, usługi w chmurze oraz na stronach internetowych dla biznesu i organizacji non profit". Wiedziałam, że to on, ponieważ adres firmowy pokrywał się z domowym.

Wysłałam krótki list na adres podany na stronie:

Drogi Scotcie!
Nazywam się Rachel Watson. Nie zna mnie Pan. Chciałabym porozmawiać z Panem o Pańskiej żonie. Nie dysponuję

żadnymi informacjami na temat miejsca jej pobytu i nie wiem, co się z nią stało. Ale myślę, że wiem o czymś, co mogłoby Panu pomóc. Zrozumiem, jeżeli nie zechce Pan ze mną rozmawiać, ale jeśli Pan się zdecyduje, proszę napisać na ten adres.

Z pozdrowieniami

Rachel

Nie wiem, czy odpowie, wątpię, czy zrobiłabym to na jego miejscu. Tak jak policja pomyślałby pewnie, że jestem psycholką, wariatką, która przeczytała o sprawie w gazetach. Teraz już się nie dowiem, bo jeśli go aresztowano, nie ma dostępu do konta. Jeśli go aresztowano, list zobaczą tylko śledczy i pewnie źle na tym wyjdę. Ale musiałam spróbować.

A teraz jestem załamana, sfrustrowana. Nie widzę drugiej strony torów, tej mojej, bo w przejściu stoi tłum ludzi, zresztą nawet gdyby ich tam nie było, wciąż leje i zobaczyłabym najwyżej płot. Ciekawe, czy deszcz zmyje ślady, czy właśnie znikają ważne dowody rzeczowe, plamy krwi, odciski stóp, niedopałki papierosów z kodem DNA. Mam tak wielką ochotę na drinka, że niemal czuję smak wina na języku. Że mogę sobie dokładnie wyobrazić, jak alkohol przenika do krwi i uderza do głowy.

Chcę się napić i nie chcę, bo jeśli się dziś nie napiję, miną trzy dni, a nie pamiętam, kiedy ostatni raz byłam trzeźwa trzy dni z rzędu. Czuję w ustach coś jeszcze: smak dawnego uporu. Był taki czas, kiedy mogłam przebiec przed śniadaniem dziesięć kilometrów, kiedy wiele tygodni mogłam przeżyć na tysiąc trzystu kaloriach dziennie. Właśnie to lubił we mnie Tom, tak mówił, mój upór, moją siłę. Pamiętam tę awanturę, już pod sam koniec, gdy nie mogło być chyba gorzej. Stracił panowanie nad sobą i spytał:

– Co się z tobą dzieje, Rachel? Kiedy stałaś się taka słaba?

Nie wiem. Nie wiem, gdzie podziała się moja siła, nie pamiętam, jak ją straciłam. Myślę, że kawałek po kawałku odłupało
ją życie, że się powoli zużyła.

Przed semaforem po londyńskiej stronie Witney przeraźliwie piszczą hamulce i pociąg gwałtownie hamuje. Pasażerowie,
ci stojący, wpadają na siebie, potykają się i depczą sobie po
nogach, mamrocząc przeprosiny. Podnoszę głowę i widzę mężczyznę z sobotniego wieczoru, tego rudego, tego, który pomógł
mi wstać. Patrzy prosto na mnie i spotykamy się wzrokiem –
drętwieję z przerażenia i upuszczam komórkę. Sięgam po nią
i znowu podnoszę głowę, tym razem ostrożnie. Najpierw ob-
rzucam wzrokiem wagon, wycieram łokciem zaparowaną szybę, patrzę w okno i dopiero wtedy spoglądam na niego, a on
uśmiecha się do mnie z lekko przekrzywioną głową.

Czuję, że płonie mi twarz. Nie wiem, jak zareagować na
ten uśmiech, bo nie wiem, co oznacza. Czy: „O, jak się masz?
Pamiętam cię z soboty”, czy: „Chryste, to ta zalana w pestkę
dziewczyna, która spadła ze schodów, a potem pieprzyła coś
od rzeczy”, czy jeszcze coś innego? Nie wiem, ale kiedy o tym
myślę, widzę – jak w filmowym kadrze – że potykam się na
schodach, i słyszę fragment ścieżki dźwiękowej, głos mówiący:
„Wszystko w porządku, złotko?”. Odwracam się i znowu patrzę
w okno. Czuję na sobie jego wzrok, chcę się ukryć, zniknąć. Pociąg rusza, kilka sekund później wjeżdżamy na stację w Witney
i przygotowując się do wyjścia, ludzie zaczynają walczyć o lepszą pozycję, składać gazety, chować czytniki i iPady. Odwracam
głowę i zalewa mnie fala ulgi – rudzielec stoi tyłem do mnie,
będzie wysiadał.

Wtedy stwierdzam, że jestem idiotką. Powinnam wstać i iść
za nim, powinnam go zagadnąć. Może wie, co się stało albo
co się nie stało, może będzie mógł wypełnić chociaż niektóre
luki. Wstaję. Waham się – wiem, że już za późno, zaraz zamkną
się drzwi, jestem w połowie wagonu, nie zdążę przepchnąć

się przez tłum. Słuchać bipnięcie i drzwi się zamykają. Pociąg rusza, a ja, wciąż stojąc, patrzę w okno. Rudzielec moknie na deszczu na peronie, widzi, jak go mijam.

Im bliżej domu, tym bardziej się na siebie wkurzam. Kusi mnie, żeby przesiąść się w Northcote, wrócić do Witney i go poszukać. Pomysł jest oczywiście głupi i ryzykowny, zważywszy, że nie dalej jak wczoraj Gaskill ostrzegał mnie, żebym trzymała się z dala od tej okolicy. Ale jestem przygnębiona tym, że najprawdopodobniej już nigdy nie przypomnę sobie, co wydarzyło się w sobotę. Kilka godzin szperania w internecie (przyznaję, że niezbyt intensywnych) potwierdziło to, czego się spodziewałam: hipnoza rzadko kiedy pomaga odzyskać czas stracony podczas zaniku pamięci, ponieważ, zgodnie z tym, co przeczytałam wcześniej, podczas zaniku pamięci mózg nie generuje wspomnień. Po prostu nie ma się wtedy nic do zapamiętania. Już do końca życia godziny te będą dla mnie czarną dziurą.

MEGAN

Po południu

W pokoju jest ciemno, wszędzie unosi się słodki zapach naszych ciał. Znowu jesteśmy Pod Łabędziem, w pokoju pod okapem. Ale dzisiaj jest inaczej, bo on wciąż tu jest, bo na mnie patrzy.

– Gdzie chcesz jechać? – pyta.

– Do domu nad morzem – mówię. – Na Costa de la Luz.

Uśmiecha się.

– Co będziemy tam robili?

Śmieję się głośno.

– Oprócz tego?

Powoli sunie palcami po moim brzuchu.

– Oprócz tego.

– Otworzymy małą kafejkę, będziemy organizowali wystawy i nauczymy się surfować.

Całuje mnie w biodro.

– A Tajlandia? – pyta.

Marszczę nos.

– Za dużo dzieciaków na przerwie przed studiami. Nie, na Sycylię. Na Egady. Otworzymy bar na plaży, będziemy łowić…

Śmieje się, kładzie na mnie i całuje w usta.

– Nie można ci się oprzeć – mamrocze. – Jesteś zniewalająca.

Chce mi się śmiać, mam ochotę powiedzieć: „A widzisz? Wygrałam! Mówiłam, że to nie ostatni raz, nigdy tak nie jest". Zagryzam wargę i zamykam oczy. Wiedziałam, miałam rację, ale nic nie mówię, bo co by mi to dało? Lubię delektować się zwycięstwem w milczeniu. Sprawia mi to niemal taką samą przyjemność jak jego dotyk.

Potem przemawia do mnie jak nigdy dotąd. Zwykle to ja mówię, ale tym razem otwiera się i zwierza. Mówi o uczuciu wewnętrznej pustki, o rodzinie, którą porzucił, o kobiecie przede mną i tej poprzedniej, tej, która namieszała mu w głowie i zostawiła go wypalonego. Nie wierzę w braterstwo dusz, ale czuję, że się rozumiemy, choć przedtem nie czułam, przynajmniej nie ostatnio. To jest zrozumienie wynikające z podobnych doświadczeń, z tego, że oboje wiemy, co znaczy być wybrakowanym.

Pustka: tak, to rozumiem. Zaczynam nabierać przekonania, że nic jej nie wypełni. Wyniosłam to z moich sesji terapeutycznych: dziury w życiu są trwałe. Trzeba żyć dalej wokół nich, jak korzenie drzewa wokół betonu, trzeba się między nimi przeciskać. To wszystko wiem, lecz nie mówię tego na głos, jeszcze nie.

– Kiedy pojedziemy? – pytam, ale nie odpowiada i zasypiam, a gdy się budzę, już go nie ma.

Piątek, 8 marca 2013

Rano

Scott przynosi mi kawę na taras.

– Spałaś. – Nachyla się i całuje mnie w głowę. Stoi za mną z rękami na moich ramionach, ciepły i mocny jak opoka.

Zamykam oczy, opieram się o niego i wsłuchuję w stukot pociągu, aż cichnie na wysokości naszego domu. Kiedy się tu wprowadziliśmy, Scott machał do pasażerów, co zawsze mnie śmieszyło. Lekko zaciska palce, pochyla się i całuje mnie w szyję.

– Spałaś – powtarza. – Chyba lepiej się czujesz.

– To prawda – mówię.

– Myślisz, że to działa? Ta terapia.

– Pytasz, czy jestem już zdrowa?

– Nie, nie – zaprzecza i słyszę nutkę urazy w jego głosie. – Nie chciałem…

– Wiem. – Ściskam jego rękę. – Żartowałam. Myślę, że to proces. To nie takie proste. Nie wiem, czy kiedykolwiek będę mogła powiedzieć, że zadziałało. Że mi lepiej.

Milkniemy i ściska mi ramię trochę mocniej.

– A więc chcesz tam chodzić? – pyta, a ja odpowiadam, że chcę.

Był taki czas, kiedy myślałam, że może być dla mnie wszystkim, że mi wystarczy. Myślałam tak przez wiele lat. Kochałam go bez reszty. Wciąż kocham. Ale już tego nie chcę. Czuję się sobą tylko w te sekretne, rozognione popołudnia, takie jak to wczorajsze, gdy ożywam w gorączce i półmroku. Skąd pewność, że jeśli ucieknę, to znajdę coś, co mnie wreszcie nasyci? Skąd pewność, że nie skończę, czując się dokładnie tak jak teraz, przytłoczona zamiast bezpieczna? Może zechcę uciec znowu, znowu i znowu, by w końcu wrócić tutaj, do domu przy starych torach, bo nie będzie już dokąd uciekać. Może. A może nie. Trzeba ryzykować, prawda?

Schodzę na dół, żeby się z nim pożegnać, bo spieszy się do pracy. Obejmuje mnie w talii i całuje w czubek głowy.

– Kocham cię – mruczy i czuję się strasznie, jak najgorsza z najgorszych. Nie mogę się doczekać, kiedy zamknie drzwi, bo wiem, że zaraz się rozpłaczę.

Rachel

Rano

Podmiejski o ósmej cztery jest prawie pusty. Okna są otwarte, powietrze chłodne po wczorajszej burzy. Megan nie ma już od stu trzydziestu trzech godzin, a ja nie czułam się tak dobrze od miesięcy. Patrząc rano w lustro, zauważyłam, że zmieniła mi się twarz, że mam czystszą cerę i jaśniejsze oczy. I czuję się lżejsza. Na pewno nie zrzuciłam ani grama, ale nic mi nie ciąży. Jestem sobą – tą sprzed lat.

Scott się nie odezwał. Szukałam w internecie, ale nie znalazłam nic o jego aresztowaniu, więc pewnie zignorował mojego mejla. Jestem zawiedziona, ale chyba należało się tego spodziewać. Kiedy wychodziłam, zadzwonił do mnie Gaskill. Spytał, czy mogę przyjść dzisiaj na posterunek. Wpadłam w panikę, ale tylko na chwilę, bo spokojnym, łagodnym tonem dodał, że chce mi pokazać parę zdjęć. Wtedy spytałam go, czy aresztowano Scotta Hipwella.

– Nie, proszę pani – odparł. – Jak dotąd nikt nie został aresztowany.

– A tego, którego pouczono o przysługujących mu prawach…

– Nie wolno mi o tym mówić.

Ma tak spokojny, tak kojący głos, że znowu go lubię.

Cały wieczór przesiedziałam na sofie w podkoszulku i spodenkach do biegania, ślęcząc nad listą rzeczy do zrobienia. Mogłabym na przykład pochodzić w godzinach szczytu po stacji w Witney i poszukać tego rudzielca z soboty. Zaprosić go na drinka i zobaczyć, co będzie, wybadać, czy coś widział, czy coś wie. Tylko że to niebezpieczne, bo mogłabym natknąć się na Annę albo Toma – donieśliby na mnie i miałabym kłopoty z policją (znowu). Innym niebezpieczeństwem byłoby to, że mogłabym wpaść w jeszcze większe opały. Wciąż pobrzmiewają mi w uszach fragmenty jakiejś kłótni, której fizyczne ślady mam chyba na głowie i ustach. Co będzie, jeśli to właśnie ten rudzielec mnie napadł? To, że się do mnie uśmiechał i machał ręką, nic nie znaczy, bo skąd wiadomo, że to nie psychopata? Ale nie, nie wygląda na psychopatę. Nie potrafię tego wytłumaczyć, ale wzbudza we mnie ciepłe uczucia.

Mogłabym również skontaktować się ponownie ze Scottem. Lecz muszę dać mu powód do rozmowy, a boję się, że jeśli powiem mu, co wtedy widziałam, weźmie mnie za wariatkę. Może nawet pomyśleć, że miałam coś wspólnego ze zniknięciem Megan, i donieść na mnie na policję. Wtedy miałabym poważne kłopoty.

Mogłabym pójść na hipnozę. Jestem niemal pewna, że nic bym sobie nie przypomniała, ale i tak jestem ciekawa. Spróbować nie zaszkodzi, prawda?

Wciąż siedziałam na sofie, robiąc notatki i przeglądając wiadomości, gdy wróciła Cathy. Była w kinie z Damienem. Zdziwiła się i wyraźnie ucieszyła, że jestem trzeźwa, chociaż była również trochę niepewna, bo od wtorkowej wizyty policji prawie nie rozmawiałyśmy. Kiedy powiedziałam, że od trzech dni nie piję, wyściskała mnie i zaświergotała:

– Tak się cieszę, że wzięłaś się w garść i zaczynasz dochodzić do siebie!

„Do siebie" – jakby mnie znała.

– Ta sprawa z policją – dodałam – to było nieporozumienie. Między Tomem a mną wszystko jest w porządku i nic nie wiem o tej zaginionej kobiecie. Nie musisz się o to martwić.

Cathy znowu mnie uścisnęła i zaparzyła herbatę. Zastanawiałam się, czy nie wykorzystać okazji i nie powiedzieć jej, że wyleciałam z pracy, ale nie chciałam psuć jej wieczoru.

Rano wciąż była w dobrym humorze. Kiedy wychodziłam, objęła mnie i powiedziała:

– Tak się cieszę. Pozbierałaś się. Już się martwiłam.

Weekend miała spędzić u Damiena, więc pierwszą rzeczą, jaka przyszła mi do głowy, było to, że po powrocie do domu napiję się bez nikogo, kto by mnie osądzał.

Wieczorem

W zimnym dżinie z tonikiem najbardziej lubię gorzkawy posmak chininy. Tonik powinien być Schweppsa, koniecznie ze szklanej butelki, nie z plastikowej. Te puszkowane drinki nie są najlepsze, ale jak mus, to mus. Wiem, że nie powinnam, ale zbierało mi się przez cały dzień. Nie, nie, nie chodzi tylko o niecierpliwe wyczekiwanie, aż zostanę sama, chodzi o podniecenie, adrenalinę. Jestem nakręcona, swędzi mnie skóra. Miałam dobry dzień.

Rano przesiedziałam godzinę sam na sam z detektywem inspektorem Gaskillem. Kiedy przyszłam na posterunek, od razu mnie do niego zaprowadzono. Zaproponował kawę i gdy się zgodziłam, z zaskoczeniem zobaczyłam, że wstaje, by zrobić ją samemu. Miał czajnik i nescafé na lodówce w kącie pokoju. Przeprosił mnie za brak cukru.

Miło mi było w jego towarzystwie. Lubię patrzeć na jego ręce – nie jest zbyt ekspresyjny, ale często przestawia rzeczy. Nie zauważyłam tego wcześniej, bo w pokoju przesłuchań nie było nic do przestawiania. A tam, w gabinecie, ciągle przesuwał kubek z kawą, zszywacz, kubek z ołówkami, ciągle wyrównywał

pliki papierów. Ma duże ręce i długie palce ze starannie wy-
pielęgnowanymi paznokciami. Nie nosi obrączki ani sygnetu.

Dzisiaj czułam się inaczej. Nie jak podejrzana, jak ktoś, na
kogo chciał zastawić pułapkę. Czułam się pożyteczna. Najbardziej wtedy, kiedy otworzył teczkę i pokazał mi kilka zdjęć.
Scotta Hipwella, trzech mężczyzn, których nigdy nie widziałam, a potem zdjęcie B.

W pierwszej chwili nie byłam pewna. Patrzyłam na nie, próbując odtworzyć w myśli postać mężczyzny, którego wtedy widziałam, jego pochyloną głowę, gdy obejmował Megan.

– To on – powiedziałam. – To chyba on.

– Nie jest pani pewna?

– Myślę, że to on.

Zabrał zdjęcie i przyglądał mu się przez chwilę.

– A więc widziała pani, jak się całowali, tak? W ostatni piątek? Tydzień temu?

– Tak. W piątek rano. Byli przed domem, w ogrodzie.

– I na pewno źle pani tego nie zinterpretowała? To nie było
zwyczajne przytulenie albo… nie wiem, przyjacielski pocałunek?

– Nie, na pewno nie. To był normalny pocałunek. Taki… ro-
mantyczny.

Drgnęły mu usta, jakby miał się zaraz uśmiechnąć.

– Kto to jest? – spytałam. – Czy to… Myśli pan, że ona jest
z nim? – Nie odpowiedział, tylko lekko pokręcił głową. – Czy
on… Czy to pomogło? Czy wam pomogłam?

– Tak. Bardzo. Dziękuję, że pani przyszła.

Uścisnęliśmy sobie dłonie i kiedy na sekundę położył prawą
rękę na moim lewym ramieniu, miałam ochotę ją ucałować.
Minęło dużo czasu, odkąd ktoś dotknął mnie choćby z na-
miastką czułości. Nie licząc Cathy, oczywiście.

Otworzył drzwi, przepuścił mnie przodem i weszliśmy do
otwartej części biura. Było tam z dwunastu policjantów. Paru
zerknęło na mnie kątem oka z lekkim zainteresowaniem,

a może lekceważeniem, nie wiem. Skręciliśmy w korytarz i wtedy zobaczyłam, jak idą w naszą stronę Riley i on: Scott Hipwell. Właśnie weszli na posterunek. Scott miał spuszczoną głowę, ale od razu wiedziałam, że to on. Podniósł wzrok, skinął głową Gaskillowi i zerknął na mnie. Na sekundę nasze spojrzenia się spotkały i mogłabym przysiąc, że mnie poznał. Przypomniał mi się ranek, gdy widziałam go na tarasie, gdy czułam, że na mnie patrzy. Minęliśmy się w korytarzu. Przechodził tak blisko, że mogłabym go dotknąć – na żywo był piękny, zapadnięty w sobie, spięty jak sprężyna i pełen nerwowej energii. Gdy doszłam do głównego holu, odwróciłam się, pewna, że czuję na sobie jego wzrok, ale nie, obserwował mnie nie on, tylko Riley.

Pojechałam pociągiem do Londynu i poszłam do biblioteki. Przeczytałam o tej sprawie wszystkie artykuły, jakie mogłam znaleźć, jednak nie dowiedziałam się niczego więcej. Poszukałam ośrodków hipnoterapeutycznych w Ashbury i na tym skończyłam – terapia jest kosztowna, poza tym nie ma stuprocentowej pewności, że pomaga odzyskać pamięć. Lecz czytając o tych, którzy twierdzą, że przywróciła im wspomnienia, zdałam sobie sprawę, że bardziej boję się sukcesu niż porażki. Boję się nie tylko tego, czego mogłabym się dowiedzieć o tym sobotnim wieczorze, ale też wielu innych rzeczy. Nie jestem pewna, czy zniosłabym powrót do tych strasznych głupot, jakie robiłam, czy zniosłabym dźwięk słów, jakie wypowiadałam wbrew sobie, widok twarzy Toma, który je słyszał. Boję się wkraczać w tę ciemność.

Zastanawiałam się, czy nie wysłać do Scotta jeszcze jednego mejla, ale nie ma takiej potrzeby. Poranne spotkanie z detektywem inspektorem Gaskillem udowodniło, że policja traktuje mnie poważnie. Nie mam już do odegrania żadnej roli i muszę się z tym pogodzić. Przynajmniej czuję, że im pomogłam, bo nie wierzę, żeby zniknięcie Megan dzień po tym, jak widziałam ją z tym mężczyzną, było dziełem przypadku.

Z radosnym trzaskiem i sykiem otwieram drugą puszkę dżinu z tonikiem i nagle dociera do mnie, że przez cały dzień ani razu nie pomyślałam o Tomie. W każdym razie do teraz. Myślałam o Scotcie, o Gaskillu, o B, o mężczyźnie z pociągu – Tom spadł na piąte miejsce. Sączę drinka i czuję, że nareszcie mam co oblewać. Wiem, że wyjdę na prostą i będę szczęśliwa. Już niedługo.

SOBOTA, 20 LIPCA 2013

RANO

Nigdy się niczego nie nauczę. Budzę się z przytłaczającym poczuciem winy i wstydu i od razu wiem, że zrobiłam coś głupiego. Przechodzę przez straszny, boleśnie znajomy rytuał przypominania sobie, co to było. Wysłałam mejla. Tak, właśnie to.

W którymś momencie wieczoru Tom powrócił na listę mężczyzn, o których myślę, więc do niego napisałam. Mój laptop stoi na podłodze przy łóżku; przycupnął tam jak wyrzut sumienia. Przestępuję nad nim, idąc do łazienki. Piję wodę prosto z kranu, zerkam w lustro.

Nie wyglądam najlepiej. Ale trzy dni to całkiem nieźle, a dzisiaj zacznę od nowa. Stoję wieki pod prysznicem, stopniowo zmniejszając temperaturę wody, która robi się coraz chłodniejsza i chłodniejsza, aż w końcu jest zupełnie zimna, taka, jak trzeba. Nie można wejść od razu pod strumień zimnej, to zbyt szokujące, zbyt brutalne, ale jeśli gorąca zmienia się w zimną stopniowo, prawie się tego nie zauważa – to takie gotowanie żaby na odwyrtkę. Zimna woda przynosi ulgę skórze, łagodzi ból skaleczeń na głowie i nad okiem.

Znoszę na dół laptopa i robię sobie herbatę. Jest szansa, bardzo nikła, że napisałam list do Toma i go nie wysłałam. Biorę głęboki wdech i wchodzę na Gmaila. Z ulgą widzę, że nie

mam nowych wiadomości. Ale potem klikam na folder z wysła-
nymi, no i tak: napisałam do niego, tylko po prostu nie odpowiedział. Jeszcze. Wysłałam list tuż po jedenastej wieczorem,
a przedtem dobre kilka godzin piłam. Adrenalina i wywołane
przez alkohol ożywienie już dawno wyparowały. Klikam na
wiadomość.

Mógłbyś łaskawie powiedzieć swojej żonie, żeby przestała
wciskać policji kłamstwa na mój temat? Chce wpędzić mnie
w kłopoty, nie uważasz, że to świństwo? Wmawiać im, że mam
obsesję na jej punkcie i na punkcie jej wstrętnego bachora?
Niech się weźmie w garść. Każ jej się ode mnie odwalić.

Zamykam oczy i szybko wyłączam laptopa. Kulę się, moje
ciało dosłownie zapada się w sobie. Chcę być mniejsza, chcę
zniknąć. Jestem przerażona, bo jeśli Tom pokaże list policji,
będę miała prawdziwe kłopoty. Jeśli Anna zbiera dowody na
moją mściwość i obsesyjność, może to być najważniejszy doku-
ment w jej dossier. Po co wspomniałam o ich córeczce? Kto tak
robi? Przecież nie żywię do niej urazy – nie mogłabym żywić
urazy do dziecka, do żadnego, zwłaszcza do dziecka Toma. Nie
rozumiem siebie. Nie rozumiem tej, którą się stałam. Boże, jak
on mnie musi nienawidzić. Ja też siebie nienawidzę, w każdym
razie siebie w tym wydaniu, w wydaniu, które napisało wczoraj
ten list. To nie ja, ja taka nie jestem. Nie jestem potworem.

Nie? Próbuję nie myśleć o najgorszych dniach, lecz w chwilach takich jak ta wspomnienia same tłoczą się w głowie. Kolejna awantura, już pod koniec naszego małżeństwa: pobudka po
imprezie, po kolejnym zaniku pamięci. Tom wyrzuca mi moje
zachowanie, mówi, że znowu przyniosłam mu wstyd, obraziłam
żonę jego kolegi, nawrzeszczałam na nią za to, że flirtowała
z moim mężem. „Już nie chcę z tobą wychodzić, mówi. Pytasz,
dlaczego nigdy nie zapraszam kolegów do domu, dlaczego

nie lubię chodzić z tobą do pubu. Naprawdę chcesz wiedzieć? Przez ciebie. Bo się ciebie wstydzę".

Biorę torebkę i klucze. Idę do Londis, to niedaleko. Mam gdzieś, że jest dopiero dziewiąta, boję się i nie chcę o niczym myśleć. Jeśli wezmę kilka tabletek przeciwbólowych i się napiję, urwie mi się film i prześpię cały dzień. Stawię temu czoło potem. Dochodzę do frontowych drzwi i moja ręka nieruchomieje nad klamką. Mogłabym przeprosić. Gdybym zaraz przeprosiła, może coś bym jeszcze uratowała. Może przekonałabym go, żeby nie pokazywał listu Annie ani policji. Ochroniłby mnie przed nią nie pierwszy raz.

Gdy poszłam do nich tamtego letniego dnia w zeszłym roku, nie było dokładnie tak, jak powiedziałam Gaskillowi. Po pierwsze, nie zadzwoniłam do drzwi. Nie wiedziałam, czego właściwie chcę – wciąż nie wiem, co zamierzałam. Tak, skręciłam w boczną ścieżkę i przeszłam przez płot. Było cicho, nic nie słyszałam. Podeszłam do rozsuwanych drzwi i zajrzałam do środka. To prawda, że Anna spała na sofie. Ale nie zawołałam ani do niej, ani do Toma. Nie chciałam jej budzić. Dziecko nie płakało, smacznie spało w foteliku obok matki. Wzięłam je i najszybciej jak mogłam, wyszłam do ogrodu. Pamiętam, że biegłam w stronę płotu, że mała obudziła się i zaczęła trochę marudzić. Nie mam pojęcia, co wtedy myślałam. Nie chciałam zrobić jej krzywdy. Dobiegłam do płotu, tuląc ją mocno do piersi. Rozpłakała się już na dobre, krzyczała. Huśtałam ją i uciszałam, gdy nagle usłyszałam inny hałas, stukot nadjeżdżającego pociągu: odwróciłam się tyłem do płotu i wtedy zobaczyłam, jak do mnie biegnie, ona, Anna, z ustami jak otwarta rana i poruszającymi się wargami, ale nie słyszałam, co mówi.

Zabrała dziecko, a ja chciałam uciec, ale potknęłam się i upadłam. Anna stała nade mną, krzyczała, kazała mi zostać na miejscu albo wezwie policję. Zadzwoniła do Toma, a on przyjechał i usiadł z nią w salonie. Anna histerycznie płakała, chciała zawiadomić policję, chciała, żeby aresztowano mnie za próbę uprowadzenia. Tom uspokoił ją, prosił, by odpuściła i pozwoliła mi odejść. Uratował mnie. Potem odwiózł do domu i zanim wysiadłam, wziął za rękę. Myślałam, że z dobroci serca, że chce podnieść mnie na duchu, ale on ściskał mi dłoń mocniej, mocniej i mocniej, aż krzyknęłam. Wtedy z zaczerwienioną twarzą powiedział, że zabije mnie, jeśli zrobię krzywdę jego córce.

Nie wiem, co wtedy zamierzałam. Wciąż nie wiem. Waham się, stojąc pod drzwiami, z ręką na klamce. Mocno zagryzam wargę. Wiem, że jeśli zacznę teraz pić, przez godzinę, dwie będę czuła się lepiej, a przez sześć czy siedem – gorzej. Cofam rękę, wracam do salonu i znowu otwieram laptopa. Muszę przeprosić Toma, muszę błagać go o przebaczenie. Loguję się na Gmail i widzę, że mam nową wiadomość. Nie od Toma. Od Scotta Hipwella.

Droga Rachel,
dziękuję, że Pani napisała. Nie pamiętam, żeby Megan o Pani wspominała, ale w galerii odwiedzało ją wielu stałych gości – nie mam pamięci do nazwisk. Chciałbym z Panią porozmawiać. Proszę jak najszybciej zadzwonić do mnie pod 07583 123657.

Z pozdrowieniami
Scott Hipwell

W pierwszej chwili myślę, że napisał pod zły adres. Że to list do kogoś innego. Ale myślę tak tylko przez sekundę, bo wszystko mi się przypomina. Bo już pamiętam. Gdy siedziałam na sofie, w połowie drugiej butelki uświadomiłam sobie, że nie chcę, by moja rola się skończyła. Że pragnę być w centrum wydarzeń.

I do niego napisałam.

Przewijam ekran i otwieram mojego mejla.

Drogi Scotcie!

Przepraszam, że znowu piszę, ale uważam, że powinniśmy porozmawiać, to ważne. Nie wiem, czy Megan o mnie wspominała: jestem jej znajomą z galerii i kiedyś mieszkałam w Witney. Myślę, że mam informację, która Pana zainteresuje. Proszę odpisać pod ten adres.

Rachel Watson

Twarz zalewa mi fala gorąca, w żołądku mam jezioro kwasu. Wczoraj – rozsądnie, trzeźwo i prawomyślnie – uznałam, że moja rola dobiegła końca, że muszę się z tym pogodzić. Ale moje dobre anioły znowu przegrały, pokonane przez alkohol, przez kobietę, którą jestem, gdy piję. Pijana Rachel nie dostrzega konsekwencji, jest albo przesadnie wylewna i pełna optymizmu, albo płonie z nienawiści. Nie ma przeszłości ani przyszłości. Istnieje tylko tu i teraz. Pijana Rachel – chcąc dalej w tym uczestniczyć, szukając sposobu nakłonienia Scotta do tego, by z nią porozmawiał – skłamała. Ona i ja.

Mam ochotę pociąć się nożem tylko po to, by poczuć coś innego niż wstyd, ale nie mam odwagi zrobić nawet tego. Zaczynam pisać list do Toma – pisać i kasować, pisać i kasować – nie wiedząc, jak prosić go o wybaczenie za ten ostatni. Gdybym miała spisać wszystkie przewinienia, których się wobec niego dopuściłam, wyszłaby z tego książka.

WIECZOREM

Tydzień temu, niemal dokładnie tydzień, Megan Hipwell wyszła z domu numer piętnaście przy Blenheim Road i zniknęła. Od tamtej pory nikt jej nie widział. Od soboty nie użyto również jej komórki ani kart płatniczych. Rozpłakałam się, gdy przeczytałam to dzisiaj w gazecie. Wstydzę się teraz moich skrytych myśli. Megan nie jest tajemnicą do rozwiązania, postacią, która pojawia się na ujęciu z wózka na początku filmu, piękną, eteryczną i niematerialną. Nie jest inicjałem. Jest prawdziwa.

Siedzę w pociągu, jadę do jej domu. Poznam jej męża. Musiałam do niego zadzwonić. Co się stało, to się nie odstanie. Nie mogłam tak po prostu zignorować jego listu – zawiadomiłby policję. Prawda? Gdybym była na jego miejscu i gdyby ktoś napisał mi, że o czymś wie, a potem zniknął, ja bym zawiadomiła. Może już to zrobił, może już na mnie czekają.

Siedząc tam, gdzie zwykle, chociaż dzień zwykły nie jest, czuję się tak, jakbym skoczyła z urwiska. Podobnie czułam się rano, gdy wybierałam numer Scotta, jakbym spadała w ciemność, nie wiedząc, kiedy uderzę o ziemię. Rozmawiał ze mną przyciszonym głosem; pewnie nie był sam i nie chciał, żeby ktoś go podsłuchał.

– Możemy porozmawiać osobiście? – spytał.

– Ja… Nie. Wolałabym…

– Proszę.

Zawahałam się, a potem się zgodziłam.

– Mogłaby pani do mnie przyjechać? Ale nie teraz, teraz… ktoś tu jest. Może wieczorem? – Podał mi adres i udałam, że go zapisuję.

– Dziękuję, że się pani odezwała – powiedział i się rozłączył.

Zgadzając się, wiedziałam, że to zły pomysł. Z gazet wiem o nim niewiele. Natomiast obserwacje własne mogą mylić. Czyli w sumie nic o nim nie wiem. Wiem trochę o Jasonie, który – ciągle muszę sobie o tym przypominać – nie istnieje. Na pewno, tak na sto procent, wiem tylko tyle, że tydzień temu zaginęła jego żona. I że prawdopodobnie jest w tej sprawie podejrzanym. A ponieważ widziałam tamten pocałunek, wiem również, że ma motyw do zabójstwa. Oczywiście może nie wiedzieć, że go ma, ale… Boże, zaplątałam się, ale jak mogłabym nie odwiedzić domu, który setki razy widziałam z pociągu i z ulicy, jak mogłabym przepuścić taką okazję? Podejść do drzwi, wejść do środka, usiąść w kuchni czy na tarasie, gdzie siadywali i gdzie ich widywałam...

To było zbyt kuszące. Dlatego siedzę teraz w pociągu i jak podekscytowane dziecko u progu przygody obejmuję się wpół, kurczowo przyciskając ręce do boków, żeby przestały drżeć. Tak się cieszyłam, że wreszcie mam jakiś cel, że przestałam myśleć o rzeczywistości. Przestałam myśleć o Megan.

Ale teraz myślę. Muszę przekonać Scotta, że ją znam – nie bardzo dobrze, ale trochę. Wtedy uwierzy, że widziałam ją z innym mężczyzną. Jeśli od razu przyznam się do kłamstwa, na pewno mi nie zaufa. Dlatego próbuję sobie wyobrazić, jak by to było, gdybym wpadała do galerii i gawędziła z nią przy kawie. Czy ona w ogóle pije kawę? Pewnie rozmawiałybyśmy o sztuce, może o jodze albo o naszych mężach. Nie znam się na sztuce, nigdy nie chodziłam na jogę. Nie mam męża. A ona zdradzała swojego.

Myślę o tym, co mówili o niej jej znajomi: „cudowna, zabawna, piękna, kochana". Popełniła błąd. To się zdarza. Nikt nie jest doskonały.

Anna

Rano

Evie budzi się tuż przed szóstą. Wstaję, idę do pokoju dziecięcego i biorę ją na ręce. Karmię ją i zabieram do łóżka.

Kiedy znowu się budzę, Toma nie ma, ale słyszę jego kroki na schodach. Podśpiewuje *Happy birthday to you, happy birthday to you*, cicho i fałszywie. Nie myślałam o tym, zupełnie zapomniałam. Myślałam tylko, żeby wziąć małą i wrócić do łóżka. Ale teraz, jeszcze nie w pełni rozbudzona, tłumię śmiech. Otwieram oczy i Evie też się uśmiecha, a kiedy podnoszę wzrok, Tom stoi z tacą u stóp łóżka. Ma na sobie fartuch od Orly Kiely i nic więcej.

– Śniadanko do łóżka dla naszej jubilatki. – Stawia tacę w nogach łóżka, obiega je i mnie całuje.

Otwieram prezenty. Od Evie dostaję śliczną srebrną bransoletkę inkrustowaną onyksem, od niego czarną jedwabną koszulkę na ramiączkach z majteczkami do kompletu. Nie mogę przestać się uśmiechać. Tom kładzie się i leżymy z córeczką między nami. Evie zaciska mocno paluszki na jego palcu wskazującym, ja trzymam ją za doskonałą w każdym calu różową stopkę i czuję się tak, jakby w mojej piersi eksplodowały fajerwerki. Tyle miłości, że to aż niemożliwe.

Potem, kiedy Evie nudzi się leżeniem, zabieram ją na dół,

zostawiając Toma, żeby sobie pospał. Zasługuje na to. Trochę krzątam się bez celu, trochę sprzątam. Piję kawę na tarasie, patrząc na prawie puste pociągi stukoczące na torach i myśląc o lunchu. Jest gorąco – za gorąco na pieczeń, ale zrobię ją i tak, bo Tom uwielbia pieczoną wołowinę, poza tym możemy zjeść potem lody i będzie nam chłodniej. Muszę tylko wyskoczyć po jego ulubionego merlota, przygotowuję więc Evie, wkładam ją do wózka, zapinam szelki i idziemy do sklepu.

Kiedy zgodziłam się wprowadzić do jego domu, wszyscy mówili, że zwariowałam. Uważali również, że szaleństwem jest zadawanie się z żonatym mężczyzną, tym bardziej mężem niezrównoważonej kobiety, lecz udowodniłam, że się mylili, przynajmniej w tej kwestii. Bez względu na to, ile kłopotów sprawi nam Rachel, Tom i Evie są tego warci. Ale w kwestii domu mieli rację. W dni takie jak ten, kiedy spaceruje się naszą zalaną słońcem uliczką, czyściutką i wysadzaną drzewami – nie jest to, co prawda, ślepy zaułek, ale panuje tu podobne poczucie wspólnoty – mogłoby być naprawdę idealnie. Na chodnikach roi się od matek takich jak ja, z psami na smyczy i maluchami na hulajnogach. Tak, mogłoby być idealnie. Mogłoby, gdybym nie słyszała przeraźliwego pisku hamulców na torach. Gdybym nie oglądała się, by spojrzeć w stronę piętnastki.

Gdy wracam, Tom siedzi przy stole w jadalni, wpatrując się w ekran komputera. Jest w szortach, ale bez koszuli; widzę, jak poruszają się jego mięśnie pod skórą, gdy zmienia pozycję. Na jego widok wciąż mam motyle w brzuchu. Mówię cześć, lecz utonął w swoim świecie i gdy przesuwam czubkami palców po jego ramieniu, podskakuje na krześle. Szybko zamyka laptopa.

– Hej – mówi i wstaje. Uśmiecha się, ale robi wrażenie zmęczonego, zmartwionego. Nie patrząc mi w oczy, bierze ode mnie Evie.

– Co? – pytam. – Co się stało?

– Nic – odpowiada i huśtając Evie na biodrze, odwraca się do okna.

– Tom, co się stało?

– Nic, nic takiego. – Patrzy na mnie i już wiem, co powie. – Rachel. Kolejny mejl.

Kręci głową, jest taki zraniony, taki zdenerwowany. Nienawidzę tego, nie mogę tego znieść. Czasem mam ochotę ją zabić.

– Co pisze?

Znowu kręci głową.

– Nieważne. To samo. To co zwykle. Same bzdury.

– Tak mi przykro – mówię i nie pytam, jakie bzdury, bo wiem, że nie odpowie. Nie lubi mnie tym denerwować.

– To nic. Wszystko w porządku. To tylko pijany bełkot, jak zwykle.

– Boże, czy ona kiedykolwiek odpuści? Czy kiedykolwiek przestanie odbierać nam szczęście?

Tom podchodzi bliżej i całuje mnie nad głową córeczki.

– Przecież jesteśmy szczęśliwi – stwierdza. – Jesteśmy.

Wieczorem

Tak, jesteśmy szczęśliwi. Po lunchu poleżeliśmy trochę na trawniku, a kiedy zrobiło się za gorąco, weszliśmy do środka i zjedliśmy lody, Tom przed telewizorem, bo oglądał Grand Prix. Później robiłyśmy z Evie ciastolinę, którą mała ciągle podjadała. Myślę o tym, co dzieje się u sąsiadów, i dochodzę do wniosku, że mi się poszczęściło, mam wszystko, czego chciałam. Kiedy patrzę na Toma, dziękuję Bogu, że mu mnie wskazał, że mogłam uratować go przed tą kobietą. Doprowadziłaby go do szaleństwa, naprawdę tak myślę, dobiłaby go, zrobiłaby z niego kogoś, kim nie jest.

Zabrał Evie na górę do kąpieli. Aż tutaj słyszę jej radosny pisk i znowu się uśmiecham – uśmiech nie schodzi mi z ust przez cały dzień. Nastawiam pranie, sprzątam w salonie, myślę o kolacji. Zrobię coś lekkiego. To zabawne, bo jeszcze kilka lat temu na myśl, że w urodziny miałabym zostać w domu i gotować, dostałabym drgawek, ale teraz nie dostaję, teraz jest idealnie, tak jak powinno być. Tylko my troje.

Zbieram porozrzucane w salonie zabawki i wkładam je do kuferka. Dzisiaj położę Evie wcześniej spać, a potem włożę ten komplet od Toma, nie mogę się już doczekać. Do zmroku jeszcze daleko, mimo to zapalam świece na kominku i otwieram drugą butelkę wina, żeby pooddychało. Właśnie nachylam się nad sofą, aby zaciągnąć zasłony, gdy po drugiej stronie ulicy widzę kobietę, która idzie chodnikiem ze spuszczoną głową. Nie podnosi wzroku, ale to ona, jestem tego pewna. Z mocno bijącym sercem nachylam się jeszcze bardziej, chcąc się jej przyjrzeć, ale kąt jest zły, już jej nie widzę.

Odwracam się gotowa wybiec na ulicę i puścić się w pościg, lecz w drzwiach stoi Tom z owiniętą ręcznikiem Evie w ramionach.

– Wszystko w porządku? – pyta. – Co się stało?

– Nic – odpowiadam i chowam ręce do kieszeni, by nie widział, że się trzęsą. – Nic. Zupełnie nic.

Rachel

Rano

Budzę się z głową pełną myśli o nim. Wydaje się, że to nierzeczywiste, od początku do końca. Bardzo chciałabym się napić, ale nie mogę. Muszę być trzeźwa. Dla Megan. Dla Scotta.

Wczoraj się postarałam. Umyłam głowę, trochę się umalowałam. Włożyłam jedyne dżinsy, w które jeszcze wchodzę, do tego bawełnianą bluzkę w drukowany wzorek i sandały na niskim obcasie. Wyglądałam nieźle. Wmawiałam sobie, że to idiotyczne, że tak się staram, bo ostatnią rzeczą, o jakiej Scott pomyśli, będzie mój wygląd, ale nie mogłam się powstrzymać. Miałam się z nim spotkać pierwszy raz w życiu, to było dla mnie ważne. Ważniejsze niż powinno.

Wyjechałam z Ashbury o szóstej trzydzieści po południu i kilka minut po siódmej byłam już w Witney. Skręciłam w Roseberry Avenue i przeszłam obok wiaduktu. Tym razem tam nie zajrzałam, nie mogłam. W słonecznych okularach, z nisko spuszczoną głową szybko minęłam numer dwudziesty trzeci, dom Toma i Anny, modląc się, żeby mnie nie zobaczyli. Było cicho i pusto, środkiem ulicy, między rzędami parkujących pojazdów, powoli przejechało parę samochodów. To senna uliczka, czyściutka i zamożna, mieszka tu dużo młodych małżeństw; o siódmej wszyscy jedzą kolację albo siedząc na sofie, mama, tata i małe między nimi, oglądają razem *X Factor.*

Od numeru dwudziestego trzeciego do piętnastego nie może być więcej niż pięćdziesiąt, sześćdziesiąt kroków, ale wyprawa się dłużyła, trwała wieki. Nogi miałam niczym z ołowiu, szłam niepewnie, jak pijana, jakbym miała zaraz spaść z chodnika.

Scott otworzył drzwi, zanim skończyłam pukać i cofnęłam trzęsącą się rękę. Stał przede mną jak góra, wypełniał całą przestrzeń.

– Rachel? – Spojrzał na mnie bez uśmiechu.

Kiwnęłam głową. Wyciągnął do mnie rękę i uścisnęliśmy sobie dłonie. Zaprosił mnie do środka, ale przez chwilę ani drgnęłam. Bałam się go. Z bliska wzbudza strach, bo jest wysoki, ma szerokie bary, dobrze umięśnioną pierś i ramiona. I wielkie ręce. Przeszło mi przez myśl, że bez większego wysiłku mógłby mnie nimi zmiażdżyć, moją szyję i klatkę piersiową.

Mijając go w korytarzu, otarłam się o niego ramieniem i poczułam, że się czerwienię. Pachniał starym potem, miał posklejane włosy, jakby długo nie brał prysznica.

W salonie przeżyłam déjà vu tak silne, że niemal przerażające. Poznałam kominek między dwiema wnękami w ścianie naprzeciwko, smugi światła wpadającego przez żaluzje z ulicy. Wiedziałam, że jeśli spojrzę w lewo, zobaczę szkło i zieleń, że dalej będą tory. Odwróciłam się i tak, zobaczyłam kuchenny stół, dalej przeszklone drzwi do ogrodu, a za nimi bujną trawę. Znałam ten dom. Zakręciło mi się w głowie, chciałam usiąść; pomyślałam o czarnej dziurze z sobotniego wieczoru, o wszystkich tych straconych godzinach.

Oczywiście to nic nie znaczyło. Znam ten dom, ale nie dlatego, że w nim byłam. Znam go, bo jest dokładnie taki sam jak ten pod numerem dwadzieścia trzy: korytarzem dochodzi się do schodów, a po prawej stronie jest salon połączony z kuchnią. Taras i ogród wydają się znajome, bo widziałam je z pociągu. Nie byłam na górze, ale wiem, że gdybym tam zajrzała, zobaczyłabym podest z pionowo otwieranym dużym oknem i gdybym przez nie wyszła, znalazłabym się na prowizorycznym tarasie na dachu nad kuchnią. Wiem, że na piętrze są dwie sypialnie, większa, z widokiem na ulicę, i mniejsza, z widokiem na ogród. I chociaż znam ten dom jak własną kieszeń, nie znaczy, że w nim byłam.

Mimo to drżałam, gdy Scott prowadził mnie do kuchni. Zaproponował herbatę. Usiadłam przy stole, a on nastawił czajnik, wrzucił torebkę do kubka i mrucząc coś pod nosem, zalał ją wrzątkiem. W kuchni pachniało intensywnie środkami czystości, ale on, w przepoconym na plecach podkoszulku i jakby za dużych, workowatych dżinsach, przedstawiał sobą obraz nędzy i rozpaczy. Zastanawiałam się, kiedy ostatni raz jadł.

Postawił przede mną kubek, usiadł po drugiej stronie stołu i złożył przed sobą ręce. Cisza przedłużała się, wypełniając dzielącą nas przestrzeń oraz całą kuchnię, dzwoniła mi w uszach. Było mi gorąco i nieswojo, nagle zdałam sobie sprawę, że mam w głowie zupełną pustkę. Nie wiedziałam, co tu robię. Po co, u licha, do niego przyszłam? Z oddali dochodziło ciche dudnienie – nadjeżdżał pociąg. To podniosło mnie na duchu, ten stary, znajomy odgłos.

– Zna pani Megan? – spytał w końcu Scott.

Słysząc, jak wypowiada jej imię, poczułam, że w gardle rośnie mi gula. Wbiłam wzrok w stół i kurczowo objęłam dłońmi kubek.

– Tak – odparłam. – Trochę. Z galerii.

Spojrzał na mnie wyczekująco, z nadzieją. Zacisnął zęby i stężały mu mięśnie szczęki. Szukałam słów, lecz nie mogłam ich znaleźć. Powinnam była lepiej się przygotować.

– Czy są jakieś nowe wiadomości? – Spotkaliśmy się wzrokiem i przez chwilę myślałam, że coś chlapnęłam – to, czy dowiedział się czegoś nowego, nie było moją sprawą – że wpadnie w gniew i każe mi wyjść.

– Nie – odrzekł. – Co chciała mi pani powiedzieć?

Pociąg przetoczył się powoli; spojrzałam w stronę torów. Zakręciło mi się w głowie, jakbym wyszła z własnego ciała, jakbym oglądała siebie z zewnątrz.

– W mejlu pisała pani, że chce pani powiedzieć mi coś o Megan. – Scott lekko podniósł głos.

Wzięłam głęboki oddech. Czułam się strasznie. Aż do bólu zdawałam sobie sprawę, że to, co zaraz powiem, wszystko pogorszy, że go zrani.

– Widziałam ją z kimś – wypaliłam. Tak po prostu, głośno i otwarcie, bez wstępu i kontekstu.

Spojrzał na mnie.

– Kiedy? W sobotę wieczorem? Mówiła pani policji?

– Nie, w piątek rano – odparłam, a jemu opadły ramiona.

– Ale... ale w piątek nic się nie działo. Dlaczego uważa pani, że to ważne? – Znowu napięły mu się mięśnie szczęki, wpadał w gniew. – Widziała ją pani... Widziała ją pani z kim? Z mężczyzną?

– Tak...

– Jak wyglądał? – Scott wstał, przesłaniając ciałem światło. – Mówiła pani policji? – powtórzył.

– Tak, ale chyba nie potraktowali mnie poważnie – odpowiedziałam.

– Dlaczego?

– Po prostu... Nie wiem. Pomyślałam, że powinien pan o tym wiedzieć.

Położył ręce na stole, zacisnął pięści i pochylił się do przodu.

– Ale o czym? Gdzie ją pani widziała? Co Megan robiła?

Kolejny głęboki oddech.

– Była... na trawniku. Tam. – Wskazałam ogród. – Widziałam... widziałam ją z pociągu. – Wyraz niedowierzania na jego twarzy był aż nadto jednoznaczny. – Jeżdżę codziennie z Ashbury do Londynu, mijam wasz dom. Widziałam ją z kimś. Ale... to nie był pan.

– Skąd pani wie? W piątek rano? W piątek? W przededniu jej zaginięcia?

– Tak.

– Nie było mnie wtedy w domu. Musiałem wyjechać. Na konferencję do Birmingham. Wróciłem wieczorem. – Sceptycyzm ustąpił miejsca czemuś innemu i na jego policzkach wykwitły czerwone plamy. – A więc widziała ją pani na trawniku? Z jakimś mężczyzną? I...

– Pocałowała go. – Musiałam to w końcu z siebie wyrzucić. Musiałam mu powiedzieć. – Całowali się.

Scott wyprostował się i jego wciąż zaciśnięte w pięści ręce zwisły mu po bokach. Plamy na policzkach pociemniały, jeszcze bardziej się zaogniły.

– Przepraszam – wychrypiałam. – Tak mi przykro. Wiem, jak strasznie to brzmi...

Zbył mnie pogardliwym machnięciem ręki. Nie chciał mojego współczucia.

Wiem, jak to jest. Spojrzałam na niego i niemal z doskonałą wyrazistością przypomniało mi się, co czułam w mojej kuchni, ledwie pięć domów dalej, siedząc naprzeciwko swojej najlepszej wówczas przyjaciółki Lary. Przypomniało mi się, jak z wiercącym się na kolanach tłustym bachorem mówiła, że bardzo jej przykro, iż moje małżeństwo się rozpadło, przypomniało mi się, jak wyszłam z siebie, słysząc te frazesy. Kazałam jej się ode mnie odpieprzyć, a ona na to, żebym nie mówiła tak przy dziecku. Od tamtej pory już jej nie widziałam.

– Jak on wyglądał, ten mężczyzna? – spytał Scott. Stał tyłem do mnie, patrzył na trawnik.

– Był wysoki, chyba wyższy od pana. Miał śniadą cerę. Jak Azjata. Albo Hindus – coś w tym stylu.

– I całowali się? W ogrodzie?

– Tak.

Z jego ust wydobyło się długie westchnienie.

– Chryste, muszę się napić. – Odwrócił się. – Ma pani ochotę na piwo? Miałam, i to rozpaczliwą, ale odmówiłam. Wyjął butelkę z lodówki, otworzył i pociągnął długi łyk. Patrząc na niego, niemal czułam, jak zimne piwo spływa mi do gardła, z pragnienia rozbolały mnie ręce. Scott oparł się o blat, głowa zwisła mu prawie do piersi.

Poczułam się paskudnie. Nie pomogłam mu, przeze mnie było mu jeszcze gorzej, jeszcze bardziej go bolało. Niepokoiłam go w smutnych dla niego chwilach, tak się nie robi. Nie powinnam była tu przychodzić. Nie powinnam była kłamać. Tak, to na pewno.

Właśnie wstawałam, gdy znowu się odezwał.

– Może to i... Nie wiem. Może to i lepiej, prawda? To znaczy, że nic jej nie jest. Po prostu... – Roześmiał się krótkim, głuchym śmiechem. – Po prostu z kimś uciekła. – Wierzchem dłoni otarł łzę na policzku i moje serce skurczyło się jak mała, twarda piłeczka. – Ale nie mogę uwierzyć, że nie zadzwoniła. – Spojrzał na mnie, jakbym znała wszystkie odpowiedzi, jakbym wszystko wiedziała. – Przecież by zadzwoniła, prawda? Wiedziałaby, że wpadnę w panikę, że się załamię. Nie jest mściwa...

Przemawiał do mnie jak do kogoś zaufanego – jak do jej przyjaciółki – i choć wiedziałam, że to nie w porządku, było mi miło. Pociągnął łyk piwa i spojrzał na ogród. Poszłam za jego wzrokiem i zobaczyłam stos kamieni pod płotem, zaczęty, ale niedokończony skalniak. Podniósł rękę i butelka znieruchomiała w połowie drogi do ust. Odwrócił się do mnie.

– Widziała ją pani z pociągu? – spytał. – Więc... patrzyła pani przez okno i zobaczyła ją? Swoją znajomą?

Atmosfera w kuchni uległa zmianie. Scott nie był już pewny, czy jestem sojuszniczką, czy można mi zaufać. Przez jego twarz przebiegł cień wątpliwości.

– Tak, bo... bo wiem, gdzie ona mieszka – odparłam i natychmiast tego pożałowałam. – To znaczy, gdzie państwo mieszkają. Kiedyś też tu mieszkałam. Dawno temu. Dlatego gdy przejeżdżam tędy pociągiem, czasem jej wyglądam. – Patrzył na mnie; czułam, że płoną mi policzki. – Często wychodziła na taras.

Postawił pustą butelkę na blacie, zrobił dwa kroki w moją stronę i usiadł przy stole na krześle obok mojego.

– A więc dobrze ją pani znała? Na tyle dobrze, żeby tu przychodzić?

W żyłach na szyi pulsowała mi krew, miałam spocony dół pleców, czułam się jak po zastrzyku adrenaliny. Nie powinnam tego mówić, nie powinnam komplikować kłamstwa.

– Byłam tu tylko raz, ale... ale znam ten dom, bo kiedyś tu mieszkałam. – Scott uniósł brwi. – To znaczy w pobliżu, parę domów dalej. Pod numerem dwadzieścia trzy.

Powoli kiwnął głową.

– Watsonowie – powiedział. – A więc pani jest... kim? Byłą żoną Toma?

– Tak. Wyprowadziłam się parę lat temu.

– Mimo to wciąż wpadała pani do galerii?

– Czasem.

– Kiedy się spotykałyście, o czym... Megan opowiadała pani o swoich sprawach osobistych? O mnie? – Mówił chrapliwym głosem. – O kimś innym?

Pokręciłam głową.

– Nie, nie. Zwykle... zabijałyśmy tylko czas.

Zapadła długa cisza. W kuchni zrobiło się nagle gorąco, z każdego blatu i szafki bił zapach środków odkażających. Zrobiło mi się słabo. Po prawej stronie stał stolik ze zdjęciami

w ramkach. Megan uśmiechała się do mnie wesoło i oskarży-
cielsko zarazem.

– Pójdę już – rzuciłam. – Zajęłam panu dość czasu. – Chciałam wstać, lecz Scott, nie odrywając oczu od mojej twarzy, położył rękę na moim nadgarstku.

– Proszę jeszcze nie iść – poprosił cicho. Nie wstałam, ale
zabrałam rękę; czułam się nieswojo, byłam skrępowana. – Ten
mężczyzna. Ten, z którym ją pani widziała: rozpoznałaby go
pani? To znaczy, gdyby go pani znowu zobaczyła.

Nie mogłam mu powiedzieć, że zrobiłam już to na policji.
Całe uzasadnienie moich odwiedzin opierało się na tym, że nie
potraktowano mnie tam poważnie. Gdybym wyznała prawdę,
przestałby mi ufać. Dlatego znowu skłamałam.

– Nie wiem. Chyba tak. – Odczekałam chwilę i dodałam: –
W gazecie czytałam, co powiedział o niej jeden ze znajomych.
Ma na imię Rajesh. Zastanawiałam się, czy...

Ale on już kręcił głową.

– Rajesh Gujral? Mało prawdopodobne. Wystawiał swoje
prace w galerii. Miły facet, ale... Jest żonaty, ma dzieci. – Jakby miało to jakieś znaczenie. – Chwileczkę. – Wstał. – Jest tu
gdzieś jego zdjęcie.

Zniknął na górze. Opadły mi ramiona i zdałam sobie sprawę, że od przyjścia siedzę sztywna i spięta. Znowu spojrzałam na zdjęcia: Megan w sukience plażowej na brzegu morza,
zbliżenie jej twarzy, jej zadziwiająco niebieskie oczy. Tylko
ona. Nie było tam ani jednego zdjęcia przedstawiającego ich
razem.

Wrócił Scott z jakąś broszurą. Ulotką reklamującą wystawę
w galerii. Otworzył ją i powiedział:

– Tutaj. To jest Rajesh.

Mężczyzna stał obok kolorowego abstrakcyjnego obrazu,
starszy, brodaty, niski i przysadzisty. To nie jego widziałam
w ogrodzie, nie jego wskazałam policji.

– To nie on – powiedziałam.

Scott stanął z boku, spojrzał na broszurę, nagle odwrócił się i wyszedł z kuchni, by znowu zniknąć na schodach. Kilka chwil później wrócił z laptopem, a następnie usiadł przy stole.

– Myślę, że... – Otworzył i włączył komputer. – Myślę, że mam tu... – Umilkł i skupiony zacisnął zęby. – Megan chodziła do terapeuty. Nazywa się... Abdic. Kamal Abdic. Nie jest Azjatą, pochodzi z Serbii czy Bośni, gdzieś stamtąd. Ale ma śniadą cerę. Z daleka mógłby uchodzić za Hindusa. – Zastukał palcami w klawiaturę. – Chyba ma swoją stronę. Tak, na pewno. Na stronie jest zdjęcie...

Odwrócił laptopa, tak bym mogła zobaczyć ekran. Pochyliłam się, żeby lepiej widzieć.

– To on – stwierdziłam. – Na sto procent.

Scott zamknął komputer. Długo milczał. Siedział wsparty łokciami na stole, podtrzymując głowę czubkami palców. Drżały mu ramiona.

– Miała napady lękowe – powiedział wreszcie. – Nie mogła spać i tak dalej. Zaczęły się chyba w zeszłym roku. Nie pamiętam dokładnie kiedy. – Nie patrzył na mnie, jakby mówił do siebie, jakby zapomniał o moim istnieniu. – To ja zasugerowałem, żeby z kimś porozmawiała. To ja ją do tego zachęcałem, bo nie potrafiłem jej pomóc. – Załamał mu się głos. – Bo nie umiałem. Powiedziała, że miała już kiedyś podobne problemy, że jej przejdzie, mimo to zmusiłem... namówiłem ją, żeby poszła do lekarza. Ktoś go jej polecił. – Cicho odkaszlnął. – Wyglądało na to, że terapia skutkuje. – Roześmiał się krótkim, cichym śmiechem. – Teraz już wiem dlaczego.

Wyciągnęłam rękę, aby poklepać go po ramieniu, jakoś pocieszyć. Cofnął się gwałtownie i wstał.

– Niech pani już idzie – rzucił szorstko. – Zaraz przyjdzie moja matka. Nie zostawia mnie samego na dłużej niż parę godzin. – W drzwiach chwycił mnie za rękę. – Czy ja gdzieś panią widziałem?

W pierwszej chwili chciałam powiedzieć, że tak, możliwe. Na posterunku albo tutaj, na ulicy. Byłam tu w sobotę wieczorem. Ale pokręciłam głową.

– Nie, chyba nie.

Szłam w stronę stacji najszybciej, jak mogłam. W połowie ulicy spojrzałam za siebie. Scott wciąż stał w drzwiach, wciąż mnie obserwował.

Wieczorem

Obsesyjnie sprawdzam pocztę, ale Tom milczy. O ileż łatwiejsze musiało być życie zazdrosnych pijaczek przed epoką mejli, esemesów i komórek, przed inwazją całej tej elektroniki i śladów, które za sobą zostawiają.

W dzisiejszych gazetach nie ma prawie nic o Megan. Zaczynają już o niej zapominać, bo pierwsze strony są poświęcone kryzysowi politycznemu w Turcji, pogryzionej przez psy czteroletniej dziewczynce z Wigan i poniżającej klęsce naszej reprezentacji piłkarskiej w meczu z Czarnogórą. Tak, już o niej zapominają, chociaż zniknęła ledwie tydzień temu.

Cathy zaprosiła mnie na lunch. Nie miała co ze sobą zrobić, bo Damien pojechał do Birmingham odwiedzić matkę. Jej nie zaproszono. Spotykają się od dwóch lat, a jeszcze nie poznała jego matki. Poszłyśmy do Żyrafy przy High Street, lokalu, którego nie znoszę. Kiedy usiadłyśmy na środku sali pełnej rozwrzeszczanych dwu-, trzy- i czterolatków, zaczęła mnie wypytywać. Była ciekawa, co wczoraj robiłam.

– Widziałaś się z kimś? – zaczęła z nadzieją w oczach. Bardzo mnie wzruszyła, naprawdę.

Mało brakowało i powiedziałabym, że tak, bo przecież się widziałam, jednak łatwiej było skłamać. Odparłam, że byłam na spotkaniu AA w Witney.

– Ach tak… – wymruczała zażenowana, spuszczając oczy i patrząc na swoją przywiędłą sałatkę grecką. – Chyba nie wytrzymałaś. W piątek.

– Tak – odpowiedziałam i poczułam się strasznie, bo myślę, że tylko jej zależy na tym, żebym wytrzeźwiała. – To nie będzie łatwy spacerek, Cathy. Niemniej robię, co mogę.

– Jeśli zajdzie taka potrzeba, no wiesz, żeby ktoś z tobą poszedł…

– Nie na tym etapie. Ale bardzo ci dziękuję.

– To może zajmiemy się czymś razem? Może pójdziemy na siłownię?

Roześmiałam się, lecz kiedy zdałam sobie sprawę, że mówi poważnie, odrzekłam, że się zastanowię.

Właśnie wyszła. Zadzwonił Damien z wiadomością, że już wrócił od matki, i natychmiast do niego pobiegła. Chciałam jej coś powiedzieć, spytać, dlaczego lecisz do niego, kiedy tylko zadzwoni? Ale w mojej sytuacji nie mam prawa udzielać sercowych rad – ani sercowych, ani żadnych innych – zresztą i tak mam ochotę się napić. (Myślę o tym, odkąd pryszczaty kelner w Żyrafie spytał nas, czy nie mamy ochoty na kieliszek wina, na co Cathy stanowczo odparła: „Nie, dziękujemy"). Więc macham jej na do widzenia i drżąc z wyczekiwania, odpędzam słuszne myśli. (Nie rób tego, tak dobrze ci idzie). Właśnie wkładam buty, żeby skoczyć do monopolowego, gdy dzwoni telefon. Tom. To na pewno Tom. Szybko wyjmuję komórkę z torebki, patrzę na ekran i serce wali mi jak młotem.

– Cześć. – Odpowiada mi cisza, więc pytam: – Wszystko w porządku?

Krótka pauza i Scott mówi:

– Tak. Jakoś się trzymam. Dzwonię, żeby podziękować pani za wczoraj. Za to, że pani się odezwała.

– Nie ma za co. Nie musiał pan…

– Przeszkadzam?

– Nie. Zupełnie. – Znowu zapada cisza, więc powtarzam: – Zupełnie. Czy... Czy coś się stało? Rozmawiał pan z policją?

– Była tu dzisiaj policjantka od kontaktów z rodziną – mówi, a moje serce gwałtownie przyspiesza. – Detektyw Riley. Wspomniałem jej o tym Abdicu. Zasugerowałem, że warto z nim pogadać.

– Mówił... Mówił jej pan, że rozmawialiśmy? – Zupełnie zaschło mi w ustach.

– Nie, nie mówiłem. Pomyślałem, że może... Sam nie wiem. Że lepiej będzie, jeśli dowie się o nim ode mnie. Powiedziałem... To kłamstwo, wiem, ale powiedziałem, że długo myślałem, chcąc sobie przypomnieć coś istotnego, i że może warto by porozmawiać z jej terapeutą. Że niepokoiły mnie łączące ich relacje.

Znowu mogę oddychać.

– Co ona na to? – pytam.

– Że już z nim rozmawiali, ale porozmawiają jeszcze raz. Długo wypytywała mnie, dlaczego nie wspomniałem o nim od razu. Jest jakaś taka... Nie wiem. Nie ufam jej. Niby powinna trzymać moją stronę, a przez cały czas mam wrażenie, że węszy, jakby próbowała podstawić mi nogę.

To głupie, ale jest mi miło, że on też jej nie lubi. Kolejna rzecz, która nas łączy, kolejna nić, która nas wiąże.

– Tak czy inaczej, chciałem pani podziękować. Że pani przyszła. Było mi... Może to dziwnie zabrzmi, ale dobrze było pogadać z kimś, kogo prawie nie znam. Zacząłem chyba trzeźwiej myśleć. Kiedy pani wyszła, przypomniało mi się, jak Megan wróciła do domu po pierwszej rozmowie z tym terapeutą Abdikiem, jak wtedy wyglądała. Była w niej jakaś... lekkość. – Głośno wypuszcza powietrze. – Zresztą nie wiem, może mi się tylko przywidziało.

Tak jak wczoraj, mam wrażenie, że przestał ze mną rozmawiać, że po prostu mówi. Sprawdza moje reakcje, co mi schlebia. Cieszę się, że mogę mu się na coś przydać.

– Przez cały dzień przeglądałem jej rzeczy – ciągnie. – Znowu. Przedtem sześć razy przetrząsnąłem nasz pokój i cały dom, szukając jakiejś wskazówki, czegoś, co podpowiedziałoby mi, dokąd Megan mogła uciec. Nie wiem, może szukałem czegoś od niego. Ale niczego nie znalazłem. Ani mejli, ani listów, niczego. Chciałem się z nim skontaktować, ale dzisiaj nie przyjmuje, a nie mogę znaleźć numeru jego komórki.

– Myśli pan, że to dobry pomysł? – pytam. – To znaczy nie sądzi pan, że lepiej zostawić to policji? – Nie chcę mówić tego na głos, ale czuję, że oboje myślimy o tym samym: to niebezpieczny człowiek. A przynajmniej może być niebezpieczny.

– Nie wiem, sam nie wiem. – W jego głosie pobrzmiewa nutka rozpaczy, tak bolesna, że wręcz nie do wytrzymania, lecz nie umiem go pocieszyć. Słyszę jego oddech, jest krótki i szybki, jakby Scott się czegoś bał. Chcę spytać, czy ktoś z nim jest, ale nie mogę: źle by to zabrzmiało, zbyt arogancko.

– Widziałem dzisiaj pani byłego męża – mówi, a ja czuję, że jeżą mi się włoski na rękach.

– Tak?

– Wyszedłem po gazety i spotkałem go na ulicy. Spytał, jak się czuję i czy są nowe wiadomości.

– Tak? – powtarzam, bo tylko to potrafię powiedzieć, bo umykają mi wszystkie inne słowa. Nie chcę, żeby rozmawiał z Tomem. Tom wie, że nie znam Megan. Wie, że w noc jej zniknięcia byłam na Blenheim Road.

– Nie wspomniałem o pani. Nie chciałem... No wie pani. Nie byłem pewny, czy powinienem mówić o naszym spotkaniu.

– Słusznie. Mogłoby być niezręcznie.

– Właśnie.

Zapada długa cisza. Czekam, aż zwolni mi serce. Jestem pewna, że Scott zaraz się rozłączy, ale nie.

– Naprawdę nigdy o mnie nie wspominała? – pyta.

132

– Wspominała – mówię – oczywiście, że wspominała. To znaczy w sumie rzadko rozmawiałyśmy, ale…

– Ale była pani u nas w domu. Megan rzadko kogoś zaprasza. Jest bardzo zamknięta w sobie, chroni swoją przestrzeń.

Szukam powodu. Żałuję, że powiedziałam mu, że u niej byłam.

– Przyszłam tylko pożyczyć książkę.

– Naprawdę? – Nie wierzy mi. Megan nie lubi czytać. Przypomina mi się ich dom: na półkach nie było książek. – Co mówiła? O mnie.

– Że… że jest bardzo szczęśliwa. To znaczy z panem. Zadowolona z waszego związku. – Mówiąc to, zdaję sobie sprawę, jak dziwnie to brzmi, ale ponieważ nie mogę wchodzić w szczegóły, próbuję się ratować. – Szczerze powiedziawszy, przeżywałam w małżeństwie bardzo trudne chwile, dlatego myślę, że chodziło jej głównie o kontrast i porównanie. Kiedy o panu mówiła, promieniała jej twarz. – Co za koszmarny frazes.

– Naprawdę? – Chyba tego nie słyszy, lecz w jego głosie pobrzmiewa tęskna nutka. – To miło. – Robi pauzę, oddycha szybko i płytko. – Strasznie… strasznie się pokłóciliśmy – ciągnie. – Tego wieczoru, kiedy odeszła. Nie mogę znieść myśli, że była na mnie zła, kiedy… – Nie kończy zdania.

– Jestem pewna, że szybko jej przeszło – mówię. – Małżeństwa się kłócą. Kłócą się cały czas.

– Ale wtedy było strasznie, naprawdę strasznie i nie mogę… Nie mogę nikomu o tym powiedzieć, bo gdybym powiedział, uznaliby, że to przeze mnie.

Zmienia mu się głos, jest teraz udręczony, pełen poczucia winy.

– Nie pamiętam, jak to się zaczęło – mówi i od razu wiem, że kłamie, ale myślę o wszystkich tych kłótniach, o których zapomniałam, i gryzę się w język. – Daliśmy się ponieść emocjom. Byłem… byłem dla niej niedobry. Zachowałem się jak łajdak. Jak

133

ostatni łajdak. Megan się zdenerwowała. Poszła na górę i spakowała do torby jakieś rzeczy. Nie wiem dokładnie co, ale potem zauważyłem, że nie ma jej szczoteczki do zębów, i wiedziałem już, że nie zamierza wracać do domu. Założyłem... pomyślałem, że pojechała do Tary. Raz już u niej nocowała. Tylko jeden raz. Nie żeby to się powtarzało. Nawet po nią nie pojechałem – ciągnie i znowu wyraźnie słyszę, że nie rozmawia ze mną, tylko się spowiada. Jest po jednej stronie konfesjonału, ja po drugiej, niewidoczna i bez twarzy. – Po prostu pozwoliłem jej odejść.

– To było w sobotę wieczorem?

– Tak. Wtedy widziałem ją ostatni raz.

Był świadek, który widział, jak około wpół do ósmej Megan – a raczej „kobieta pasująca do jej rysopisu" – szła w kierunku stacji kolejowej w Witney; wiem o tym z gazet. Potem przepadła jak kamień w wodę. Nikt nie widział jej na peronie ani w pociągu. Na stacji w Witney nie ma kamer, a kamery w Corly jej nie zarejestrowały, choć według dziennikarzy nie dowodzi to wcale, że jej tam nie było, ponieważ na peronie jest „wiele martwych stref".

– O której próbował pan się z nią skontaktować? – pytam.

Zapada długa cisza.

– Poszedłem... Poszedłem do Rose. Zna pani ten pub? To blisko, tuż za rogiem, na Kingly Road. Musiałem się uspokoić, wszystko sobie poukładać. Wypiłem parę piw i wróciłem do domu. Tuż przed dziesiątą. Chyba miałem nadzieję, że Megan zdążyła ochłonąć i wróciła. Ale jej nie było.

– A więc zadzwonił pan do niej około dziesiątej?

– Nie. – Scott mówi teraz cicho, niemal szeptem. – Nie zadzwoniłem. Wypiłem jeszcze parę piw i pooglądałem telewizję. Potem poszedłem spać.

Przypominają mi się kłótnie z Tomem, te wszystkie straszne rzeczy, które wygadywałam na bani, to wybieganie na ulicę, te krzyki, to, jak wrzeszczałam, że już nigdy nie chcę go widzieć.

Zawsze do mnie dzwonił, zawsze próbował mnie uspokoić, namawiał mnie do powrotu.

– Założyłem – ciągnie – że siedzi z Tarą w kuchni i nadaje, jakim to jestem fiutem. I sobie odpuściłem.

„I sobie odpuściłem". Brzmi to tak bezdusznie i obojętnie, że nie dziwi mnie, iż nikomu o tym nie opowiadał. Jestem zaskoczona, że w ogóle o tym wspomina. To nie jest Scott, którego sobie wyobrażałam, którego znałam, ten, który opierając wielkie dłonie na chudych ramionach Megan, stał za nią na tarasie, gotów ją zawsze chronić.

Chcę się rozłączyć, ale on wciąż mówi.

– Obudziłem się wcześnie. W telefonie nie było żadnych wiadomości. Nie spanikowałem: założyłem, że Megan jest u Tary i że wciąż się gniewa. Zadzwoniłem do niej i od razu włączyła się poczta głosowa, ale i wtedy nie wpadłem w popłoch. Pomyślałem, że jeszcze śpi albo po prostu mnie ignoruje. Nie mogłem znaleźć numeru Tary, ale miałem jej adres; był na wizytówce na biurku Megan. Wstałem i pojechałem do niej.

Zastanawia mnie, dlaczego to zrobił, skoro się o nią nie martwił, ale mu nie przerywam. Pozwalam mu mówić.

– Dotarłem tam kilka minut po dziewiątej. Trochę trwało, nim Tara podeszła do drzwi, ale kiedy już je otworzyła, mój widok naprawdę ją zaskoczył. Było oczywiste, że jestem ostatnią osobą, którą spodziewała się zobaczyć o tak wczesnej porze, i już wiedziałem... Już wiedziałem, że Megan u niej nie ma. Zacząłem intensywnie myśleć... Zacząłem... – Słowa więzną mu w gardle i czuję się podle, że mu nie wierzyłam. – Tara powiedziała, że ostatni raz widziała ją na zajęciach pilatesu w piątek wieczorem. Dopiero wtedy wpadłem w panikę.

Rozłączam się i dochodzę do wniosku, że ktoś, kto go nie zna, kto – w przeciwieństwie do mnie – nie widział, jak zachowuje się w obecności żony, pomyślałby pewnie, że wiele z tego, co przed chwilą powiedział, zabrzmiało fałszywie.

Rano

Jestem jak zamroczona. Spałam mocno, ale coś mi się chyba śniło i rano z trudem się budzę. Powrócił upał i chociaż wagon jest na wpół pusty, panuje w nim duchota. Późno wstałam i przed wyjściem z domu nie miałam czasu zajrzeć do gazety ani do internetu, dlatego próbuję połączyć się przez telefon ze stroną BBC, która z niewiadomych powodów nie chce się załadować. W Northcote siada obok mnie mężczyzna z iPadem. Bez żadnych problemów łączy się z „Daily Telegraph" i od razu to widzę, trzecią wiadomość dnia, wydrukowaną dużą, tłustą czcionką: ARESZTOWANY W ZWIĄZKU ZE ZNIKNIĘCIEM MEGAN HIPWELL.

Jestem tak przerażona, że zapominam się i nachylam w jego stronę, żeby lepiej widzieć. Mężczyzna patrzy na mnie dotknięty, niemal przestraszony.

– Przepraszam – mówię. – Znam ją. Tę zaginioną. Znam ją.

– Rozumiem. To straszne. – Jest dobrze ubrany, w średnim wieku, mówi elegancką angielszczyzną. – Chce pani przeczytać?

– Jeśli można. Mój telefon odmówił posłuszeństwa.

Mężczyzna uśmiecha się życzliwie i podaje mi tablet. Dotykam nagłówka i na ekranie ukazuje się tekst.

W związku ze zniknięciem mieszkanki Witney, Megan Hipwell (29 l.), która zaginęła w sobotę 13 lipca, aresztowano trzydziestosześcioletniego mężczyznę. Policja nie potwierdza, czy chodzi o Scotta Hipwella, męża zaginionej, którego przesłuchiwano w piątek. W swoim dzisiejszym oświadczeniu rzecznik policji powiedział: „Potwierdzam, że aresztowaliśmy go w związku ze zniknięciem Megan. Nie postawiono mu jeszcze zarzutów. Poszukiwania pani Hipwell trwają, przeszukujemy również miejsce, gdzie według nas mogło dojść do przestępstwa".

Akurat mijamy ich dom; po raz pierwszy pociąg nie zatrzymał się przed semaforem. Odwracam się gwałtownie, ale jest za późno. Domu już nie widać. Trzęsącymi się rękami oddaję tablet właścicielowi. Ten ze smutkiem kręci głową.

– Bardzo mi przykro – mówi.

– Ona żyje – protestuję. Mam chrapliwy głos i nie wierzę samej sobie. Od łez piecze mnie pod powiekami. Byłam w jego domu. Byłam tam. Siedziałam przy stole naprzeciwko niego, patrzyłam mu w oczy, coś czułam. Myślę o jego wielkich rękach, o tym, że skoro mógłby mnie nimi zmiażdżyć, równie dobrze mógł zmiażdżyć ją, drobną, wątłą Megan.

Piszczą hamulce, dojeżdżamy do Witney. Zrywam się na równe nogi.

– Muszę iść – mówię do siedzącego obok mężczyzny, a on, choć trochę zaskoczony, mądrze kiwa głową.

– Powodzenia – rzuca.

Biegnę po peronie, zbiegam schodami na dół. Pędzę pod prąd, u stóp schodów potykam się i słyszę czyjś głos:

– Niech pani uważa!

Nie podnoszę wzroku, bo patrzę na krawędź przedostatniego betonowego stopnia. Jest na nim plama krwi. Zastanawiam się, czy od dawna. Od tygodnia? Czy to możliwe, że to moja krew? Albo jej? Czy znaleziono w ich domu ślady jej krwi i dlatego go aresztowano? Próbuję wyobrazić sobie kuchnię, salon. Ten zapach: bardzo czysty, antyseptyczny. Wybielacz? Nie wiem, nie mogę sobie przypomnieć, pamiętam tylko jego spocone plecy i przesycony zapachem piwa oddech.

Mijam biegiem przejście pod wiaduktem, potykam się na rogu Blenheim Road i ruszam szybko chodnikiem. Wstrzymuję oddech i spuszczam głowę, bojąc się podnieść wzrok, ale kiedy to robię, nic tam nie ma. Ani parkujących przed domem furgonetek, ani policyjnych radiowozów. Czy to możliwe, że przetrząsnęli już cały dom? Gdyby coś znaleźli, wciąż by się tu kręcili; przeszukanie i zbieranie dowodów rzeczowych musi trwać wiele godzin. Przyspieszam kroku. Przed domem przystaję i biorę głęboki oddech. Zasłony są zaciągnięte na górze i na dole. Lekko poruszają się zasłony w oknie sąsiada. Ktoś mnie obserwuje. Podchodzę do drzwi i podnoszę rękę. Nie powinno mnie tu być. Nie wiem, co tu robię. Chciałam tylko zobaczyć. Chciałam się tylko dowiedzieć. Przez chwilę waham się, czy wbrew instynktowi zapukać do drzwi, czy odejść. Odwracam się i w tym momencie drzwi się otwierają.

Nie zdążyłam zareagować, bo błyskawicznie wysuwa się zza nich ręka, która chwyta mnie i wciąga do środka. Scott. Ma błędne oczy i zacięte usta. Jak desperat. Przepełniona przerażeniem i adrenaliną widzę zbliżającą się ciemność. Otwieram usta do krzyku, ale jest za późno, bo Scott wciąga mnie do domu i zatrzaskuje drzwi.

Megan

Rano

Ja nie przegrywam. Na tyle powinien mnie znać. Nie przegrywam takich gier.

Ekran telefonu jest pusty. Uparcie, bezczelnie pusty. Ani esemesów, ani nieodebranych połączeń. Ilekroć na niego patrzę, czuję się jak spoliczkowana i wpadam w jeszcze większą złość. Co mnie napadło w tym hotelu? Co ja sobie myślałam? Że nawiązaliśmy nić porozumienia, że łączy nas coś prawdziwego? On nie ma zamiaru nigdzie ze mną jechać. Ale przez chwilę – dłużej niż chwilę – wierzyłam mu i właśnie to najbardziej mnie wkurza. Byłam śmieszna, naiwna. Od samego początku tylko się mną bawił.

Jeśli myśli, że będę tu siedziała i po nim płakała, to jeszcze zobaczy. Dam sobie radę bez niego, i to świetnie – ale nie lubię przegrywać. To nie w moim stylu. To do mnie nie pasuje. Mnie się nie porzuca. To ja odchodzę.

Doprowadzam się do obłędu, nic na to nie poradzę. Ciągle wracam myślą do tego popołudniowego spotkania w hotelu, ciągle analizuję to, co powiedział, jak się wtedy czułam.

Łajdak.

Jeśli myśli, że po prostu zniknę, po cichu odejdę, to się grubo myli. Jeżeli zaraz nie odbierze, przestanę dzwonić na komórkę i zadzwonię do niego do domu. Nie pozwolę się ignorować.

Przy śniadaniu Scott prosi mnie, żebym odwołała spotkanie z terapeutą. Milczę. Udaję, że go nie usłyszałam.

– Dave zaprosił nas na kolację – ciągnie. – Nie byliśmy u nich od Bóg wie kiedy. Możesz to przełożyć?

Mówi lekkim tonem, jakby prosił mnie o drobną przysługę, ale czuję, że mnie obserwuje, że nie odrywa wzroku od mojej twarzy. Grozi nam kłótnia i muszę być ostrożna.

– Nie mogę – odpowiadam. – Jest za późno. Może poprosisz, żeby wpadli do nas w sobotę wieczorem? – Nuży mnie już sama myśl o zabawianiu Dave'a i Karen, ale muszę iść na kompromis.

– Nie jest za późno. – Scott odstawia filiżankę. Kładzie mi rękę na ramieniu. – Odwołaj, dobrze? – I wychodzi z kuchni.

Kiedy zamykają się drzwi, biorę filiżankę i rzucam nią w ścianę.

WIECZOREM

Mogłabym wmówić sobie, że to wcale nie odrzucenie. Mogłabym wytłumaczyć sobie, że tak trzeba, że tak jest dobrze, zarówno z moralnego, jak i profesjonalnego punktu widzenia. Ale wiem, że to nieprawda. A przynajmniej niecała prawda, bo jeśli bardzo się kogoś pożąda, moralność (a już na pewno profesjonalizm) przestaje się liczyć. Zrobi się wszystko, żeby tego kogoś mieć. On po prostu nie dość mocno mnie pragnie.

Przez całe popołudnie ignorowałam telefony od Scotta, spóźniłam się na terapię i nie rzuciwszy ani słowa recepcjonistce, poszłam prosto do gabinetu. Kamal siedział przy biurku, coś pisał. Zerknął na mnie bez uśmiechu i znowu spuścił wzrok. Stałam przed biurkiem, czekając, aż na mnie spojrzy. Minęły wieki, zanim podniósł głowę.

– Wszystko w porządku? – spytał w końcu, tym razem z uśmiechem. – Spóźniłaś się.

Brakowało mi tchu, nie mogłam mówić. Obeszłam biurko i oparłam się o nie, ocierając się nogą o jego udo. Odsunął się trochę do tyłu.

– Megan, dobrze się czujesz? – spytał.

Pokręciłam głową. Wyciągnęłam do niego rękę, a on ujął moją dłoń.

– Megan…

Milczałam.

– Nie możesz… Powinnaś usiąść. Porozmawiajmy.

Tylko pokręciłam głową.

– Megan.

Ilekroć powtarzał moje imię, było coraz gorzej.

Wstał i wyszedł zza biurka, aby dalej ode mnie. Stanął na środku pokoju.

– Daj spokój – rzucił poważnie, a nawet szorstko. – Usiądź.

Podeszłam do niego, jedną rękę położyłam mu na biodrze, drugą na piersi. Przytrzymał mnie za nadgarstki i odsunął się.

– Nie rób tego. Nie możesz… Nie możemy… – Stanął tyłem do mnie.

– Kamal – wychrypiałam załamującym się głosem. Brzmiał ohydnie. – Proszę.

– To… niestosowne. Normalne, wierz mi, ale…

Wtedy powiedziałam, że chcę z nim być.

– To jest przeniesienie, Megan – odparł. – Czasem się zdarza. Mnie też. Powinienem był poruszyć ten temat na ostatnim spotkaniu. Przepraszam.

Miałam ochotę krzyczeć. Zabrzmiało to tak banalnie, tak zimno, tak pospolicie.

– Chcesz mi powiedzieć, że nic do mnie nie czujesz? – spytałam. – Że tylko to sobie wyobraziłam?

Pokręcił głową.

– Sprawy zaszły za daleko, nie powinienem był do tego dopuścić. Musisz to zrozumieć.

Podeszłam bliżej, położyłam dłonie na jego biodrach i odwróciłam go do siebie. Znowu chwycił mnie za ręce i jego długie palce owinęły się wokół moich nadgarstków.

– Mogę stracić pracę – powiedział, a ja wpadłam w złość.

Odsunęłam się od niego gwałtownie i gniewnie. Chciał mnie przytrzymać, ale nie zdołał. Krzyczałam na niego, mówiłam, że mam gdzieś jego pracę. Próbował mnie uspokoić, bo martwił się pewnie o to, co pomyśli recepcjonistka, co pomyślą pacjenci. Chwycił mnie za ramiona, wbił kciuki w ciało, kazał mi się opanować, przestać zachowywać się jak dziecko. Potrząsnął mną mocno i przez chwilę myślałam, że uderzy mnie w twarz.

Pocałowałam go, ze wszystkich sił ugryzłam go w dolną wargę i poczułam krew w ustach. Wtedy mnie odepchnął.

W drodze do domu planowałam zemstę. Myślałam o tym, co mogłabym mu zrobić. Oczywiście mogłabym spowodować, żeby wyrzucono go z pracy albo jeszcze coś gorszego Ale tego nie zrobię, bo za bardzo go lubię. Nie pragnę jego krzywdy. Aż tak bardzo nie boli mnie już nawet myśl o odrzuceniu. Teraz najbardziej martwi mnie to, że nie opowiedziałam mu do końca swojej historii. Nie mogę zacząć od początku z kimś innym, to zbyt trudne.

Nie chcę wracać do domu, bo nie wiem, jak wytłumaczyłabym obecność siniaków na rękach.

Rachel

Wieczorem

A teraz czekam. Ta niewiedza, ta wszechobecna powolność mnie dobija. Ale nic więcej nie mogę zrobić.

Rano bałam się nie bez powodu. Nie wiedziałam tylko, czego się boję.

Nie Scotta. Kiedy wciągnął mnie do domu, musiał dostrzec przerażenie w moich oczach, bo natychmiast mnie puścił. Rozczochrany, z obłędem w oczach uciekł od światła i zamknął drzwi.

– Co pani tu robi? Wszędzie są reporterzy z aparatami, dziennikarze. Nie chcę, żeby ktoś tu przychodził. Łaził po ulicy. Będą gadali. Będą próbowali... Zrobią wszystko, żeby zdobyć zdjęcia, żeby...

– Nikogo tam nie ma – powiedziałam, chociaż szczerze mówiąc, nie zwróciłam na to uwagi. Ktoś mógł siedzieć w samochodzie, czekając, aż coś się wydarzy.

– Co pani tu robi? – powtórzył.

– Słyszałam... Było o tym w wiadomościach. Chciałam tylko... Czy to on? Aresztowali go?

Kiwnął głową.

– Tak, dziś rano. Była tu ta policjantka. Przyszła mi powiedzieć. Ale nie mogła... Nie chcą mi powiedzieć dlaczego.

Musieli coś znaleźć, ale nie wiem co. Na pewno nie ją. Wiem, że jej nie znaleźli.

Siada na schodach i obejmuje się wpół. Cały się trzęsie.

– Już tego nie wytrzymuję. Nie wytrzymuję tego siedzenia i czekania na telefon. Bo kiedy zadzwoni, co mi powiedzą? Przekażą najgorszą wiadomość? Powiedzą, że… – Urywa, podnosi wzrok i patrzy na mnie tak, jakby widział mnie pierwszy raz w życiu. – Po co pani przyszła?

– Chciałam… Pomyślałam, że nie chce pan być sam.

Spojrzał na mnie jak na wariatkę.

– Nie jestem sam. – Wstał, minął mnie i wszedł do salonu.

Przez chwilę po prostu stałam. Nie wiedziałam, czy iść za nim, czy wyjść, ale wtedy zawołał:

– Chce pani kawy?

Na trawniku była jakaś kobieta, paliła papierosa. Wysoka, o przyprószonych siwizną włosach, w eleganckich czarnych spodniach i zapiętej pod szyją białej bluzce. Chodziła nerwowo po tarasie, ale kiedy mnie zobaczyła, zatrzymała się, rzuciła papierosa na wyłożoną kamiennymi płytami ścieżkę i rozgniotła go czubkiem buta.

– Pani z policji? – spytała z powątpiewaniem, wszedłszy do kuchni.

– Nie, ja…

– Mamo, to jest Rachel Watson – przerwał mi Scott. – To ona powiedziała mi o Abdicu.

Kobieta powoli kiwnęła głową, jakby niewiele jej to mówiło. Szybko otaksowała mnie spojrzeniem od stóp po głowę i z powrotem.

– Ach tak.

– Ja… Chciałam tylko… – Nie miałam uzasadnionego powodu, żeby tam być. Przecież nie mogłam powiedzieć, że chciałam się tylko dowiedzieć. Chciałam zobaczyć.

– Cóż. Scott jest pani bardzo wdzięczny. Czekamy teraz, aż wyjaśnią nam, o co tu właściwie chodzi.

Kobieta podeszła bliżej, wzięła mnie za łokieć i łagodnie odwróciła w stronę drzwi. Zerknęłam na Scotta, ale na mnie nie patrzył. Przyglądał się czemuś za oknem, za torami.

– Dziękujemy, że nas pani odwiedziła. Jesteśmy pani bardzo zobowiązani.

Znalazłam się za progiem, drzwi zamknęły się stanowczo, podniosłam wzrok i wtedy ich zobaczyłam: Toma z wózkiem i Annę u jego boku. Na mój widok obydwoje stanęli jak wryci. Anna podniosła rękę do ust, pochyliła się i chwyciła dziecko. Jak lwica chroniąca swoje małe. Miałam ochotę się roześmiać, powiedzieć: „Nie chodzi o ciebie, mam gdzieś twoją córkę".

Jestem wyrzutkiem. Matka Scotta dała mi to wyraźnie do zrozumienia. Jestem wyrzutkiem, w dodatku wyrzutkiem zawiedzionym, ale to nie powinno mieć żadnego znaczenia, ponieważ policja aresztowała Kamala Abdica. Mają go, a ja im pomogłam. Postąpiłam słusznie. Mają go, a wkrótce znajdą Megan i sprowadzą ją do domu.

Anna

Rano

Tom obudził mnie pocałunkiem i zawadiackim uśmiechem. Dzisiaj wychodzi trochę później, dlatego zaproponował, żebyśmy zabrali Evie na śniadanie. Do kawiarni tuż za rogiem, gdzie spotykaliśmy się na początku naszej znajomości. Usiądziemy przy oknie, bo nic nam nie grozi – Rachel jest w pracy, w Londynie, więc na pewno nie zobaczy nas z ulicy. Mimo to przechodzi mnie dreszczyk emocji, bo może z jakiegoś powodu wróci wcześniej do domu, może źle się poczuje albo zapomni ważnych papierów. Kiedyś o tym marzyłam. Chciałam, żeby któregoś dnia nas zobaczyła, mnie z nim, żeby natychmiast dotarło do niej, że Tom już do niej nie należy. Teraz trudno jest mi w to uwierzyć.

Od zniknięcia Megan unikam tej trasy jak ognia – przechodząc przed ich domem, dostaję gęsiej skórki – ale do kawiarni można dojść tylko tamtędy. Tom idzie z wózkiem przodem; śpiewa coś i Evie się śmieje. Uwielbiam, kiedy tak wychodzimy we troje. Widzę, jak ludzie na nas patrzą, wiem, co myślą: jaka cudowna rodzina. Pękam wtedy z dumy, z niczego nie byłam tak dumna jak z tego. Nigdy w życiu.

Tak więc lewituję w swojej banieczce szczęścia i gdy dochodzimy już prawie do domu Hipwellów, otwierają się drzwi. Przez chwilę myślę, że mam halucynacje, bo w progu staje ona.

Rachel. Wychodzi, zatrzymuje się, dostrzega nas i nieruchomieje. Koszmar. Uśmiecha się dziwnie, niemal się krzywi i nie
mogę się powstrzymać: podbiegam do wózka i szybko biorę
dziecko na ręce. Wystraszona Evie zaczyna płakać.

Rachel szybko odchodzi w kierunku stacji.

Tom woła za nią:

– Rachel! Co ty tu robisz? Rachel!

Ale ona idzie dalej, coraz szybciej i szybciej, w końcu zaczyna biec, a my stoimy na chodniku. Wreszcie Tom patrzy na
mnie, widzi moją minę i rzuca:

– Chodźmy. Wracajmy do domu.

WIECZOREM

W domu dowiedzieliśmy się, że policja aresztowała kogoś
w związku ze zniknięciem Megan Hipwell. Jakiegoś mężczyznę, o którym nigdy dotąd nie słyszałam, jej terapeutę. Przyję-
łam to z ulgą, bo wyobrażałam już sobie straszne rzeczy.

– Mówiłem, że to będzie ktoś z jej znajomych – powiedział
Tom. – Zawsze tak jest. Ale tak naprawdę nie wiemy nawet, co
się stało. Pewnie nic jej nie jest. Uciekła z kimś, i tyle.

– To dlaczego został aresztowany?

Tom wzruszył ramionami. Zdenerwowany włożył marynarkę
i poprawił krawat; szykował się do wyjścia na spotkanie.

– I co my teraz zrobimy? – spytałam.

– Zrobimy?

Chyba mnie nie zrozumiał.

– Z nią. Z Rachel. Po co tu przyszła? Dlaczego była
u Hipwellów? Myślisz, że… że próbowała dostać się do ogrodu? Że przez ich ogród chciała przejść do naszego?

Tom roześmiał się ponuro.

– Wątpię. Przestań, to jest Rachel. Ma tak tłusty tyłek, że
nie dałaby rady przejść przez te wszystkie płoty. Nie mam pojęcia, co tu robiła. Może była tak wkurzona, że pomyliła domy?

– To znaczy, że chciała przyjść tutaj, tak?

– Nie wiem. Nie martw się, dobrze? I zamknij drzwi na klucz. Zadzwonię do niej i dowiem się, co kombinuje.

– Uważam, że powinniśmy zawiadomić policję.

– I co im powiemy? Przecież nic nie zrobiła...

– Ostatnio. Nie licząc tego, że była tu wieczorem w dniu zniknięcia tej Hipwell. Powinniśmy byli powiedzieć im o tym dawno temu.

– Przestań. – Tom objął mnie w talii. – Nie sądzę, żeby Rachel miała coś wspólnego z jej zaginięciem. Ale porozmawiam z nią. Zgoda?

– Mówiłeś, że...

– Wiem – przerwał mi łagodnie. – Wiem, co mówiłem. – Pocałował mnie i wsunął rękę pod pasek moich dżinsów. – Nie mieszajmy w to policji, dopóki naprawdę nie musimy.

Uważam, że nie ma racji. Ciągle mam przed oczami jej uśmiech, ten szyderczy uśmieszek. Szyderczy i niemal triumfalny. Musimy się stąd wyprowadzić. Musimy od niej uciec.

RACHEL

Rano

Budzę się i chwilę trwa, zanim dociera do mnie, co właściwie czuję. Zalewa mnie fala uniesienia, którą coś gasi: bezimienne przerażenie. Wiem, że jesteśmy blisko odkrycia prawdy. I nie mogę oprzeć się wrażeniu, że będzie straszna.

Siadam na łóżku, biorę laptopa, włączam go, niecierpliwie czekam, aż się załaduje, i wchodzę do internetu. Trwa to całą wieczność. Słyszę, jak Cathy chodzi po domu, jak zmywa po śniadaniu i biegnie na górę umyć zęby. Zatrzymuje się na chwilę pod moimi drzwiami. Niemal widzę, jak podnosi rękę, żeby zapukać. Zmienia zdanie i zbiega schodami na dół.

Na ekranie ukazuje się strona BBC. Najpierw nagłówek artykułu o cięciach świadczeń społecznych, potem artykuł o kolejnym telewizyjnym gwiazdorze z lat siedemdziesiątych oskarżonym o występki seksualne. Nie ma nic o Megan, nic o Kamalu. Jestem zawiedziona. Wiem, że policja ma dwadzieścia cztery godziny na oskarżenie podejrzanego, a dwadzieścia cztery godziny już minęły. Ale oczywiście w niektórych przypadkach mogą przedłużyć areszt o dodatkowe dwanaście.

Wiem to wszystko, ponieważ wczoraj przez cały dzień grzebałam w necie. Po tym, jak wyproszono mnie z domu Scotta, wróciłam do siebie, włączyłam telewizor i prawie do wieczora oglądałam wiadomości i czytałam artykuły w internecie. Czekałam.

W południe policja podała nazwisko podejrzanego. W wiadomościach wspomniano o „dowodach znalezionych w domu i samochodzie doktora Abdica", nie powiedziano tylko o jakich. Może to była krew? Jej telefon komórkowy? Ubranie, torebka albo szczoteczka do zębów? Ciągle pokazywano zdjęcie Kamala, zbliżenie jego śniadej, przystojnej twarzy. Nie jest to zdjęcie policyjne, zostało zrobione z ukrycia: Kamal gdzieś na wakacjach, prawie się uśmiecha. Robi wrażenie zbyt delikatnego, zbyt ładnego jak na mordercę, ale pozory mogą mylić – Ted Bundy był ponoć podobny do Cary'ego Granta.

Cały dzień czekałam na dalsze wiadomości, na wiadomość, że Kamal został oficjalnie oskarżony o uprowadzenie, napaść albo o coś jeszcze gorszego. Czekałam, aż powiedzą, gdzie jest Megan, gdzie ją przetrzymywał. Pokazywano zdjęcia Blenheim Road, stacji i frontowych drzwi domu Scotta. Komentatorzy zastanawiali się, co może wynikać z tego, że od ponad tygodnia nikt nie korzystał z jej komórki ani kart płatniczych.

Kilka razy dzwonił Tom. Nie odebrałam. Wiem, czego chce. Chce mnie spytać, co robiłam wczoraj u Hipwellów. Niech się trochę pozastanawia. Nie ma z tym nic wspólnego. Zresztą na pewno zadzwonił za jej namową. A jej nic nie muszę wyjaśniać.

Czekałam i czekałam, a oskarżenia wciąż nie było. Zamiast tego usłyszeliśmy trochę więcej o Kamalu, zaufanym specjaliście od zdrowia psychicznego, który najpierw wyciągnął z Megan wszystkie sekrety, a potem nadużył jej zaufania, uwiódł ją i Bóg wie, co jeszcze.

Okazało się, że jest muzułmaninem, Bośniakiem ocalałym z wojny na Bałkanach, który przyjechał do Anglii jako piętnastoletni uchodźca. Wiedział, co to przemoc, bo w Srebrenicy stracił ojca i dwóch starszych braci. Był również skazany za przemoc domową. Im więcej się o nim dowiadywałam, tym głębszego nabierałam przekonania, że miałam rację: dobrze zrobiłam, donosząc na niego na policję, dobrze zrobiłam, że powiedziałam Scottowi.

Wstaję, owijam się szlafrokiem, szybko zbiegam na dół i naciskam guziki pilota. Dzisiaj nie mam zamiaru nigdzie wychodzić. Jeśli nieoczekiwanie wróci Cathy, powiem, że jestem chora. Robię sobie kawę, siadam przed telewizorem i czekam.

WIECZOREM

Znudziłam się około trzeciej. Miałam dość tych wszystkich świadczeń i telewizyjnych pedofilii z lat siedemdziesiątych, sfrustrowało mnie to, że nie mówią nic nowego o Megan ani o Kamalu, dlatego poszłam do monopolowego i kupiłam dwie butelki białego wina.

Właśnie kończę pierwszą, kiedy się zaczyna. Na ekranie widać coś nowego, drżący obraz z kamery, zdjęcia z niedokończonego (albo na wpół zburzonego) budynku, jakieś wybuchy w tle. Syria, Egipt, może Sudan? Ściszyłam dźwięk, oglądam to jednym okiem. I nagle widzę: na pasku na dole ekranu pojawia się wiadomość, że opozycja protestuje przeciwko cięciom budżetowym na społeczną pomoc prawną, że Fernando Torres musi przez miesiąc pauzować, bo ma uszkodzone ścięgno stawu skokowego, i że podejrzanemu w sprawie zniknięcia Megan Hipwell nie postawiono żadnych zarzutów i zwolniono go z aresztu.

Odstawiam kieliszek, chwytam pilota i podkręcam głośność, o jedną kreskę, drugą, trzecią i czwartą. Nie, to niemożliwe. Wciąż trwa reportaż z wojny, trwa i trwa – przez cały czas rośnie mi ciśnienie – ale wreszcie się kończy, wracamy do studia i prowadzący mówi:

– Kamal Abdic, aresztowany w związku ze zniknięciem Megan Hipwell, został zwolniony bez zarzutów. Abdic, terapeuta zaginionej, został zatrzymany wczoraj, jednak dziś rano odzyskał wolność, ponieważ policja twierdzi, że nie ma przeciwko niemu wystarczających dowodów.

Nie słyszę tego, co mówi dalej. Widzę jak przez mgłę, słyszę tylko szum, siedzę tak i myślę: mieli go. Mieli go i wypuścili.

Na górze, trochę później. Za dużo wypiłam, kiepsko widzę ekran komputera, wszystko dwoi mi się i troi. Czytać mogę tylko wtedy, kiedy zasłaniam ręką jedno oko. Boli mnie od tego głowa. Cathy jest już w domu. Wołała do mnie, ale krzyknęłam, że źle się czuję i już leżę. Na pewno wie, że piłam.

W moim brzuchu chlupocze alkohol. Jest mi niedobrze. Nie mogę trzeźwo myśleć. Nie powinnam była tak wcześnie zaczynać. W ogóle nie powinnam była zaczynać. Dzwoniłam do Scotta godzinę temu i teraz, przed chwilą. Tego też nie powinnam robić. Ale chcę się tylko dowiedzieć, jakie kłamstwa wcisnął policji Kamal. Co takiego im powiedział, że dali się nabrać? Policja schrzaniła sprawę. Idioci. I ta Riley, wszystko przez nią. Na sto procent.

Gazety też nie pomogły. Piszą teraz, że z tą przemocą domową to bzdura. Pomyłka. Robią z niego ofiarę.

Nie chcę więcej pić. Wiem, że powinnam wylać resztę wina do zlewu, w przeciwnym razie rano wstanę, natychmiast się napiję, a jak już zacznę, to nie przestanę. Powinnam wylać wino, ale wiem, że nie wyleję. Będę miała na co czekać.

Jest ciemno i słyszę, jak ktoś ją woła. Początkowo cicho, potem głośniej. Gniewnym, zdesperowanym głosem. To Scott woła Megan, jest z nią nieszczęśliwy. Woła ją i woła, nie przestaje. To chyba sen. Próbuję go uchwycić, zatrzymać, ale im bardziej się staram, tym bardziej się rozmywa i w końcu pierzcha.

Rano

Budzi mnie ciche pukanie do drzwi. W szyby bębni deszcz; minęła już ósma, ale na dworze jest ciemno. Cathy otwiera cicho drzwi i zagląda do pokoju. – Rachel? Dobrze się czujesz? – Widzi butelkę obok łóżka i opadają jej ramiona. – Och, Rachel... – Podchodzi bliżej i podnosi butelkę. Milczę, zbyt się wstydzę, żeby otworzyć usta. – Nie idziesz do pracy? Wczoraj też nie byłaś? – Nie czeka na odpowiedź, odwraca się i dodaje: – W końcu cię wyrzucą.

Powinnam się odezwać, i tak jest już na mnie zła. Powinnam za nią pójść i powiedzieć: „Wyrzucili mnie kilka miesięcy temu za to, że zalana w trupa przyszłam do biura po trzygodzinnym lunchu z klientem, podczas którego zachowywałam się tak ordynarnie i nieprofesjonalnie, że facet zerwał z nami kontrakt". Kiedy zamykam oczy, wciąż widzę końcówkę tego lunchu, minę kelnerki, która podawała mi żakiet, wciąż pamiętam, jak chwiejnym krokiem weszłam do biura, jak patrzyli na mnie koledzy, jak Martin Miles odciągnął mnie na bok. „Chyba powinnaś pójść do domu, Rachel".

Błyska się i głośno grzmi. Gwałtownie siadam. O czym to ja wczoraj myślałam? Zaglądam do mojego czarnego notesiku, ale od wczorajszego popołudnia niczego w nim nie zapisałam. Są tam tylko notatki o Kamalu, jego wiek, pochodzenie etniczne, to, że był skazany za przemoc domową. Biorę długopis i skreślam ostatni punkt.

Na dole robię sobie kawę i włączam telewizor. Wczoraj wieczorem policja zwołała konferencję prasową i na Sky News pokazują jej fragmenty. Jest tam inspektor Gaskill, blady, wymizerowany i skruszony. Ma minę winowajcy. Nie wymienia żadnych nazwisk, mówi tylko, że podejrzanego zatrzymano, przesłuchano i zwolniono z aresztu, ale śledztwo wciąż trwa. Kamery przenoszą się na Scotta, który z wykrzywioną bólem twarzą siedzi zgarbiony, mrugając w świetle reflektorów. Czuje się nieswojo i na jego widok pęka mi serce. Mówi cicho, ze spuszczonymi oczami. Mówi, że nie stracił nadziei, że bez względu na deklaracje policji wciąż ma nadzieję, że Megan wróci do domu.

Jego słowa brzmią nieszczerze, fałszywie, ale nie widząc jego oczu, nie potrafię powiedzieć dlaczego. Nie wiem, czy nie wierzy w swoje własne słowa dlatego, że całą wiarę, którą kiedyś miał, odebrały mu wydarzenia z ostatnich kilku dni, czy dlatego, że po prostu wie, iż już nigdy nie zobaczy żony.

I wtedy coś mi się przypomina: wczoraj do niego dzwoniłam. Raz czy dwa razy? Biegnę na górę po telefon i znajduję go w zmiętej pościeli. Mam trzy nieodebrane połączenia: jedno od Toma i dwa od Scotta. Esemesy? Brak. Scott dzwonił wczoraj – przed Tomem, bo Tom zadzwonił tuż przed północą – i dziś rano, kilka minut temu.

To dobra wiadomość. Podnosi mnie trochę na duchu. Mimo reakcji jego matki, mimo jej wyraźnych aluzji („Bardzo dziękujemy za pomoc, a teraz spadaj") Scott wciąż chce ze mną rozmawiać. Potrzebuje mnie. Zalewa mnie fala czułości do Cathy, wdzięczności za to, że wylała resztę wina. Muszę być trzeźwa, dla Scotta. Scott chce, żebym logicznie myślała.

Biorę prysznic, ubieram się, robię sobie drugą kawę, siadam w salonie i z czarnym notesikiem pod ręką wybieram jego numer.

Scott podnosi słuchawkę i bez wstępów mówi:

– Powinna była mi pani powiedzieć, kim pani jest. – Beznamiętnie, zimno. Żołądek kurczy mi się i zmienia w twardą piłeczkę. On już wie. – Po tym jak go wypuścili, rozmawiałem z detektyw Riley. Abdic zaprzeczył, że on i Megan mieli romans. Powiedziała, że świadek, który im o tym doniósł, jest niewiarygodny. To alkoholik. Możliwe, że niezrównoważony psychicznie. Nie zdradziła jego nazwiska, ale myślę, że mówiła o pani.

– Ale… – dukam. – Nie, ja nie jestem… Nie piłam, kiedy ich widziałam. To było o wpół do dziewiątej rano. – Jakby miało to jakieś znaczenie. – Zresztą policja znalazła dowody, mówili o tym w wiadomościach. Znaleźli…

– Dowody okazały się niewystarczające.

Scott się rozłącza.

PIĄTEK, 26 LIPCA 2013

RANO

Już nie jeżdżę do swojej wyimaginowanej pracy. Przestałam udawać. Nie chce mi się nawet wstać z łóżka. Ostatni raz myłam zęby chyba w środę. Wciąż symuluję chorobę, ale wiem, że nikt w to nie wierzy.

Wstać, ubrać się, wsiąść do pociągu, pojechać do Londynu, włóczyć się bez celu ulicami – nie dałabym rady. Ciężko jest nawet wtedy, kiedy świeci słońce, a teraz to niemożliwe. Leje już trzeci dzień, zimny, zacinający, bezlitosny deszcz.

Nie mogę spać, nie tylko przez alkohol, ale też przez koszmary nocne. Śni mi się, że jestem gdzieś uwięziona, wiem, że ktoś nadchodzi, że jest tam wyjście, wiem, że na pewno jest, bo je widziałam, tylko nie mogę go znaleźć i kiedy ten ktoś po mnie przychodzi, nie mogę krzyknąć. Próbuję – wciągam powietrze do płuc i je wypycham – ale z moich ust nie wydobywa się żaden dźwięk, tylko chrapliwe rzężenie, jak u kogoś, kto umiera i walczy o każdy oddech.

Czasem w tych koszmarach stoję w przejściu pod wiaduktem przy Blenheim Road. Mam odciętą drogę i nie mogę się cofnąć, nie mogę również pójść przed siebie, bo coś tam jest, bo ktoś tam czeka, i wtedy budzę się ogarnięta potwornym przerażeniem.

Nigdy jej nie znajdą. Z każdym dniem, z każdą mijającą godziną jestem tego coraz bardziej pewna. Stanie się jednym z tych nazwisk, jej historia będzie jedną z tych historii: zaginiona, przepadła bez wieści, ciała nie odnaleziono. A Scott nie doczeka się ani sprawiedliwości, ani spokoju. Nigdy nie będzie zmarłej, którą mógłby opłakiwać, nigdy się nie dowie, co się z nią stało. Nie będzie ani ostatecznego zamknięcia, ani rozwiązania. Leżę, myślę o tym i cierpię. Nie ma większych męczarni, nic nie boli bardziej niż niewiedza.

Napisałam do niego. Przyznałam, że mam problem, i znowu skłamałam, twierdząc, że nad tym panuję, że szukam pomocy. Zapewniłam go, że nie jestem niezrównoważona. Ale nie wiem już, czy to prawda, czy nie. Dodałam, że dobrze wszystko widziałam, że nie byłam wtedy pijana. Przynajmniej to jest prawdą. Nie odpisał. Ale wcale tego nie oczekiwałam. Jestem od niego odcięta, odgrodzona. Nie mogę powiedzieć mu tego, co chcę. Nie mogę nawet tego spisać, bo słowa źle zabrzmią. Chcę tylko, by wiedział, jak bardzo mi przykro, że nie udało mi się naprowadzić policji na Kamala, powiedzieć: „Spójrzcie, to on". Powinnam była coś widzieć. Mieć szerzej otwarte oczy. Wtedy, w tamtą sobotę.

WIECZOREM

Jestem przemoczona do suchej nitki, bardzo mi zimno, czubki palców mam sine i pomarszczone, boli mnie głowa od kaca, który zaatakował o wpół do szóstej – i prawidłowo, zważywszy, że zaczęłam pić przed dwunastą. Wyszłam po kolejną butelkę wina, ale usadził mnie bankomat, wyświetlając odpowiedź, której dawno się spodziewałam: „Brak środków na koncie".

Potem poszłam przed siebie. Chodziłam bez celu w zacinającym deszczu ponad godzinę. Zamknięte dla ruchu kołowego centrum Ashbury należało tylko do mnie. Chodząc, w którymś momencie uznałam, że muszę coś zrobić. Że za mało się starałam i muszę to naprawić.

I teraz, przemoczona i niemal trzeźwa, zamierzam zadzwonić do Toma. Nie chcę wiedzieć, co zrobiłam, co powiedziałam w tę sobotę, ale muszę go wypytać. Może coś mi się przypomni. Z jakiegoś powodu jestem pewna, że coś przeoczyłam, przegapiłam coś ważnego. Może znowu się oszukuję, może znowu próbuję udowodnić sobie, że nie jestem zerem. Ale może rzeczywiście coś mi umknęło.

– Próbuję się do ciebie dodzwonić od poniedziałku – mówi Tom do telefonu. – Dzwoniłem do twojego biura – dodaje i czeka, aż to do mnie dotrze.

Od razu zdobywa nade mną przewagę, bo jestem zażenowana, zawstydzona.

– Musimy porozmawiać – mówię. – O sobocie. O tym sobotnim wieczorze.

– O czym ty mówisz? To ja muszę porozmawiać z tobą o poniedziałku. Coś ty, do licha, robiła u Scotta Hipwella?

– Nieważne…

– Ważne, do cholery, właśnie, że ważne. Co tam robiłaś? Chyba zdajesz sobie sprawę, że Hipwell może… Przecież tego nie wiemy, prawda? Mógł coś jej zrobić. Mógł czy nie mógł? Swojej żonie.

– Nic jej nie zrobił – odpowiadam z przekonaniem. – To nie on.

– Skąd wiesz? Co się dzieje, Rachel?

– Po prostu… Musisz uwierzyć mi na słowo. Ale nie po to do ciebie dzwoniłam. Chcę porozmawiać o sobocie. O wiadomości, którą mi zostawiłeś. Byłeś bardzo zły. Mówiłeś, że wystraszyłam Annę.

– Bo wystraszyłaś. Widziała cię na ulicy. Zataczałaś się, zwymyślałaś ją. Po tym, co się ostatnio stało, wpadła w panikę. Po twoim wyczynie z Evie.

– Czy Anna coś… zrobiła?

– Zrobiła?

– Mnie.

– Tobie?

– Miałam rozciętą głowę, Tom. Krwawiłam.

– I twierdzisz, że to ona ci to zrobiła?! Oskarżasz ją?! – Tom krzyczy, jest wściekły. – Wystarczy, Rachel, dość tego! Wyperswadowałem jej, i to niejeden raz, żeby na ciebie nie donosiła, ale jeśli nie przestaniesz, jeśli nadal będziesz nas nachodziła, zmyślała te niestworzone historie…

– O nic jej nie oskarżam. Próbuję się tylko czegoś dowiedzieć, bo nie…

– Bo nie pamiętasz! Oczywiście. Rachel nic nie pamięta. – Tom wzdycha znużony. – Posłuchaj. Anna cię widziała, byłaś pijana i agresywna. Wróciła do domu, żeby mi o tym powiedzieć, zdenerwowała się, więc poszedłem cię szukać. Znalazłem cię na ulicy. Chyba upadłaś. Byłaś wściekła. Miałaś rozciętą rękę.

– Rękę? Przecież…

– W każdym razie zakrwawioną. Nie wiem dlaczego. Zaproponowałem, że odwiozę cię do domu, ale nie chciałaś mnie słuchać. Nie panowałaś nad sobą, bełkotałaś. Kiedy odeszłaś, pobiegłem po samochód, ale jak wróciłem, już cię nie było. Pojechałem na stację, jednak nie mogłem cię znaleźć. Pojeździłem trochę po mieście, bo Anna bała się, że gdzieś tam jesteś, że wrócisz i spróbujesz wejść do domu. Martwiłem się, że znowu upadniesz, że wpakujesz się w kłopoty… Pojechałem aż do Ashbury. Zadzwoniłem do drzwi, ale nie było cię w domu. Dzwoniłem do ciebie parę razy. Zostawiłem ci wiadomość. I tak, byłem zły. Byłem wkurzony.

– Przepraszam, Tom. Naprawdę mi przykro.

– Wiem. Tobie zawsze jest przykro.

– Mówiłeś, że na nią krzyczałam – ciągnę i aż się wzdragam. – Co krzyczałam?

– Nie wiem – ucina. – Mam poprosić ją do telefonu? Może utniecie sobie małą pogawędkę?

– Tom...

– Jakie to ma teraz znaczenie?

– Czy widziałeś wtedy Megan Hipwell?

– Nie. – Tom jest zaniepokojony. – Bo? Ty ją widziałaś? Chyba nic jej nie zrobiłaś?

– Nie, oczywiście, że nie.

Milczy przez chwilę.

– To dlaczego o to pytasz? Rachel, jeśli coś wiesz...

– Nic nie wiem. Nic nie widziałam.

– Po co byłaś w poniedziałek u Hipwellów? Powiedz, inaczej nie uspokoję Anny. Ona bardzo się denerwuje.

– Chciałam powiedzieć coś Scottowi. Myślałam, że mu się to przyda.

– Nie widziałaś jego żony, ale miałaś mu do powiedzenia coś... przydatnego?

Waham się. Nie wiem, co mogę zdradzić, czy nie powinnam zatrzymać tego wyłącznie dla Scotta.

– Chodziło o Megan – mówię w końcu. – Miała romans.

– Chwila, moment. Ty ją znałaś?

– Tylko trochę.

– Skąd?

– Z galerii.

– Ach, z galerii... Więc miała romans z kim?

– Ze swoim terapeutą. Kamalem Abdikiem. Widziałam ich.

– Tak? To ten facet, którego aresztowali? Myślałem, że już go wypuścili.

– Bo wypuścili. W dodatku z mojej winy, bo jestem niewiarygodnym świadkiem.

Tom śmieje się. Cicho i przyjaźnie, bez cienia szyderczości.

– Daj spokój – mówi. – Bardzo dobrze zrobiłaś. Jestem przekonany, że tego Abdica zwolnili nie tylko dlatego. – W tle słychać szczebiotanie dziecka i Tom rzuca coś w tamtą stronę, ale tego nie słyszę. – Muszę kończyć.

Wyobrażam sobie, jak odkłada słuchawkę, podnosi swoją małą córeczkę, całuje ją i obejmuje żonę. Tkwiący w moim sercu sztylet przekręca się, przekręca i przekręca.

PONIEDZIAŁEK, 29 LIPCA 2013

RANO

Jest siedem po ósmej, jadę pociągiem. Do mojego wyimaginowanego biura. Znowu. Cathy spędziła cały weekend z Damienem i gdy wróciła wczoraj wieczorem, nie zdążyła mnie nawet zwymyślać, bo nie dałam jej okazji. Od razu zaczęłam ją przepraszać za swoje zachowanie, powiedziałam, że jestem w dołku, ale że wezmę się w garść i rozpocznę nowe życie. Przyjęła przeprosiny albo tylko udała, że przyjmuje. Objęła mnie i przytuliła. Uprzejmość do potęgi.

Megan prawie zupełnie wypadła z obiegu, przestają o niej pisać. W „Sunday Timesie" pojawił się komentarz na temat niekompetencji policji, w którym o niej wspomniano: według anonimowego przedstawiciela Koronnej Służby Prokuratorskiej „jest to przykład jednej z wielu spraw, w których policja pospieszyła się z aresztowaniem na podstawie słabych lub wadliwych dowodów".

Dojeżdżamy do semafora. Słyszę znajomy stukot, czuję szarpnięcie, pociąg zwalnia, a ja podnoszę wzrok, bo po prostu muszę, bo nie mogę inaczej, ale nic już tam nie widać. Drzwi są zamknięte, zasłony zaciągnięte. Jest tylko deszcz, ściana deszczu i błotnista kałuża zbierająca się na końcu ogrodu.

Pod wpływem nagłego impulsu wysiadam w Witney. Tom mi nie pomógł, ale może pomoże ktoś inny: rudzielec, ten z soboty. Czekam, aż wysiadający pasażerowie znikną na schodach, i siadam na jedynej na peronie ławce z daszkiem. Może mi się poszczęści. Może zobaczę, jak wsiada do pociągu. Mogłabym za nim pójść, mogłabym z nim porozmawiać. Tylko to mi pozostało, to mój ostatni rzut kośćmi. Jeśli mi się nie uda, będę musiała sobie odpuścić. Po prostu odpuścić.

Mija pół godziny. Ilekroć słyszę kroki na schodach, skacze mi puls. Ilekroć słyszę stukot wysokich obcasów, ogarnia mnie trwoga. Jeśli Anna mnie tu zobaczy, będę miała kłopoty. Tom mnie ostrzegł. Odwiódł ją od pójścia na policję, ale jeśli nie przestanę...

Kwadrans po dziewiątej. Umknął mi, chyba że bardzo późno jeździ do pracy. Deszcz zacina jeszcze mocniej i nie mogę znieść myśli o kolejnym dniu bezcelowego łażenia po Londynie. Mam tylko dziesięć funtów, które pożyczyłam od Cathy i które muszą mi wystarczyć do chwili, gdy zbiorę się na odwagę i poproszę matkę o pożyczkę. Schodzę na dół, chcąc przejść na drugi peron i wrócić do Ashbury, gdy nagle widzę Scotta, który w naciągniętej na głowie kurtce wybiega z kiosku naprzeciwko wejścia na stację.

Pędzę za nim i doganiam go na rogu naprzeciwko wejścia do tunelu pod wiaduktem. Chwytam go za ramię, odwraca się zaskoczony.

– Możemy porozmawiać? – pytam. – Proszę.

– Jezu Chryste – warczy. – Czego pani ode mnie chce, do cholery?

Cofam się i podnoszę ręce.

– Przepraszam. Przepraszam. Chciałam tylko przeprosić, wyjaśnić...

Ulewa przechodzi w potop. Do cna przemoczeni, jesteśmy jedynymi ludźmi na ulicy. Scott wybucha śmiechem. Wyrzuca ręce do góry i ryczy ze śmiechu.

– Chodźmy – mówi. – Utopimy się tutaj.

Nastawia wodę i idzie na górę po ręcznik. W domu nie jest już tak porządnie jak tydzień temu; silny zapach środków odkażających zniknął, ustępując miejsca czemuś bardziej naturalnemu. W kącie salonu leży stos gazet. Na stoliku do kawy i kominku stoją brudne kubki.

Scott siada obok mnie i podaje mi ręcznik.

– Bałagan, wiem. Matka doprowadzała mnie do szału tym ciągłym czyszczeniem i sprzątaniem. Pokłóciliśmy się. Od kilku dni nie przychodzi. – Dzwoni komórka. Scott zerka na ekran i chowa ją do kieszeni. – O wilku mowa. Ona nigdy nie przestanie.

Idziemy do kuchni.

– Przepraszam – mówię. – Za to, co się stało. Przykro mi.

Scott wzrusza ramionami.

– Wiem. Ale w sumie to nie pani wina. Jasne, bardzo by mi to pomogło, gdyby tylko nie była pani...

– Pijaczką?

Stoi tyłem do mnie, nalewa kawę.

– Właśnie. Ale i tak mieli za mało dowodów, żeby go oskarżyć. – Podaje mi kubek, siadamy przy stole. Widzę, że jedno ze zdjęć na stoliku leży odwrócone tyłem.

Scott wciąż mówi.

– Coś tam znaleźli, włosy, komórki naskórka, wszystko w jego domu, ale on nie zaprzecza, że u niego była. Początkowo zaprzeczał, ale potem przyznał, że była.

– Dlaczego skłamał?

– Właśnie. Przyznał, że była u niego dwa razy, że tylko rozmawiali. Nie chce powiedzieć o czym, że to niby tajemnica lekarska i tak dalej. Włosy i komórki naskórka znaleziono na dole. W sypialni nie było nic. Facet przysięga, że nie mieli romansu. Ale to kłamca, więc... – Przeciera ręką oczy. Jego twarz zapada się w sobie, zwisają mu ramiona. Jakby się nagle skurczył. – W jego samochodzie były ślady krwi.

– Boże.

– Tak. Tej samej grupy co krew Megan. Ale nie wiedzą, czy uda im się zbadać DNA, bo próbka jest bardzo mała. To może nic nie znaczyć, ciągle to powtarzają. Jak to? Znajdują w samochodzie jej krew i to nic nie znaczy? – Kręci głową. – Miała pani rację. Im więcej słyszę o tym Abdicu, tym bardziej jestem pewny. – Patrzy na mnie, prosto na mnie, pierwszy raz, odkąd przyszliśmy. – Pieprzył się z nią i chciała z tym skończyć, więc... więc coś jej zrobił. I tyle. Na sto procent.

Stracił całą nadzieję i wcale mu się nie dziwię. Minęły z górą dwa tygodnie i przez ten czas Megan ani razu nie włączyła komórki, nie skorzystała z karty płatniczej ani z bankomatu. Nikt jej nie widział. Jakby zapadła się pod ziemię.

– Powiedział policji, że mogła uciec – mówi Scott.

– Doktor Abdic?

– Tak. Że była ze mną nieszczęśliwa i uciekła.

– Próbuje odsunąć od siebie podejrzenia, chce, żeby zaczęli podejrzewać pana.

– Wiem. Ale oni kupują wszystko, co ten skurwiel mówi. Jak choćby ta cała Riley, czuję to, kiedy z nią rozmawiam. Ona go lubi. Dla niej to biedny, sponiewierany uchodźca. – Scott żałośnie zwiesza głowę. – Może i ma rację. Bo naprawdę strasznie się wtedy pokłóciliśmy. Ale nie mogę uwierzyć, że... była ze mną nieszczęśliwa. To nieprawda. Nieprawda. – Kiedy powtarza to po raz trzeci, zaczynam się zastanawiać, czy nie próbuje tego sobie wmówić. – Ale jeśli miała romans, to chyba musiała być nieszczęśliwa. Prawda?

– Niekoniecznie – odpowiadam. – Może było to... Jak oni to nazywają? Przeniesienie. Tak. Kiedy pacjentka zakochuje się w terapeucie, a przynajmniej tak jej się wydaje. Tylko że terapeuta powinien wtedy stawić opór, przekonać ją, że to nie jest prawdziwe uczucie.

Scott patrzy na mnie, ale mam wrażenie, że nie słucha.

– Co się stało? – pyta. – Z wami. Zostawiła pani męża. Pojawił się ktoś inny?

Kręcę głową.

– Pojawiła się Anna. To on zostawił mnie.

– Przepraszam. – Scott robi pauzę.

Wiem, o czym myśli, i go uprzedzam.

– Zaczęło się już wcześniej. Na długo przed rozwodem. O to chciał pan spytać, prawda?

Kiwa głową.

– Staraliśmy się o dziecko – ciągnę, ale słowa więzną mi w gardle. Ilekroć o tym mówię, do oczu napływają mi łzy, nawet teraz, po tak długim czasie. – Przepraszam.

– Nie ma za co. – Scott wstaje, podchodzi do zlewu i nalewa mi wody. Stawia szklankę na stole.

Chrząkam, próbuję mówić jak najbardziej rzeczowo.

– Staraliśmy się o dziecko, ale nic z tego nie wyszło. Wpadłam w głęboką depresję i zaczęłam pić. Ja zaczęłam pić, a on szukać pocieszenia gdzie indziej, bo byłam nie do wytrzymania. I ona bardzo chętnie się nim zajęła.

– Przykro mi, to straszne. Wiem, bo… bo ja też chciałem mieć dziecko. Ale Megan ciągle powtarzała, że jeszcze nie jest gotowa. – Teraz z kolei on ociera łzy. – Czasem się o to kłóciliśmy.

– W sobotę też?

Scott wzdycha, odgarnia do tyłu włosy i wstaje.

– Nie – mówi i odwraca się. – W sobotę pokłóciliśmy się o coś innego.

WIECZOREM

W domu czeka na mnie Cathy. Stoi w kuchni i łapczywie pije wodę ze szklanki.

– Jak ci się pracowało? – pyta, ściągając usta.

Już wie.

– Cathy...

– Damien miał dzisiaj spotkanie w pobliżu Euston. Wychodząc, wpadł na Martina Milesa. Pamiętasz? Znają się trochę z Funduszu Lainga, Martin był u nich piarowcem.

– Cathy...

Podnosi rękę, wypija kolejny łyk wody.

– Nie pracujesz tam od miesięcy! Od miesięcy! Wiesz, jak głupio się czuję? Jak głupio poczuł się Damien? Proszę, błagam, powiedz, że masz inną pracę, że po prostu mi nie powiedziałaś. Że nie udawałaś, że naprawdę tam chodziłaś. Że dzień w dzień, przez cały ten czas, mnie nie okłamywałaś.

– Nie wiedziałam, jak ci to...

– Nie wiedziałaś, jak mi to powiedzieć? A może zwyczajnie i po prostu: Cathy, wyrzucili mnie, bo przyszłam pijana do pracy? Co ty na to? – Wzdrygam się i jej twarz łagodnieje. – Przepraszam cię, Rachel, ale to naprawdę niesłychane. – Jest dla mnie aż za miła. – Gdzie ty się podziewasz? Dokąd chodzisz? Co robisz przez cały dzień?

– Spaceruję. Chodzę do biblioteki. Czasem...

– Do pubu?

– Czasem. Ale...

– Dlaczego milczałaś? – Cathy podchodzi bliżej i kładzie mi ręce na ramionach. – Powinnaś była...

– Wstydziłam się – mówię i zaczynam płakać. To straszne, obrzydliwe, ale zaczynam łkać. Szlocham i szlocham, a biedna Cathy obejmuje mnie, głaszcze po głowie, mówi, że wszystko będzie dobrze. Czuję się paskudnie. Nienawidzę się bardziej niż kiedykolwiek.

Potem, kiedy siedzimy na sofie, pijąc herbatę, Cathy mówi, jak teraz będzie. Przestanę pić, doprowadzę do ładu swoje CV, zadzwonię albo napiszę do Martina Milesa i będę błagała go o referencje. I przestanę tracić pieniądze na bezsensowne przejazdy pociągiem do Londynu i z powrotem.

– Naprawdę, Rachel, nie rozumiem, jak ci się udawało tak długo to ciągnąć. Jak ty to robisz?

Wzruszam ramionami.

– Rano wsiadam do podmiejskiego o ósmej cztery i wracam tym o siedemnastej pięćdziesiąt sześć. To mój pociąg. Innym nie jeżdżę. No i tyle.

Czwartek, 1 sierpnia 2013

Rano

Mam coś na twarzy, nie mogę oddychać, po prostu się duszę. Powoli przechodzę w stan czuwania, ale wciąż brakuje mi tchu, wciąż boli mnie w piersi. Siadam z szeroko otwartymi oczami, widzę, że w kącie pokoju coś się porusza – gęste jądro ciemności, które się ciągle rozrasta – budzę się na dobre i nic tam nie ma, mimo to dalej siedzę na łóżku, mam mokre od łez policzki.

Już prawie świta, za oknem jest szaro, szyby siecze deszcz. Już nie zasnę, nie z sercem walącym tak mocno, że aż mnie boli.

Myślę, chociaż nie jestem tego pewna, że na dole powinno być jeszcze trochę wina. Nie pamiętam, żebym dopiła drugą butelkę. Wino będzie ciepłe, bo nie mogę trzymać go w lodówce; ilekroć wstawię tam alkohol, Cathy od razu go wylewa. Tak bardzo chce, żebym wytrzeźwiała, ale jak dotąd nie wszystko idzie zgodnie z jej planem. Na korytarzu jest mała szafka, licznik gazowy. Jeśli zostało trochę wina, na pewno je tam schowałam.

Przekradam się na podest i w półmroku schodzę na palcach na dół. Otwieram szafkę i wyjmuję butelkę: jest rozczarowująco lekka, został w niej najwyżej kieliszek wina. Cóż, lepsze to niż nic. Wlewam wino do kubka (jeśli przyjdzie Cathy, powiem, że to herbata) i wkładam butelkę do kosza (pod karton po mleku i torebkę po chipsach). W salonie włączam telewizor, przyciszam dźwięk i siadam na sofie.

Skaczę po kanałach – większość to programy dla dzieci i informacyjno-reklamowa sieczka, w końcu, w przebłysku olśnienia, stwierdzam, że patrzę na Corly Wood, nasz las: widać go z pociągu. Na smagany deszczem las i tonącą w wodzie łąkę między linią drzew a torami.

Nie wiem, dlaczego dociera to do mnie z tak dużym opóźnieniem. Przez dziesięć, piętnaście, dwadzieścia sekund patrzę na samochody, biało-niebieską taśmę i biały namiot w tle. Oddech mam coraz krótszy i krótszy, wreszcie wstrzymuję go i przestaję oddychać.

To ona. Przez cały czas była w lesie, wystarczyło pójść wzdłuż torów. Codziennie tamtędy przejeżdżałam, rano i wieczorem, codziennie mijałam ją, nie wiedząc, że tam jest.

Las. Wyobrażam sobie wykopany pod krzakami grób, pospiesznie zasypany dół. Wyobrażam sobie gorsze rzeczy, niemożliwe rzeczy: jej ciało wiszące na sznurze w gęstwinie, gdzie nikt nie chodzi.

To może nawet nie być ona. To może być coś innego. Ale wiem, że nie jest.

Na ekranie pojawia się reporter o ciemnych włosach przyklejonych do głowy. Podkręcam głośność i słucham, jak mówi to, co już wiem, co czuję – że to nie ja nie mogłam oddychać, to Megan.

– Tak. – Z przyciśniętą do ucha ręką rozmawia z kimś w studiu. – Policja właśnie potwierdziła, że na zalanej wodą łące na skraju Corly Wood, lasu oddalonego niecałe osiem kilometrów od domu Megan Hipwell, znaleziono ciało młodej kobiety. Jak państwo wiedzą, Megan Hipwell zaginęła na początku lipca, dokładnie trzynastego, i od tamtej pory jej nie widziano. Ciało, które znaleźli wczesnym rankiem spacerujący z psami ludzie, musi zostać zidentyfikowane, jednak policja uważa, że są to jej zwłoki. Zawiadomiono już jej męża.

Reporter milknie. Prowadzący wiadomości zadaje mu pytanie, którego nie słyszę, bo w moich uszach dudni krew. Podnoszę kubek do ust i wypijam wszystko do ostatniej kropli.

Reporter znowu zaczyna mówić.

– Tak, Kay, właśnie. Wygląda na to, że ciało pogrzebano w lesie jakiś czas temu i że odsłoniły je dopiero te ulewne deszcze...

Jest gorzej, dużo gorzej, niż myślałam. Widzę ją, jej zniszczoną twarz w błocie, odsłonięte blade ręce, które wyciągają się ku górze, jakby próbowała wydostać się z grobu, rozkopując ziemię. Usta wypełnia mi coś gorącego, żółć i gorzkie wino, więc biegnę na górę, żeby zwymiotować.

WIECZOREM

Prawie cały dzień przeleżałam w łóżku. Próbowałam to wszystko poukładać. Z fragmentów wspomnień, przebłysków pamięci i snów odtworzyć to, co zaszło w sobotę. Żeby się w tym rozeznać, wyraźniej to zobaczyć, wszystko spisałam. Chrobot sunącego po papierze długopisu brzmiał jak szept, napawał mnie lękiem, bo ciągle miałam wrażenie, że w mieszkaniu ktoś jest, tuż za drzwiami. Nie mogłam przestać o tym myśleć.

Bałam się otworzyć drzwi, ale kiedy je w końcu otworzyłam, nikogo tam oczywiście nie było. Zeszłam na dół i znowu włączyłam telewizor. Zobaczyłam te same obrazy: moknący na deszczu las, sunące błotnistą drogą radiowozy, ten potworny biały namiot, a wszystko szare i rozmazane – i nagle zdjęcie uśmiechającej się do aparatu Megan, wciąż pięknej i nietkniętej. Potem Scott ze zwieszoną głową, który próbuje wejść do domu, opędzając się od reporterów. U jego boku jest Riley. Jeszcze potem poradnia Kamala. Ale samego Kamala nie ma.

Nie chcę słyszeć, co mówią, ale musiałam podkręcić głośność, żeby zagłuszyć dzwoniącą w uszach ciszę. Według policji kobieta, wciąż jeszcze oficjalnie niezidentyfikowana, nie żyje już od pewnego czasu, możliwe, że od kilku tygodni. Przyczyny śmierci jak dotąd nie ustalono. Twierdzą, że nie ma dowodów, by zabójstwo miało motyw seksualny.

Uważam, że to głupie. Wiem, co chcą powiedzieć, chcą powiedzieć, że nie przypuszczają, by ją zgwałcono – na szczęście, to oczywiste – co jednak wcale nie znaczy, że zabójstwo nie miało podłoża seksualnego. Myślę, że Kamal jej pragnął i nie mógł jej zdobyć, że Megan próbowała z nim zerwać, a on nie mógł tego znieść. Czy nie jest to motyw seksualny? Jak najbardziej.

Nie mogę dłużej tego oglądać, więc idę na górę i wpełzam pod kołdrę. Wysypuję wszystko z torebki i przeglądam notatki zrobione na kawałkach papieru, skrawki zdobytych przeze mnie informacji – wspomnienia przesuwają się jak cienie i zastanawiam się, po co ja to właściwie robię? Jaki mam cel?

MEGAN

RANO

Nie mogę spać w tym upale. Pełzają po mnie niewidzialne robaki, mam wysypkę na piersi, nie mogę się wygodnie ułożyć. A Scott promieniuje ciepłem, leży się obok niego jak przy kominku. Odsuwam się jak najdalej, wreszcie odrzucam koc i przywieram do brzegu łóżka. Nie sposób tego znieść. Chciałam zejść na dół i położyć się na futonie w pokoju gościnnym, ale Scott nie lubi budzić się beze mnie i zawsze się wtedy kłócimy. Zwykle o nietypowe wykorzystywanie pokoju albo o to, o kim myślałam, leżąc tam bez niego. Czasem mam ochotę krzyknąć: „Puść mnie! Daj mi odejść! Pozwól odetchnąć!". Tak więc nie mogę spać i jestem zła. Jakbyśmy się już kłócili, chociaż to tylko moja wyobraźnia.

A w mojej głowie myśli krążą wokoło, krążą i krążą.

Mam wrażenie, że się duszę.

Do jasnej cholery, kiedy ten dom tak straszliwie zmalał? Kiedy moje życie stało się tak potwornie nudne? Czy naprawdę tego chciałam? Nie pamiętam. Wiem tylko, że kilka miesięcy temu czułam się lepiej, a teraz nie mogę myśleć, nie mogę spać, nie mogę rysować, teraz ogarnia mnie coraz bardziej nieodparta chęć ucieczki. Słyszę to, gdy leżę, nie mogąc zasnąć, słyszę ten szept: wymknij się. Kiedy zamykam oczy, w mojej głowie roi się od obrazów z dawnego i przyszłego życia, od rzeczy, o których marzyłam, których pragnęłam, rzeczy, które miałam i odrzuciłam. Nie mogę się uspokoić, bo gdziekolwiek spojrzę, wszędzie widzę ślepy zaułek: zamknięta galeria, domy przy naszej ulicy, duszące zainteresowanie kobiet z zajęć pilatesu, tory na końcu ogrodu, pociągi, które zawsze wiozą gdzieś kogoś innego, przypominając mi w nieskończoność, kilkanaście razy dziennie, że ja nigdzie nie jadę.

Chyba zaczynam wariować.

A przecież kilka miesięcy temu czułam się lepiej, coraz lepiej. Nic mi nie było. Normalnie spałam. Nie żyłam w strachu przed nocnymi koszmarami. Mogłam oddychać. Tak, wciąż chciałam uciec. Czasem. Ale nie codziennie.

Rozmowy z Kamalem bardzo mi pomogły, nie da się temu zaprzeczyć. Podobały mi się. On też mi się podobał. Byłam przy nim radośniejsza. A teraz mam wrażenie, że wszystko jest takie niedokończone – nie zdążyłam dojść do sedna sprawy. Oczywiście przeze mnie, bo zachowałam się głupio, jak dziecko, bo nie mogłam znieść odrzucenia. Muszę nauczyć się przegrywać. Jestem teraz zażenowana, zawstydzona. Na samą myśl o tym płonie mi twarz. Nie chcę, żeby mnie taką zapamiętał. Chcę, żeby zobaczył mnie znowu, zobaczył mnie lepszą. I tak, czuję, że gdybym do niego poszła, na pewno by mi pomógł. Taki już jest.

Muszę dokończyć swoją opowieść. Muszę ją komuś przedstawić, tylko raz. Wypowiedzieć na głos te słowa. Jeśli ich z siebie nie wyrzucę, zjedzą mnie od środka. Dziura w moim wnętrzu, ta, którą we mnie zrobili, zacznie rozrastać się i rozrastać, aż w końcu mnie pochłonie.

Trzeba przełknąć dumę i wstyd i iść. Wysłucha mnie. Już ja go zmuszę.

Scott myśli, że jestem w kinie z Tarą. Przez kwadrans czekałam przed domem Kamala, mobilizując się psychicznie, żeby zapukać do drzwi. Po tym, co ostatnio zaszło, tak bardzo boję się, jak na mnie spojrzy. Muszę mu pokazać, że mi przykro, dlatego ubrałam się prosto i zwyczajnie, stosownie do okoliczności: włożyłam dżinsy i podkoszulek i jestem prawie bez makijażu. Nie zamierzam go uwodzić, musi to widzieć.

Z coraz szybciej bijącym sercem podchodzę do drzwi i naciskam guzik dzwonka. Nikt nie otwiera. Światło się pali, ale nikt nie schodzi na dół. Może widział, że się tu czaję, może jest na górze i ma nadzieję, że odejdę. Ale ja zostanę. Nie wie, jak bardzo potrafię być zdeterminowana. Kiedy już się zdecyduję, jestem siłą, z którą się trzeba liczyć.

Dzwonię drugi raz i trzeci, wreszcie słyszę kroki na schodach i drzwi się otwierają. Kamal jest w spodniach od dresu i białym podkoszulku, na bosaka. Ma mokre włosy i zarumienioną twarz.

– Megan. – Jest zaskoczony, ale nie zły, to dobry początek. – Co się stało? Wszystko w porządku?

– Przepraszam – mówię, a on cofa się, żeby mnie wpuścić. Fala wdzięczności, która mnie zalewa, jest wielka jak miłość.

Prowadzi mnie do kuchni, a tam bałagan: stos brudnych naczyń na blacie i w zlewie, z kosza wysypują się puste pudełka po jedzeniu na wynos. Może ma depresję? Staję w progu. On opiera się o blat i krzyżuje ręce na piersi.

– Co mogę dla ciebie zrobić? – pyta z doskonale obojętną twarzą, twarzą terapeuty. Mam ochotę go uszczypnąć, żeby się uśmiechnął.

– Muszę ci opowiedzieć... – zaczynam i urywam, bo nie mogę skoczyć od razu na głęboką wodę; muszę zrobić wstęp. Dlatego zmieniam taktykę. – Chcę cię przeprosić za to, co zaszło. Ostatnim razem.

– Nie ma za co – mówi. – Nie przejmuj się. Jeśli chcesz porozmawiać, polecę ci kogoś innego, ale nie mogę…

– Kamal, proszę…

– Megan, nie mogę już być twoim terapeutą.

– Wiem. Wiem. Ale ja nie mogę zaczynać od początku z kimś innym. Po prostu nie mogę. Tak daleko zaszliśmy. Jesteśmy tak blisko. Muszę ci to powiedzieć. Tylko raz. Powiem i pójdę, obiecuję. Nie będę cię już zadręczała.

Przekrzywia głowę. Nie wierzy mi, wiem, że mi nie wierzy. Myśli, że jeśli teraz ulegnie, już nigdy się mnie nie pozbędzie.

– Wysłuchaj mnie. To nie będzie długo trwało, chcę tylko, żeby ktoś mnie wysłuchał.

– A twój mąż? – pyta.

Kręcę głową.

– Nie mogę, jemu nie mogę. Nie po tylu latach. Nie… Przestałabym być dla niego tym, kim jestem. Byłabym kimś innym. Nie potrafiłby mi wybaczyć. Proszę. Jeśli nie wypluję tej trucizny, już nigdy nie będę mogła zasnąć. Wysłuchaj mnie jako przyjaciel, nie jako terapeuta.

Odwraca się, lekko opadają mu ramiona i myślę, że to już koniec. Serce podchodzi mi do gardła. Kamal otwiera szafkę i wyjmuje dwie szklanki.

– Dobrze, zatem jako przyjaciel. Napijesz się wina?

Prowadzi mnie do salonu. Salon jest słabo oświetlony przez stojące lampy i zaniedbany jak kuchnia. Siadamy naprzeciwko siebie przy szklanym stoliku zawalonym papierami, czasopismami i jadłospisami z restauracji sprzedających dania na wynos. Oplatam dłońmi szklankę. Wypijam mały łyk. Wino jest czerwone, zimne, mętne. Przełykam i pociągam następny. Kamal czeka, aż zacznę, ale jest mi trudno, trudniej, niż myślałam. Tak długo to ukrywałam, dziesięć lat, prawie jedną trzecią życia. Niełatwo mi to z siebie wyrzucić. Wiem tylko, że muszę zacząć mówić. Jeśli zaraz nie zacznę, już nigdy nie zdobędę się na odwagę i nie wypowiem na głos tych słów. Mogą na zawsze przepaść, utknąć mi w gardle i udusić mnie we śnie.

– Po wyjeździe z Ipswich wprowadziłam się do Maca, do jego domu pod Holkham na końcu drogi. Już ci o tym mówiłam, prawda? To było odludzie, ponad trzy kilometry do najbliższego sąsiada, sześć do sklepu. Początkowo urządzaliśmy imprezę za imprezą, tak że w salonie, a latem w hamaku na dworze, zawsze ktoś u nas spał. Ale w końcu zmęczyło nas to, Mac się ze wszystkimi pokłócił, ludzie przestali nas odwiedzać i zostaliśmy sami. Bywało, że nie widzieliśmy się z nikim przez kilka dni. Zakupy robiliśmy na stacji benzynowej. Patrząc wstecz, to było dziwne, ale wtedy właśnie tego było mi trzeba, zwłaszcza po tym wszystkim, po Ipswich, wszystkich tych mężczyznach, po tym, co wyczyniałam. Podobało mi się. Tylko on, ja, stare tory kolejowe, trawa, wydmy i niespokojne szare morze.

Kamal przekrzywia głowę i posyła mi lekki uśmiech. Czuję, że przewracają mi się wnętrzności.

– Brzmi bardzo miło. Ale czy nie myślisz, że trochę to idealizujesz? „Niespokojne szare morze”?

– Nieważne. – Zbywam jego słowa machnięciem ręki. – Zresztą nie. Byłeś w północnym Norfolk? To nie Adriatyk. Morze jest naprawdę szare i niespokojne.

Kamal podnosi ręce i znowu się uśmiecha.

– Dobrze.

Od razu mi lepiej, z mojej szyi i ramion znika napięcie. Wypijam kolejny łyk wina; teraz jest mniej gorzkie.

– Było mi z nim dobrze. Wiem, ten dom, życie, jakie prowadziliśmy, to zupełnie do mnie nie pasuje, ale wtedy, po śmierci Bena i po Ipswich, byłam naprawdę szczęśliwa. Mac mnie uratował. Przygarnął, kochał, zapewniał mi bezpieczeństwo. I nie był nudny. Szczerze mówiąc, braliśmy mnóstwo prochów, a na haju trudno jest się nudzić. Tak, byłam szczęśliwa. Naprawdę szczęśliwa.

Kamal kiwa głową.

– Rozumiem – mówi – chociaż nie jestem pewien, czy było to prawdziwe szczęście. Takie, które może przetrwać i wzmocnić.

Śmieję się.

– Miałam siedemnaście lat. Chłopaka, który mnie podniecał i uwielbiał. Byłam daleko od rodziców, daleko od domu, gdzie wszystko, dosłownie wszystko przypominało mi zmarłego brata. To nie musiało trwać wieki, nie musiało mnie wzmacniać. Po prostu potrzebowałam tego w tamtej chwili.

– Więc co się stało?

Mam wrażenie, że w pokoju robi się ciemniej. To już zaraz, zaraz powiem coś, czego nigdy nikomu nie mówiłam.

– Zaszłam w ciążę.

Kamal znowu kiwa głową, czekając na ciąg dalszy. Część mnie chce, by mnie powstrzymał, zadał mi więcej pytań, ale on milczy, czeka. Robi się jeszcze ciemniej.

– Kiedy się zorientowałam, było już za późno na... Żeby się go pozbyć. Dziecka. Jej. Zrobiłabym to, gdybym nie była taka głupia, taka nieświadoma. Nie chcieliśmy jej, ani ja, ani on, taka jest prawda.

Kamal wstaje, idzie do kuchni i wraca z rolką papierowych ręczników do otarcia łez. Podaje mi ją i siada. Mija trochę czasu, zanim znowu zaczynam mówić. A on po prostu siedzi i patrzy mi w oczy, tak jak podczas naszych spotkań, cierpliwy i nieruchomy, ze złożonymi na brzuchu rękami. To musi wymagać niewiarygodnego wprost samoopanowania, ten bezruch, ta bierność, to musi wyczerpywać.

Trzęsą mi się nogi, drżą kolana, jakbym była marionetką na sznurkach. Wstaję, żeby przestały. Drapiąc się w dłonie, idę w stronę kuchni i zawracam.

– Oboje byliśmy głupi – ciągnę. – Nie wiedzieliśmy nawet, co się dzieje, po prostu żyliśmy tak jak przedtem. Nie chodziłam

175

do lekarza, nie stosowałam żadnej diety, nie brałam suplementów, nie robiłam nic, co powinnam była robić. Żyliśmy dalej jakby nigdy nic. Nie zauważyliśmy nawet, że coś się zmieniło. Przytyłam, zrobiłam się powolniejsza, szybciej się męczyłam, byliśmy poirytowani i przez cały czas się kłóciliśmy, ale do porodu nic się nie zmieniło.

Kamal pozwala mi się wypłakać. Ja płaczę, a on przesiada się na krzesło obok mojego, tak że jego kolana stykają się prawie z moim udem. Nachyla się ku mnie. Nie dotyka mnie, ale siedzimy tak blisko, że czuję jego zapach, czysty w tym zapuszczonym pokoju, ostry i cierpki.

Mówię szeptem, bo takich słów nie wolno wypowiadać głośno, to niewłaściwe.

– Urodziłam w domu. To było głupie, ale nie znosiłam wtedy szpitali, bo kojarzyły mi się ze śmiercią Bena. Poza tym nie zrobiłam ani jednego USG. Paliłam, trochę piłam i nie zniosłabym tych wszystkich połajanek. Niczego bym nie zniosła. Do samego końca… Myślę, że do samego końca miałam wrażenie, że to tylko złudzenie, że to nie dzieje się naprawdę. Mac miał znajomą. Była pielęgniarką, a przynajmniej zrobiła kurs pielęgniarski czy coś tam. Przyjechała, i już. Nie było tak źle. To znaczy było koszmarnie, bolało mnie i umierałam ze strachu, ale w końcu się urodziła. Była bardzo malutka. Nie pamiętam dokładnie, ile ważyła. Straszne, prawda? – Kamal milczy, ani drgnie. – Była śliczna. Miała ciemne oczy i jasne włoski. Prawie nie płakała i od samego początku dobrze spała. Była grzeczna. Była bardzo grzecznym dzieckiem. – Muszę na chwilę przestać. – Myślałam, że będzie ciężko, ale nie było.

W pokoju zapada ciemność, jestem tego pewna, ale podnoszę wzrok i widzę Kamala, widzę, że wciąż patrzy na mnie, że ma łagodną twarz. Słucha. Chce, żebym mu powiedziała. Zaschło mi w ustach, więc pociągam łyk wina. Z trudem przełykam.

– Daliśmy jej na imię Elizabeth. Libby. – Wypowiadam to słowo pierwszy raz od wielu lat, dziwne uczucie. – Libby – powtarzam, ciesząc się jego brzmieniem. Mam ochotę powtarzać je w nieskończoność. Kamal bierze mnie za rękę i przytyka kciuk do nadgarstka, jakby badał mi puls.

– Pewnego dnia pokłóciliśmy się. Nie pamiętam o co. Czasem tak było, najpierw mała sprzeczka, potem awantura, lecz nigdy nie dochodziło do rękoczynów, do niczego takiego, po prostu krzyczeliśmy na siebie, groziłam, że go zostawię, a on wychodził, znikał i po paru dniach wracał.

Ale to była pierwsza kłótnia po porodzie, pierwszy raz, kiedy po prostu wyszedł i mnie zostawił. Libby miała wtedy kilka miesięcy. Przeciekał dach. Dobrze to pamiętam: plusk wody kapiącej do rozstawionych w kuchni wiader. Było przeraźliwie zimno, od morza wiał wiatr, od wielu dni padało. Leciałam z nóg. Piłam, żeby się rozgrzać, ale to nie pomagało, więc postanowiłam wejść do ciepłej wody. Wzięłam Libby i położyłam ją sobie na piersi, z głową tuż pod podbródkiem.

Ciemność gęstnieje i w końcu się tam przenoszę, znowu leżę w wodzie, czuję ciężar jej ciała, za moją głową migocze płomień świeczki. Słyszę, jak potrzaskuje, czuję zapach wosku, chłód wokół szyi i ramion. Jestem ciężka, moje ciało zanurza się w cieple. Jestem ciężka i wyczerpana. Nagle świeca gaśnie i robi się zimno. Tak zimno, że szczękam zębami, że cała się trzęsę. Mam wrażenie, że dom też dygocze, bo wiatr zrywa dachówki z dachu.

– Zasnęłam – mówię i nie mogę wykrztusić nic więcej, bo znowu czuję jej dotyk, ale już nie na piersiach: Libby leży wciśnięta między moje ramię i ścianę wanny, ma twarz w wodzie. Było nam tak zimno.

Przez chwilę siedzimy bez ruchu. Nie mam odwagi na niego spojrzeć, ale kiedy patrzę, Kamal się nie odsuwa. Nie mówi ani słowa. Obejmuje mnie i przytula do piersi. Wdycham jego zapach i teraz, gdy już to komuś powiedziałam, czekam, aż poczuję się inaczej, lżej, lepiej lub gorzej. Chyba ogarnia mnie ulga, bo zareagował tak, jakbym postąpiła słusznie. Nie jest na mnie zły, nie uważa mnie za potwora. Jestem bezpieczna, jestem z nim zupełnie bezpieczna.

Nie wiem, jak długo tak siedzę, ale gdy w końcu wracam do rzeczywistości, słyszę dzwonienie mojej komórki. Nie odbieram, lecz chwilę później komórka powiadamia mnie bipnięciem, że przyszedł esemes. Od Scotta. „Gdzie ty jesteś?". Po chwili telefon dzwoni ponownie. Tym razem to Tara. Uwalniam się z objęć Kamala i odbieram.

– Megan, nie wiem, co kombinujesz, ale musisz zadzwonić do Scotta. Dzwonił do mnie cztery razy. Powiedziałam, że poszłaś do sklepu po wino, ale chyba nie uwierzył. Mówi, że nie odbierasz. – Jest wkurzona i wiem, że powinnam ją uspokoić, ale nie mam siły.

– Dobrze – mówię. – Dzięki. Już do niego dzwonię.

– Megan… – ciągnie Tara, ale rozłączam się i nie słyszę już ani słowa.

Jest po dziesiątej. Siedzę tu od ponad dwóch godzin. Wyłączam telefon i patrzę na Kamala.

– Nie chcę iść do domu.

Kamal kiwa głową, ale nie prosi mnie, żebym została. Mówi:

– Zawsze możesz do mnie wpaść. Innym razem.

Podchodzę bliżej, wypełniając przestrzeń między naszymi ciałami, staję na palcach i całuję go w usta. Kamal się nie cofa.

RACHEL

Rano

Śniło mi się, że spaceruję samotnie po lesie. O świcie albo o zmierzchu. Nie jestem tego pewna, ale był tam ktoś jeszcze. Nie widziałam ich, po prostu wiedziałam, że tam są, że się zbliżają. Nie chciałam, żeby mnie zobaczyli, chciałam uciec, ale nie mogłam, bo ręce i nogi miałam jak z ołowiu, a gdy próbowałam krzyknąć, nie mogłam wydobyć z siebie żadnego dźwięku.

Kiedy się budzę, przez szpary w żaluzjach wpadają jaskrawe promienie słońca. Deszcz zrobił swoje i przestał padać. W pokoju jest ciepło, panuje w nim okropny zaduch, stęchły i kwaśny – od czwartku prawie nie wychodziłam. Na korytarzu słyszę mruczenie i wycie odkurzacza. Cathy sprząta. Potem wyjdzie, a kiedy wyjdzie, wyjdę i ja. Nie wiem, co będę robiła, nie mogę się pozbierać. Może jeszcze jeden dzień picia i jutro wezmę się w garść.

Pika komórka, bateria się kończy. Podłączam telefon do ładowarki i widzę, że mam dwa nieodebrane połączenia. Dzwonię na pocztę głosową. Jedna wiadomość.

– Cześć, Rachel, mówi mama. Posłuchaj, jutro przyjeżdżam do Londynu. W sobotę. Na zakupy. Mogłybyśmy spotkać się na kawie czy coś? Kochanie, wiem, że chcesz przyjechać i trochę tu pomieszkać, ale to niezbyt dobry moment. Mam... mam

nowego przyjaciela, a wiesz, jak to jest na początku znajomości. – Matka nerwowo chichocze. – W każdym razie chętnie
pożyczę ci pieniądze, żeby wystarczyło ci na parę tygodni. Po-
rozmawiamy jutro. No dobrze, kochanie, pa.

Jutro muszę być szczera, muszę powiedzieć jej otwarcie,
jak bardzo ze mną źle. Nie jest to rozmowa, którą chciałabym
odbyć zupełnie na trzeźwo. Zwlekam się z łóżka: mogłabym
wyskoczyć do sklepu i wypić przed wyjściem parę kieliszków.
Trochę się uspokoić. Biorę komórkę, jeszcze raz sprawdzam
nieodebrane połączenia. Tylko jeden telefon jest od matki –
drugi jest od Scotta. Dzwonił w nocy, za kwadrans pierwsza.
Siedzę z komórką w ręku, zastanawiając się, czy oddzwonić.
Nie teraz, jest za wcześnie. Może potem? Ale po jednym kie-
liszku, nie po dwóch.

Znowu podłączam komórkę do ładowarki, podciągam żaluzje, otwieram okno, idę do łazienki i biorę zimny prysznic. Szo-
ruję się dokładnie i myję włosy, próbując uciszyć głos w głowie,
który mówi, że to dziwne. Dzwonić w środku nocy do innej kobiety niecałe czterdzieści osiem godzin po tym, jak znaleziono
ciało twojej żony?

WIECZOREM

Przestało padać i słońce próbuje przebić się przez grube białe
chmury. Kupiłam jedną z tych małych butelek wina, tylko jedną. Nie powinnam, ale lunch z moją matką byłby ciężką próbą
nawet dla kogoś, kto przez całe życie nie wypił ani kropli alkoholu. Obiecała przelać mi na konto trzysta funtów, tak więc nie
była to kompletna strata czasu.

Nie powiedziałam jej, że ze mną źle. Nie powiedziałam, że
od wielu miesięcy nie pracuję ani że mnie wyrzucono (myśli, że
pieniądze pomogą mi przetrwać do chwili, aż dostanę odpra-
wę). Nie powiedziałam, że dużo piję, a ona nic nie zauważyła.
W przeciwieństwie do Cathy, która widząc mnie rano przed

wyjściem, rzuciła: „Na miłość boską. Znowu?". Nie mam pojęcia, jak ona to robi, ale zawsze wie. Nawet jeśli wypiję tylko pół kieliszka, zerka na mnie i od razu wie.

„Poznaję po twoich oczach", mówi, ale gdy patrzę w lustro, wyglądam dokładnie tak samo. Zaczyna tracić cierpliwość, przestaje mi współczuć. Muszę przystopować. Ale nie dzisiaj. Dzisiaj nie mogę. Jest za ciężko.

Powinnam być na to przygotowana, powinnam się tego spodziewać, ale nie wiedzieć czemu się nie spodziewałam. Wsiadłam do pociągu i była dosłownie wszędzie, jej rozpromieniona twarz, w każdej gazecie: twarz pięknej, jasnowłosej Megan patrzącej prosto w obiektyw, prosto na mnie.

Ktoś zostawił na siedzeniu „Timesa", więc czytam. Oficjalnie zidentyfikowano ją wczoraj, sekcję zrobią dzisiaj. Cytują rzecznika policji, który mówi, że „przyczyna śmierci Megan Hipwell może być trudna do ustalenia, ponieważ jej ciało dość długo leżało w ziemi i co najmniej przez kilka dni było zanurzone w wodzie". Strasznie jest o tym myśleć, zwłaszcza patrząc na jej zdjęcie. Jak wyglądała kiedyś, jak wygląda teraz.

Jest również krótka wzmianka o Kamalu, jego aresztowaniu i zwolnieniu, oraz oświadczenie detektywa inspektora Gaskilla, który mówi, że „śledztwo jest prowadzone w kilku kierunkach", co znaczy, że pewnie nic nie wiedzą. Zamykam gazetę i kładę ją na podłodze. Nie mogę, nie jestem w stanie patrzeć na jej zdjęcie. Nie chcę czytać tych beznadziejnych, pustych słów.

Opieram się głową o szybę. Zaraz będzie ich dom. Patrzę w tamtą stronę, tylko przez chwilę, ale jesteśmy za daleko, jedziemy nie tymi torami i nic nie widzę. Ciągle myślę o dniu, kiedy zobaczyłam Kamala, o tym, jak ją całował, jak się wtedy wściekłam, o tym, że chciałam ją zwymyślać. Co by było, gdybym to zrobiła? Gdybym tam poszła, załomotała do drzwi i spytała: „Co ty wyczyniasz, do jasnej cholery?". Czy wciąż by tam była, czy wciąż przesiadywałaby na tarasie?

Zamykam oczy. W Northcote ktoś siada obok mnie. Nie otwieram oczu, ale wydaje mi się, że to dziwne, bo pociąg jest prawie pusty. Stają mi dęba włosy na karku. Czuję zapach papierosów, zapach płynu po goleniu i od razu wiem, że skądś go znam.

– Hej.

Odwracam głowę i widzę rudowłosego mężczyznę, tego ze stacji, z tamtej soboty. Uśmiecha się do mnie, wyciąga rękę. Jestem tak zaskoczona, że podaję mu swoją. Dłoń ma twardą i zrogowaciałą.

– Pamiętasz mnie?

– Tak – odpowiadam, kiwając głową. – Kilka tygodni temu, na stacji.

Rudzielec znowu się uśmiecha.

– Byłem trochę wstawiony – mówi i głośno się śmieje. – Ty chyba też, co, skarbie?

Jest młodszy, niż myślałam, dobiega trzydziestki. Ma ładną twarz, nie przystojną, po prostu ładną. Szczerą, z szerokim uśmiechem. Lekko zniekształca i opuszcza niektóre głoski, jak cockney albo ktoś z południowo-wschodniej Anglii. Patrzy na mnie, jakby coś o mnie wiedział, jakby się ze mną droczył, jakby łączyło nas coś zabawnego. Bzdura. Odwracam wzrok. Ale powinnam coś powiedzieć, powinnam spytać: „Co wtedy widziałeś?".

– Jak leci?

– W porządku. – Znowu patrzę w okno, ale wiem, że na mnie spogląda, i mam dziwną ochotę się odwrócić, poczuć zapach papierosów bijący z jego ubrania i oddechu. Lubię zapach dymu. Tom palił, kiedy się poznaliśmy. Ja też z nim popalałam przy alkoholu albo po seksie. Ten zapach działa na mnie erotycznie. Przypomina mi, że kiedyś byłam szczęśliwa. Zagryzam dolną wargę i zastanawiam się, co by zrobił, gdybym pocałowała go nagle w usta. Czuję, że się porusza. Pochyla się i podnosi z podłogi gazetę.

– Straszne, co? Biedna dziewczyna. To dziwne, bo tam byliśmy. To było wtedy, nie? Tego wieczoru, wtedy zaginęła.

Siedzę jak porażona, bo jakby czytał w moich myślach. Odwracam się gwałtownie. Chcę zobaczyć jego oczy.

– Słucham?

– Spotkaliśmy się w pociągu, w sobotę. Wtedy zaginęła ta dziewczyna, którą wczoraj znaleźli. Ostatni raz widziano ją podobno w pobliżu stacji. Cały czas myślę, że ja też mogłem ją widzieć. Ale nie pamiętam. Byłem nawalony. – Wzrusza ramionami. – Ty coś pamiętasz?

Dziwnie się czuję, kiedy to mówi. Chyba jak nigdy dotąd. Nie mogę odpowiedzieć, bo odpłynęłam zupełnie gdzie indziej, poza tym nie chodzi o jego słowa, tylko o płyn po goleniu. Przemieszany z zapachem papierosów – świeży, cytrynowy, aromatyczny – budzi wspomnienia i przypomina mi się, że siedziałam w pociągu obok niego tak jak teraz, zupełnie tak samo, tylko że jedziemy w przeciwnym kierunku i ktoś się głośno się śmieje. On trzyma rękę na moim ramieniu, pyta, czy mam ochotę na drinka, lecz nagle coś się zmienia, coś jest nie tak. Jestem wystraszona, skonsternowana. Ktoś chce mnie uderzyć. Widzę jego pięść i się pochylam, osłaniam rękami głowę. Już nie jestem w pociągu, jestem na ulicy. Znowu słyszę ten śmiech, śmiech albo krzyk. Schody, chodnik – to takie dezorientujące, serce wali mi jak młotem. Muszę trzymać się od niego z daleka. Muszę od niego uciec.

Zrywam się na równe nogi.

– Przepraszam – mówię głośno, żeby słyszeli mnie wszyscy w wagonie, ale wagon jest prawie pusty i nikt nie odwraca głowy.

Rudzielec patrzy na mnie zaskoczony i zabiera nogi, aby mnie przepuścić.

– Przepraszam, skarbie – mówi. – Nie chciałem cię zdenerwować.

Idę najszybciej, jak mogę, ale pociąg szarpie, kołysze się i tracę równowagę. Przytrzymuję się oparcia. Ludzie patrzą na mnie. Szybko przechodzę przez sąsiedni wagon, potem przez następny, idę, aż dochodzę do końca pociągu. Boję się, brakuje mi tchu. Nie umiem tego wyjaśnić, nie pamiętam, co się stało, ale to czuję, czuję ten strach i zamęt. Siadam przodem do kierunku, z którego przyszłam, żeby zobaczyć go, gdyby mnie szukał.

Uciskam oczy dłońmi, chcę się skupić. Próbuję to uchwycić, znowu zobaczyć obraz, który przed chwilą widziałam. Po jaką cholerę piłam? Gdybym tylko mogła trzeźwo pomyśleć, ale... tak, mam! Jest ciemno, oddala się ode mnie jakiś mężczyzna. Mężczyzna czy kobieta? Nie, kobieta w niebieskiej sukience. Anna.

W głowie pulsuje mi krew, wali mi serce. Nie wiem, czy to, co widzę i czuję, jest prawdziwe, czy są to moje wspomnienia, czy tylko wyobraźnia. Mocno zaciskam powieki i próbuję ponownie to poczuć, odtworzyć, lecz obraz znika na dobre.

Anna

Wieczorem

Tom umówił się na drinka z kumplami z wojska, a Evie śpi. Siedzę w kuchni i mimo upału pozamykałam wszystkie okna i drzwi. Nareszcie przestało padać, ale jest bardzo duszno.

Nudzi mi się. Nie mam nic do roboty. Chciałabym pójść na zakupy, wydać na siebie trochę pieniędzy, ale z Evie to beznadziejne. Ona się złości, a ja się stresuję. Dlatego siedzę w domu. Nie mogę oglądać telewizji ani patrzeć na gazety. Nie chcę o tym czytać, nie chcę widzieć twarzy Megan, nie chcę o tym myśleć.

Ale jak tu o niej nie myśleć, skoro mieszkamy ledwie cztery domy dalej?

Podzwoniłam po znajomych, żeby sprawdzić, czy któraś nie wpadłaby do mnie z dzieckiem, ale wszystkie mają plany. Zadzwoniłam nawet do siostry, jednak jej wizytę trzeba oczywiście rezerwować co najmniej z tygodniowym wyprzedzeniem. Zresztą powiedziała, że jest zbyt skacowana, żeby siedzieć teraz z Evie. Poczułam wtedy ukłucie straszliwej zazdrości i zatęskniłam za sobotami, kiedy to prawie nie pamiętając, o której wyszliśmy w nocy z klubu, leżeliśmy na sofie, czytając gazety.

To naprawdę głupie, bo mam coś, co jest milion razy lepsze, i bardzo się poświęciłam, żeby to zdobyć. Teraz muszę tylko tego strzec. Dlatego siedzę w dusznym domu, próbując nie myśleć o Megan. Próbuję nie myśleć i o Rachel, ale podskakuję, ilekroć widzę za oknem jakiś cień. To nie do zniesienia.

Nie mogę również przestać myśleć o tym, że wieczorem w dniu zaginięcia Megan była tu Rachel, że włóczyła się po ulicy kompletnie pijana, a potem nagle zniknęła. Tom szukał jej i szukał, ale nie mógł jej znaleźć. Ciągle się zastanawiam, co tu robiła.

Nie ma żadnego związku między nią a Megan. Po tym jak zobaczyliśmy Rachel przed domem Hipwellów, rozmawiałam z tą policjantką, detektyw Riley, która powiedziała, żeby się nią nie przejmować. „Jest ciekawska – to jej słowa. – Samotna i trochę zdesperowana. Po prostu chce, żeby coś się wokół niej działo".

Pewnie ma rację. Ale z drugiej strony pamiętam, jak Rachel tu przyszła i zabrała mi dziecko, pamiętam przerażenie, jakie mnie ogarnęło, gdy zobaczyłam ją z Evie pod płotem. Pamiętam również ten upiorny, mrożący krew w żyłach uśmieszek, który posłała mi przed domem Hipwellów. Rachel może być niebezpieczna, detektyw Riley po prostu o tym nie wie.

RACHEL

RANO

Ten koszmar jest inny. Zrobiłam w nim coś złego, ale nie wiem co, wiem tylko, że nie można tego naprawić. Wiem, że Tom mnie nienawidzi, nie chce ze mną rozmawiać, że opowiadał o tym wszem wobec i wszyscy zwrócili się przeciwko mnie: starzy znajomi, przyjaciele, nawet moja matka. Patrzą na mnie z pogardą, nikt nie chce mnie wysłuchać, nikt nie pozwala mi powiedzieć, jak bardzo mi przykro. Czuję się strasznie, mam potworne wyrzuty sumienia, nie wiem tylko, co zrobiłam. Budzę się i wiem, że śniło mi się to pod wpływem wspomnień, jakiegoś prastarego grzechu, teraz nieważne już jakiego.

Po tym jak wysiadłam wczoraj z pociągu, przez piętnaście czy dwadzieścia minut stałam przed wejściem na stację. Chciałam sprawdzić, czy nie wysiadł razem ze mną – ten rudzielec – ale nigdzie go nie było. Denerwowałam się, że może go nie zauważyłam, że gdzieś tam jest i tylko czeka, aż ruszę do domu, a wtedy zacznie mnie śledzić. Jak bardzo, jak rozpaczliwie chciałabym pobiec do domu, gdzie czekałby na mnie Tom. Albo ktokolwiek inny.

Po drodze wpadłam do monopolowego.

W mieszkaniu nikogo nie było i poczułam się jak w miejscu, z którego wszyscy się przed chwilą wyprowadzili, jakbym o włos minęła się z Cathy. Ale z listu na blacie dowiaduję się, że pojechała z Damienem na lunch do Henley i wróci dopiero w niedzielę wieczorem. Ogarnął mnie lęk. Chodziłam od pokoju do pokoju, podnosząc rzeczy i odkładając je na miejsce. Coś było nie tak, lecz w końcu zdałam sobie sprawę, że to tylko ja.

Wobec tego, ponieważ cisza wciąż dzwoniła mi w uszach, nalałam sobie kieliszek wina, potem drugi, a jeszcze potem zadzwoniłam do Scotta. Od razu włączyła się poczta głosowa, nagranie z innego świata, głos zajętego, pewnego siebie mężczyzny z piękną żoną u boku. Kilka minut później spróbowałam jeszcze raz. Ktoś odebrał, lecz się nie odezwał.

– Halo?

– Kto mówi?

– Rachel. Rachel Watson.

– Aha.

W tle słychać było jakiś hałas, głosy, głos kobiety. Pewnie jego matki.

– Dzwonił pan. Nie słyszałam.

– Nie... nie. Dzwoniłem? Aha. Przez pomyłkę. – Miał podenerwowany głos. – Nie, przed chwilą położyłem to tam – dodał i chwilę trwało, zanim zrozumiałam, że nie mówi do mnie.

– Bardzo mi przykro.

– Tak – mruknął spokojnie i bez emocji.

– Naprawdę.

– Dziękuję.

– Chciał pan... chciał pan ze mną porozmawiać?

– Nie, musiałem pomylić numery. – Tym razem powiedział to z większym przekonaniem.

– Rozumiem. – Czułam, że chce już skończyć rozmowę. Wiedziałam, że powinnam zostawić go rodzinie, smutkowi. Wiedziałam, ale tego nie zrobiłam. – Zna pan Annę? Annę Watson?

– Kogo? Żonę pani byłego?

– Tak.

– Nie. To znaczy nie bardzo. Megan... Megan opiekowała się ich dzieckiem w zeszłym roku. Dlaczego pani pyta?

Nie mam pojęcia. Nie wiem.

– Możemy się spotkać? Chcę o czymś porozmawiać.

– O czym? – spytał poirytowany. – To naprawdę niezbyt dobry moment.

Urażona tym sarkazmem już miałam się rozłączyć, gdy dodał:

– Teraz pełno tu ludzi. Może jutro? Niech pani wpadnie po południu.

Wieczorem

Chyba się zaciął, bo ma krew na policzku i kołnierzyku. Wita mnie skinieniem głowy, staje z boku, gestem ręki zaprasza do środka, ale nic nie mówi. Ma mokre włosy, pachnie mydłem i płynem po goleniu. Zamknięte żaluzje w salonie, zasłonięte przeszklone drzwi do ogrodu – w domu jest ciemno i duszno. Na kuchennych blatach stoją plastikowe pojemniki.

– Wszyscy przynoszą jedzenie – mówi. Wskazuje mi krzesło przy stole, ale sam stoi z bezwładnie opuszczonymi rękami. – Chciała pani ze mną o czymś porozmawiać? – Jest jak na autopilocie, nie patrzy mi w oczy. Sprawia wrażenie pokonanego.

– Chciałam pana spytać o Annę Watson, o... sama nie wiem. Jakie łączyły ich stosunki, ją i Megan? Lubiły się?

Scott marszczy brwi, kładzie ręce na oparciu stojącego przed nim krzesła.

– Nie. To znaczy... nie żeby się nie lubiły. Nie znały się za dobrze. Dlatego nie łączyły ich żadne „stosunki". – Ramiona opadają mu jeszcze bardziej, jest ogromnie zmęczony. – Dlaczego pani pyta?

Muszę wyznać mu prawdę.

– Widziałam ją. Chyba widziałam ją w przejściu pod wiaduktem koło stacji. Wieczorem, kiedy… kiedy zaginęła Megan.

Scott lekko kręci głową, próbuje to zrozumieć.

– Słucham? Aha, widziała ją pani. I była pani… Gdzie pani była?

– Tutaj. Szłam zobaczyć się… z Tomem, moim byłym mężem, ale…

Zamyka oczy, pociera ręką czoło.

– Zaraz. Była tu pani i widziała Annę Watson? No i? Wiem, że tu była. Mieszka kilka domów dalej. Na policji zeznała, że około siódmej poszła na stację, ale nie pamięta, żeby widziała Megan. – Ściska rękami oparcie krzesła, traci cierpliwość. – Co właściwie chce mi pani powiedzieć?

– Piłam – przyznaję z zaczerwienioną twarzą i znajomym wstydem. – Dokładnie nie pamiętam, ale mam przeczucie…

Podnosi rękę.

– Dość, wystarczy. Nie chcę tego słyszeć. Ma pani problemy ze swoim byłym i jego nową żoną, to oczywiste. To nie ma nic wspólnego ze mną, nic wspólnego z Megan, prawda? Chryste, jak pani nie wstyd? Ma pani pojęcie, przez co ja teraz przechodzę? Wie pani, że rano przesłuchiwała mnie policja? – Opiera się tak mocno, że krzesło może zaraz pęknąć i przygotowuję się na głośny trzask. – A pani przychodzi tu z tymi bzdurami. Przykro mi, że spieprzyła pani sobie życie, ale proszę mi wierzyć, w porównaniu z moim pani życie to piknik. Dlatego jeśli to wszystko… – Szybkim ruchem głowy wskazuje drzwi.

Wstaję. Czuję się głupio, idiotycznie. I jest mi wstyd.

– Chciałam pomóc. Chciałam…

– Ale nie może pani. Jasne? Nie może mi pani pomóc. Nikt nie może. Moja żona nie żyje, a policja uważa, że ją zabiłem. – Podnosi głos, na jego policzkach ukazują się czerwone plamy. – Myślą, że ją zabiłem.

– Przecież… Kamal Abdic…

Krzesło uderza w ścianę z taką siłą, że odpada jedna noga. Podskakuję ze strachu, Scott znowu opuszcza ręce, zaciska pięści. Widzę żyły pod jego skórą.

– Kamal Abdic – cedzi – nie jest już podejrzanym. – Mówi przez zaciśnięte zęby, bardzo spokojnie, ale widać, że trudem nad sobą panuje. Czuję bijący od niego gniew. Chcę podejść do drzwi, ale on stoi tak, że nie mogę, blokuje mi drogę, zasłania resztkę światła w pokoju.

– Wie pani, co on wygaduje? – pyta, odwracając się, żeby podnieść krzesło. Oczywiście, że nie wiem, ale znowu zdaję sobie sprawę, że Scott nie mówi do mnie. – Opowiada przeróżne historyjki. Twierdzi, że Megan była nieszczęśliwa, że byłem zazdrosnym, apodyktycznym mężem i... Jak to się mówi? Aha: znęcałem się nad nią psychicznie. – Wypluwa te słowa z odrazą. – I że Megan się mnie bała.

– Ale Kamal...

– Nie tylko on. Ta jej przyjaciółka, Tara, twierdzi, że czasem kryła Megan na jej prośbę; okłamywała mnie, żebym nie wiedział, gdzie Megan jest i co robi.

Przystawia krzesło do stołu, krzesło się przewraca. Robię krok w stronę korytarza, a Scott patrzy na mnie.

– Już mnie skazali – mówi z wykrzywioną bólem twarzą. – Mogą mnie od razu zamknąć.

Kopie połamane krzesło i siada na jednym z trzech pozostałych. Waham się. Zostać czy zwiać? Scott znowu zaczyna mówić, ale mówi tak cicho, że ledwo go słyszę.

– Miała w kieszeni komórkę. – Robię krok w jego stronę. – Z esemesem ode mnie. Ostatnią rzeczą, jaką do niej powiedziałem, ostatnią rzeczą, jaką przeczytała, było: „Idź do diabła, ty zakłamana suko".

Zwiesza głowę, trzęsą mu się ramiona. Stoję tak blisko, że mogę go dotknąć. Podnoszę drżącą rękę i muskam palcami jego kark. Scott mnie nie odtrąca.

– Przykro mi. – Nie udaję, bo chociaż jestem wstrząśnięta, chociaż trudno mi jest wyobrazić sobie, że mógł tak do niej mówić, wiem, że można kogoś kochać i jednocześnie wyzywać od najgorszych w gniewie czy cierpieniu. – Esemes to za mało – ciągnę. – Jeśli mają tylko to…

– Za mało? Im wystarczyło. – Scott prostuje się i ruchem ramienia zrzuca moją rękę. Obchodzę stół i siadam naprzeciwko niego. Patrzy w drugą stronę. – Mam motyw. Kiedy odeszła, nie zachowałem się… nie zareagowałem tak, jak trzeba. Zbyt późno wpadłem w panikę. Zbyt późno do niej zadzwoniłem. – Śmieje się gorzko. – A w tym, jak się do niej odnosiłem, Kamal Abdic dostrzegł wzorzec zachowań agresywnych. – Patrzy na mnie dopiero teraz, dopiero teraz mnie dostrzega, dopiero teraz pojawia się w nim światło. Nadzieja. – Może pani… może pani porozmawiać z policją. Powiedzieć im, że to kłamstwo, że Abdic kłamie. A przynajmniej opisać im, jak to wyglądało z pani strony, powiedzieć, że ją kochałem, że byliśmy szczęśliwi.

W mojej piersi narasta panika. Scott myśli, że mogę mu pomóc. Pokłada we mnie nadzieję, a ja mam dla niego tylko kłamstwo, przeklęte kłamstwo.

– Nie uwierzą mi – mówię słabym głosem. – Nie wierzą. Jestem niewiarygodnym świadkiem.

Cisza nabrzmiewa i wypełnia pokój. Na szybie przeszklonych drzwi do ogrodu gniewnie bzyczy mucha. Scott zdrapuje zaschniętą krew z policzka, słyszę chrobot paznokci na skórze. Odsuwam się od stołu, nogi krzesła szurają po terakocie, a on podnosi wzrok.

– Była tam pani – mówi, jakby to, co mówiłam kwadrans temu, dotarło do niego dopiero teraz. – Była pani w Witney w dniu jej zaginięcia?

Krew dudni mi w uszach tak głośno, że prawie go nie słyszę. Kiwam głową.

– Dlaczego nie powiedziała pani policji? – pyta. Drżą mu mięśnie szczęki.

– Powiedziałam. Powiedziałam. Ale nie miałam... Nic nie widziałam. Nic nie pamiętam.

Scott wstaje, podchodzi do drzwi i rozsuwa zasłony. Na chwilę oślepia mnie słońce. Scott staje tyłem do mnie i krzyżuje ręce.

– Była pani pijana – stwierdza rzeczowo. – Ale musi pani coś pamiętać. Musi pani. Dlatego pani tu przychodzi. – Odwraca się twarzą do mnie. – Prawda? Dlatego pani dzwoni. – Mówi to w taki sposób, jakby stwierdzał fakt. Nie pyta, nie oskarża, nie teoretyzuje. – Widziała pani jego samochód? Niech pani pomyśli. Niebieską corsę vauxhall. Widziała pani? – Kręcę głową. Scott sfrustrowany wyrzuca do góry ręce. – Niech pani nie zaprzecza. Niech pani dobrze pomyśli. Co pani widziała? Widziała pani Annę Watson, ale to nic nie znaczy. Widziała pani... No? Kogo?

Oślepiona przez słońce, szybko mrugam, rozpaczliwie próbując poskładać fragmenty wspomnień, ale nic nie widzę. Nie widzę nic prawdziwego, użytecznego. Nic, co mogłabym ująć w słowa. Kłóciłam się z kimś. A może byłam świadkiem kłótni. Potknęłam się na schodach na stacji i jakiś rudzielec pomógł mi wstać – chyba był dla mnie miły, chociaż teraz się go boję. Wiem, że miałam rozbitą głowę, rozcięte usta i sińce na rękach. Chyba pamiętam, że byłam w tym przejściu pod wiaduktem. Było ciemno. Bardzo się bałam, wszystko mi się mieszało. Słyszałam czyjeś głosy. Słyszałam, jak ktoś woła Megan. Nie, to było we śnie, tylko to sobie wymyśliłam. Tak, pamiętam krew. Krew na głowie i rękach. Pamiętam Annę. Nie pamiętam Toma. Ani Toma, ani Kamala, ani Scotta, ani Megan.

Scott obserwuje mnie, czeka, aż coś powiem, aż rzucę mu okruch pocieszenia, ale ja go nie mam.

– Ten wieczór – mówi – ten wieczór jest kluczowy. – Siada przy stole, bliżej mnie, tyłem do okna. Dygocze jak w gorączce, na jego czole i dolnej wardze błyszczy pot. – Wtedy to się stało. Policja zakłada, że właśnie wtedy. Nie są... – Urywa. – Nie są tego pewni. Ze względu na stan... zwłok. – Bierze głęboki oddech. – Ale uważają, że wtedy. Albo zaraz potem. – Znowu jest jak na autopilocie, przemawia do pokoju, nie do mnie. Słucham w milczeniu, jak mówi do ścian, że przyczyną śmierci był uraz głowy, liczne pęknięcia czaszki. Że nie była to napaść na tle seksualnym, w każdym razie nie mogą tego potwierdzić ze względu na jej stan. Fatalny stan zwłok.

Gdy wraca do rzeczywistości, do siebie i do mnie, w jego oczach widzę rozpacz i strach.

– Jeśli coś pani pamięta – mówi – musi mi pani pomóc. Rachel, proszę, niech pani spróbuje sobie przypomnieć.

Wypowiada moje imię i przewraca mi się żołądek. Czuję się paskudnie.

W pociągu myślę o tym, co powiedział, i zastanawiam się, czy to prawda. Czy powód, dla którego nie mogę sobie tego odpuścić, tkwi w mojej głowie? Czy tkwi tam wiedza, którą rozpaczliwie chcę wydobyć i przekazać? Wiem, że coś do niego czuję, coś, czego nie potrafię nazwać i czego nie powinnam czuć. Ale czy chodzi tylko o to? Jeśli rzeczywiście przechowuję coś w głowie, to może ktoś pomoże mi to wydobyć. Na przykład psychiatra. Terapeuta. Ktoś taki jak Kamal Abdic.

WTOREK, 6 SIERPNIA 2013

RANO

Prawie nie spałam. Przez całą noc myślałam, rozważając to i analizując. Czy to głupie, lekkomyślne, bezsensowne? Niebezpieczne? Nie wiem, co robię. Wczoraj rano umówiłam się na wizytę do doktora Kamala Abdica. Zadzwoniłam do poradni i poprosiłam recepcjonistkę, żeby mnie zapisała. Może to tylko moja wyobraźnia, ale była chyba zaskoczona. Okazało się, że doktor może przyjąć mnie już dzisiaj o wpół do piątej. Tak szybko? Z tłukącym się w piersi sercem i suchymi ustami powiedziałam, że dobrze. Jedna sesja kosztuje siedemdziesiąt pięć funtów. Trzysta funtów od matki rozejdzie się w try miga.

Od kiedy się umówiłam, nie mogę myśleć o niczym innym. Boję się, ale jestem też podekscytowana. Nie przeczę, że myśl o spotkaniu z Kamalem jest po trosze elektryzująca. Bo wszystko się od niego zaczęło: wystarczyło, że go ujrzałam i moje życie zmieniło się o sto osiemdziesiąt stopni, wypadło z szyn. Kiedy zobaczyłam, jak całuje Megan, wszystko stanęło na głowie.

I muszę się z nim zobaczyć. Muszę coś zrobić, ponieważ policja interesuje się tylko Scottem. Wczoraj znowu go przesłuchiwali. Oczywiście nie chcą tego potwierdzić, ale w internecie jest film, na którym wchodzi z matką na posterunek. Miał za mocno zaciśnięty krawat, wyglądał jak ze stryczkiem na szyi.

Wszyscy spekulują. W gazetach piszą, że policja jest teraz ostrożniejsza, że nie może sobie pozwolić na kolejne pochopne aresztowanie. Mówi się o nieudolnym śledztwie, o konieczności zmian personalnych. A to, co wygadują o Scotcie w internecie, jest potworne, obrzydliwe i obłąkane. Są tam screeny przedstawiające jego pierwszy wzruszający apel o powrót żony, a tuż obok zdjęcia szlochających, pozornie zrozpaczonych morderców, którzy też występowali w telewizji, użalając się nad losem ukochanych. Potworne, nieludzkie. Modlę się, żeby Scott tego nie zobaczył. Pękłoby mu serce.

Tak więc może to i głupie, może nierozsądne, ale idę na spotkanie z Kamalem Abdikiem, ponieważ w przeciwieństwie do wszystkich tych fantastów ja Scotta widziałam. Był tak blisko, że mogłam go dotknąć i wiem, jaki jest. Wiem, że na pewno nie jest mordercą.

WIECZOREM

Gdy wchodzę schodami na peron w Corly, wciąż trzęsą mi się nogi. Trzęsą się tak od wielu godzin, a serce nie chce zwolnić, pewnie z nadmiaru adrenaliny. Pociąg jest pełny. Nie ma szans, żebym usiadła, Corly to nie Euston, więc staję w połowie wagonu. Jest jak w łaźni. Spuszczam głowę i próbuję jak najwolniej oddychać. Próbuję określić to, co czuję. Co to jest?

Euforia, strach, konsternacja i wyrzuty sumienia. Głównie wyrzuty sumienia.

Nie było tak, jak się spodziewałam.

Zanim dotarłam na miejsce, doprowadziłam się do stanu kompletnego przerażenia. Byłam przekonana, że Abdic spojrzy na mnie i jakimś cudem od razu się domyśli, że wiem, że potraktuje mnie jak zagrożenie. Bałam się, że z czymś wyskoczę, wypowiem imię Megan, że się nie powstrzymam. A potem weszłam do banalnej i nijakiej poczekalni i zagadałam do recepcjonistki, kobiety w średnim wieku, która prawie na mnie nie patrząc, spisała moje dane. Usiadłam, wzięłam „Vogue'a" i drżącymi palcami zaczęłam przerzucać kartki, próbując skupić się na tym, co mnie czeka, jednocześnie udając, że mi się nudzi, tak jak każdemu pacjentowi.

Były tam jeszcze dwie osoby: dwudziestokilkuletni mężczyzna, który czytał coś w telefonie, oraz starsza kobieta, która wpatrywała się ponuro w swoje stopy i nie podniosła wzroku nawet wtedy, gdy recepcjonistka wyczytała jej nazwisko. Po prostu wstała i powłócząc nogami, poszła; wiedziała, dokąd idzie. Czekałam pięć minut, czekałam dziesięć. Miałam coraz płytszy oddech. W poczekalni było ciepło i duszno; odnosiłam wrażenie, że nie potrafię wpompować do płuc wystarczającej ilości tlenu. Bałam się, że zemdleję.

Wtedy otworzyły się drzwi, wyszedł jakiś mężczyzna i zanim zdążyłam mu się przyjrzeć, wiedziałam, że to on. Tak jak wiedziałam, że to nie był Scott, gdy zobaczyłam go pierwszy raz, gdy był tylko sunącym w jej stronę cieniem, wrażeniem smukłości i płynnego, powolnego ruchu. Wyciągnął do mnie rękę.

– Pani Watson?

Spojrzałam mu w oczy i po plecach przeszedł mi prąd. Podałam mu swoją. Miał ciepłą, suchą, dużą dłoń, tak dużą, że moja całkowicie w niej zniknęła.

– Zapraszam – rzucił, dając mi do zrozumienia, że powinnam za nim pójść, więc poszłam, chociaż przez całą drogę było mi niedobrze i kręciło mi się w głowie. Szłam po jej śladach. Bo ona też tu była. Siedziała naprzeciwko niego na krześle, które mi wskazał, a on pewnie tak samo złożył ręce pod podbródkiem, tak samo skinął głową i spytał:

– Dobrze. O czym chciałaby pani dzisiaj porozmawiać?

Wszystko w nim było takie ciepłe: ręka, którą uścisnął moją, oczy, ton głosu. Sondowałam jego twarz w poszukiwaniu jakichś wskazówek, zdradliwych oznak tego, że jest bezwzględną bestią, która roztrzaskała głowę Megan, próbowałam w nim dostrzec choćby cień straumatyzowanego uchodźcy, który stracił rodzinę. Nie dostrzegłam niczego. I na chwilę się zapomniałam. Zapomniałam, że powinnam się go bać. Siedziałam tam, czując, że już nie panikuję. Z trudem przełknęłam ślinę, spróbowałam przypomnieć sobie, co miałam powiedzieć, i to powiedziałam: że od czterech lat mam problem z alkoholem, że przez picie rozpadło się moje małżeństwo oraz straciłam pracę, że, co oczywiste, tracę zdrowie i boję się, że mogę stracić zmysły.

– Zapominam – mówiłam. – Urywa mi się film i nie pamiętam, gdzie byłam ani co robiłam. Czasem zastanawiam się, czy zrobiłam lub powiedziałam coś strasznego, i nie mogę sobie przypomnieć. A jeśli… jeśli dowiem się od kogoś, co zrobiłam, mam wrażenie, że to zupełnie do mnie nie pasuje. Jakbym to nie była ja. Trudno jest czuć się odpowiedzialnym za coś, czego się nie pamięta. Dlatego nigdy potem nie mam wyrzutów sumienia. To znaczy mam, ale za małe, bo to, co zrobiłam, jest jakby poza mną. Jakby nie należało do mnie. Cała ta prawda wylała się ze mnie w ciągu pierwszych kilku minut spotkania. Byłam gotowa, czekałam, żeby ją komuś wyznać. Ale to nie powinien być on. Słuchał, patrząc na mnie czystymi, bursztynowymi oczami, nieruchomo i ze złożonymi rękami. Nie rozglądał się ani nie robił notatek. Po prostu słuchał. W końcu skinął głową i spytał:

– Chce pani wziąć na siebie odpowiedzialność za to, co pani zrobiła, ale jest pani trudno obwiniać się za coś, czego pani nie pamięta, tak?

– Tak, właśnie.

– W jaki sposób przyjmujemy na siebie odpowiedzialność? Można przeprosić i nawet jeśli nie pamięta się swojego występku, to wcale nie znaczy, że przeprosiny i kryjące się za nimi uczucia nie są szczere.

– Ale ja chcę to poczuć. Chcę czuć się… gorzej.

Dziwnie to brzmi, ale myślę o tym przez cały czas. Tak, czuję się za dobrze. Wiem, za co jestem odpowiedzialna, wiem o wszystkich tych okropnych rzeczach, które zrobiłam, chociaż nie pamiętam szczegółów, niemniej czuję się od nich oderwana. Jakbym stała krok dalej.

– Uważa pani, że powinna czuć się gorzej, niż się pani czuje? Że popełnia pani błędy, po których nie czuje się pani wystarczająco źle?

– Tak.

Kamal pokręcił głową.

– Rachel, rozpadło się pani małżeństwo, straciła pani pracę: nie sądzi pani, że to wystarczająca kara?

Teraz z kolei ja pokręciłam głową.

Kamal odchylił się lekko do tyłu.

– Może zbyt surowo pani siebie ocenia?

– Nie.

– W porządku. Dobrze. Możemy cofnąć się trochę w czasie? Do chwili, kiedy zaczęły się te problemy. Wspomniała pani, że było to… cztery lata temu? Może pani o tym opowiedzieć?

Nie chciałam. Owszem, jego ciepły głos i łagodne oczy zwiodły mnie, ale nie do końca. Nie byłam aż tak beznadziejna. Nie zamierzałam wyznać mu całej prawdy. Tego, że bardzo pragnęłam dziecka. Powiedziałam, że moje małżeństwo się rozpadło, że wpadłam w depresję i że zawsze lubiłam wypić. Tylko tym razem wszystko wymknęło się spod kontroli.

– Rozpadło się, to znaczy, że… odeszła pani od męża, on od pani, czy postanowiliście się po prostu rozstać?

– Mąż miał romans – odparłam. – Poznał inną kobietę i się zakochał. – Kamal patrzył na mnie, czekając na ciąg dalszy. – Ale to nie była jego wina. Wina była moja.

– Dlaczego tak pani uważa?

– Bo zaczęłam pić, zanim…

– A więc romans męża nie był zapalnikiem?

– Nie, zaczęłam pić wcześniej i to go ode mnie odepchnęło. Dlatego przestał…

Kamal czekał, nie ponaglał mnie, po prostu siedział, czekając, aż wypowiem te słowa.

– Dlatego przestał mnie kochać – dokończyłam.

Mam do siebie żal za to, że przy nim płakałam. Nie rozumiem, dlaczego nie potrafiłam lepiej się pilnować. Nie powinnam była mówić mu prawdy, powinnam była przyjść z kompletnie zmyślonymi problemami, w czyjejś masce.

Mam do siebie żal za to, że patrzyłam na niego i przez chwilę wierzyłam, że mi współczuje. Bo patrzył na mnie tak, jakby naprawdę współczuł, nie żałował, tylko rozumiał, jakby chciał pomóc.

– Dobrze, zatem zaczęła pani pić przed rozpadem małżeństwa. Czy potrafi pani wskazać powód? Nie każdy może. Niektórzy wpadają po prostu w depresję albo uzależnienie. Czy w pani przypadku istniała konkretna przyczyna? Na przykład żałoba albo bolesna strata?

Pokręciłam głową i wzruszyłam ramionami. Nie zamierzałam mu tego mówić. Nie, nic mu nie powiem.

Kamal odczekał kilka sekund i zerknął na zegar na biurku.

– Może podejmiemy ten wątek następnym razem? – Uśmiechnął się i wtedy mnie zmroziło.

Wszystko w nim jest ciepłe – ręce, oczy, głos – wszystko oprócz uśmiechu. Gdy obnaża zęby, widać w nim mordercę. Znowu podskoczył mi puls, znowu ścisnęło mnie w żołądku, wyszłam z gabinetu, nie podając mu ręki. Nie mogłabym go dotknąć, budził we mnie wstręt.

Wszystko rozumiem, naprawdę. Wiem, co widziała w nim Megan, a widziała nie tylko to, że jest uderzająco przystojny. Jest również spokojny i opanowany, bije od niego cierpliwość i dobroć. Ktoś niewinny, ufny lub po prostu niezrównoważony mógłby dać się temu zwieść, mógłby nie dostrzec, że to wilk w owczej skórze. Dobrze to rozumiem. Mamił mnie prawie godzinę. Otworzyłam się przed nim. Zapomniałam, kim jest. Zdradziłam Scotta, zdradziłam Megan i mam wyrzuty sumienia.

Ale najgorsze jest to, że chcę tam wrócić.

ŚRODA, 7 SIERPNIA 2013

RANO

Znowu miałam ten sen, ten, w którym zrobiłam coś złego i wszyscy się ode mnie odwracają, biorąc stronę Toma. W którym nie mogę niczego wyjaśnić, a nawet przeprosić, bo nie wiem za co. W luce między snem i jawą myślę o prawdziwej kłótni, do której doszło dawno temu – to już cztery lata – po tym, jak zawiodła nasza pierwsza i jedyna próba zapłodnienia in vitro, a ja chciałam spróbować jeszcze raz. Tom powiedział, że nie mamy pieniędzy, i wcale tego nie kwestionowałam. Wiedziałam, że nie mamy – dom był obciążony dużą hipoteką, spłacaliśmy długi, konsekwencje nieudanego interesu, do którego namówił go ojciec – i po prostu się z tym pogodziłam. Miałam nadzieję, że kiedyś zdobędziemy pieniądze, a tymczasem musiałam powstrzymywać gorące łzy, które napływały mi do oczu, ilekroć zobaczyłam kobietę w ciąży, ilekroć ktoś przekazywał mi radosną nowinę.

Parę miesięcy po nieudanej próbie zapłodnienia oznajmił, że wybiera się na wycieczkę. Do Vegas, na cztery dni, na wielki mecz bokserski, żeby spuścić trochę pary. Tylko on i dwóch starych kumpli, których nie znałam. Wycieczka kosztowała fortunę, wiem, bo widziałam potwierdzenie rezerwacji biletu na samolot w jego skrzynce mejlowej. Nie mam pojęcia, ile kosztowały bilety na mecz, ale na pewno nie były tanie. Nie wystarczyłoby na in vitro, ale mielibyśmy przynajmniej coś na początek. Okropnie się o to pokłóciliśmy. Nie pamiętam szczegółów, bo przez całe popołudnie piłam dla kurażu i kiedy już się napiłam, było strasznie. Pamiętam ten chłód następnego dnia, to, że długo nie chciał o tym rozmawiać. Pamiętam, jak beznamiętnym, pełnym zawodu głosem wypominał mi, co robiłam i mówiłam; jak mi wyrzucał, że roztrzaskałam nasze ślubne zdjęcie, zwymyślałam go od egoistów, nazwałam beznadziejnym mężem i nieudacznikiem. Pamiętam, jak bardzo siebie wtedy nienawidziłam.

Oczywiście nie powinnam była tego mówić, ale teraz dochodzę do wniosku, że wściekłam się nie bez powodu. Miałam święte prawo wpaść w gniew, prawda? Staraliśmy się o dziecko – czy nie wypadało się poświęcić? Obcięłabym sobie rękę, żeby tylko zajść w ciążę i urodzić. Nie mógł odpuścić sobie tego weekendu w Vegas?

Leżę w łóżku, wspominając, potem wstaję i postanawiam pójść na spacer, bo jeśli czegoś nie zrobię, znowu mnie najdzie i wyskoczę do sklepu. Nie piję od niedzieli i czuję, że tęsknota za miłym szumem w głowie i pragnienie uwolnienia od własnych myśli zderzają się we mnie z poczuciem, że coś osiągnęłam i szkoda by było to odrzucić.

Ashbury nie jest dobrym miejscem na spacery, to po prostu sklepy i przedmieścia, nie ma tu nawet porządnego parku. Idę przez środek miasta, co nie jest takie złe, kiedy jest pusto. Cała sztuczka polega na tym, żeby wmówić sobie, że dokądś się idzie, wybrać miejsce, i już. Ja wybieram kościół na końcu Pleasance Road, mniej więcej trzy kilometry od domu Cathy. Chodziłam tam na spotkania AA. Tego bliższego unikałam, żeby nie wpaść na kogoś, kogo mogłabym zobaczyć na ulicy, w supermarkecie czy pociągu.

Kiedy dochodzę do kościoła, zawracam i zdecydowanym krokiem idę do domu, jak kobieta, która ma coś do zrobienia, ma dokąd iść. Jak ktoś normalny. Obserwuję mijanych po drodze ludzi – dwóch biegaczy z plecakami trenujących do maratonu, młodą kobietę w czarnej spódnicy i białych adidasach, która idzie do pracy ze szpilkami w torbie – i zastanawiam się, co ukrywają. Ruszają się, żeby przestać pić, biegną, żeby znieruchomieć? Myślą o poznanym wczoraj mordercy, którego zamierzają ponownie odwiedzić?

Jestem nienormalna.

Widzę to niedaleko domu. Jestem pogrążona w myślach, zastanawiam się, co te spotkania z Kamalem mają mi niby dać: czy naprawdę chcę przeszukać jego szuflady, kiedy wyjdzie z pokoju? Sprowokować go do powiedzenia czegoś, co go zdradzi, zwabić go na niebezpieczne wody? Istnieje duże prawdopodobieństwo, że jest znacznie bystrzejszy ode mnie, że przejrzy moje zamiary. Przecież dobrze wie, że jego nazwisko pojawiło się w gazetach, zdaje sobie sprawę, że ktoś może zechcieć napisać o nim coś więcej, coś z niego wyciągnąć.

Myślę o tym ze spuszczoną głową i wbitymi w chodnik oczami, mijając Londis, miejscowy sklepik. Jest po prawej stronie i próbuję tam nie patrzeć w obawie, że znowu mnie podkusi, lecz kątem oka dostrzegam jej imię. Podnoszę wzrok i widzę wielkie litery, nagłówek jakiegoś brukowca: CZY MEGAN BYŁA DZIECIOBÓJCZYNIĄ?

Anna

RANO

Kiedy to się zdarzyło, byłam w Starbucksie z dziewczynami z NCT. Siedziałyśmy jak zwykle przy oknie, dzieciaki rozrzucały lego po podłodze, Beth próbowała (znowu) namówić mnie, żebym wstąpiła do klubu książki, i wtedy pojawiła się Diane. Miała tę minę, minę kogoś ważnego, kto ma zaraz przekazać wyjątkowo pikantną plotkę. Ledwo mogła wytrzymać, przechodząc przez drzwi z podwójnym wózkiem.

– Anno, widziałaś to? – spytała z poważną twarzą i podniosła gazetę z nagłówkiem: CZY MEGAN BYŁA DZIECIO-BÓJCZYNIĄ?

Odebrało mi mowę. Spojrzałam na gazetę i, co zupełnie absurdalne, wybuchnęłam płaczem. Evie była przerażona. Zaczęła wyć, dosłownie wyć. To było straszne.

Poszłam do toalety, żeby doprowadzić do porządku siebie i Evie, a kiedy wróciłam, wszystkie rozmawiały przyciszonym głosem. Diane zerknęła na mnie podstępnie i spytała:

– Dobrze się czujesz, kochanie?

Miała z tego wielką frajdę, wyraźnie to widziałam.

Musiałam wyjść, nie mogłam zostać. Wszystkie były okropnie zatroskane, mówiły, jakie to musi być dla mnie straszne, ale z ich twarzy wyczytałam prawie nieukrywaną dezaprobatę.

Jak mogłaś powierzyć dziecko takiemu potworowi? Jesteś najgorszą matką na świecie.

Po drodze próbowałam dodzwonić się do Toma, ale przełączało mnie od razu na pocztę głosową. Zostawiłam mu wiadomość, żeby jak najszybciej zadzwonił. Starałam się mówić lekkim i spokojnym głosem, ale cała się trzęsłam, szłam na chwiejnych nogach.

Nie kupiłam gazety, lecz nie mogłam oprzeć się pokusie i poczytałam o tym w internecie. Mętne to jakieś, niejasne. „Źródła powiązane ze śledztwem w sprawie Megan Hipwell" twierdzą, że siedem lat temu „Megan mogła być zamieszana w zabójstwo własnego dziecka". Według owych „źródeł" był to prawdopodobnie motyw morderstwa. Detektyw prowadzący śledztwo – Gaskill, ten, który przyszedł do mnie po tym, jak Megan zaginęła – odmówił komentarza.

Tom oddzwonił w przerwie między spotkaniami; nie mógł wrócić do domu. Próbował mnie uspokoić, stwierdził, że to pewnie bzdura.

– Dobrze wiesz, że nie można wierzyć połowie tego, co wypisują w gazetach.

Za bardzo się nie piekliłam, bo to on zaproponował, żeby Megan przychodziła do nas i pomagała mi przy Evie. Musi się fatalnie czuć.

I ma rację. To pewnie bzdura. Ale kto mógł coś takiego wymyślić? I po co? Ciągle chodzi mi po głowie jedno: wiedziałam. Zawsze wiedziałam, że ta kobieta ma jakieś odchyłki. Początkowo myślałam, że jest trochę niedojrzała, ale potem doszłam do wniosku, że nie tylko: ona była jakby nieobecna. Egocentryczna. Nie zamierzam kłamać. Cieszę się, że już jej nie ma. Krzyżyk na drogę!

Jestem na górze, w sypialni. Tom ogląda telewizję z Evie. Nie odzywamy się do siebie. To moja wina. Rzuciłam się na niego, ledwo stanął w progu.

Nakręcałam się cały dzień. Nie mogłam się powstrzymać, nie mogłam od tego uciec, bo była wszędzie, gdzie tylko spojrzałam. Tu, w moim domu, z moją córeczką na rękach, karmiła ją, przewijała, bawiła się z nią, kiedy spałam. Ileż to razy zostawiałam z nią Evie samą. Ciągle o tym myślałam i robiło mi się niedobrze.

Potem włączyła się paranoja, uczucie, które nie opuszcza mnie praktycznie od chwili, gdy wprowadziłam się do tego domu, wrażenie, że ktoś mnie obserwuje. Początkowo przypisywałam to pociągom. Wszystkim tym pozbawionym twarzy ciałom gapiącym się przez okna, patrzącym prosto na nas. Przyprawiały mnie o gęsią skórkę. Między innymi dlatego nie chciałam tu mieszkać, ale Tom się uparł. Mówił, że dużo stracimy na sprzedaży.

Najpierw pociągi, później Rachel. Rachel, która nas śledzi, kręci się przed naszym domem, ciągle do nas wydzwania. Ona, a potem nawet Megan, kiedy opiekowała się Evie: zawsze miałam wrażenie, że obserwuje mnie jednym okiem, jakby oceniała to, co robię i jak wychowuję córkę, jakby potępiała mnie za to, że sama nie daję rady. To idiotyczne, wiem. Ale zaraz potem przypomina mi się dzień, kiedy Rachel przyszła tu i porwała Evie, a wtedy czuję zimno na całym ciele i już wiem, że to wcale nie jest idiotyczne.

Dlatego, kiedy Tom wrócił do domu, zrobiłam awanturę. Wystosowałam ultimatum: musimy się wyprowadzić, nie ma mowy, żebyśmy zostali w tym domu i na tej ulicy, wiedząc, co się tu działo. Bo teraz gdziekolwiek spojrzę, widzę nie tylko Rachel, ale i Megan. Myślę o rzeczach, których tu dotykała. To dla mnie za dużo. Wszystko mi jedno, czy dostaniemy dobrą cenę, czy nie.

– Przestanie ci być wszystkie jedno – odparował całkiem rozsądnie – kiedy będziemy musieli zamieszkać w dużo gorszym domu i nie wystarczy nam na spłatę hipoteki.

Spytałam, czy nie mógłby poprosić o pomoc swoich rodziców – mają mnóstwo pieniędzy – ale powiedział, że nie, że już nigdy o nic ich nie poprosi. Wściekł się, nie chciał o tym rozmawiać. Wszystko przez to, jak potraktowali go rodzice, kiedy zostawił dla mnie Rachel. Nie powinnam była o nich wspominać, to zawsze go wkurza.

Ale cóż ja na to poradzę? Ogarnia mnie czarna rozpacz, bo widzę ją, ilekroć zamknę oczy, widzę, jak siedzi przy kuchennym stole z Evie na kolanach. Bawiła się z nią, uśmiechała i trajkotała, ale nigdy nie mogłam oprzeć się wrażeniu, że tylko udawała i wcale nie chciała tu być. Pod koniec dnia zawsze oddawała mi małą z wyraźną ulgą. Jakby nie lubiła czuć ciężaru dziecka w ramionach.

Rachel

Wieczorem

Upał jest nie do zniesienia, ciągle wzmaga się i wzmaga. Okna są otwarte i czuję w ustach smak spalin z ulicy. Drapie mnie w gardle. Biorę już drugi prysznic, gdy dzwoni telefon. Nie odbieram, lecz po chwili dzwoni ponownie. I znowu. Gdy wychodzę spod prysznica, dzwoni po raz czwarty, więc odbieram.

Jest spanikowany, ma krótki oddech. Mówi urywanym głosem.

– Nie mogę wrócić do domu. Wszędzie są kamery.

– Scott?

– Wiem, że to… że to dziwne, ale muszę gdzieś pojechać, gdzieś, gdzie nie będą na mnie czekali. Do matki nie mogę, do znajomych też nie. Dlatego po prostu… jeżdżę. Jeżdżę w kółko, odkąd wyszedłem z posterunku… – Załamuje mu się głos. – Potrzebuję paru godzin. Żeby posiedzieć, pomyśleć. Bez nich, bez policji, bez tych pieprzonych pytań. Przepraszam, ale czy mógłbym do pani wpaść?

Mówię, że tak, oczywiście. Nie tylko dlatego, że jest spanikowany i zrozpaczony, chcę go też zobaczyć. Chcę mu pomóc. Podaję mu adres i słyszę, że będzie za kwadrans.

Dzwonek dzwoni dziesięć minut później, krótkimi, ostrymi, niecierpliwymi seriami.

– Nie miałem gdzie się podziać – mówi Scott, kiedy otwieram frontowe drzwi. Ma udręczoną twarz, jest wstrząśnięty, blady i spocony. – Przepraszam.

– Nie ma za co.

Staję z boku, żeby go przepuścić. Prowadzę go do salonu, mówię, żeby usiadł. Przynoszę mu szklankę wody z kuchni. Wypija ją niemal jednym haustem, siada pochylony, opiera łokcie na kolanach i zwiesza głowę.

Stoję, nie wiedząc, czy coś powiedzieć, czy milczeć. Biorę szklankę i napełniam ją bez słowa. W końcu Scott zaczyna mówić.

– Można by pomyśleć, że najgorsze już się stało – mamrocze. – Można, prawda? – Patrzy na mnie. – Moja żona nie żyje, a policja myśli, że ją zabiłem. Czy może być coś gorszego?

To aluzja do tego, co o niej piszą. Do tej brukowej sensacji, opartej podobno na przecieku z policji, wiadomości, że Megan była zamieszana w śmierć dziecka. Mętne domysły, bzdurna opowiastka, kampania oszczerstw wymierzona w zmarłą. Jedna wielka nikczemność.

– To nieprawda – mówię. – To niemożliwe.

Scott ma pozbawioną wyrazu twarz, patrzy na mnie nic nierozumiejącym wzrokiem.

– Dziś rano detektyw Riley coś mi powiedziała. – Kaszle, odchrząkuje. – Coś, co zawsze chciałem usłyszeć. Nie ma pani pojęcia – ciągnie prawie szeptem – jak bardzo tego pragnąłem. Marzyłem o tym, wyobrażałem sobie, jak będzie wtedy wyglądała, jak się będzie do mnie uśmiechała, tajemniczo i nieśmiało, jak weźmie mnie za rękę, przytknie ją do ust... – Zupełnie odleciał, coś mu się roi, nie mam pojęcia, o czym mówi. – Dzisiaj... dzisiaj dowiedziałem się, że Megan była w ciąży.

Zaczyna płakać, ja też szlocham, ze ściśniętym gardłem opłakując śmierć dziecka, które nigdy nie istniało, dziecka kobiety, której nie znałam. Potworność niemal nie do zniesienia. Nie mogę pojąć, jakim cudem Scott jeszcze oddycha. To powinno go zabić, wyssać z niego życie. Mimo to wciąż żyje.

Nie mogę mówić, nie mogę się poruszyć. W pokoju jest gorąco i duszno mimo otwartych okien. Słyszę hałasy z ulicy, zawodzenie policyjnej syreny, krzyki i śmiech młodych dziewcząt, basowe dudnienie głośnika z przejeżdżającego samochodu. Normalne życie. Ale tutaj kończy się świat. Dla Scotta. Dlatego nie mogę wydobyć z siebie głosu. Stoję niema, bezradna i bezużyteczna.

Nagle słyszę kroki na schodach, słyszę znajome pobrzękiwanie: Cathy grzebie w torebce w poszukiwaniu kluczy. To gwałtownie przywraca mnie do życia. Muszę coś zrobić. Chwytam Scotta za rękę, a on patrzy na mnie wystraszony.

– Chodźmy – mówię, ciągnąc go za sobą.

Bez oporu pozwala wyprowadzić się z salonu i wbiegamy na górę, zanim Cathy wchodzi do domu. Zamykam za nami drzwi.

– Moja współlokatorka – wyjaśniam. – Mogłaby… o coś spytać. Wiem, że nie ma pan na to ochoty.

Scott kiwa głową. Rozgląda się po moim pokoiku, patrzy na niepościelone łóżko, na stos ubrań na krześle przy biurku, czystych i brudnych, na nagie ściany i tanie meble. Jest mi wstyd. Tak wygląda moje życie – brudne, niechlujne i małe. Nie do pozazdroszczenia. Myśląc o tym, dochodzę do wniosku, że jestem śmieszna, wyobrażając sobie, że w takiej chwili może go obchodzić moja smętna wegetacja.

Wskazuję łóżko. Scott posłusznie siada i wierzchem dłoni wyciera oczy. Ciężko wypuszcza powietrze.

– Napije się pan czegoś? – pytam.

– Może piwa?

– Nie trzymam tu alkoholu – odpowiadam i czerwienię się. Ale on tego nie zauważa, nawet nie podnosi wzroku. – Herbaty? – Kiwa głową. – Niech pan się położy. Odpocznie. – Robi, co mówię, zdejmuje buty i jak posłuszne dziecko kładzie się na łóżku.

Na dole nastawiam czajnik i rozmawiam z Cathy o niczym, słuchając, jak opowiada o nowej restauracji, którą odkryła w Northcote („mają świetne sałatki"), i o tym, jak denerwująca jest ich nowa pracownica. Uśmiecham się i potakuję, ale prawie jej nie słyszę. Jestem spięta, ciągle wytężam słuch, nasłuchuję skrzypnięć i kroków. On jest tu, na górze, w moim łóżku, to czysty surrealizm. Wiruje mi w głowie, jakbym to śniła.

Cathy przestaje w końcu paplać, patrzy na mnie i marszczy brwi.

– Dobrze się czujesz? – pyta. – Wyglądasz jakoś tak... inaczej.

– Jestem trochę zmęczona. Źle się czuję. Chyba się położę.

Cathy robi minę. Wie, że nie piłam (zawsze to widzi), ale podejrzewa, że zaraz zacznę. Wszystko mi jedno, nie mogę teraz o tym myśleć. Biorę herbatę i mówię, że zobaczymy się rano.

Przystaję pod drzwiami i nasłuchuję. Cisza. Ostrożnie przekręcam gałkę. Scott leży dokładnie w tej samej pozycji, w jakiej go zostawiłam, z rękami po bokach i zamkniętymi oczami. Słyszę jego oddech, cichy i nierówny. Zajmuje pół łóżka, ale kusi mnie, żeby położyć się obok niego, objąć go ramieniem, pocieszyć. Ale tylko głośno chrząkam i podaję mu kubek.

Scott siada.

– Dziękuję – rzuca chrapliwie. – Dziękuję, że... udzieliła mi pani schronienia. To jest... Nie potrafię nawet tego opisać. Odkąd ukazał się ten artykuł...

– O tym, co się kiedyś zdarzyło?

– Tak.

To, jak brukowce się o tym dowiedziały, jest głośno komentowane. W prasie huczało od plotek, wskazywano policję, Kamala Abdica, wskazywano Scotta.

– Ale to kłamstwo – mówię. – Prawda?

– Oczywiście, że tak, jednak daje komuś motyw. Właśnie tak twierdzą: Megan zabiła swoje dziecko, dlatego ktoś, przypuszczalnie jego ojciec, miał motyw, żeby zabić ją. Wiele lat później.

– Przecież to absurd.

– Ale wie pani, co ludzie mówią. Że zmyśliłem tę historyjkę nie tylko po to, żeby oczernić Megan, ale też po to, żeby odsunąć od siebie podejrzenia i zrzucić winę na kogoś innego. Kogoś z jej przeszłości, kogo nikt nawet nie zna.

Siadam na łóżku obok niego. Nasze uda prawie się stykają.

– Co na to policja?

Scott wzrusza ramionami.

– Nic. Pytali mnie, co mi o tym wiadomo. Czy wiedziałem, że Megan miała dziecko? Czy wiem, co się stało? Czy wiem, kto był ojcem? Powiedziałem, że nie, że to bzdura, Megan nigdy nie była w ciąży... – Znowu łamie mu się głos. Pociąga łyk herbaty. – Spytałem, skąd o tym wiedzą, jak to trafiło do gazet. A oni, że to tajemnica. Wiedzą pewnie od niego, od Abdica. – Wydaje długie westchnienie, aż nim wstrząsa. – Nie rozumiem dlaczego. Dlaczego miałby wygadywać o niej takie rzeczy. Nie mam pojęcia, co chce osiągnąć. Facet jest obłąkany, to oczywiste.

Przypomina mi się mężczyzna, którego wczoraj poznałam, jego spokojny sposób bycia, łagodny głos i ciepłe oczy. Trudno o człowieka bardziej zrównoważonego. Tylko ten uśmiech.

– To skandal, że opublikowali coś takiego. Powinny istnieć jakieś zasady...

– Nie można zniesławiać zmarłego. – Scott milknie, po czym dodaje: – Zapewnili mnie, że tego nie ujawnią. Tego, że była... w ciąży. Na razie. Może nigdy. Bezwzględnie nie zrobią tego, zanim się nie upewnią.

– „Zanim się nie upewnią?".

– To nie jest dziecko Abdica.

– Zbadali DNA?

212

Scott kręci głową.

– Nie. Po prostu wiem. Nie mam pojęcia skąd, ale wiem. Dziecko jest... było moje.

– Jeśli Abdic myślał, że to on jest ojcem, miałby motyw, prawda?

Nie byłby pierwszym mężczyzną, który pozbywa się niechcianego dziecka, pozbywając się jego matki. Ale nie mówię tego na głos. Poza tym – tego też nie mówię – daje to również motyw Scottowi. Jeśli domyślał się, że Megan nosi dziecko innego... Tylko że on nie mógłby tego zrobić. Jego zszokowanie, rozpacz – to niemożliwe, żeby udawał. Nikt nie jest tak dobrym aktorem.

Chyba przestał mnie słuchać. Patrzy na drzwi, ma szkliste oczy, zapada się w łóżko jak w ruchome piaski.

– Powinien pan tu trochę zostać – mówię. – Spróbować zasnąć.

Przenosi na mnie wzrok i prawie się uśmiecha.

– Mógłbym? Byłoby... Byłbym bardzo wdzięczny. W domu nie mogę spać. Nie tylko przez tych na ulicy i poczucie, że próbują mnie dopaść. Nie tylko. Przez nią też. Jest wszędzie, ciągle ją widzę. Schodzę po schodach i nie patrzę, zmuszam się, żeby nie patrzeć, ale kiedy mijam okno, muszę się cofnąć i sprawdzić, czy jej tam nie ma, na tarasie. Lubiła na nim siedzieć – ciągnie, a mnie napływają do oczu łzy – na tym małym tarasie. Siedzieć i patrzeć na pociągi.

– Wiem. – Kładę rękę na jego ramieniu. – Czasem ją widziałam.

– Wciąż słyszę jej głos – mówi. – Słyszę, jak mnie woła. Leżę w łóżku i słyszę, jak woła do mnie z ogrodu. Jakby tam była... – Cały drży.

– Niech pan leży. – Zabieram kubek. – I odpoczywa.

Upewniwszy się, że zasnął, kładę się za nim z twarzą kilka centymetrów od jego łopatek. Zamykam oczy i wsłuchuję się

213

w bicie swojego serca, pulsowanie krwi w żyłach na szyi. Wdycham jego smutny, zastały zapach.

Gdy się budzę, wiele godzin później, już go nie ma.

Czwartek, 8 sierpnia 2013

Rano

Czuję się jak zdrajczyni. Wyszedł ledwie kilka godzin temu, a ja idę już na spotkanie z Kamalem, człowiekiem, którego Scott uważa za zabójcę swojej żony. Swojego dziecka. Nie wiem, czy nie powinnam była wprowadzić go w mój plan, wyjaśnić, że robię to wszystko dla niego. Chodzi jednak o to, że nie jestem tego pewna, ponadto tak naprawdę nie mam żadnego planu.

Dam mu trochę siebie. Taki mam dzisiaj zamiar. Opowiem mu coś prawdziwego. O tym, że chciałam mieć dziecko. Zobaczę, czy to coś da, czy sprowokuje go do nienaturalnej odpowiedzi albo reakcji. I dokąd mnie to zaprowadzi.

Prowadzi donikąd.

Kamal pyta mnie na początek, jak się czuję i kiedy ostatni raz piłam.

– W niedzielę – odpowiadam.

– Dobrze. To dobrze. – Krzyżuje ręce na kolanach. – Ładnie pani wygląda. – Uśmiecha się i już nie widzę w nim mordercy. Zastanawiam się teraz, co widziałam wtedy. Wyobraziłam to sobie?

– Ostatnim razem pytał pan, jak zaczęło się moje picie – mówię, a on kiwa głową. – Byłam w depresji. Staraliśmy się o… Próbowałam zajść w ciążę. Nie mogłam i wpadłam w depresję. Wtedy się zaczęło.

I już po chwili znowu płaczę. Trudno jest oprzeć się dobroci obcych ludzi. Kogoś, kto patrzy na ciebie, kto cię nie zna, kto mówi, że wszystko jest dobrze, bez względu na to, co zrobiłeś niedawno czy kiedykolwiek: cierpiałeś, bolało cię, zasługujesz na przebaczenie. Zwierzam mu się i znowu zapominam, po co tu przyszłam. Nie obserwuję jego twarzy, nie szukam w jego oczach śladów poczucia winy czy podejrzliwości. Pozwalam mu się pocieszać.

Jest życzliwy, rozsądny. Mówi o strategiach zaradczych, przypomina mi, że po mojej stronie jest młodość.

Tak więc może nie całkiem zawaliłam, bo wychodzę z gabinetu, czując się lżej, jest we mnie więcej optymizmu. Kamal mi pomógł. Siedzę w pociągu i próbuję wydobyć z pamięci obraz mordercy, którego wtedy widziałam, lecz już go tam nie ma. Nie widzę w nim kogoś, kto jest zdolny do tego, żeby pobić kobietę, roztrzaskać jej czaszkę.

Przed oczami staje mi inny obraz, straszny i żenujący: Kamal o delikatnych rękach, uspokajającym sposobie bycia i mowie pełnej syczących spółgłosek, a naprzeciwko niego wielki, silny, szalony i zdesperowany Scott. Muszę sobie ciągle przypominać, jaki był przedtem. A potem przyznaję, że tak naprawdę to przecież nie wiem.

Piątek, 9 sierpnia 2013

Wieczorem

Pociąg zatrzymuje się przed semaforem. Pociągam z puszki łyk zimnego dżinu z tonikiem i patrzę na jego dom, jej taras. Tak dobrze mi szło, ale naprawdę tego potrzebowałam. Dla kurażu. Jadę do Scotta i muszę stawić czoło wszystkim niebezpieczeństwom czyhającym na Blenheim Road: Tomowi, Annie, policji i reporterom. Przejściu pod wiaduktem, gdzie czyhają mgliste wspomnienia o strachu i krwi. Ale Scott prosił mnie, żebym przyszła; nie mogłam mu odmówić.

Wczoraj wieczorem znaleźli tę dziewczynkę. A raczej to, co z niej zostało. Pochowaną w ogrodzie wiejskiego domu niedaleko wybrzeża w Anglii Wschodniej, dokładnie tam, gdzie powiedział anonimowy informator. Rano pisali o tym w gazetach.

Policja wszczęła śledztwo w sprawie śmierci dziecka, którego szczątki znaleziono w ogrodzie domu pod Holkham w północnym Norfolk. Zwłoki odkryto, gdy policja, prowadząca śledztwo w sprawie śmierci Megan Hipwell, mieszkanki Witney, której ciało znaleziono w Corly Woods w zeszłym tygodniu, otrzymała informację, że mogło dojść do innego, związanego z tą sprawą zabójstwa.

Przeczytałam tę informację i zadzwoniłam do Scotta. Nie odebrał, więc zostawiłam mu wiadomość, mówiąc, że bardzo mi przykro. Oddzwonił po południu.

– Dobrze się pan czuje?

– Nie bardzo. – Po głosie poznałam, że pił.

– Tak mi przykro... Potrzebuje pan czegoś?

– Kogoś, kto nie powie mi: „A nie mówiłem".

– Słucham?

– Matka siedziała tu pół dnia. Najwyraźniej od samego początku coś przeczuwała. „Z tą dziewczyną było coś nie w porządku, coś nie tak. Ani rodziny, ani przyjaciół i nie wiadomo, skąd się wzięła". Ciekawe, dlaczego nie powiedziała mi tego wcześniej. – Brzęk tłukącego się szkła i przekleństwo.

– Dobrze się pan czuje? – powtórzyłam.

– Może pani wpaść?

– Do pana?

– Tak.

– Ale... policja, reporterzy, sama nie wiem...

– Proszę. Chcę tylko towarzystwa. Kogoś, kto znał Megs, kto ją lubił. Kto nie wierzy w te wszystkie...

Wiedziałam, że jest pijany, ale zgodziłam się i tak.

A teraz siedzę w pociągu, piję – ja też – i myślę o tym, co powiedział. „Kogoś, kto znał Megs, kto ją lubił". Nie znałam jej i nie jestem pewna, czy nie przestałam jej lubić. Szybko dopijam dżin i otwieram następną puszkę.

Wysiadam w Witney. Jestem częścią wieczornego tłumu dojeżdżających do pracy, kolejną wyrobniczką w masie zgrzanych, zmęczonych ludzi pragnących wrócić do domu, usiąść w ogródku z zimnym piwem, zjeść kolację z dziećmi i wcześniej pójść spać. Może to tylko dżin, ale cudownie jest, wprost nie do opisania, dać się porwać tłumowi, patrzeć, jak wszyscy sprawdzają komórki i szukają w kieszeni biletu. Cofam się do zamierzchłych czasów, do naszego pierwszego lata na Blenheim Road, kiedy codziennie po pracy spieszyłam do domu, niecierpliwie schodząc po schodach, wypadając ze stacji, prawie biegnąc ulicą. Tom pracował wtedy w domu i rozbierał mnie, gdy tylko zamknęłam drzwi. Przyłapuję się na tym, że się uśmiecham, nawet teraz, po tylu latach. To oczekiwanie, to podniecenie, ten przyspieszony oddech, te rumieńce, które wykwitały na mojej twarzy, gdy biegłam chodnikiem, zagryzając wargę, żeby się nie uśmiechać, myśląc o nim i wiedząc, że on też nie może się już doczekać.

Wspomnienia tak mnie pochłaniają, że zapominam o Tomie i Annie, o policji i reporterach, i nagle staję pod jego drzwiami, naciskam guzik dzwonka, drzwi się otwierają, a mnie ogarnia podniecenie, chociaż nie powinno, ale nie mam wyrzutów sumienia, bo Megan okazała się inna, niż myślałam. Nie była kochającą żoną. Nie była nawet dobrym człowiekiem. Była kłamczuchą, oszustką.

Była morderczynią.

MEGAN

Wieczorem

Siedzę na sofie w salonie z kieliszkiem wina w ręku. W domu wciąż panuje bałagan. Czy on zawsze mieszkał jak nastolatek? Jako nastolatek stracił rodzinę, więc może i tak. To smutne. Wraca z kuchni i siada wygodnie blisko mnie. Gdybym mogła, przychodziłabym tu codziennie, tylko na parę godzin. Po prostu siedziałabym i piła wino, czując, jak jego dłoń muska moją.

Ale nie mogę. O to chodzi, a on chce, żebym to z siebie wyrzuciła.

– Dobrze – mówi. – Jesteś gotowa? Dokończysz swoją opowieść?

Opieram się lekko o niego, o jego ciepłe ciało. Nie odpycha mnie. Zamykam oczy i chwilę później znowu tam jestem, w łazience. To dziwne, bo tak długo próbowałam o tym nie myśleć, nie wracać do tych nocy i dni, a teraz zamykam oczy i niemal natychmiast się tam przenoszę, jakbym zasypiała, jakbym zaczynała śnić od połowy snu.

Było ciemno i bardzo zimno. Już nie leżałam w wannie.

– Nie wiem, co się dokładnie stało. Pamiętam, że się obudziłam, pamiętam, że miałam złe przeczucia, i nagle wrócił Mac. Wołał mnie. Słyszałam go na dole, wykrzykiwał moje imię, ale nie mogłam się poruszyć. Siedziałam na podłodze w łazience i trzymałam ją w ramionach. Lał deszcz, trzeszczały belki na suficie. Było mi zimno. Mac wszedł na schody, nie przestawał mnie wołać. Stanął w drzwiach i zapalił światło.

Czuję to wyraźnie nawet teraz, czuję, jak światło pali mi oczy, wszystko jest ostre, jaskrawobiałe, przerażające.

– Krzyknęłam: „Zgaś to!". Nie chciałam widzieć, nie chciałam jej takiej oglądać. Nie wiem, nie wiem, co było potem. Mac wrzeszczał na mnie, krzyczał mi prosto w twarz. Oddałam mu ją i uciekłam. Wybiegłam z domu na deszcz, pobiegłam na plażę. Potem nie pamiętam. Minęło dużo czasu, zanim po mnie przyszedł. Wciąż padało. Byłam chyba na wydmach. Chciałam wejść do wody, ale za bardzo się bałam. W końcu przyszedł. Zabrał mnie do domu.

– Pochowaliśmy ją rano. Zawinęłam ją w prześcieradło, a Mac wykopał grób. Na końcu ogrodu, niedaleko starych, nieużywanych torów. Oznaczyliśmy grób kamieniem. Nie rozmawialiśmy o tym, nie rozmawialiśmy o niczym, nawet na siebie nie patrzyliśmy. Tego wieczoru Mac wyszedł. Powiedział, że musi się z kimś zobaczyć. Myślałam, że poszedł na policję. Nie wiedziałam, co robić. Czekałam na niego, czekałam na kogokolwiek. Ale nie wrócił. Już nigdy.

Siedzę w ciepłym salonie Kamala, czuję dotyk jego ciepłego ciała, niemniej cała się trzęsę.

– Wciąż to czuję – mówię. – W nocy. Tego najbardziej się boję, to nie pozwala mi zasnąć, uczucie, że jestem w tym domu sama. Bałam się, bałam się za bardzo, by zasnąć. Chodziłam po pustych pokojach i słyszałam jej płacz, czułam zapach jej skóry. Miałam przywidzenia. Budziłam się w środku nocy pewna, że w domu ktoś jest, ktoś lub coś. Myślałam, że tracę zmysły. Że umieram. Że może tam zostanę i w końcu ktoś mnie pewnie znajdzie. Przynajmniej nie musiałabym jej zostawiać.

Pociągam nosem, pochylam się i biorę chusteczkę z pudełka

na stole. Ręka Kamala sunie w dół moich pleców i tam się zatrzymuje.

– Ale nie miałam odwagi. Czekałam chyba dziesięć dni, aż nie zostało nic do jedzenia, ani jedna puszka fasoli, dosłownie nic. Spakowałam się i odeszłam.

– A potem? Widziałaś się z nim?

– Nie, nigdy. Ostatni raz tamtej nocy. Nie pocałował mnie ani się nawet porządnie nie pożegnał. Powiedział tylko, że musi na trochę wyjść. To wszystko.

– Próbowałaś się z nim skontaktować?

Kręcę głową.

– Nie. Początkowo za bardzo się bałam. Nie wiedziałam, co zrobi, kiedy się do niego odezwę. Zresztą nie wiedziałam, gdzie jest, on nie miał nawet komórki. Straciłam kontakt z jego znajomymi. To byli hipisi, nigdzie nie zagrzewali miejsca. Większość prowadziła koczowniczy tryb życia. Kilka miesięcy temu rozmawialiśmy o nim i spróbowałam go wygooglować. Bez skutku. To dziwne…

– Co jest dziwne?

– Na początku cały czas wszędzie go widziałam. Na przykład na ulicy albo w barze: to było tak realistyczne, że zaczynało mi walić serce. Słyszałam jego głos w tłumie. Ale potem mi przeszło, już dawno temu. Myślę, że on nie żyje.

– Dlaczego?

– Nie wiem. Dla mnie po prostu… umarł.

Kamal prostuje się i delikatnie odsuwa. Siada przodem do mnie.

– Moim zdaniem to tylko twoja wyobraźnia, Megan. To normalne, że po rozstaniu z kimś, kto odegrał dużą rolę w twoim życiu, ciągle się go widzi. Kiedyś cały czas widziałem brata. A to, że Mac dla ciebie „umarł”, jest prawdopodobnie skutkiem tego, że tak dawno zniknął z twojego życia. W pewnym sensie przestał być dla ciebie kimś prawdziwym.

Przestawił się na tryb terapeuty, nie jesteśmy już dwojgiem przyjaciół siedzących na sofie. Mam ochotę przyciągnąć go do siebie, ale nie chcę przekraczać żadnych granic. Przypomina mi się nasze ostatnie spotkanie, to, jak pocałowałam go przed wyjściem, jego twarz, tęsknota, sfrustrowanie i gniew.

– Zastanawiam się, czy teraz, kiedy już o tym porozmawialiśmy, kiedy opowiedziałaś mi swoją historię, czy kontakt z Makiem by ci nie pomógł. Przypieczętowałabyś ją, zamknęłabyś pewien rozdział.

Wiedziałam, że to zasugeruje.

– Nie mogę – mówię. – Nie mogę.

– Pomyśl przez chwilę.

– Nie mogę. A jeśli wciąż mnie nienawidzi? Jeśli wszystko znowu odżyje albo jeśli Mac pójdzie na policję?

A jeśli – nie mogę powiedzieć tego na głos, a nawet szeptem – powie Scottowi, kim naprawdę jestem?

Kamal kręci głową.

– Może wcale cię nie nienawidzi. Może nigdy cię nie nienawidził. Może też się bał. I ma wyrzuty sumienia. Z tego, co mówiłaś, zachował się nieodpowiedzialnie. Przyjął do domu młodziutką, bezbronną dziewczynę i zostawił ją samą, kiedy potrzebowała wsparcia. Może zdaje sobie sprawę, że on też ponosi winę. I dlatego uciekł.

Nie wiem, czy w to wierzy, czy tylko próbuje mnie pocieszyć. Wiem jednak, że to nieprawda. Nie mogę zwalić winy na Maca. To jedyny ciężar, który muszę dźwigać sama.

– Nie chcę zmuszać cię do czegoś, czego sama nie chcesz – ciągnie. – Chcę tylko, żebyś się zastanowiła, czy nawiązanie kontaktu z Makiem ci nie pomoże. Nie dlatego, że uważam, że jesteś mu coś winna. Rozumiesz? Uważam, że to on jest coś winien tobie. Masz wyrzuty sumienia, to zrozumiałe. Ale on cię porzucił. Byłaś sama, bałaś się, rozpaczałaś, wpadłaś w panikę. Zostawił cię tam samą. Nic dziwnego, że nie możesz spać. Myśl o zaśnięciu cię przeraża, bo zasnęłaś i zdarzyło się coś straszne-go. A jedyna osoba, która powinna była ci pomóc, zostawiła cię zupełnie samą.

Kiedy tak mówi, nie brzmi to źle. Gdy słowa spływają uwo-dzicielsko z jego języka, ciepłe i słodkie jak miód, prawie mu wierzę. Prawie wierzę, że da się zostawić to wszystko za sobą, złożyć do grobu, wrócić do Scotta i żyć dalej, tak jak żyją nor-malni ludzie, nie oglądając się przez ramię, nie rozpaczając ani nie czekając, aż przytrafi się coś lepszego. Czy tak postępują ci normalni?

– Pomyślisz o tym? – drąży, dotykając mojej ręki.

Uśmiecham się pogodnie i mówię, że tak. Może nawet szczerze, nie wiem. Obejmuje mnie i odprowadza do drzwi. Mam ochotę go pocałować, ale tego nie robię.

Pytam:

– Widzimy się ostatni raz? – Kiwa głową. – Nie moglibyśmy...

– Nie, Megan. Nie możemy. Musimy postąpić tak, jak trzeba.

Ponownie się uśmiecham.

– Nie jestem w tym za dobra. Nigdy nie byłam.

– Ale możesz. I będziesz. Wracaj do domu. Do męża.

Zamyka za mną drzwi, a ja długo stoję na chodniku. Chy-ba jest mi lżej, czuję się bardziej wolna – ale też smutniejsza – i nagle chcę tylko wrócić do Scotta.

Już się odwracam, żeby pójść na stację, gdy nadbiega jakiś mężczyzna. Spuszczona głowa, słuchawki na uszach – biegnie prosto na mnie i kiedy się cofam, żeby zejść mu z drogi, noga ześlizguje mi się z krawężnika i upadam.

Mężczyzna mnie nie przeprasza, nawet się nie ogląda, a ja jestem zbyt wstrząśnięta, by krzyknąć. Wstaję i opieram się o samochód, próbuję złapać oddech. Cały spokój, który odczu-wałam u Kamala, pryska.

Dopiero w domu widzę, że padając, zraniłam się w rękę i że musiałam potrzeć nią twarz. Mam umazane krwią usta.

RACHEL

RANO

Budzę się wcześnie. Słyszę, jak ulicą jedzie powoli śmieciarka, słyszę ciche bębnienie kropel deszczu o szybę. Żaluzje są podciągnięte tylko do połowy, wczoraj zapomniałam je opuścić. Uśmiecham się do siebie. Czuję go z tyłu, ciepłego, rozespanego i podnieconego. Kręcę biodrami i przytulam się mocniej. Zaraz się poruszy, zaraz chwyci mnie i przewróci na plecy.

– Rachel – mówi jego głos. – Przestań.

Nieruchomieję. Nie jestem w domu, to nie mój dom. Wszystko jest nie tak.

Przewracam się na drugi bok. Scott siada tyłem do mnie, spuszcza nogi z łóżka. Zaciskam powieki i próbuję coś sobie przypomnieć, lecz widzę wszystko jak przez mgłę. Otwieram oczy i dopiero wtedy mogę trzeźwo pomyśleć, bo jest to pokój, w którym budziłam się tysiące razy: tu stoi łóżko, a z okna roztacza się dokładnie ten sam widok. Jeśli zaraz usiądę, zobaczę wierzchołki dębów po drugiej stronie ulicy. Po lewej stronie jest łazienka, po prawej są szafy wnękowe – w identycznym pokoju mieszkałam z Tomem.

– Rachel – mówi Scott.

Wyciągam rękę, żeby dotknąć jego pleców, ale on szybko wstaje i odwraca się przodem do mnie. Jest zapadnięty w sobie, tak jak wtedy, gdy pierwszy raz zobaczyłam go z bliska na posterunku, jakby ktoś go wypatroszył, pozostawiając jedynie zewnętrzną powłokę. Pokój jest podobny do tego, który dzieliłam z Tomem, ale ten Scott dzielił z Megan. Ten pokój, to łóżko.

– Wiem – mówię. – Przepraszam. Bardzo przepraszam. To był błąd.

– Tak – potwierdza, uciekając wzrokiem w bok. Idzie do łazienki i zamyka drzwi.

Kładę się, znowu zaciskam powieki i ogarnia mnie paniczny lęk, znowu czuję ten straszny nękający ból w brzuchu. Co ja zrobiłam? Pamiętam, że kiedy przyszłam, Scott bardzo dużo mówił, zalewał mnie nieprzerwanym potokiem słów. Był zły na matkę, która nie lubiła Megan, na gazety, które o niej pisały, sugerując, że dostała to, na co zasłużyła, zły na policję, która wszystko zawaliła, zawiodła i ją, i jego. Siedzieliśmy w kuchni, pijąc piwo, a ja tylko słuchałam, a kiedy piwo się skończyło, usiedliśmy na tarasie i wtedy uszła z niego cała złość. Piliśmy, patrzyliśmy na przejeżdżające pociągi i rozmawialiśmy jak zwyczajni ludzie: o telewizji i pracy, o tym, gdzie chodził do szkoły. Zapomniałam, co mam odczuwać, oboje zapomnieliśmy, ale teraz już pamiętam. Pamiętam, że się do mnie uśmiechał, dotykał moich włosów.

Uderza mnie to jak fala, do twarzy napływa mi krew. Pamiętam, że przyznałam się do tego przed samą sobą. Że przyszła mi do głowy ta myśl i że zamiast ją odpędzić, skwapliwie ją zaakceptowałam. Pragnęłam tego. Pragnęłam być z Jasonem. Chciałam poczuć to, co czuła Jess, siedząc z nim na tarasie, pijąc wieczorem wino. Zapomniałam, co miałam odczuwać. Zignorowałam to, że w najlepszym razie Jess jest tylko wytworem mojej wyobraźni, a w najgorszym – jak najbardziej rzeczywistą Megan; że Megan nie żyje, jest zmasakrowanym trupem, który miał zgnić w ziemi. Na domiar złego wcale nie zapomniałam. Było mi wszystko jedno. Było mi wszystko jedno, ponieważ uwierzyłam w to, co o niej mówią. Czy przez krótką chwilę ja też uważałam, że dostała to, na co zasłużyła?

Wraca Scott. Wziął prysznic, zmył mnie ze skóry. Wygląda lepiej, ale pytając, czy napiję się kawy, nawet na mnie nie patrzy. Nie tego pragnęłam, wszystko jest nie tak. Nie chcę tego robić. Nie chcę znowu przestać nad sobą panować.

Ubieram się szybko, idę do łazienki i ochlapuję twarz zimną wodą. W kącikach oczu rozmazał się tusz do rzęs, mam sine usta. Pogryzione. Sine usta, zaczerwienione policzki i szyję w miejscach, gdzie ocierał się o skórę zarostem. Migają mi przed oczami obrazy z nocy, jego ręce na moim ciele, i czuję ucisk w brzuchu. Kręci mi się w głowie, więc siadam na brzegu wanny. Brudna umywalka, zaplamione pastą lustro – łazienka jest jeszcze bardziej zapuszczona niż reszta domu. Kubek z jedną szczoteczką do zębów. Ani perfum, ani mleczka nawilżającego, ani przyborów do makijażu. Ciekawe, czy zabrała to wszystko, odchodząc, czy Scott to wyrzucił.

Wracam do sypialni i rozglądam się w poszukiwaniu jej rzeczy, szlafroka na drzwiach, szczotki do włosów w szufladzie, błyszczyku do ust, kolczyków, ale niczego tam nie ma. Podchodzę do szafy, kładę rękę na gałce i już mam otworzyć drzwi, gdy słyszę, jak Scott woła:

– Kawa!

Aż podskakuję.

Nie patrząc na mnie, podaje mi kubek, odwraca się i spogląda na tory albo na coś za nimi. Zerkam w prawo i widzę, że nie ma zdjęć, że wszystkie zniknęły. Stają mi dęba włoski na karku, dostaję gęsiej skórki. Upijam łyk kawy i z trudem przełykam. Wszystko jest nie tak.

Może to jego matka, może to ona wszystko wyniosła, zabrała zdjęcia. Nie lubiła Megan, Scott ciągle to powtarza. Z drugiej strony kto robi to, co zrobiliśmy my? Kto pieprzy się z obcą kobietą w swoim małżeńskim łóżku niecały miesiąc po śmierci żony? Scott odwraca się, patrzy na mnie i jakby czytał w moich myślach, bo ma dziwną minę. Czy to pogarda? Odraza? Ja też czuję do niego odrazę. Odstawiam kubek.

– Chyba już pójdę – mówię, a on nie protestuje.

Przestało padać. Na dworze jest jasno i mrużę oczy w porannym słońcu. Podchodzi do mnie jakiś mężczyzna – kiedy staję na chodniku, wyrasta tuż przede mną. Podnoszę ręce, odwracam się bokiem i odpycham go ramieniem. Mówi coś, ale go nie słyszę. Wciąż mam podniesione ręce i spuszczoną głowę, chcę odejść, lecz dosłownie półtora metra dalej widzę Annę, która stoi przy samochodzie i obserwuje mnie, wziąwszy się pod boki. Gdy nasze spojrzenia się spotykają, kręci głową, odwraca się i szybkim krokiem idzie w stronę domu, prawie biegnie. Przez sekundę stoję bez ruchu, śledząc wzrokiem jej szczupłą postać w czarnych legginsach i czerwonym podkoszulku. Mam déjà vu. Silne poczucie, że już widziałam, jak tak uciekała…

No oczywiście, zaraz po tym, gdy się wyprowadziłam. Przyszłam do Toma, czegoś zapomniałam. Nie pamiętam czego, pewnie niczego ważnego, chciałam po prostu przyjść i go zobaczyć. Była chyba niedziela, a ja wyprowadziłam się w piątek, więc minęło ledwie czterdzieści osiem godzin. Stałam na ulicy i patrzyłam, jak nosi rzeczy z samochodu do domu. Wprowadzała się dwa dni po moim odejściu, moje łóżko nie zdążyło jeszcze ostygnąć. Co za niestosowny pośpiech. Zobaczyła mnie, a ja ruszyłam w jej stronę. Nie mam pojęcia, co chciałam jej powiedzieć, na pewno nic rozsądnego. Płakałam, to pamiętam. A ona uciekła, tak jak teraz. Wtedy nie wiedziałam jeszcze najgorszego, bo nie widać było ciąży. Na szczęście. Chybabym ją zabiła.

Stojąc na peronie i czekając na pociąg, dostaję zawrotów głowy. Siadam na ławce i wmawiam sobie, że to tylko kac – pięć dni bez kropli alkoholu, a potem balanga, to by pasowało. Ale wiem, że to coś więcej. To Anna, jej widok i uczucie, jakie ogarnęło mnie, gdy odchodziła. Strach.

ANNA

RANO

Rano pojechałam do Northcote na fitness, a w drodze powrotnej wpadłam do Matches i zafundowałam sobie bardzo słodką mini od Max Mary (Tom mi wybaczy, gdy tylko się w niej mu pokażę). Spędziłam całkiem miły poranek, ale parkując, przed domem Hipwellów zobaczyłam jakieś zamieszanie; teraz ciągle kręcą się tam reporterzy. I wtedy... Znowu! Nie wierzyłam własnym oczom. Zobaczyłam Rachel brutalnie odpychającą jakiegoś fotografa. Jestem pewna, że właśnie wyszła od Scotta.

Nie zdążyłam się nawet zdenerwować. Po prostu osłupiałam. A kiedy powiedziałam o tym Tomowi – spokojnie i rzeczowo – był równie zaskoczony jak ja.

– Zadzwonię do niej – oświadczył. – Dowiem się, co się dzieje.

– Już próbowałeś – zauważyłam najłagodniej, jak umiałam. – Nie poskutkowało.

Zasugerowałam, że może pora zasięgnąć porady prawnej, postarać się o nakaz sądowy czy coś.

– Ale ona się nam nie naprzykrza – odparł. – Przestała wydzwaniać, unika nas, nie przychodzi do domu. Nie martw się, kochanie. Załatwię to.

Jak zwykle ma rację, bo Rachel rzeczywiście się nam nie naprzykrza. Ale wszystko jedno. Coś się dzieje i nie zamierzam tego odpuścić. Tom ciągle powtarza, żebym się nie martwiła, i zaczyna mnie to męczyć. To jego „załatwianie", zapewnienia, że z nią porozmawia, że Rachel da nam w końcu spokój. Nadeszła pora wziąć sprawy w swoje ręce. Jeśli zobaczę ją jeszcze raz, natychmiast zadzwonię do tej policjantki, detektyw Riley. Jest miła, sympatyczna. Wiem, że Tom współczuje Rachel, ale naprawdę myślę, że pora rozprawić się z tą suką raz na zawsze.

Rachel

Poniedziałek, 12 sierpnia 2013

Rano

Jesteśmy na parkingu w Wilton Lake. W upalne dni przyjeżdżaliśmy tu czasem popływać. Dzisiaj siedzimy w jego samochodzie, a przez otwarte okna wpada do środka ciepły wiatr. Mam ochotę oprzeć głowę o zagłówek, zamknąć oczy, wdychać zapach sosen i słuchać śpiewu ptaków. Wziąć go za rękę i zostać tu cały dzień.

Zadzwonił wczoraj wieczorem, chciał się spotkać. Spytałam, czy chodzi o Annę, o to, że widziałam ją na Blenheim Road. Wyjaśniłam, że to nie miało nic wspólnego z nimi, że nie zamierzałam sprawiać im kłopotów. Uwierzył, przynajmniej tak mi się wydawało, choć wciąż był nieufny, trochę zaniepokojony. Bardzo chciał porozmawiać.

– Proszę cię, Rachel… – To wystarczyło. Sposób, w jaki to powiedział, tak jak za dawnych czasów. Myślałam, że serce mi pęknie. – Przyjadę po ciebie, dobrze?

Obudziłam się przed świtem i już o piątej robiłam w kuchni kawę. Umyłam włosy, ogoliłam nogi, umalowałam się, cztery razy się przebierałam. I miałam wyrzuty sumienia. To głupie, wiem, ale pomyślałam o Scotcie – o tym, co robiliśmy, jak mi było dobrze – i pożałowałam, że do niego poszłam, bo poczułam się tak, jakbym zdradziła Toma. Mężczyznę, który dwa lata temu zostawił mnie dla innej. Taka już jestem, nic na to nie poradzę.

Tom przyjechał tuż przed dziewiątą. Zeszłam na dół i zobaczyłam, jak opiera się o samochód, ubrany w dżinsy i stary szary podkoszulek – tak stary, że doskonale wiem, co poczułabym pod policzkiem, gdybym oparła się o jego pierś.

– Mam wolne przedpołudnie – rzucił, widząc mnie. – Pomyślałem, że moglibyśmy się przejechać.

W drodze nad jezioro prawie nie rozmawialiśmy. Spytał, jak się czuję, pochwalił mój wygląd. O Annie wspomniał dopiero na parkingu, gdy pomyślałam, że miło by było wziąć go za rękę.

– Hmm... Anna mówi, że cię widziała; chyba wychodziłaś od Scotta Hipwella. To prawda? – Odwraca się do mnie, ale na mnie nie patrzy. Wydaje się niemal zażenowany swoim pytaniem.

– Nie przejmuj się – odpowiadam. – Widuję się z nim... To znaczy nie, nie w tym sensie. Zaprzyjaźniliśmy się. To wszystko. Trudno to wytłumaczyć. Trochę mu pomagam. Na pewno wiesz, musisz wiedzieć, jak mu teraz ciężko.

Tom kiwa głową, ale wciąż na mnie nie patrzy. Obgryza paznokieć lewego palca wskazującego, a to pewny znak, że się martwi.

– Ale posłuchaj, Rach...

Wolałabym, żeby mnie tak nie nazywał, bo od razu kręci mi się w głowie i chcę się uśmiechnąć. Minęło dużo czasu od chwili, kiedy ostatni raz słyszałam z jego ust to zdrobnienie, i ożywa we mnie nadzieja. Może coś się między nimi popsuło, może przypomniało mu się coś dobrego z lat, kiedy byliśmy razem, może podświadomie za mną tęskni.

– Po prostu... naprawdę się niepokoję.

Nareszcie patrzy na mnie tymi dużymi brązowymi oczami i lekko przesuwa rękę, jakby chciał ująć moją, lecz rozmyśla się i ręka nieruchomieje.

– Wiem, że... Cóż, w sumie to niewiele o nim wiem, ale Scott... Tak, wygląda na porządnego faceta, jednak nigdy nie wiadomo, prawda?

– Myślisz, że to zrobił?

Kręci głową, z trudem przełyka ślinę.

– Nie, nie. Tego nie twierdzę. Ale wiem, że... Anna mówi, że często się kłócili. Że Megan czasem się go bała.

– Anna tak mówi? – Odruchowo chcę odrzucić wszystko, co ta suka wygaduje, ale nie mogę oprzeć się wrażeniu, że gdy w sobotę byłam u Scotta, coś tam było nie tak, coś mi nie pasowało.

Tom kiwa głową.

– Kiedy Evie była malutka, Megan trochę się nią opiekowała. Chryste, po tym, co pisali ostatnio w gazetach, nie chcę nawet o tym myśleć. Ale to tylko pokazuje, no wiesz, myślisz, że kogoś znasz, a tymczasem... – Ciężko wzdycha. – Nie chcę, żeby stało się coś złego. Tobie. – Uśmiecha się i lekko wzrusza ramionami. – Wciąż mi na tobie zależy, Rach – dodaje i muszę odwrócić głowę, by nie zobaczył łez w moich oczach. Oczywiście wie, że tam są, więc kładzie mi rękę na ramieniu i dodaje: – Tak mi przykro.

Siedzimy przez chwilę w kojącej ciszy. Mocno zagryzam wargę, nie mogę się rozpłakać. Nie chcę, żeby było mu jeszcze ciężej, naprawdę nie chcę.

– Nie – mówię. – Wszystko w porządku. Coraz lepiej sobie radzę.

– Cieszę się. Już nie...

– Piję? Mniej. Dużo mniej.

– To dobrze. Dobrze wyglądasz. Wyglądasz... ślicznie. – Znowu się uśmiecha, a ja się czerwienię. Szybko odwraca wzrok. – A... no wiesz... Jak sobie radzisz finansowo?

– Nieźle.

– Naprawdę? Bo nie chcę, żebyś...

– Naprawdę.

– Pożyczyć ci trochę? Cholera, nie chcę wyjść na idiotę, ale może ci pożyczę? Do najbliższej wypłaty, co?

– Naprawdę nie trzeba.

Pochyla się, a ja wstrzymuję oddech, tak bardzo chcę go dotknąć. Poczuć zapach jego szyi, ukryć twarz w tej szerokiej, muskularnej przestrzeni między łopatkami. Otwiera schowek na mapy.

– Wypiszę ci czek, na wszelki wypadek. Nie musisz go realizować.

Śmieję się.

– Nadal trzymasz czeki w schowku?

On też się śmieje.

– Nigdy nie wiadomo.

– Nigdy nie wiadomo, kiedy będziesz musiał wykupić z aresztu swoją obłąkaną byłą żonę?

Przesuwa kciukiem po moim policzku. Biorę jego rękę i całuję dłoń.

– Obiecaj – mówi chrapliwie – że będziesz trzymała się z daleka od Hipwella. Obiecaj mi, Rach.

– Obiecuję – odpowiadam szczerze i nie posiadam się z radości, bo widzę, że nie tylko się o mnie martwi. Jest zazdrosny.

WTOREK, 13 SIERPNIA 2013

WCZESNYM RANKIEM

Jadę pociągiem, wypatruję kupki ubrań na nasypie. Ciemnoniebieskich ubrań. To chyba sukienka z czarnym paskiem. Nie mam pojęcia, jak się tam znalazła. Ale na pewno nie zostawili jej torowcy. Jedziemy, a raczej suniemy jak lodowiec, dlatego mam mnóstwo czasu na patrzenie i wydaje mi się, że już tę sukienkę widziałam na jakiejś kobiecie. Nie pamiętam kiedy. Jest bardzo zimno. Za zimno na takie ubranie. Zanosi się na śnieg.

Nie mogę się doczekać, aż zobaczę dom Toma – mój dom. Wiem, że Tom będzie tam siedział, na tarasie. Że będzie sam i będzie na mnie czekał. Wstanie na widok pociągu, pomacha ręką i się uśmiechnie. Wszystko to wiem.

Ale najpierw zatrzymujemy się naprzeciwko piętnastki. Są tam Jason i Jess, piją wino na tarasie, co jest dziwne, bo nie ma jeszcze wpół do dziewiątej. Jess jest w sukience w czerwone kwiatki i ma małe srebrne kolczyki z ptaszkami – widzę, jak się kołyszą, gdy coś mówi. Jason stoi za nią z rękami na jej ramionach. Uśmiecham się do nich. Chcę im pomachać, ale ludzie pomyśleliby, że jestem nienormalna. Dlatego tylko patrzę i żałuję, że nie mogę napić się wina.

Stoimy Bóg wie jak długo, a pociąg wciąż ani drgnie. Moglibyśmy wreszcie ruszyć, bo jeśli nie ruszymy, Tom odejdzie i będę za nim tęskniła. Widzę teraz twarz Jess, wyraźniej niż kiedykolwiek: pewnie ma to coś wspólnego ze światłem, które jest bardzo jasne i oświetla ją jak reflektor. Jason wciąż stoi z tyłu, ale nie trzyma już rąk na ramionach Jess: obejmuje nimi jej szyję, a Jess czuje się chyba nieswojo, jest zdenerwowana. On ją dusi. Jej twarz robi się czerwona. Jess krzyczy. Wstaję, walę pięściami w okno, krzyczę, żeby przestał, ale on mnie nie słyszy. Ktoś chwyta mnie za rękę, to ten rudzielec. Mówi, żebym usiadła, że jesteśmy niedaleko następnego przystanku.

– Na przystanku będzie za późno – odpowiadam.

– Już jest za późno – stwierdza. I kiedy znów patrzę na taras, Jess stoi, a Jason trzyma ją za włosy i zaraz roztrzaska jej głowę o ścianę.

RANO

Obudziłam się wiele godzin temu, ale wciąż mi słabo i gdy siadam, trzęsą mi się nogi. Ocknęłam się ogarnięta straszliwym lękiem, z poczuciem, że wszystko, co wiedziałam, jest bzdurą, że wszystko, co widziałam – obserwowanie Scotta i Megan – powstało w mojej głowie i w żaden sposób nie przystaje do rzeczywistości. Ale jeśli umysł płata mi figle, czy nie jest bardziej prawdopodobne, że to sen był iluzją? Te wszystkie rzeczy, które Tom mówił w samochodzie, wymieszane z wyrzutami sumienia po tym, co robiłam w nocy ze Scottem: we śnie umysł rozłożył to na czynniki pierwsze.

Jednak kiedy pociąg zatrzymuje się przed semaforem, znajomy lęk narasta i niemal boję się podnieść wzrok. Ale okno jest zamknięte, niczego tam nie ma. Dom jest cichy i spokojny. Wygląda jak opuszczony. Pusty fotel Megan wciąż stoi na tarasie. Jest ciepło, a ja nie mogę przestać się trząść.

Muszę pamiętać, że wszystko to, co Tom mówił o Scotcie i Megan, to słowa Anny, a nikt nie wie lepiej ode mnie, że nie można jej ufać.

Doktor Abdic wita mnie dzisiaj trochę mniej serdecznie. Jest lekko przygarbiony, jakby coś go bolało, i ściska mi rękę słabiej niż tydzień temu. Scott twierdzi, że policja nie zamierza ujawniać informacji o ciąży, ale zastanawiam się, czy nie powiedzieli Kamalowi. Czy nie myśli o dziecku Megan.

Chcę opowiedzieć mu o swoim śnie, ale gdybym to zrobiła, odkryłabym wszystkie karty, dlatego pytam go o odzyskiwanie wspomnień, o hipnozę.

– Cóż – mówi, rozczapierzając palce na biurku. – Niektórzy terapeuci uważają, że hipnoza pomaga, ale to bardzo kontrowersyjne. Ja jej nie stosuję ani nie zalecam. Nie jestem przekonany, że pomaga, co więcej, uważam, że w niektórych przypadkach może nawet zaszkodzić. – Uśmiecha się lekko. – Przykro mi. Wiem, że nie to chciała pani usłyszeć. Ale umysłu nie da się szybko naprawić.

– Czy zna pan terapeutę, który się tym zajmuje?

Kręci głową.

– Przepraszam, ale nie mogę nikogo polecić. Proszę pamiętać, że pacjenci w stanie hipnozy łatwo ulegają sugestiom.

„Odzyskane wspomnienia" – robi w powietrzu cudzysłów – nie zawsze są wiarygodne. W ogóle nie są prawdziwymi wspomnieniami.

Nie, nie mogę ryzykować. Zwariowałabym, gdyby w mojej głowie pojawiły się kolejne obrazy, kolejne wspomnienia, którym nie mogłabym ufać, które zlewałyby się ze sobą, łączyły i zmieniały, każąc mi wierzyć, że tego, co jest, wcale nie ma, każąc mi patrzeć w jedną stronę, podczas gdy powinnam patrzeć w inną.

– Więc co pan proponuje? – pytam. – Czy można coś zrobić, żeby odzyskać to, co się straciło?

Abdic przesuwa długimi palcami po ustach, tam i z powrotem, tam i z powrotem.

– Tak, sądzę, że tak. Już sama rozmowa na temat konkretnego wspomnienia może coś wyjaśnić, analiza szczegółów w miejscu, gdzie pacjent czuje się bezpiecznie i jest odprężony...

– Na przykład tutaj?

Abdic uśmiecha się.

– Właśnie, pod warunkiem, że naprawdę czuje się tu pani bezpiecznie i jest pani zrelaksowana... – Mówi to z intonacją wznoszącą, zadaje pytanie, na które nie odpowiadam. Uśmiech znika. – Często pomaga skupianie się na zmysłach innych niż zmysł wzroku. Na dźwiękach, wrażeniach dotykowych... Niezwykle ważny jest zapach. Muzyka też ma duży wpływ. Jeśli myśli pani o konkretnych okolicznościach, konkretnym dniu, mogłaby pani spróbować cofnąć się w czasie i krok po kroku wrócić na miejsce zbrodni, że tak powiem. – To wyrażenie dość powszechne, jednak stają mi włosy na karku, swędzi mnie głowa. – Czy chce pani porozmawiać o jakimś szczególnym wydarzeniu?

Oczywiście, ale nie mogę mu tego powiedzieć i w zamian opowiadam o incydencie z kijem golfowym, którym zaatakowałam Toma po kłótni.

Pamiętam, że rano obudziłam się zdenerwowana, od razu wiedząc, że stało się coś strasznego. Toma nie było w łóżku i trochę mi ulżyło. Leżałam na plecach, odtwarzając wszystko w głowie. Pamiętam, że dużo płakałam, mówiłam, że go kocham. Był zły, kazał mi iść spać. Nie chciał dłużej tego słuchać.

Spróbowałam cofnąć się nieco dalej, do chwili gdy wybuchła awantura. Tak dobrze się bawiliśmy. Zrobiłam krewetki z grilla z mnóstwem chili i kolendry, piliśmy przepyszne chenin blanc, które Tom dostał od wdzięcznego klienta. Jedliśmy na tarasie, słuchając The Killers i Kings of Leon, piosenek, które puszczaliśmy na początku naszej znajomości.

Pamiętam, że się śmialiśmy i całowaliśmy. Pamiętam, że coś mu opowiedziałam, ale nie rozbawiło go to tak jak mnie i się zdenerwowałam. Potem zaczęliśmy na siebie krzyczeć, a ja potknęłam się, wracając do salonu, i wpadłam w jeszcze większą złość, bo nie podbiegł, żeby pomóc mi wstać.

A teraz najważniejsze:

– Rano wstałam i zeszłam na dół. Tom nie chciał ze mną rozmawiać, ledwo na mnie spojrzał. Musiałam błagać go, żeby powiedział, co takiego zrobiłam. W nieskończoność go przepraszałam. Byłam bardzo spanikowana. Nie mam pojęcia dlaczego. Wiem, że to bez sensu, ale jeśli nie pamięta się swoich występków, umysł wypełnia luki i do głowy przychodzą najgorsze rzeczy...

– To prawda – stwierdza Kamal. – Proszę mówić dalej.

– W końcu mi powiedział, pewnie po to, żebym się wreszcie zamknęła. Obraziłam się za coś i zaczęłam się nakręcać, dogadywałam mu, wbijałam szpilę za szpilą, nie chciałam przestać, więc próbował mnie uspokoić, pocałować i się pogodzić, ale ja nie chciałam. W końcu postanowił zostawić mnie na dole i pójść spać, i wtedy to się stało. Pobiegłam za nim z kijem golfowym w ręku, chciałam rozwalić mu głowę. Na szczęście chybiłam. Zrobiłam tylko dziurę w ścianie na korytarzu.

Kamal ma kamienną twarz. Nie jest poruszony.

– A więc wie pani, co się stało, tylko nie do końca to pani czuje, tak? Chce pani to sobie przypomnieć sama, chce pani to zobaczyć, doświadczyć tego w swojej pamięci, żeby... Jak to pani ujęła? Żeby to były pani własne wspomnienia? Bo wtedy poczuje się pani w pełni odpowiedzialna?

– Chyba tak. – Wzruszam ramionami. – Mniej więcej. Bo jest jeszcze coś. Ale to było potem, wiele tygodni, może nawet miesięcy później. Ciągle myślałam o tej kłótni. Myślałam o niej, ilekroć przechodziłam obok dziury w ścianie na korytarzu. Tom obiecał ją załatać, ale tego nie zrobił, a ja nie chciałam go zadręczać. Pewnego dnia przystanęłam przed tą dziurą. Był wieczór, właśnie wyszłam z sypialni i po prostu przystanęłam, bo coś mi się przypomniało. Siedziałam na podłodze, opierając się plecami o ścianę. Nie mogłam przestać szlochać, a Tom stał nade mną i błagał, żebym się uspokoiła. Kij golfowy leżał u moich stóp i czułam, wyraźnie to czułam: byłam przerażona. To wspomnienie nie pasuje do rzeczywistości, bo nie pamiętam ani gniewu, ani wściekłości. Pamiętam tylko strach.

Wieczorem

Przemyślawszy to, co Kamal powiedział o powrocie na miejsce zbrodni, zamiast wrócić do domu, pojechałam do Witney i zamiast minąć szybko przejście pod wiaduktem, powoli i celowo zmierzam właśnie do jego wylotu. Zaciskam powieki, przykładam ręce do zimnych, chropowatych cegieł, przesuwam po nich palcami. Nic nie widzę. Otwieram oczy i rozglądam się. Jest cicho, pusto. Sto metrów dalej w moją stronę idzie jakaś kobieta, poza tym nikogo nie ma. Nie przejeżdża ani jeden samochód, nie ma rozkrzyczanych dzieci, w oddali słychać tylko cichy jęk syren. Słońce chowa się za chmurą i ogarnia mnie chłód. Stoję jak sparaliżowana u wejścia do tunelu, nie mogę zrobić ani kroku dalej. Odwracam się, by odejść.

Kobieta, którą przed chwilą widziałam, skręca właśnie za róg; jest w granatowym trenczu. Zerka na mnie i nagle coś widzę. Kobieta... niebieska plama... barwa światła. I już pamiętam: to Anna. Była w niebieskiej sukience z czarnym paskiem i szybko się oddalała, tak jak przed domem Scotta, tylko że tym razem się odwróciła, spojrzała przez ramię i przystanęła. Przy krawężniku zatrzymał się samochód. Czerwony. Samochód Toma. Anna pochyliła się, zamieniła kilka słów z kierowcą, otworzyła drzwi, wsiadła i samochód odjechał.

Tak, już pamiętam. W ten sobotni wieczór stałam u wejścia do tunelu pod wiaduktem i widziałam, jak Anna wsiada do samochodu Toma. Ale chyba zawodzi mnie pamięć, bo to nie ma sensu. Tom przyjechał mnie szukać. Anny z nim nie było, Anna była w domu. Tak powiedziano mi na policji. To bez sensu i chce mi się krzyczeć. Jestem sfrustrowana, nic nie wiem, mam bezużyteczny mózg.

Przechodzę przez jezdnię i idę lewą stroną Blenheim Road. Przystaję na chwilę pod drzewem naprzeciwko numeru dwadzieścia trzy. Przemalowali drzwi. Były zielone, kiedy tu mieszkałam, teraz są czarne. Nie zauważyłam tego wcześniej. Wolałam zielone. Ciekawe, co zmienili w środku? Pokój dziecięcy, to oczywiste, ale ciekawe, czy nadal śpią w naszym łóżku, czy Anna szminkuje usta przed lustrem, które sama zawiesiłam? Czy odmalowali kuchnię i załatali tę dziurę w korytarzu na górze?

Mam ochotę podejść i grzmotnąć kołatką w tę czarną farbę. Chcę porozmawiać z Tomem, spytać go o ten sobotni wieczór. I o wczoraj, gdy siedzieliśmy w samochodzie, a ja pocałowałam go w rękę – chcę spytać, co wtedy czuł. Stoję i patrzę na okno mojej dawnej sypialni, aż od łez pieką mnie oczy. Już wiem, że pora odejść.

Anna

Rano

Rano patrzyłam, jak Tom przygotowuje się do wyjścia, jak wkłada koszulę i krawat. Wydawał się trochę rozkojarzony, pewnie przeglądał w myśli swój plan dnia, spotkania, narady, kto, co, gdzie. Poczułam ukłucie zazdrości. Pierwszy raz w życiu zazdrościłam mu tego luksusu, że może się ubrać, wyjść z domu i biegać przez cały dzień, oczywiście nie bez celu, tylko w służbie pieniądza.

To nie pracy mi brakuje – byłam pośredniczką w handlu nieruchomościami, a nie neurochirurgiem; nie jest to praca, o której marzy się od dziecka – ale owszem, lubiłam chodzić po bogatych domach pod nieobecność właścicieli, przesuwać palcami po marmurowych blatach i zaglądać do garderób. Wyobrażałam sobie wtedy, jak wyglądałoby moje życie, gdybym tak mieszkała, jaka bym była. Zdaję sobie sprawę, że nie ma ważniejszej pracy niż wychowywanie dziecka, problem w tym, że nikt jej nie docenia. Przynajmniej w sensie finansowym, który w tej chwili bardzo się dla mnie liczy. Chciałabym, żebyśmy mieli więcej pieniędzy, żebyśmy mogli wyprowadzić się z tego domu i z tej ulicy. Tylko tyle.

Może jednak niezupełnie. Po wyjściu Toma usiadłam przy kuchennym stole, aby stoczyć śniadaniową bitwę z Evie.

Przysięgam, że dwa miesiące temu zjadłaby dosłownie wszystko, a teraz nie je nic, chyba że jest to jogurt truskawkowy. Wiem, że to normalne. Wmawiam to sobie, wyskubując żółtko z włosów, czołgając się po podłodze w poszukiwaniu łyżeczek i przewróconych do góry dnem misek. Wmawiam sobie, że to normalne.

Ale gdy wreszcie było już po śniadaniu i zadowolona Evie zaczęła się bawić, trochę sobie popłakałam. Płaczę bardzo rzadko, tylko podczas nieobecności Toma i tylko przez chwilę, żeby dać upust emocjom. Jednak kiedy myjąc potem twarz, zobaczyłam, jak strasznie wyglądam, jakie mam plamy na policzkach, jak bardzo jestem zmęczona i rozczochrana, znowu to poczułam: potrzebę włożenia sukienki i szpilek, wymodelowania włosów, umalowania się i wyjścia na ulicę, żeby oglądali się za mną mężczyźni.

Brakuje mi pracy, ale również tego, czym praca była dla mnie w ostatnim roku mojego zarobkowania, kiedy poznałam Toma. Brakuje mi świadomości, że jestem kochanką.

Lubiłam to. Ba! Uwielbiałam! Nigdy nie miałam wyrzutów sumienia. Tylko udawałam, że mam. Musiałam w obecności zamężnych przyjaciółek, tych, które żyją w strachu przed zuchwałymi au pair albo ładniutkimi, zabawnymi młódkami z pracy potrafiącymi rozmawiać o piłce nożnej i spędzającymi pół życia na siłowni. Musiałam im powiedzieć, że tak, oczywiście, czuję się okropnie, oczywiście, że współczuję jego żonie, nie chciałam, żeby do tego doszło, ale zakochaliśmy się w sobie, więc co mogliśmy zrobić?

Ale szczerze mówiąc, nigdy jej nie współczułam, nawet kiedy jeszcze nie wiedziałam, że pije, jak bardzo jest trudna i jak go unieszczęśliwia. Była dla mnie kimś nierzeczywistym, zresztą za dobrze się bawiłam. Bycie tą drugą ogromnie podnieca, nie ma sensu się tego wypierać. Jesteś tą, dla której on zdradza swoją żonę, chociaż ją kocha. Po prostu nie sposób ci się oprzeć.

Sprzedawałam dom. Przy Cranham Street trzydzieści cztery. Miałam trudne zadanie, ponieważ zainteresowany kupiec nie dostał kredytu. Chodziło o jakąś ekspertyzę. Załatwiliśmy więc niezależnego rzeczoznawcę, żeby sprawdzić, czy wszystko jest w porządku. Właściciele już się wyprowadzili, dom był pusty, dlatego musiałam tam być, żeby go wpuścić.

Ledwie otworzyłam drzwi, wiedziałam, że do czegoś dojdzie. Nigdy przedtem tego nie robiłam, nawet o czymś takim nie marzyłam, ale dostrzegłam coś w tym, jak na mnie patrzył, jak się do mnie uśmiechał. Nie mogliśmy się powstrzymać – zrobiliśmy to w kuchni na blacie. Czyste szaleństwo, wiem, ale my też byliśmy szaleni. „Anno, nie oczekuj, że zachowam zdrowe zmysły, nie przy tobie" – od tamtej pory zawsze mi to powtarzał.

Biorę Evie i wychodzimy do ogrodu. Evie pcha swój wózeczek i głośno chichocze, zdążyła już zapomnieć o porannym napadzie złości. Ilekroć się do mnie uśmiecha, pęka mi serce. Chociaż brakuje mi pracy, tego brakowałoby mi bardziej. W każdym razie już nigdy do tego nie dojdzie. Nie ma mowy, żebym znowu powierzyła ją jakiejś opiekunce, choćby nie wiem jak bardzo wykwalifikowanej czy polecanej. Nie oddam jej nikomu, nie po Megan.

Wieczorem

Tom napisał, że trochę się spóźni; musiał zabrać klienta na drinka. Evie i ja szykowałyśmy się do wieczornego spaceru. Byłyśmy w sypialni, Toma i mojej, i właśnie ją przebierałam. Światło było wspaniałe i dom wypełniała soczysta, pomarańczowa poświata, która zmieniła się nagle w szaroniebieską, gdy słońce schowało się za chmurą. Aby w pokoju nie zrobiło się za gorąco, do połowy zaciągnęłam zasłony i kiedy chciałam je rozsunąć, zobaczyłam, że po drugiej stronie ulicy stoi Rachel, stoi i patrzy na nasz dom. Po chwili odeszła w kierunku stacji.

Siedzę na łóżku i trzęsę się ze złości, wbijam paznokcie w dłonie. Evie przebiera nóżkami w powietrzu, a ja jestem tak wściekła, że boję się wziąć ją na ręce, żeby jej nie zadusić. Tom obiecał, że to załatwi. Powiedział, że dzwonił do niej w niedzielę i przyznała, że zaprzyjaźniła się z Hipwellem, ale nie zamierza się z nim widywać i nie będzie się tu kręciła. Dała Tomowi słowo, a on jej wierzy. Mówiła rozsądnie, nie była pijana, nie histeryzowała, nie groziła mu ani nie prosiła, żeby do niej wrócił. Uważał, że wychodzi na prostą.

Oddycham głęboko, biorę Evie na kolana, układam ją sobie na udach i biorę za rączki.

– Chyba już dość tego, prawda, cukiereczku?

To takie męczące: ilekroć myślę, że wszystko zmierza ku lepszemu, że to już koniec „sprawy Rachel", zawsze do niej wracamy. Czasem mam wrażenie, że ta kobieta nigdy stąd nie odejdzie.

Kiełkuje we mnie zgniłe ziarenko. Kiedy słyszę, że wszystko jest dobrze i Rachel nie będzie już nas niepokoiła, a ona to robi, zastanawiam się, czy aby na pewno Tom próbuje się jej pozbyć, czy nie jest przypadkiem tak, że w głębi serca cieszy się, iż jego była nie może o nim zapomnieć.

Idę do kuchni i szperam w szufladzie w poszukiwaniu wizytówki detektyw Riley. Żeby się nie rozmyślić, szybko wybieram numer.

ŚRODA, 14 SIERPNIA 2013

RANO

Łóżko. Jego ręce na moich biodrach, gorący oddech na szyi, śliska od potu skóra sklejona z moją skórą.

– Za rzadko to robimy – mówi.

– Wiem.

– Powinniśmy mieć więcej czasu dla siebie.

– To prawda.

– Brakuje mi cię. Brakuje mi tego. Chcę więcej.

Odwracam się do niego i z mocno zamkniętymi oczami próbuję zdławić poczucie winy, które mam, odkąd za jego plecami zadzwoniłam na policję.

– Powinniśmy gdzieś wyjechać – mruczy. – Tylko we dwoje. Wyrwać się stąd na trochę.

Mam ochotę spytać: „I zostawić Evie z kim? Z twoimi rodzicami, do których się nie odzywasz? A może z moją matką, która jest tak słaba, że z trudem może o siebie zadbać?".

Milczę, nic nie mówię, tylko całuję go znowu, jeszcze namiętniej. Przesuwa ręką po moim udzie i mocno zaciska palce.

– Co ty na to? Gdzie chciałabyś pojechać? Na Mauritius? Na Bali?

Śmieję się.

– Serio – mówi, odrywając się ode mnie i patrząc mi w oczy. – Zasłużyliśmy na to. Ty zasłużyłaś. To był ciężki rok, prawda?

– Ale…

– Ale co? – Posyła mi swój doskonały uśmiech. – Nie martw się o Evie, coś wymyślimy.

– Tom, chodzi o pieniądze.

– Damy sobie radę.

– Ale… – Nie chcę tego mówić, ale muszę. – Nie mamy pieniędzy, żeby pomyśleć o wyprowadzce, ale wystarczy nam na Mauritius czy Bali?

Nadyma policzki, powoli wypuszcza powietrze i odsuwa się ode mnie. Nie powinnam była tego mówić. Ożywa z trzaskiem głośnik urządzenia monitorującego. Evie. Już się obudziła.

– Pójdę do niej. – Tom wstaje i wychodzi z sypialni.

Przy śniadaniu Evie daje popis. Nie chce jeść, kręci główką, zadziera podbródek, zaciska usta, odpycha piąstkami miskę – teraz to dla niej pyszna zabawa. Tom szybko traci cierpliwość.

– Nie mam na to czasu – mówi. – Ty ją nakarm. – Wstaje i ze zbolałą miną podaje mi łyżeczkę.

Biorę głęboki oddech.

W porządku, ma dużo pracy, jest zmęczony, wkurzony, że nie chciałam fantazjować z nim o wakacjach.

Chociaż nie całkiem w porządku, bo ja też jestem zmęczona i chciałabym przeprowadzić z nim rozmowę, która nie skończy się jego wyjściem z pokoju, rozmowę o pieniądzach i naszej sytuacji. Oczywiście nic takiego nie mówię. Natomiast łamię złożoną sobie obietnicę i wspominam o Rachel.

– Znowu się tu kręciła. Nie wiem, co jej powiedziałeś, ale nie poskutkowało.

Tom przeszywa mnie spojrzeniem.

– Jak to się kręciła?

– Wczoraj wieczorem, stała po drugiej stronie ulicy.

– Sama czy z kimś?

– Nie, sama. Dlaczego pytasz?

– Cholera jasna – mówi i ciemnieje mu twarz, znak, że jest naprawdę zły. – Kazałem jej trzymać się z daleka. Dlaczego nie powiedziałaś mi wczoraj?

– Nie chciałam cię denerwować – odpowiadam łagodnie, żałując, że poruszyłam ten temat. – Nie chciałam cię martwić.

– Jezu Chryste! – Z trzaskiem wstawia kubek do zlewu i przestraszona hałasem Evie zaczyna płakać. Co nie pomaga. – Naprawdę brak mi słów. Kiedy z nią rozmawiałem, zachowywała się normalnie. Słuchała mnie i obiecała tu nie przychodzić. Wyglądała dobrze, zdrowo, jakby wracała do formy…

– Wyglądała? – pytam i chociaż nie zdążył się jeszcze odwrócić, widzę, że już wie, wie, że wpadł. – Przecież rozmawialiście przez telefon.

Ciężko wzdycha i odwraca się do mnie z pozbawioną wyrazu twarzą.

– Kochanie, powiedziałem tak, bo wiedziałem, że zdenerwowałabyś się, gdybym się z nią zobaczył. Przyznaję, skłamałem. Czego się nie robi dla świętego spokoju.

– Chyba żartujesz.

Uśmiecha się, kręci głową, skruszony podnosi ręce i podchodzi bliżej.

– Przepraszam, przepraszam. Chciała porozmawiać osobiście i pomyślałem, że może tak będzie lepiej. Jeszcze raz cię przepraszam. Po prostu rozmawialiśmy. Spotkaliśmy się w jakiejś paskudnej kawiarni w Ashbury i siedzieliśmy tam dwadzieścia minut, góra pół godziny. OK?

Obejmuje mnie i przyciąga do piersi. Stawiam opór, ale jest silniejszy, poza tym cudownie pachnie i nie chcę się kłócić. Chcę, żebyśmy byli po tej samej stronie.

– Przepraszam – mruczy w moje włosy.

– Już dobrze – mówię.

Pozwalam mu wyjść z tego bez szwanku, ponieważ już się tym zajęłam. Wczoraj wieczorem zadzwoniłam do detektyw Riley i od razu kiedy zaczęłyśmy rozmawiać, wiedziałam, że dobrze zrobiłam, bo gdy powiedziałam, że „kilka razy" (tu lekko przesadziłam) widziałam, jak Rachel wychodziła z domu Scotta Hipwella, wykazała duże zainteresowanie. Pytała o daty i godziny (podałam jej dwie, o pozostałych przypadkach wyrażałam się dość mgliście), pytała, czy łączyło ich coś przed zniknięciem Megan i czy moim zdaniem utrzymują teraz stosunki seksualne. Szczerze mówiąc, nie przyszło mi to do głowy, nie mogę sobie wyobrazić, żeby Scott przestawił się z Megan na Rachel. Poza tym ciało jego żony nie zdążyło jeszcze dobrze ostygnąć.

Powiedziałam jej również o Evie – o próbie uprowadzenia – na wypadek, gdyby zapomniała.

– Jest bardzo niezrównoważona – dodałam. – Pewnie myśli pani, że przesadzam, ale nie mogę ryzykować, tu chodzi o moją rodzinę.

– Słusznie – odparła. – Bardzo dziękuję za telefon. Jeśli znowu zobaczy pani coś podejrzanego, proszę dać mi znać. Nie mam pojęcia, co z nią zrobią, może tylko ją ostrzegą? Ale to dobrze, bo może pomyślimy o sądowym zakazie zbliżania się. Ze względu na Toma mam nadzieję, że do tego nie dojdzie.

Po jego wyjściu idę z Evie do parku. Bujamy się na huśtawkach i konikach na biegunach. Kiedy wkładam małą do wózka, natychmiast zasypia, co znaczy, że mogę iść na zakupy. Bocznymi ulicami idziemy do tego wielkiego hipermarketu, do Sainsbury's. Trochę naokoło, ale jest cicho i spokojnie, prawie nie ma ruchu, no i przechodzimy przez Cranham Street.

Widok tego domu podnieca mnie nawet teraz – mam motyle w brzuchu, uśmiech na ustach i rumieńce na twarzy. Pamiętam, jak wbiegałam na schody z nadzieją, że nie zobaczą mnie sąsiedzi, jak przygotowywałam się w łazience, perfumowałam się i wkładałam bieliznę, którą wkłada się tylko po to, żeby ją zaraz zdjąć. Potem przychodził esemes, Tom stawał w drzwiach i spędzaliśmy parę godzin w sypialni na górze.

Żonie mówił, że ma spotkanie z klientem albo jest na piwie z kumplami.

– Nie boisz się, że wpadniesz? – pytałam, a on lekceważąco kręcił głową.

– Umiem dobrze kłamać – powiedział kiedyś z uśmiechem. – Nawet jeśli wpadnę, jutro nie będzie tego pamiętała, taka już jest.

Dopiero wtedy zrozumiałam, jak mu ciężko.

Myślę o tym i nagle przestaję się uśmiechać. Przed oczami staje mi Tom, który śmiejąc się konspiracyjnie, sunie palcami po moim brzuchu, uśmiecha się i mówi:

– Umiem dobrze kłamać.

Tak, jest dobrym kłamcą, wprost urodzonym. Widziałam,

jak to robi, jak przekonuje recepcjonistę, że jesteśmy nowo-
żeńcami, jak wymawia się od dodatkowych godzin pracy pod
pozorem nagłej sprawy rodzinnej. Wszyscy to robią, oczywiście, że tak, tylko kiedy robi to on, nie sposób mu nie uwierzyć.

Myślę o tym, co było przy śniadaniu: przyłapałam go na
kłamstwie i od razu się przyznał. Nie muszę się niczym martwić. Chyba nie widuje się z Rachel za moimi plecami! Czysty
absurd. Może i była kiedyś atrakcyjna – zdecydowanie była, widziałam zdjęcia z czasów, gdy się poznali: wielkie ciemne oczy
i zaokrąglone kształty – ale teraz jest po prostu gruba. To nęka-
nie, te nocne telefony i esemesy, to odkładanie słuchawki – nie,
na pewno by do niej nie wrócił, nie po tym, co mu zrobiła, co
zrobiła nam.

Stoję w alejce z konserwami – Evie na szczęście śpi – i myślę
o tych telefonach, o nocy – a może nocach? – kiedy się budziłam i widziałam światło w łazience. Zza zamkniętych drzwi
dobiegał jego głos, cichy, łagodny. Uspokajał ją, wiem, że ją
uspokajał. Mówił mi, że Rachel wścieka się czasem tak bardzo,
że mu grozi, że chce przyjść do domu, do jego biura albo rzucić
się pod pociąg. Tom pewnie jest bardzo dobrym kłamcą, ale ja
wiem, kiedy mówi prawdę. Mnie nie oszuka.

Wieczorem

Tylko że jednak oszukał. Gdy opowiadał mi, że rozmawiał
z Rachel przez telefon, że miała raźny głos, że była niemal
szczęśliwa, a już na pewno w lepszej formie, ani przez chwilę
nie wątpiłam, że mówi prawdę. A gdy w poniedziałek wieczorem wrócił do domu, a ja spytałam, jak minął dzień i zaczął
opowiadać mi o jakimś nudnym porannym spotkaniu, słuchałam go ze współczuciem, zupełnie nie podejrzewając, że żadnego spotkania nie było, że przez cały czas siedział ze swoją
byłą w kawiarni w Ashbury.

Myślę o tym, rozładowując zmywarkę. Robię to bardzo ostrożnie, bo Evie śpi i brzęk naczyń może ją obudzić. Tak, oszukał mnie. Wiem, że nie zawsze jest do końca szczery. Ot, choćby ta historia z jego rodzicami: zaprosił ich na nasz ślub, ale nie przyjechali, ponieważ byli na niego źli za to, że zostawił Rachel. Zawsze uważałam, że to dziwne, bo dwukrotnie rozmawiałam z jego mamą i za każdym razem wydawało mi się, że cieszy się z naszej rozmowy. Była miła, zainteresowana mną i Evie.

– Mam nadzieję, że się wkrótce zobaczymy – powiedziała, ale kiedy wspomniałam o tym Tomowi, tylko machnął ręką.

– Chce, żebym ich zaprosił, bo wtedy będzie mogła odmówić. Kto kogo, walka o władzę.

Nie robiła wrażenia kobiety, która lubi takie przepychanki, lecz nie drążyłam tematu. Relacje rodzinne innych ludzi są nieprzeniknione. Wiem, że Tom zawsze znajdzie powody, aby trzymać ich na dystans, że będzie to przede wszystkim chęć chronienia mnie i Evie.

Więc dlaczego zastanawiam się, czy to prawda? To ten dom, ta sytuacja, wszystko to, co się tu działo, sprawia, że zaczynam wątpić w samą siebie, wątpić w nas. Jeśli nie będę ostrożna, wpadnę w obłęd i skończę jak ona. Jak Rachel.

Siedzę i czekam, aż suszarka skończy suszyć prześcieradła. Zastanawiam się, czy nie włączyć telewizora, może akurat leci odcinek *Przyjaciół*, którego nie widziałam już ze trzysta razy, czy się trochę nie porozciągać, nie sięgnąć po powieść ze stolika nocnego, bo czytam ją od dwóch tygodni i przeczytałam tylko dwanaście stron. I wtedy przychodzi mi na myśl laptop Toma, który stoi na stoliku do kawy w salonie.

Myślę i robię coś, o co nigdy bym siebie nie podejrzewała. Sięgnęłam po butelkę czerwonego wina, którą otworzyliśmy wczoraj do kolacji, i nalewam sobie kieliszek. Potem biorę laptopa, włączam go i próbuję odgadnąć hasło.

Robię to samo co ona: piję do lustra i węszę. Robię to, czego Tom nie znosił. Ale ostatnio, a właściwie dziś rano, coś się zmieniło. Jeśli on zamierza kłamać, to ja będę go sprawdzała. To chyba uczciwe, prawda? Należy mi się trochę uczciwości. Tak więc hasło. Próbuję różnych kombinacji naszych imion, jego i mojego, jego i Evie, mojego i Evie, potem wszystkich trzech, od tyłu i od przodu. Potem naszych dat urodzin, też w różnych kombinacjach. Następnie rocznic: pierwszego spotkania, dnia, kiedy pierwszy raz poszliśmy ze sobą do łóżka. Próbuję numerów, trzydziestki czwórki od domu przy Cranham Street, dwudziestki trójki od naszego. Staram się myśleć nieszablonowo: większość mężczyzn używa jako hasła nazw drużyn piłkarskich, ale Tom nie przepada za piłką. Lubi krykieta, więc piszę Ashes*, Boycott i Botham**. Nie znam nazwisk współczesnych graczy. Wypijam wino i dolewam sobie pół kieliszka. W sumie dobrze się bawię, to jak rozwiązywanie krzyżówki. Próbuję nazw jego ulubionych zespołów, tytułów filmów, nazwisk aktorek. Wystukuję: „hasło", wystukuję: „1234".

Rozlega się przeraźliwy pisk, jakby ktoś skrobał paznokciami po tablicy, i przed semaforem zatrzymuje się londyński pociąg. Zaciskam zęby, pociągam długi łyk wina i nagle widzę, która jest godzina. Chryste, myślę, już prawie siódma, Evie wciąż śpi, a on zaraz będzie w domu, i kiedy o tym myślę, dosłownie w tym momencie słyszę brzęk kluczy. Staje mi serce.

Szybko zamykam laptopa i zrywam się na równe nogi, potrącając krzesło, które przewraca się z trzaskiem. Evie budzi się i zaczyna płakać. Kładę laptopa na stoliku, zanim Tom wchodzi

---

* Turniej krykieta odbywający się naprzemiennie w Anglii i Australii (wszystkie przypisy pochodzą od tłumacza).

** Geoffrey Boycott i Ian Botham – słynni angielscy zawodnicy z lat sześćdziesiątych i siedemdziesiątych.

do pokoju, ale i tak wyczuwa, że coś jest nie tak, bo patrzy na mnie i pyta:

– Co się stało?

– Nic, nic – mówię. – Potrąciłam krzesło.

Tom wyjmuje Evie z wózka, żeby ją utulić, a ja widzę swoje odbicie w lustrze na korytarzu. Jestem blada i od wina mam ciemnoczerwone usta.

RACHEL

RANO

Cathy załatwiła mi rozmowę w sprawie pracy. Jej znajoma założyła firmę public relations i potrzebuje asystentki. Tak naprawdę chodzi o zwykłe sekretarzowanie i pensja jest niewielka, ale
wszystko mi jedno. Ta kobieta jest gotowa zobaczyć się ze mną
bez referencji, bo Cathy powiedziała jej, że przeżyłam załama-
nie nerwowe, ale już doszłam do siebie. Spotkanie jest jutro po
południu, u niej w domu – kieruje firmą z szopy w ogrodzie za
domem – a tak się przypadkiem składa, że mieszka w Witney.
Dlatego dzisiaj miałam dopracować moje CV i przygotować się
do rozmowy. I się przygotowywałam, tylko że zadzwonił Scott.

– Moglibyśmy porozmawiać? – zaczął.

– Nie musimy… Nie musisz nic mówić. To był… Oboje wiemy, że to był błąd.

– Wiem. – Powiedział to tak smutno, zupełnie nie jak Scott
z moich koszmarów, bardziej jak ten załamany Scott, który siedział na moim łóżku, opowiadając o swoim martwym dziecku. – Ale naprawdę chcę z tobą porozmawiać.

– Oczywiście. Oczywiście, że możemy porozmawiać.

– Osobiście?

Ostatnią rzeczą, jakiej potrzebowałam, była ponowna wizyta w jego domu.

– Przepraszam, ale dzisiaj nie mogę.

– Proszę cię, Rachel, to ważne. – Był przygnębiony i współczułam mu wbrew sobie. Próbowałam wymyślić jakąś wymówkę, lecz powtórzył: – Proszę…

Tak więc zgodziłam się i pożałowałam tego, gdy tylko słowo to wyszło z moich ust.

W gazetach piszą o dziecku Megan, jej pierwszym martwym dziecku. A właściwie o jego ojcu. Wytropili go. Nazywa się Craig McKenzie i cztery lata temu zmarł w Hiszpanii z powodu przedawkowania heroiny. Co go wyklucza. Zresztą zawsze uważałam, że to mało prawdopodobny motyw: gdyby ktoś chciał ukarać Megan za to, co wtedy zrobiła, ukarałby ją lata temu.

Kto więc zostaje? Ci co zwykle: mąż i kochanek. Scott i Kamal. Albo przypadkowy zabójca, który porwał ją z ulicy – seryjny morderca, który dopiero zaczyna mordować? Czyżby Megan miała być jego pierwszą ofiarą, kolejną Wilmą McCann* bądź Pauline Reade**? Poza tym kto powiedział, że to musi być mężczyzna? Megan Hipwell była drobna. Malutka, krucha jak ptaszek. Dałby jej radę największy słabeusz.

Po POŁUDNIU

Pierwszą rzeczą, jaka do mnie dociera, gdy Scott otwiera drzwi, jest zapach. Kwaśny i obrzydliwy; pot, piwo i coś jeszcze, coś gorszego. Gnijącego. Scott jest w spodniach od dresów i poplamionym szarym podkoszulku, ma brudne włosy i błyszczącą skórę, jak w gorączce.

---

* Prostytutka, jedna z ofiar Rozpruwacza z Yorkshire, który w latach 1975–1980 zamordował trzynaście kobiet.

** Jedna z ofiar Iana Brady'ego i Myry Hindley, „morderców z wrzosowisk", którzy zamordowali pięcioro dzieci w wieku od dziesięciu do siedemnastu lat.

– Dobrze się czujesz? – pytam, a on uśmiecha się szeroko i już wiem, że pił.

– Jasne, wejdź, wejdź.

Nie chcę, ale wchodzę.

Zasłony w oknach od ulicy są zaciągnięte i salon tonie w czerwonawej poświacie, która zdaje się pasować do zapachu i upału.

Scott wchodzi do kuchni, otwiera lodówkę i wyjmuje piwo.

– Chodź, siadaj – mówi. – Napij się.

Uśmiech jest jak przyklejony, smutny, ponury. W jego twarzy dostrzegam coś niemiłego. Pogarda, którą widziałam w sobotę rano, po tym, jak ze sobą spaliśmy, wciąż tam jest.

– Nie mogę długo zostać – tłumaczę. – Jutro mam rozmowę o pracę i muszę się przygotować.

– Naprawdę? – Unosi brwi. Siada i kopniakiem przysuwa mi krzesło. – Siadaj i pij. – To rozkaz, nie zaproszenie.

Siadam naprzeciwko niego, a on podsuwa mi butelkę. Biorę ją i pociągam łyk. Słyszę piskliwe krzyki – to bawiące się w ogrodzie dzieci – z oddali dochodzi słaby, znajomy stukot pociągu.

– Wczoraj przyszły wyniki badań DNA – mówi Scott. – Wieczorem była tu ta Riley. – Czeka, aż coś powiem, ale za bardzo się boję, że coś palnę, dlatego milczę. – To nie moje. Nie było moje. To zabawne, bo i nie Kamala. – Śmieje się głośno. – Miała na boku kogoś jeszcze. Dasz wiarę? – Posyła mi ten koszmarny uśmiech. – Nic o tym nie wiedziałaś, prawda? O tym drugim. Nie zwierzyła ci się, co?

Uśmiech znika i nachodzą mnie złe, bardzo złe przeczucia. Wstaję i robię krok w stronę drzwi, ale Scott zachodzi mi drogę, chwyta mnie za ramiona i popycha na krzesło.

– Siadaj, do kurwy nędzy! – Ściąga mi z ramienia torebkę i rzuca ją na środek pokoju.

– Scott, nie rozumiem, o co chodzi…

– Przestań! – krzyczy, pochylając się nade mną. – Byłyście takimi dobrymi przyjaciółkami! Musiałaś wiedzieć o jej kochankach!

Kręcę głową, a on bierze zamach i wytrąca mi butelkę z ręki. Butelka stacza się ze stołu i roztrzaskuje na wyłożonej terakotą podłodze.

– Ty jej w ogóle nie znałaś! – wrzeszczy. – Wszystko, co mówiłaś... to wszystko kłamstwo!

Pochylam głowę i wstaję, mamrocząc: „Przepraszam, przepraszam". Próbuję obejść stół i odzyskać torebkę, telefon, ale on znowu chwyta mnie za ramię.

– Dlaczego to zrobiłaś? – pyta. – Po co? Co cię napadło?

Patrzy na mnie, jego oczy wwiercają się we mnie, boję się go, jednocześnie wiem, że pytanie nie jest pozbawione sensu. Jestem mu winna wyjaśnienie. Dlatego nie wyrywam się, chociaż wbija mi palce w ciało, dlatego próbuję mówić jasno i spokojnie. Próbuję nie płakać. Próbuję nie panikować.

– Chciałam, żebyś dowiedział się o Kamalu – odpowiadam. – Widziałam ich, naprawdę, ale gdybym była zwykłą dziewczyną z pociągu, nie potraktowałbyś mnie poważnie. Musiałam...

– Musiałaś! – Scott puszcza mnie i się odwraca. – Ty musiałaś...

Uspokaja się, mówi łagodniejszym głosem. Biorę głęboki oddech, żeby spowolnić rytm serca.

– Chcę ci pomóc – mówię. – Wiedziałam, że policja zawsze podejrzewa męża, i chciałam ci powiedzieć, że... że jest ktoś jeszcze.

– I wymyśliłaś historyjkę o tym, że znałaś moją żonę? Zdajesz sobie sprawę, jak debilnie to brzmi?

– Tak, wiem. – Podchodzę do blatu, biorę ściereczkę i na czworakach ścieram rozlane piwo.

Scott siedzi ze zwieszoną głową i łokciami wspartymi na kolanach.

– Miałem ją za kogoś innego – mówi. – Nie mam pojęcia, kim była.

Wykręcam szmatkę nad zlewem i opłukuję ręce zimną wodą. Torebka leży krok ode mnie, w kącie pokoju. Ruszam w tamtą stronę, ale Scott podnosi wzrok, więc nieruchomieję. Stoję tyłem do zlewu i przytrzymuję się blatu, żeby nie upaść. Żeby czuć się bezpieczniej.

– Riley mi powiedziała – ciągnie Scott. – Wypytywała o ciebie. Pytała, czy jesteśmy w związku. – Wybucha śmiechem. – Ja w związku z tobą! Chryste. Spytałem ją, czy wie, jak wyglądała moja żona. Czy ją widziała. Nie opuszczam poprzeczki tak szybko. – Mam gorącą twarz, pod pachami i na dole pleców zbiera mi się zimny pot. – Anna na ciebie narzekała. Widziała, jak kręcisz się po ulicy. Tak się wszystko wydało. Powiedziałem, że nic nas nie łączy, że jesteś starą przyjaciółką Megan i mi pomagasz… – Znowu się śmieje, sztucznie i ponuro. – A Riley na to: „Ona jej nie znała. To tylko mała, smutna kłamczucha bez własnego życia". – Przestaje się uśmiechać. – Wszystkie kłamiecie. Wszystkie co do jednej.

Piszczy moja komórka. Robię krok w jej stronę, ale on jest tam przede mną.

– Chwila – mówi, podnosząc torebkę. – Jeszcze nie skończyliśmy. – Wysypuje zawartość na stół: telefon, portmonetka, klucze, szminka, tampony, potwierdzenia płatności kartą. – Chcę wiedzieć, dokładnie, co z tego, co wygadywałaś, jest zupełną bzdurą. – Podnosi leniwie komórkę i spogląda na ekran. Patrzy na mnie i jego oczy zmieniają się nagle w lód. Czyta na głos: – „Potwierdzamy spotkanie z doktorem Abdikiem w poniedziałek dziewiętnastego sierpnia o szesnastej trzydzieści. Jeśli nie może Pani przyjść, proszę powiadomić nas z dwudziestoczterogodzinnym wyprzedzeniem".

– Scott…

– Co to, do diabła, znaczy? – pyta chrapliwie. – Co ty robisz? Co mu powiedziałaś?

– Nie powiedziałam nic, co…

Scott rzuca komórkę na stół i rusza w moją stronę z zaciśniętymi pięściami. Cofam się, wciskam w kąt między ścianą a przeszklonymi drzwiami.

– Próbowałam się dowiedzieć… Próbowałam pomóc.

Podnosi rękę, a ja kulę się, pochylam głowę, czekając na ból, i w tym momencie już wiem, że kiedyś już to robiłam, i tak samo się czułam, tylko nie pamiętam kiedy, ale nie mam czasu na myślenie, bo chociaż Scott mnie nie bije, kładzie mi ręce na ramionach, zaciska palce i wbija kciuki pod obojczyk tak mocno, że krzyczę z bólu.

– Cały czas – syczy przez zaciśnięte zęby – cały ten czas myślałem, że jesteś po mojej stronie, a ty byłaś przeciw mnie. Informowałaś go, tak? Opowiadałaś mu o mnie i Megs. To ty napuściłaś na mnie policję. To ty…

– Nie. Proszę, puść mnie. To nie tak. Chciałam ci pomóc. – Scott podnosi prawą rękę, chwyta mnie za włosy na karku i obraca pięść. – Przestań. Proszę. To boli. Proszę. – Ciągnie mnie w stronę drzwi. Zalewa mnie fala ulgi. Wyrzuci mnie na ulicę. Dzięki Bogu.

Tylko że nie wyrzuca, wciąż wlecze mnie za sobą, klnąc i tryskając jadem. Ciągnie mnie na górę i choć próbuję stawiać opór, jest za silny i nie daję rady. Płaczę.

– Przestań. Proszę. Nie rób tego. – Już wiem, że zaraz wydarzy się coś strasznego. Próbuję krzyczeć, ale nie mogę, nie mogę wydobyć żadnego dźwięku.

Nic nie widzę, oślepiają mnie łzy i przerażenie. Scott wpycha mnie do jakiegoś pokoju i z trzaskiem zamyka drzwi. Przekręca klucz w zamku. Do gardła podchodzi mi gorąca żółć i wymiotuję na wykładzinę. Czekam, nasłuchuję. Nic się nie dzieje, nikt nie nadchodzi.

Jestem w pokoju gościnnym. W naszym Tom urządził swój gabinet; teraz jest tam pokój dziecięcy z jasnoróżową roletą. Ten tutaj to składzik wypełniony dokumentami i teczkami; jest tu nawet złożona ruchoma bieżnia i stary Mac Apple'a. Widzę pudło zapisanych liczbami papierów – sprawozdania finansowe, może z pracy Scotta – obok drugie, pełne starych czystych pocztówek z kawałkami masy plastycznej z tyłu, jakby były kiedyś przyklejone do ściany: dachy Paryża, dzieci jeżdżące na deskorolkach w alejce, stare wagony sypialne porośnięte mchem, widok z jaskini na morze. Przeglądam je. Nie wiem, po co, nie wiem, czego szukam, po prostu próbuję opanować panikę. Staram się nie myśleć o tym, co napisali w gazetach, o zwłokach Megan wyciągniętych z błota. Staram się nie myśleć o jej ranach, o tym, jak bardzo musiała się bać, gdy wiedziała już, co ją czeka.

Grzebię w pocztówkach i nagle czuję ostre ukłucie. Cicho krzyczę z bólu i odchylam się do tyłu. Skaleczyłam się w czubek palca wskazującego, krew kapie na dżinsy. Tamuję krwawienie brzegiem podkoszulka i ostrożnie przerzucam kilka pocztówek. Od razu dostrzegam winowajcę: to oprawione w ramkę roztrzaskane zdjęcie z brakującym kawałkiem szkła na górze – na krawędzi jednego z tych, które pozostały, jest smuga mojej krwi.

Ale przedtem, na dole, widziałam inne zdjęcie. To przedstawia zbliżenie twarzy Megan i Scotta. Ona się śmieje, on patrzy na nią z uwielbieniem. Czy z zazdrością? Pęknięcia szkła rozchodzą się gwiaździście z kącika oka, dlatego trudno jest odczytać wyraz jego twarzy. Siedzę na podłodze i myślę, że tak właśnie jest, rzeczy psują się i tłuką cały czas i po prostu się ich nie naprawia. Myślę o tych wszystkich talerzach rozbitych podczas kłótni z Tomem, o dziurze w ścianie na korytarzu.

Zza zamkniętych drzwi dochodzi śmiech Scotta i cała lodowacieję. Z trudem wstaję, podchodzę do okna, wychylam się

mocno i ledwo dotykając podłogi czubkami palców, krzyczę
o pomoc. Wołam Toma. To beznadziejne. Żałosne. Nawet gdyby był przypadkiem w ogrodzie, nie usłyszałby mnie, bo jestem
za daleko. Patrzę w dół, tracę równowagę i wciągam się do
środka. Rozluźniają mi się jelita, z gardła wydobywa się szloch.

– Scott, proszę! – wołam. – Proszę…

Nienawidzę swojego głosu, tego zawodzenia, tej rozpaczy.
Patrzę na zakrwawiony podkoszulek i dochodzę do wniosku,
że nie jestem w sytuacji bez wyjścia. Biorę roztrzaskane zdjęcie, kładę je na podłodze, wyjmuję z ramki najdłuższy odłamek
szkła i ostrożnie chowam go do tylnej kieszeni.

Słyszę kroki na schodach. Przywieram do ściany naprzeciwko drzwi. Szczęka klucz w zamku.

Scott rzuca mi do stóp torebkę. W drugiej ręce trzyma kawałek papieru.

– Proszę, proszę, druga Nancy Drew*! – mówi z uśmiechem i dziewczęcym głosem czyta: – „Uciekła z kochankiem,
którego od tej pory będę nazywała B". – Szydercza wykrzywia
usta. – „B zrobił jej coś złego… Scott zrobił coś złego B…". –
Gniecie papier i rzuca mi go pod nogi. – Chryste, ty naprawdę
jesteś żałosna, wiesz? – Rozgląda się, patrzy na wymiociny na
podłodze, na mój zakrwawiony podkoszulek. – Kurwa mać, co
ty tu robiłaś? Próbowałaś się zabić? Chcesz mnie wyręczyć? –
Wybucha śmiechem. – Powinienem skręcić ci kark, ale wiesz
co? Nie jesteś warta zachodu. – Robi mi przejście. – Wynocha
z mojego domu.

Biorę torebkę i idę do drzwi, a wtedy on robi bokserski zwód
i przez chwilę myślę, że zaraz mnie zatrzyma, znowu mnie
chwyci. Pewnie widzi przerażenie w moich oczach, bo zaczyna
się śmiać, wprost ryczy ze śmiechu. Wciąż go słyszę, gdy z trzaskiem zamykam frontowe drzwi.

---

* Dziewczyna detektyw, bohaterka książek Carolyn Keene.

Rano

Prawie nie spałam. Żeby zasnąć, zapanować nad odruchowym podrygiwaniem i uspokoić trzęsące się ręce, wypiłam półtorej butelki wina, ale nie poskutkowało. Ilekroć zaczynałam zasypiać, natychmiast się budziłam. Ciągle czułam jego obecność w pokoju. Zapaliłam światło i usiadłam, wsłuchując się w uliczne odgłosy, w odgłosy wydawane przez ludzi kręcących się w sąsiednich mieszkaniach. Dopiero gdy zaczęło świtać, odprężyłam się na tyle, by zapaść w sen. Śniło mi się, że znowu jestem w lesie. Był ze mną Tom, ale bałam się mimo to.

Wczoraj wieczorem zostawiłam mu wiadomość. Po wyjściu od Scotta pobiegłam do niego i załomotałam do drzwi. Byłam tak spanikowana, że nie obchodziło mnie, czy Anna jest w domu i czy się wkurzy. Nikt mi nie otworzył, więc nabazgrałam kilka słów na karteczce i wrzuciłam ją do skrzynki na listy. Wszystko mi jedno, czy Anna ją przeczyta, myślę, że podświadomie tego chcę. Wiadomość była bardzo ogólnikowa, napisałam tylko, że chcę z nim porozmawiać o wczorajszym. O Scotcie nie wspomniałam, bo nie chciałam, żeby Tom do niego poszedł – Bóg wie, do czego mogłoby dojść.

Zaraz po powrocie do domu zadzwoniłam na policję. Przedtem wypiłam dwa kieliszki wina, żeby się uspokoić. Poprosiłam do telefonu detektywa inspektora Gaskilla, ale poinformowano mnie, że go nie ma, i skończyło się na tym, że rozmawiałam z Riley. Nie tego chciałam. Gaskill byłby dla mnie milszy.

– Uwięził mnie w swoim domu – oświadczyłam. – Groził mi.

Spytała, jak długo mnie „więził". Niemal widziałam, jak robi w powietrzu znak cudzysłowu.

– Nie wiem – odparłam. – Pół godziny?

Zapadła długa cisza.

– I groził pani. Może pani sprecyzować charakter tych gróźb?

– Powiedział, że skręci mi kark. Że... że powinien skręcić mi kark.

– Skręcić pani kark?

– Tak, ale że nie jestem warta zachodu.

Cisza. A potem:

– Uderzył panią? Zrobił pani jakąś krzywdę?

– Mam sińce. Tylko sińce.

– A więc uderzył panią?

– Nie, chwycił mnie za ręce.

Znowu cisza.

– Pani Watson, po co pani do niego poszła?

– Bo mnie zaprosił. Chciał ze mną porozmawiać.

Riley wydała długie westchnienie.

– Ostrzegaliśmy panią, żeby trzymała się pani od tego z daleka. Okłamywała go pani, mówiła, że jest pani przyjaciółką jego żony, zmyślała pani niestworzone historie – proszę pozwolić mi dokończyć – a pan Hipwell żyje teraz w dużym napięciu, jest niezwykle zestresowany. W najlepszym wypadku. W najgorszym – może być niebezpieczny.

– Na litość boską, on jest niebezpieczny, właśnie to chcę powiedzieć.

– Chodzi tam pani, okłamuje go, prowokuje: to nie pomaga. Prowadzimy śledztwo w sprawie morderstwa. Musi pani to zrozumieć. Może pani spowolnić postępy...

– Jakie postępy? – warknęłam. – Nie zrobiliście żadnych postępów. Przecież mówię: on zabił swoją żonę. Ma w domu zdjęcie, na którym są razem; jest roztrzaskane. On jest groźny, niezrównoważony...

– Tak, widzieliśmy to zdjęcie. Przeszukaliśmy dom. To nie jest dowód morderstwa.

– Więc nie aresztujecie go?

Riley znowu westchnęła.

– Proszę przyjść jutro na posterunek. I złożyć zeznanie. Od

tego zaczniemy. Jeszcze jedno: niech pani trzyma się z daleka od Scotta Hipwella.

Cathy wróciła do domu i przyłapała mnie na piciu. Nie była zadowolona. Ale co jej mogłam powiedzieć? Nie umiałam jej tego wytłumaczyć. Przeprosiłam ją tylko i jak nadąsana nastolatka poszłam na górę. A potem leżałam, próbując zasnąć i czekając na telefon od Toma. Nie zadzwonił.

Budzę się wcześnie, sprawdzam komórkę (nikt nie dzwonił), myję głowę i z trzęsącymi się rękami i ściśniętym żołądkiem ubieram się na rozmowę w sprawie pracy. Wychodzę wcześnie, bo przedtem muszę wpaść na posterunek. Nie żebym myślała, że coś to da. Nigdy nie traktowali mnie poważnie i na pewno nie zaczną teraz. Zastanawiam się, co bym musiała zrobić, żeby przestali widzieć we mnie fantastkę.

W drodze na stację nie mogę się powstrzymać i co chwilę spoglądam przez ramię; słysząc przeraźliwe wycie policyjnej syreny, dosłownie podskakuję ze strachu. Na peronie idę jak najbliżej barierki, sunąc palcami po żelaznym ogrodzeniu na wypadek, gdybym musiała się czegoś mocno przytrzymać. Zdaję sobie sprawę, że to idiotyczne, ale teraz, kiedy wiem już, jaki jest, kiedy nie ma między nami żadnych tajemnic, czuję się straszliwie bezbronna.

Po południu

Sprawa powinna być dla mnie zamknięta. Przez cały ten czas myślałam, że jest coś, co muszę sobie przypomnieć, coś, co mi umknęło. Ale niczego takiego nie ma. Nie widziałam nic ważnego ani nie zrobiłam niczego potwornego. Znalazłam się przypadkiem na tej ulicy, to wszystko. Teraz już to wiem, dzięki uprzejmości rudzielca. Niemniej w głębokich zakamarkach mózgu odczuwam swędzenie, które nie ustępuje, żebym nie wiem jak się drapała.

Nie było ani Gaskilla, ani Riley, zeznanie odebrał znudzony

policjant. Trafi do teczki i wszyscy o nim zapomną, chyba że znajdą mnie w jakimś rowie. Na rozmowę w sprawie pracy jechałam w kierunku przeciwnym do tego, gdzie mieszka Scott, ale przed posterunkiem złapałam taksówkę. Nie zamierzam ryzykować. Poszło tak, jak miało pójść: praca jest dużo poniżej moich możliwości, ale w ciągu ostatnich paru lat ja też nisko upadłam. Muszę ponownie wyregulować wagę. Największym minusem (nie licząc nędznej pensji i podrzędności samej pracy) jest to, że będę musiała cały czas jeździć do Witney, chodzić tymi ulicami i ryzykować, że wpadnę na Scotta czy Annę z dzieckiem.

Bo wygląda na to, że oprócz wpadania na ludzi nic innego nie robię. Miasteczko na przedmieściach Londynu – kiedyś bardzo mi się tu podobało, ta atmosfera. Może nie wszystkich się zna, ale twarze są znajome.

Jestem prawie na stacji, właśnie mijam pub Pod Koroną, kiedy ktoś kładzie mi rękę na ramieniu. Odwracam się gwałtownie i ześlizguję z chodnika na jezdnię.

– Hej, hej, przepraszam. Przepraszam. – To znowu on, rudzielec z pociągu. W jednym ręku trzyma kufel, drugą skruszony podnosi. – Nerwowa jesteś, co? – Uśmiecha się. Muszę być przerażona, bo uśmiech natychmiast znika. – Dobrze się czujesz? Nie chciałem cię przestraszyć.

Wcześniej skończył pracę i zaprasza mnie na drinka. Odmawiam, ale potem zmieniam zdanie.

– Muszę cię przeprosić za swoje zachowanie w pociągu – mówię, gdy rudzielec (okazuje się, że ma na imię Andy) przynosi mi dżin z tonikiem. – Za to wtedy. Miałam kiepski dzień.

– Nie ma za co. – Uśmiecha się leniwie; to nie jest chyba jego pierwsze piwo. Siedzimy naprzeciwko siebie w ogródku na tyłach pubu, tu jest bezpieczniej niż w tym od ulicy. Może właśnie to dodaje mi odwagi. Postanawiam zaryzykować.

– Chcę cię spytać, co się wtedy stało. Tego wieczoru, kiedy się poznaliśmy. Kiedy Meg… Kiedy zaginęła ta kobieta.

– Tak, wiem. Ale dlaczego?

Biorę głęboki oddech. Czuję, że zaczynam się czerwienić. Można przyznać się do tego sto razy, jednak zawsze odczuwa się wstyd i zażenowanie.

– Byłam bardzo pijana i nie pamiętam. Muszę się w tym połapać. Chcę tylko wiedzieć, czy coś widziałeś, czy widziałeś, jak z kimś rozmawiam… – Wbijam wzrok w stolik, nie mogę spojrzeć mu w oczy.

Trąca nogą moją nogę.

– Spoko – mówi. – Nie zrobiłaś nic złego. – Podnoszę głowę i widzę, że się uśmiecha. – Ja też byłem dziabnięty. Pogadaliśmy trochę w pociągu, nie pamiętam o czym. Potem wysiedliśmy tutaj, w Witney, i trochę się zataczałaś. Poślizgnęłaś się na schodach. Pamiętasz? Pomogłem ci wstać, byłaś zawstydzona i zaczerwieniłaś się tak jak teraz. – Śmieje się głośno. – Wyszliśmy razem ze stacji i zaprosiłem cię do pubu. Ale powiedziałaś, że musisz iść, bo masz spotkanie z mężem.

– To wszystko?

– Nie. Naprawdę nie pamiętasz? To było potem, nie wiem, może pół godziny później. Siedziałem Pod Koroną, ale kumpel zadzwonił z baru po drugiej stronie torów, więc tam poszedłem. Byłaś w przejściu pod wiaduktem. Upadłaś. Kiepsko wyglądałaś. Skaleczyłaś się. Trochę się martwiłem, spytałem, czy może odprowadzić cię do domu, ale nie chciałaś o tym słyszeć. Byłaś… byłaś bardzo zdenerwowana. Chyba pokłóciłaś się ze swoim facetem. Szedł ulicą, oddalał się od nas, więc zaproponowałem, że po niego pójdę, ale nie chciałaś. A on po prostu odjechał. Był… był z kimś.

– Z kobietą?

Andy kiwa głową, jakby robił unik.

– Wsiedli razem do samochodu. Pomyślałem, że pewnie się o to pokłóciliście.

– A potem?

– Potem poszłaś. Byłaś trochę... nie wiem, przymulona czy coś, i poszłaś. Ciągle powtarzałaś, że nie potrzebujesz pomocy. Ja też byłem nawalony, więc dałem ci spokój. Poszedłem do tego baru i spotkałem się z kumplem. To wszystko.

Idąc schodami na górę, jestem pewna, że krążą nade mną jakieś cienie, że słyszę czyjeś kroki. Ktoś czeka na podeście. Oczywiście nikogo tam nie ma, bo nikogo nie ma w domu. Mieszkanie jest nietknięte i pachnie tak, jakby nikogo w nim nie było, mimo to sprawdzam wszystkie pokoje, zaglądam pod łóżka, moje i Cathy, przeszukuję szafy i kuchenny schowek, w którym nie zmieściłoby się nawet małe dziecko. Wreszcie po trzech inspekcjach daję sobie spokój. Idę na górę, siadam na łóżku i myślę o rozmowie z Andym. Jego wersja pokrywa się z tym, co pamiętam. W sumie to żadna rewelacja: pokłóciłam się z Tomem na ulicy, poślizgnęłam się i upadłam, a on wsiadł z Anną do samochodu. Potem wrócił, żeby mnie poszukać, ale już mnie nie było. Pewnie złapałam taksówkę albo pojechałam pociągiem.

Siedzę na łóżku, wyglądając przez okno i zastanawiając się, dlaczego nie jest mi lepiej. Może dlatego, że na dobrą sprawę wciąż nic nie wiem. Może dlatego, że chociaż to, co pamiętam, zgadza się z tym, co pamiętają inni, wciąż czegoś brakuje. I wtedy przychodzi olśnienie: Anna. Nie chodzi tylko o to, że Tom ani razu nie wspomniał, że pojechał z nią gdzieś samochodem – chodzi o to, że oddalając się ode mnie i wsiadając do samochodu, Anna nie miała na rękach dziecka. Gdzie była wtedy Evie?

Sobota, 17 sierpnia 2013

Wieczorem

Muszę porozmawiać z Tomem, muszę poukładać to jakoś w głowie, bo im więcej o tym myślę, tym mniejszy ma to sens i ciągle do tego wracam. Dodatkowo denerwuję się, bo minęły już dwa dni, odkąd zostawiłam mu wiadomość, a on się nie odzywa. Wczoraj wieczorem nie odebrał telefonu, nie odbierał przez cały dzień. Coś jest nie tak i nie mogę oprzeć się wrażeniu, że ma to coś wspólnego z Anną.

Wiem, że usłyszawszy o tym, co zaszło u Scotta, Tom będzie chciał ze mną porozmawiać. Wiem, że będzie chciał pomóc. Nie mogę przestać myśleć o tym, jaki był wtedy, nad jeziorem, jak się wówczas czuliśmy. Dlatego biorę komórkę i wybieram jego numer, z motylkami w brzuchu, tak jak kiedyś, przed laty, i tak jak kiedyś nie mogę się doczekać, aż usłyszę jego głos.

– Tak?

– Tom? To ja.

– Tak.

Musi tam być Anna, więc nie chce wypowiadać mojego imienia. Daję mu chwilę, żeby mógł od niej uciec, przejść do drugiego pokoju.

Wzdycha.

– Co się stało?

– Chciałam z tobą porozmawiać... Tak jak ci napisałam...

– Napisałaś? – Jest poirytowany.

– Dwa dni temu zostawiłam ci wiadomość, karteczkę. Pomyślałam, że powinniśmy...

– Nie dostałem żadnej... – Znowu ciężko wzdycha. – Niech to szlag. Dlatego jest taka wkurzona. – Anna musiała ją przechwycić i nic mu o tym nie wspomniała. – Czego chcesz?

Mam ochotę rozłączyć się i zacząć od początku. Powiedzieć, jak miło mi było widzieć go w poniedziałek, gdy pojechaliśmy nad jezioro.

– Chciałam cię tylko o coś spytać.

– O co? – warczy.

– Wszystko w porządku?

– Czego ty chcesz, Rachel? – Już jej nie ma, zniknęła, cała czułość sprzed tygodnia. Przeklinam siebie za tę karteczkę, najwyraźniej wpędziłam go w jeszcze większe kłopoty.

– Chciałam cię spytać o tamten wieczór… o wieczór, kiedy zaginęła Megan Hipwell.

– Jezu Chryste. Już o tym rozmawialiśmy, to niemożliwe, żebyś zdążyła zapomnieć.

– Chcę tylko…

– Byłaś pijana – mówi głośno i szorstko. – Kazałem ci wracać do domu. Nie chciałaś mnie słuchać. I gdzieś cię poniosło. Szukałem cię, ale zniknęłaś.

– Gdzie była wtedy Anna?

– W domu.

– Z dzieckiem?

– Z Evie, tak.

– Nie było jej z tobą w samochodzie?

– Nie.

– Ale…

– Na litość boską. Była umówiona, a ja miałem zostać z Evie. Ale potem przyszłaś ty, więc odwołała spotkanie. A ja zmarnowałem kilka godzin życia na jeżdżenie i szukanie.

Żałuję, że do niego zadzwoniłam. Że rozbudziłam w sobie nadzieję, która znowu legła w gruzach. Czuję się tak, jakby ktoś wbił mi w brzuch zimne ostrze, wbił i przekręcił.

– Aha, tylko że ja pamiętam to inaczej… Posłuchaj, czy coś mi było, kiedy mnie zobaczyłeś? Czy byłam… Miałam rozciętą głowę?

Tom ciężko wzdycha.

– Jestem zaskoczony, że w ogóle coś pamiętasz. Byłaś w sztok pijana. Nawalona, cuchnęło od ciebie wódą. Zataczałaś się…

Słyszę to i ściska mnie w gardle. Mówił tak też kiedyś, w tych złych czasach, najgorszych czasach, kiedy był mną zmęczony i miał mnie dość, kiedy budziłam w nim wstręt.

– Przewróciłaś się – ciągnie znużonym głosem – płakałaś, wyglądałaś tragicznie. Dlaczego to takie ważne?

Nie znajduję odpowiednich słów, za długo milczę, więc mówi dalej:

– Muszę kończyć. Nie dzwoń do mnie. Już to przerabialiśmy. Ile razy mam cię prosić? Nie dzwoń, nie zostawiaj karteczek, w ogóle tu nie przychodź. Denerwujesz Annę. Dobrze?

I rozłącza się.

NIEDZIELA, 18 SIERPNIA 2013

WCZESNYM RANKIEM

Całą noc przesiedziałam w salonie z telewizorem do towarzystwa. Strach to mijał, to powracał. Siły to przybywało, to ubywało. Jakbym przeniosła się w przeszłość, bo rana, jaką mi zadał przed laty, znowu się otworzyła, nowa i świeża. To głupie, wiem. Byłam idiotką, myśląc, że mam szanse, w dodatku tylko na podstawie jednej rozmowy, kilku chwil, które wzięłam za przejaw czułości, a które były zapewne wyrazem sentymentalności i poczucia winy. Ale boli mnie i tak. Muszę ulec temu bólowi, bo jeśli tego nie zrobię, jeśli będę go tłumiła, nigdy nie minie.

Byłam idiotką, myśląc, że coś nas łączy ze Scottem, że mogę mu pomóc. No więc dobrze, jestem idiotką. Przywykłam. Lecz nie muszę nią być, prawda? Już nie. Leżałam przez całą noc i przyrzekłam sobie, że wezmę się w garść. Wyprowadzę się stąd gdzieś daleko. Znajdę nową pracę. Powrócę do panieńskiego nazwiska, zerwę kontakty z Tomem i trudniej mnie będzie znaleźć. Gdyby ktoś mnie szukał.

Prawie nie spałam. Leżałam na sofie, robiłam plany i ilekroć zasypiałam, słyszałam w głowie głos Toma, tak wyraźny, jakby leżał tuż obok mnie. Szeptał mi do ucha: „Byłaś w sztok pijana.

Nawalona, cuchnęło od ciebie wódą" i od razu budziłam się zalana falą wstydu. Ogarniał mnie wstyd, ale miałam również nieodparte wrażenie déjà vu, ponieważ słyszałam te słowa przedtem, dokładnie te same.

A później zaczęłam odgrywać w głowie scenę za sceną, nie mogłam przestać: budzę się rano na zakrwawionej poduszce, boli mnie w ustach, jakbym ugryzła się w policzek, mam brudne paznokcie, potwornie boli mnie głowa, z łazienki wychodzi Tom, jego mina – na wpół urażona, na wpół gniewna – i lęk wzbiera we mnie jak powódź.

– Co się stało?

Pokazuje mi sińce na rękach i piersi, gdzie go uderzyłam.

– Niemożliwe. Nigdy cię nie uderzyłam. Nikogo nie uderzyłam, nigdy w życiu.

– Byłaś w sztok pijana. Pamiętasz cokolwiek z tego, co wczoraj robiłaś? Co wygadywałaś?

Potem sam mi mówił, a ja wciąż nie mogłam uwierzyć, bo to nie byłam ja, bo to zupełnie do mnie nie pasowało. Tak jak z tą dziurą w ścianie, tą od kija golfowego, szarą i nijaką jak oślepione oko, patrzące na mnie, ilekroć tamtędy przechodziłam – agresji, o której mówił, za nic nie mogłam pogodzić ze strachem, który pamiętałam.

Albo tylko mi się zdawało, że pamiętam. Po pewnym czasie nauczyłam się nie pytać, co zrobiłam, ani nie kłócić się z nim, kiedy mi o tym opowiadał, ponieważ nie chciałam znać szczegółów, nie chciałam usłyszeć najgorszego, rzeczy, które wygadywałam i robiłam brudna, cuchnąca i pijana. Czasem groził, że mnie nagra i da mi posłuchać. Nigdy tego nie zrobił. Mała pociecha.

Później doszłam do wniosku, że kiedy budzisz się w takim stanie, nie musisz o nic pytać, wystarczy, że przeprosisz: jest ci przykro, że coś zrobiłaś i że taka jesteś, ale już nigdy, przenigdy tak się nie zachowasz.

Z tym, że teraz wcale nie jest mi przykro, absolutnie nie. Dzięki Scottowi. Teraz za bardzo się boję wyjść w nocy do sklepu po alkohol. Za bardzo się boję upić, bo wtedy jestem szczególnie bezbronna.

Muszę być silna, to wszystko.

Znowu ciążą mi powieki, znowu opada mi głowa. Ściszam telewizor, tak że prawie nic nie słychać, odwracam się przodem do oparcia, zwijam w kłębek, naciągam na siebie kołdrę i powoli odpływam, czuję, że zasypiam, zasypiam i nagle bach! Ziemia pędzi ku mnie jak szalona i gwałtownie siadam z sercem w gardle. Widziałam to. Widziałam.

Byłam w przejściu pod wiaduktem, a on do mnie podszedł: uderzenie otwartą dłonią w twarz, potem jego podniesiona pięść, zaciśnięte w ręku klucze i piekący ból, gdy ząbkowany metal opadł na moją głowę.

ANNA

WIECZOREM

Nienawidzę się za ten płacz, to takie żałosne. Ale jestem wyczerpana, ostatnie tygodnie naprawdę dały mi się we znaki.
Znowu się pokłóciliśmy, oczywiście o Rachel.

Awantura wisiała w powietrzu. Zadręczałam się tą karteczkę, tym, że mnie okłamał, że niby rozmawiał z nią tylko przez telefon. Wmawiam sobie, że to zupełna głupota, jednak nie mogę oprzeć się wrażeniu, że coś między nimi jest. Wałkowałam to bez końca: jak on mógł? Po tym wszystkim, co mu zrobiła, co zrobiła nam? Jak mógł choćby pomyśleć o powrocie? Bo gdybyśmy stanęły obok siebie i gdyby na nas spojrzeć, czy znalazłby się na świecie chociaż jeden mężczyzna, który wybrałby ją? Nie mówiąc już o wszystkich jej problemach.

Chociaż to się zdarza, prawda? Ludzie, z którymi coś nas kiedyś łączyło, nie pozwalają nam odejść i żebyśmy nie wiem, jak bardzo próbowali, nie wyplączemy się z tego, nie uwolnimy. Może po pewnym czasie przestajemy po prostu próbować.

Przyszła w czwartek, łomotała do drzwi i wołała Toma. Byłam wściekła, ale bałam się otworzyć. Z dzieckiem czujesz się bezbronna, słaba. Gdybym była sama, dałabym jej odpór, bez trudu postawiłabym ją do pionu. Ale z Evie nie mogłam ryzykować. Nie mam pojęcia, co Rachel mogłaby zrobić.

Wiem, dlaczego przyszła. Była wkurzona, że doniosłam na nią na policję. Daję głowę, że przyleciała do Toma, żeby kazał mi się od niej odczepić. Zostawiła karteczkę: „Musimy porozmawiać, proszę, zadzwoń najszybciej, jak możesz, to ważne" („ważne" podkreśliła trzy razy) – którą od razu wyrzuciłam do kosza. Potem wyjęłam ją i schowałam do szuflady stolika nocnego, gdzie dołączyła do wydruków jej złośliwych mejli i notesu, w którym zapisuję, kiedy, gdzie i o której ją widziałam oraz daty i godziny jej telefonów. To mój prywatny rejestr prześladowań. Dowody, które zbieram na wszelki wypadek. Zadzwoniłam do detektyw Riley i zostawiłam jej wiadomość, że Rachel znowu tu była. Riley jeszcze nie oddzwoniła.

Powinnam była powiedzieć Tomowi o tej karteczce, powinnam, ale nie chciałam, żeby zirytował się na mnie za to, że zawiadomiłam policję, dlatego schowałam kartkę do szuflady z nadzieją, że Rachel zapomni. Oczywiście nie zapomniała. Zadzwoniła wieczorem. Gdy skończyli rozmawiać, Tom gotował się ze złości.

– Cholera jasna – warknął. – O co chodzi z tą karteczką?

Powiedziałam, że ją wyrzuciłam.

– Nie wiedziałam, że cię zainteresuje. Myślałam, że chcesz, żeby Rachel zniknęła z naszego życia, że zależy ci na tym tak jak mnie.

Przewrócił oczami.

– Dobrze wiesz, że nie o to chodzi. Oczywiście, że chcę, żeby Rachel się od nas odczepiła. Ale nie chcę, żebyś podsłuchiwała moje telefony i wyrzucała moje listy. Jesteś... – Westchnął.

– Jaka?

– Nieważne. Po prostu... ona też tak robiła.

To był cios poniżej pasa. To idiotyczne, ale rozpłakałam się i uciekłam na górę do łazienki. Czekałam, aż przyjdzie, aż mnie utuli i pocałuje na zgodę, tak jak zwykle, ale mniej więcej po półgodzinie krzyknął:

– Idę na siłownię, wracam za dwie godziny. – I zanim zdążyłam odpowiedzieć, usłyszałam trzask frontowych drzwi.

A teraz zachowuję się dokładnie tak jak ona: wykańczam butelkę czerwonego wina z wczorajszej kolacji i grzebię w jego komputerze. Łatwiej jest zrozumieć jej zachowanie, czując się tak jak ja w tej chwili. Nie ma nic bardziej bolesnego i destrukcyjnego niż podejrzliwość.

W końcu złamałam hasło: Blenheim. Niewinne i nudne, nazwa ulicy, przy której mieszkamy. Nie znalazłam ani obciążających mejli, ani obrzydliwych zdjęć, ani namiętnych listów. Pół godziny przeglądałam jego służbową korespondencję, tak otępiającą, że złagodziła nawet moją piekącą zazdrość, potem zamknęłam laptopa i odstawiłam go na miejsce. Było mi całkiem wesoło dzięki winu i nudnej zawartości komputera. Powtarzałam sobie, że jestem po prostu niemądra.

Idę na górę umyć zęby – nie chcę, by poznał, że znowu piłam – a potem postanawiam, że zmienię pościel, spryskam poduszki odrobiną Acqua di Parma, włożę czarną jedwabną koszulkę, którą kupił mi na urodziny w zeszłym roku, i gdy wróci, wszystko mu wynagrodzę.

Kiedy ściągam prześcieradła, omal nie potykam się o wystającą spod łóżka torbę, z którą chodzi na siłownię. Zapomniał torby. Nie ma go już od godziny i po nią nie wrócił. Ściska mnie w żołądku. Może po prostu pomyślał: chrzanić to i zamiast na siłownię poszedł do pubu. Może ma w szatni zapasowy strój. Może właśnie leży w łóżku z Rachel.

Niedobrze mi. Klękam i grzebię w torbie. Są w niej wszystkie jego rzeczy, wyprane i gotowe do użytku, odtwarzacz iPod Shuffle i jego jedyne adidasy do biegania. I coś jeszcze: komórka. Komórka, której nigdy nie widziałam.

Wyjmuję ją i siadam na łóżku. Serce wali mi jak młotem. Włączę ją, nie ma mowy, żebym oparła się pokusie, włączę, chociaż jestem pewna, że od razu tego pożałuję, bo może to oznaczać tylko coś złego. Nie trzyma się zapasowych komórek w torbie gimnastycznej, chyba że ma się coś do ukrycia. Głos w mojej głowie mówi: „Odłóż to, odłóż i zapomnij", ale nie mogę. Mocno naciskam guzik włączania i czekam, aż zaświeci się ekran. Czekam i czekam. I nic. Rozładowana bateria. Co za ulga, jak po zastrzyku morfiny.

Ulżyło mi, bo niczego już się nie dowiem, ale również dlatego, że wyczerpana bateria znaczy tyle co nieużywany telefon, telefon niechciany, a nie należący do mężczyzny, który ma płomienny romans. Taki mężczyzna by się z nim nie rozstawał. Może to jego stara komórka, może leży w torbie od miesięcy, bo po prostu nie chciało mu się jej wyrzucić. Może nawet nie należy do niego: znalazł ją na siłowni, chciał oddać w recepcji i zapomniał?

Zostawiam niepościelone łóżko i schodzę do salonu. W stoliku do kawy są dwie szuflady pełne szpargałów, które zbierają się z czasem w domu: rolek taśmy klejącej, zagranicznych przejściówek sieciowych, centymetrów krawieckich, przyborników do szycia i starych ładowarek. Wyjmuję wszystkie trzy ładowarki, druga pasuje. Wkładam wtyczkę do gniazdka po mojej stronie łóżka, komórkę i ładowarkę chowam za stolikiem nocnym. I czekam.

Głównie godziny i daty. Nie, nie daty. Dni. „Poniedziałek o 3? Piątek 4.30". Czasem odmowa. „Jutro nie mogę. Nie w środy". Nic więcej, ani miłosnych deklaracji, ani jednoznacznych aluzji. Tylko esemesy, około dwunastu, wszystkie z ukrytego numeru. Nie ma listy kontaktów, a listę połączeń skasowano.

Nie potrzebuję dat, ponieważ komórka zapisuje je sama. Spotkania zaczęły się dawno. Prawie rok temu. Kiedy to do mnie dotarło, kiedy zobaczyłam, że do pierwszego doszło we wrześniu zeszłego roku, w gardle wyrosła mi twarda gula. We wrześniu! Evie miała wtedy sześć miesięcy. A ja wciąż byłam gruba, zmęczona, obolała i nie myślałam o seksie. Ale potem zaczynam się śmiać, bo przecież to absurdalne, niemożliwe. We wrześniu byliśmy bezgranicznie szczęśliwi, zakochani w sobie i naszym dziecku. Nie ma mowy, żeby Tom się do niej wymykał, żeby widywał się z nią przez cały ten czas. Musiałabym o tym wiedzieć. Nie, to niemożliwe. To nie jego telefon.

Niemniej... Wyjmuję z szuflady mój rejestr prześladowań i sprawdzam daty połączeń, porównuję je z datami spotkań z komórki. Niektóre są zbieżne. Inne parę dni wcześniejsze, jeszcze inne parę dni późniejsze. Są i takie, które zupełnie nie pasują.

Czy to możliwe, żeby przez cały ten czas widywał się z nią, wmawiając mi, że Rachel go zadręcza, podczas gdy tak naprawdę zastanawiali się we dwoje, jak i kiedy się spotkać, jak Tom ma wyślizgnąć się z domu? Ale skoro mogła zadzwonić na tę komórkę, dlaczego wydzwaniała do niego do domu, na stacjonarny? Chyba że próbowała nas ze sobą... skłócić?

Nie mam pojęcia, dokąd poszedł, ale nie ma go już prawie od dwóch godzin i pewnie zaraz wróci. Ścielę łóżko, chowam do szuflady rejestr i komórkę, schodzę na dół, nalewam sobie ostatni kieliszek wina i szybko piję. Mogłabym do niej zadzwonić. Mogłabym stawić jej czoło. Tylko co bym powiedziała? Nie bardzo mam prawo przemawiać do niej z wyżyn moralnych. I nie jestem pewna, czy zniosłabym to, tę radość, z jaką Rachel zakomunikowałaby mi, że przez te wszystkie miesiące to ja byłam głupia. Jeśli to z tobą robi, to i tobie zrobi.

Słyszę kroki na chodniku przed domem – znam je, wiem, że to on. Szybko wstawiam kieliszek do zlewu i opieram się o blat. W uszach pulsuje mi krew.

– Hej – mówi na mój widok. Jest potulny i zmieszany, lekko się chwieje.

– Nie wiedziałam, że na siłowni podają piwo.

Uśmiecha się.

– Zapomniałem torby. Poszedłem do pubu.

Tak jak myślałam. A może wiedział, że tak pomyślę? Podchodzi bliżej.

– Co ty tu kombinowałaś? – pyta z uśmiechem. – Masz minę winowajczyni. – Obejmuje mnie w talii i przyciąga do siebie. Czuję zapach piwa w jego oddechu. – Coś spsociłaś?

– Tom...

– Ciii...

Całuje mnie w usta, rozpina mi dżinsy. Odwraca mnie tyłem do siebie. Nie chcę, ale nie umiem odmówić, więc zamykam oczy i próbuję nie myśleć o nich razem, staram się przypomnieć sobie dawne czasy, to, jak wygłodniała i zdesperowana biegłam bez tchu do pustego domu przy Cranham Street.

NIEDZIELA, 18 SIERPNIA 2013

WCZESNYM RANKIEM

Budzę się przestraszona; na dworze jest jeszcze ciemno. Wydaje mi się, że Evie płacze, ale kiedy do niej zaglądam, okazuje się, że smacznie śpi z kocykiem w zaciśniętych piąstkach. Wracam do łóżka, lecz nie mogę zasnąć. Mogę myśleć tylko o telefonie w stoliku nocnym. Zerkam na Toma, który leży z wyciągniętą lewą ręką i odrzuconą do tyłu głową. Po oddechu poznaję, że głęboko śpi. Wyślizguję się z łóżka, otwieram szufladę i wyjmuję komórkę.

W kuchni obracam ją w ręku i obracam, zbieram się w sobie. Chcę wiedzieć i nie chcę. Chcę mieć pewność, jednocześnie rozpaczliwie chcę się mylić. Włączam telefon. Naciskam guzik oznaczony jedynką, przytrzymuję i odzywa się poczta głosowa. Słyszę, że nie mam ani nowych wiadomości, ani zapisanych. Czy chciałabym zmienić tekst powitania? Rozłączam się, lecz nagle ogarnia mnie zupełnie irracjonalny strach, że telefon może zadzwonić i Tom usłyszy go na górze, więc otwieram drzwi i wychodzę do ogrodu. Chłód, mokra trawa, ciężki zapach deszczu i róż. Słyszę pociąg, jego leniwy pomruk; jest daleko stąd. Dochodzę prawie do płotu i dopiero wtedy jeszcze raz łączę się z pocztą głosową: czy chciałabym zmienić tekst powitania? Tak, proszę. Ciche bipnięcie. Pauza i... jej głos. Jej głos, nie jego. „Cześć, to ja, zostaw wiadomość".

Moje serce przestaje bić.

To nie jego telefon. Nie jego, tylko jej.

Naciskam guzik.

„Cześć, to ja, zostaw wiadomość".

To jej głos.

Nie mogę się poruszyć, nie mogę oddychać. Odgrywam to jeszcze raz i jeszcze raz. Mam ściśnięte gardło, czuję, że zaraz zemdleję, i wtedy na górze zapala się światło.

Rachel

Wczesnym rankiem

Jeden fragment wspomnień prowadzi do następnego. Jakbym od wielu dni, tygodni i miesięcy błądziła w ciemności, by wreszcie się czegoś przytrzymać. Jakbym macała ręką po ścianie, szukając przejścia z pokoju do pokoju. Przesuwające się cienie zaczęły się wreszcie scalać i gdy oczy przywykły do mroku, coś zobaczyłam. Ale nie od razu. Początkowo miałam wrażenie, że to tylko wspomnienia, że to musi być sen. Siedziałam na sofie wstrząśnięta i niemal sparaliżowana, wmawiając sobie, że nie pierwszy raz źle coś pamiętam, nie pierwszy raz jestem przekonana, że było tak, podczas gdy w rzeczywistości było zupełnie inaczej.

Choćby jak na tym przyjęciu u kolegi Toma; bardzo się wtedy upiłam, ale dobrze się bawiliśmy. Pamiętam, że pocałowałam na pożegnanie Clarę. Clara to żona tego kolegi, urocza kobieta, ciepła i miła. Powiedziała, że powinnyśmy się znowu spotkać, dobrze to pamiętam. Pamiętam, że trzymała mnie za rękę.

Pamiętałam to tak dobrze, tak wyraźnie, ale było zupełnie inaczej. Dowiedziałam się tego następnego ranka, kiedy Tom odwrócił się ode mnie, gdy do niego zagadałam. Wiem, że było inaczej, bo powiedział mi, jak bardzo go zawiodłam, jak bardzo się za mnie wstydził, kiedy oskarżyłam Clarę o to, że z nim flirtuje; kiedy wpadłam w histerię i zaczęłam obrzucać wszystkich obelgami.

Ilekroć zamykałam oczy, czułam jej rękę w mojej ręce, czułam dotyk jej ciepłej skóry, ale to się nie wydarzyło. Tak naprawdę wydarzyło się to, że Tom wywlókł mnie z ich domu, że przez cały czas płakałam i krzyczałam, podczas gdy biedna Clara kuliła się ze strachu w kuchni.

Dlatego kiedy zamknęłam oczy, kiedy pogrążyłam się w tym półśnie i znalazłam w przejściu pod wiaduktem, może i było mi zimno, może czułam ten stęchły odór, może widziałam sylwetkę ogarniętego wściekłością mężczyzny, który szedł do mnie z podniesionymi pięściami, ale to nie była prawda. Przerażenie, jakie wtedy czułam, też nie było prawdziwe. Tak jak to, że jego cień mnie uderzył i zakrwawiona upadłam z krzykiem na ziemię.

Tyle tylko, że jednak było, bo to widziałam. Jestem tak wstrząśnięta, że nie mogę w to uwierzyć, ale patrząc na wschodzące słońce, mam wrażenie, że mgła nareszcie ustępuje. Okłamał mnie. Uderzył. Nie wyobraziłam sobie tego. Ja to pamiętam. Pamiętam, jak żegnałam się po przyjęciu z Clarą, pamiętam dotyk jej ręki. Tak jak pamiętam strach, gdy ocknęłam się na podłodze obok kija golfowego – teraz już wiem, wiem na pewno, że to nie ja nim wymachiwałam.

Nie mam pojęcia, co robić. Biegnę na górę, wkładam dżinsy i adidasy, zbiegam na dół. Wybieram ich domowy numer i rozłączam się po paru sygnałach. Nie wiem, co dalej. Robię kawę, kawa stygnie. Wybieram numer detektyw Riley i od razu się rozłączam. Nie uwierzy mi. Wiem, że nie uwierzy.

Idę na stację. Jest niedziela, pierwszy pociąg mam dopiero za pół godziny, więc mogę tylko usiąść na ławce i miotać się między niedowierzaniem a rozpaczą.

Wszystko jest kłamstwem. Nie wyobraziłam sobie, że mnie uderzył. Ani tego, że odszedł szybko z zaciśniętymi pięściami.

Widziałam, jak się odwrócił, słyszałam jego krzyk. Widziałam go na ulicy z kobietą, widziałam, jak wsiada z nią do samochodu. To nie była moja wyobraźnia. I nagle dociera do mnie, że to bardzo proste, takie proste. Ja naprawdę pamiętam, tylko poplątałam dwa różne wspomnienia. Obraz oddalającej się Anny w niebieskiej sukience wstawiłam do innego scenariusza, do tego, w którym Tom wsiada do samochodu z kobietą. Bo oczywiście ta kobieta nie była w niebieskiej sukience, tylko w dżinsach i czerwonym podkoszulku. Tą kobietą była Megan.

Anna

Wczesnym rankiem

Rzucam telefon za płot, najdalej jak mogę; ląduje gdzieś na szczycie wysypanej tłuczniem skarpy. Chyba słyszę, jak zsuwa się w stronę torów. I wciąż słyszę jej głos. „Cześć, to ja, zostaw wiadomość". Będę go słyszała bardzo długo.

Gdy wchodzę do domu, Tom jest już u podnóża schodów. Obserwuje mnie, mrugając zaczerwienionymi oczami i otrząsając się ze snu.

– Co się dzieje?

– Nic – mówię drżącym głosem.

– Co robiłaś na dworze?

– Wydawało mi się, że ktoś tam jest. Coś mnie obudziło. Nie mogłam zasnąć.

Tom przeciera oczy.

– Dzwonił telefon.

Mocno splatam dłonie, żeby przestały się trząść.

– Co? Jaki telefon?

– Telefon. – Patrzy na mnie jak na wariatkę. – Ktoś zadzwonił i się rozłączył.

– Aha. Nie wiem. Nie wiem, kto to był.

Śmieje się głośno.

– Niby skąd miałabyś wiedzieć? Dobrze się czujesz? – Podchodzi bliżej i obejmuje mnie w talii. – Jakaś dziwna jesteś. – Przytrzymuje mnie, opiera głowę na mojej piersi. – Trzeba było mnie obudzić, jeśli coś słyszałaś. Nie powinnaś sama wychodzić. Od tego jestem ja.

– Jakoś sobie poradziłam – mówię i muszę zacisnąć zęby, żeby nie szczękały.

Całuje mnie, wpycha mi język do ust.

– Wracajmy do łóżka.

– Chyba zrobię sobie kawę. – Próbuję się od niego odsunąć. Ale on mnie nie puszcza. Obejmuje mnie mocniej, chwyta za kark.

– Chodź – mówi. – Idziemy. Nie przyjmuję odmowy.

Rachel

NIEDZIELA, 18 SIERPNIA 2013

RANO

Nie wiem, co robić, więc po prostu naciskam guzik dzwonka. Chyba powinnam była najpierw zatelefonować. Nie wypada przychodzić do kogoś bez uprzedzenia w niedzielę wczesnym rankiem, prawda? Tłumię śmiech. Trochę histeryzuję. Nie wiem, co robię.

Nikt nie otwiera. Histeria narasta, gdy skręcam w wąskie przejście i obchodzę dom. Mam silne poczucie déjà vu. Z tamtego ranka, gdy przyszłam tu i zabrałam ich córeczkę. Ale nie chciałam zrobić jej krzywdy. Jestem tego pewna.

Idąc w chłodnym cieniu za domem, słyszę jej głos i zastanawiam się, czy to nie moja wyobraźnia. Jednak nie, jest tam, na tarasie, ona i Anna. Wołam do niej i przechodzę przez płot. Anna patrzy na mnie. Myślałam, że będzie zszokowana, że wpadnie w gniew, ale ona nie jest nawet zaskoczona.

– Jak się masz, Rachel – mówi. Wstaje, bierze córeczkę za rękę i przyciąga ją do siebie. Patrzy na mnie spokojnie, bez uśmiechu. Ma zaczerwienione oczy i bladą, starannie umytą, niemalowaną twarz.

– Czego chcesz? – pyta.

– Dzwoniłam do drzwi.

– Nie słyszałam. – Podnosi córeczkę i sadza ją sobie na

biodrze. Odwraca się bokiem, jakby chciała wejść do domu,
lecz nagle nieruchomieje. Nie rozumiem, dlaczego na mnie nie
krzyczy.

– Gdzie jest Tom?

– Wyszedł. Na spotkanie z kumplami z wojska.

– Anno, musimy iść – mówię, a ona wybucha śmiechem.

Anna

Rano

Z jakiegoś powodu scena ta wydaje mi się nagle bardzo zabawna. Biedna gruba Rachel, czerwona i spocona, stoi w moim
ogrodzie i mówi, że musimy iść. My!

– Niby dokąd? – pytam, gdy przestaję się śmiać, a ona gapi
się na mnie tępo, jakby zabrakło jej słów. – Nigdzie z tobą nie
pójdę. – Evie wierci się i protestuje, więc stawiam ją na ziemi.
Moja skóra jest gorąca i wrażliwa w miejscach, gdzie szoro-
wałam się rano pod prysznicem, mam pogryzione wnętrze ust,
policzki i język.

– Kiedy wróci? – pyta Rachel.

– Jeszcze trochę mu chyba zejdzie.

Tak naprawdę zupełnie nie mam pojęcia, kiedy wróci. Bywa,
że całymi dniami siedzi na tej sztucznej ścianie do wspinaczki.
Albo tylko tak myślałam. Teraz sama już nie wiem.

Ale wiem, że zabrał torbę gimnastyczną i pewnie wkrótce
odkryje, że telefon zniknął.

Zastanawiałam się, czy nie zabrać Evie na kilka dni do siostry,
lecz denerwuję się tą komórką. Co będzie, jeśli ktoś ją znajdzie?
Na torach cały czas pracują robotnicy: któryś z nich może ją znaleźć i zanieść na policję. Są na niej moje odciski palców.

Właściwie mogłabym jej poszukać. To nie powinno być

trudne, musiałabym tylko zaczekać do zmroku, żeby nikt mnie nie zobaczył.

Dociera do mnie, że Rachel wciąż mówi, o coś pyta. Wyłączyłam się. Jestem bardzo zmęczona.

– Anno. – Podchodzi bliżej, sonduje mnie skupionymi czarnymi oczami. – Czy ty ich znasz?

– Kogo?

– Tych kolegów z wojska. Czy Tom cię im przedstawił?

Kręcę głową.

– Nie uważasz, że to dziwne? – pyta.

Uważam, że dziwne jest to, że zjawiła się w moim ogrodzie w niedzielę wczesnym rankiem.

– Nie – odpowiadam. – Są częścią innego życia. Jego życia. Tak jak ty. A przynajmniej tak miało być, tylko że nie sposób się ciebie pozbyć. – Wzdryga się zraniona. – Co ty tu właściwie robisz?

– Myślę, że wiesz. Wiesz, że coś… się dzieje.

Ma poważną twarz, jakby się o mnie martwiła. W innych okolicznościach byłoby to nawet wzruszające.

– Napijesz się kawy?

Parzę kawę i niemal w kojącej ciszy siadamy obok siebie na tarasie.

– Co sugerujesz? – pytam. – Że ci kumple nie istnieją? Że ich zmyślił? Że tak naprawdę spotyka się z jakąś kobietą?

– Nie wiem – mówi.

– Rachel? – Patrzy na mnie i po jej oczach poznaję, że się boi. – Chcesz mi coś powiedzieć?

– Poznałaś jego rodzinę? – pyta. – Jego rodziców.

– Nie. Nie utrzymują ze sobą kontaktów. Przestali się do niego odzywać, kiedy cię zostawił.

Rachel kręci głową.

– To nieprawda. Mnie też im nie przedstawił. Nie znają mnie, więc dlaczego miałoby im na mnie zależeć?

W mojej głowie, w tyle czaszki, zapada ciemność. Próbuję ją okiełznać, odkąd usłyszałam jej głos w telefonie, ale wciąż narasta, wzbiera.

– Nie wierzę ci – mówię. – Dlaczego miałby kłamać?

– Bo ciągle kłamie.

Wstaję i odchodzę. Jestem zła, że mi to powiedziała. Jestem zła na siebie, ponieważ chyba jej wierzę. Chyba zawsze wiedziałam, że Tom kłamie. Tylko że kiedyś jego kłamstwa mi odpowiadały.

– Tak, umie kłamać – przyznaję. – Długo niczego się nie domyślałaś, co? Spotykaliśmy się od miesięcy, rżnęliśmy się do nieprzytomności na Cranham Street, a ty nic nie podejrzewałaś.

Rachel z trudem przełyka ślinę, zagryza wargę.

– Megan – rzuca. – A Megan?

– Wiem. Mieli romans. – Dziwnie to brzmi, pierwszy raz mówię o tym na głos. Zdradzał mnie. Mnie! – Pewnie cię to bawi – ciągnę – ale już jej nie ma, więc sprawa jest zakończona, prawda?

– Anno...

Ciemność gęstnieje, napiera na ściany czaszki, widzę jak przez mgłę. Biorę Evie za rękę i ciągnę ją do domu. Evie głośno protestuje.

– Anno...

– Mieli romans. I tyle. To jeszcze nie znaczy...

– Że ją zabił?

– Nie mów tak! – krzyczę. – Nie przy moim dziecku!

Daję Evie drugie śniadanie, które bez protestu zjada, pierwszy raz od wielu tygodni. Jakby wiedziała, że mam na głowie inne sprawy, i uwielbiam ją za to. Kiedy wracamy na taras, czuję się dużo spokojniejsza, chociaż Rachel wciąż tam jest, chociaż stoi przy płocie na końcu ogrodu, patrząc na przejeżdżające pociągi. Widzi, że już jestem, i idzie w moją stronę.

– Lubisz je, prawda? – pytam. – Pociągi. Ja ich nie znoszę. Nienawidzę.

Uśmiecha się lekko. Dopiero teraz zauważam, że ma głęboki dołeczek na lewym policzku. Nigdy dotąd go nie widziałam. Pewnie dlatego, że nie widziałam, jak Rachel się uśmiecha. Ani razu.

– Kolejne kłamstwo – mówi. – Mnie powiedział, że uwielbiasz ten dom, dom i całą okolicę, nawet pociągi. Że przez myśl by ci nie przeszło, by poszukać innego, że chciałaś się tu wprowadzić, chociaż tu mieszkałam.

Kręcę głową.

– Dlaczego miałby tak mówić? To kompletna bzdura. Od dwóch lat namawiam go do sprzedaży.

Rachel wzrusza ramionami.

– Bo kłamie. Cały czas kłamie.

Ciemność puchnie. Biorę Evie na kolana i mała siedzi zadowolona, coraz senniejsza od słońca.

– A więc te wszystkie telefony... – Dopiero teraz zaczyna mieć to sens. – To nie ty? Tak, wiem, że czasem dzwoniłaś, ale głównie dzwoniła...

– Megan? Chyba tak.

Dziwne. Wiem już, że przez cały ten czas nienawidziłam nie tę kobietę, lecz to wcale nie znaczy, że zaczynam lubić Rachel. Co więcej, gdy jest taka jak teraz, spokojna, zatroskana i trzeźwa, widzę, jaka była kiedyś, i jeszcze bardziej jej nie lubię, bo wiem, co musiał widzieć w niej Tom. Za co musiał ją kochać.

Zerkam na zegarek. Jest po jedenastej. Wyszedł o ósmej. Może nawet wcześniej. Pewnie wie już o telefonie. I to od jakiegoś czasu. Pewnie myśli, że go zgubił, że komórka wypadła z torby. Że leży pod łóżkiem.

– Kiedy się dowiedziałaś? – pytam. – O ich romansie.

– Dopiero dzisiaj. Ale nie znam szczegółów. Wiem tylko, że...

Na szczęście milknie, bo chyba nie mogłabym tego słuchać, opowieści o zdradach mojego męża. Myśl, że ona i ja – gruba, żałosna Rachel i ja – jedziemy na tym samym wózku, jest nie do zniesienia.

– Myślisz, że to jego? – pyta. – Że to było jego dziecko?

Patrzę na nią, lecz jej nie widzę, nie widzę nic oprócz ciemności, słyszę tylko ryk w uszach, coś jak ryk morza albo nisko przelatującego samolotu.

– Słucham?

– Przepraszam. – Ma zaczerwienioną twarz, jest zdenerwowana. – Nie powinnam... – Ona była w ciąży. Megan. Tak mi przykro.

Wcale nie jest jej przykro, jestem tego pewna, poza tym nie chcę się przy niej załamać. Ale patrzę w dół, patrzę na Evie i ogarnia mnie smutek, jakiego nigdy dotąd nie odczuwałam, żałość, która przygniata mnie jak fala, pozbawia tchu. Jej braciszek, jej siostrzyczka. Nie żyją. Rachel siada obok i obejmuje mnie.

– Przykro mi – powtarza i mam ochotę ją uderzyć. Jej skóra ociera się o moją i przechodzą mnie ciarki. Chcę ją odepchnąć, chcę krzyknąć, ale nie mogę. Pozwala mi się wypłakać, a potem czystym, zdecydowanym głosem mówi: – Anno, powinnyśmy już iść. Spakuj trochę rzeczy dla siebie i Evie i chodźmy. Możecie zatrzymać się u mnie. Dopóki... dopóki to się nie wyjaśni.

Wycieram oczy i odsuwam się od niej.

– Nie zostawię go. Miał romans, miał... Nie pierwszy raz, prawda? – Śmieję się i Evie śmieje się ze mną.

Rachel wzdycha i wstaje.

– Dobrze wiesz, że nie chodzi tylko o romans. Obie to wiemy.

– Nic nie wiemy – mówię, a raczej szepczę.

– Wsiadła z nim do samochodu. W tę sobotę. Widziałam ją. Nie pamiętałam tego i początkowo myślałam, że to byłaś ty. Ale już pamiętam. Pamiętam.

– Nie. – Lepka rączka Evie dotyka moich ust.

– Musimy pójść na policję, Anno. – Rachel robi krok w moją stronę. – Proszę. Nie możesz z nim zostać.

Mimo że świeci słońce, drżę z zimna. Próbuję przypomnieć sobie dzień, w którym Megan przyszła do nas ostatni raz i oznajmiła, że nie może już zajmować się Evie. Próbuję przypomnieć sobie jego minę, to, czy był wtedy zadowolony, czy zawiedziony. Przed oczami staje mi inny nieproszony obraz: jeden z pierwszych dni jej pracy. Miałam wyjść na spotkanie z dziewczynami, ale byłam zmęczona i poszłam się zdrzemnąć. Tom musiał wcześniej wrócić, bo kiedy zeszłam na dół, rozmawiali w kuchni. Ona opierała się o blat, a on stał trochę za blisko niej. Evie siedziała w wysokim krzesełku, płakała, ale na nią nie patrzyli.

Bardzo mi zimno. Czy już wtedy wiedziałam, że jej pragnie? Była piękną blondynką, jak ja. Więc pewnie tak, pewnie wiedziałam, tak jak wiem, że kiedy idąc ulicą, mijam żonatych mężczyzn z dziećmi na rękach, patrzą na mnie i myślą tylko o jednym. Więc pewnie wiedziałam. Pragnął jej i ją wziął. Ale to? Nie. Tego nie mógł zrobić.

Nie Tom. Kochanek i dwukrotny mąż. Ojciec. Dobry ojciec i nieuskarżający się żywiciel rodziny.

– Kochałaś go – mówię. – Wciąż kochasz, prawda?

Rachel kręci głową, ale robi to bez przekonania.

– Kochasz – powtarzam. – I wiesz, że… to niemożliwe. – Wstaję, podciągam za rączkę Evie i przysuwam się do niej. – On nie mógł tego zrobić. Wiesz, że nie mógł. Nie pokochałabyś kogoś takiego.

– Ale pokochałam – mówi Rachel. – Ty też.

Po jej policzkach spływają łzy. Wyciera je i kiedy to robi, zmienia jej się twarz, gwałtownie blednie. Nie patrzy na mnie, patrzy ponad moim ramieniem i gdy odwracam się, żeby pójść za jej wzrokiem, widzę go w kuchennym oknie. Obserwuje nas.

Megan

Rano

Wymusiła to na mnie. A może wymusił. Instynkt podpowiada mi, że wymusiła. Instynkt albo serce, nie wiem. Czuję ją tak jak przedtem, czuję, jak leży tam zwinięta w kłębuszek, malutkie ziarenko w strączku, tylko że to ziarenko się uśmiecha. Cierpliwie czeka. Nie mogę jej nienawidzić. Nie mogę się jej pozbyć. Nie mogę. Sądziłam, że będę w stanie, że natychmiast zrobię skrobankę, ale kiedy o niej myślę, widzę tylko twarzyczkę Libby, jej ciemne oczy. Czuję zapach jej skóry. Przypomina mi się, jaka była wtedy zimna. Nie mogę się jej pozbyć. Nie chcę. Chcę ją kochać.

Nie mogę jej nienawidzić, chociaż mnie przeraża. Boję się, co mi zrobi albo co ja zrobię jej. To właśnie ten strach obudził mnie o piątej nad ranem, zlaną potem mimo otwartych okien i tego, że jestem sama. Scott pojechał na konferencję do Hertfordshire, Essex czy gdzieś tam. Wraca wieczorem.

Co mi dolega? Dlaczego kiedy jest w domu, tak bardzo chcę być sama, a kiedy wyjeżdża, nie mogę tego znieść? Nie mogę znieść ciszy. Muszę do siebie mówić, żeby ją zagłuszyć. Rano, w łóżku, ciągle myślałam, co będzie, jeśli to się powtórzy. Co będzie, kiedy zostanę z nią sama? Co będzie, jeśli Scott mnie nie zechce, nie zechce nas? Jeśli się domyśli, że to nie jego dziecko?

Oczywiście, może być jego. Nie wiem, ale czuję, że nie jest. Tak jak czuję, że to ona. Ale nawet jeśli to nie Scott jest ojcem, skąd będzie o tym wiedział? Nie będzie. Jestem głupia. Będzie bardzo szczęśliwy. Oszaleje z radości, kiedy mu powiem. Myśl, że to nie jego córka, nie przyjdzie mu do głowy. Prawda była- by zbyt okrutna, pękłoby mu serce, a tego nie chcę. Nigdy nie chciałam zrobić mu krzywdy.

Nic nie poradzę, że taka jestem.

„Masz natomiast wpływ na to, co robisz". Tak mówi Kamal.

Zadzwoniłam do niego kilka minut po szóstej. Znowu do- padła mnie cisza i zaczynałam panikować. Chciałam zadzwonić do Tary – wiem, że od razu by przybiegła – ale nie zniosłabym jej namolności i nadopiekuńczości. Kamal był jedyną osobą, która przyszła mi do głowy. Zadzwoniłam do niego do domu. Powiedziałam, że mam kłopoty, nie wiem, co robić i mi odbija. Od razu przyjechał. Niezupełnie o nic nie pytając, ale prawie. Nie wiem, może trochę przesadziłam. Może bał się, że Zrobię Coś Głupiego. Jesteśmy w kuchni. Jest wcześnie, dopiero wpół do ósmej. Zaraz będzie musiał wyjść, inaczej nie zdąży na pierw- sze spotkanie. Siedzi przy stole ze starannie założonymi rękami, patrzy na mnie głębokimi sarnimi oczami i wypełnia mnie miłość. Naprawdę. Był dla mnie taki dobry, chociaż zachowywałam się jak gówniara.

Tak jak myślałam, wybaczył mi wszystko to, co było przed- tem. Wszystko wymazał, wszystkie moje grzechy. Powiedział, że jeśli nie wybaczę sama sobie, to będzie trwało i trwało, że nigdy nie przestanę uciekać. A przecież już nie mogę, prawda? Nie teraz, nie z nią.

– Boję się – mówię. – Co będzie, jeśli znowu popełnię błąd? Jeśli coś mi jest? Co będzie, jeśli coś pójdzie nie tak ze Scot- tem? Jeśli znowu zostanę sama? Boję się, nie wiem, czy dam radę. Sama z dzieckiem...

Nachyla się do mnie i przykrywa dłonią moją dłoń.

– Nie popełnisz żadnego błędu. Nie popełnisz. Nie jesteś już zrozpaczonym, zagubionym dzieckiem. Jesteś zupełnie innym człowiekiem. Silniejszym. Dorosłym. Nie musisz bać się samotności. Samotność nie jest najgorsza, prawda?

Milczę, ale zastanawiam się, czy na pewno tak jest, bo zamykając oczy, mogę wywołać w sobie uczucie, które ogarnia mnie na krawędzi snu i natychmiast mnie budzi. Uczucie, że jestem sama w ciemnym domu, że nasłuchuję jej płaczu i kroków Maca na drewnianej podłodze na dole, wiedząc, że ich nie usłyszę.

– Nie mogę ci powiedzieć, co zrobić ze Scottem. Twój związek… Wyraziłem już swoje obawy, ale to ty musisz podjąć decyzję. Musisz zdecydować, czy mu ufasz, czy chcesz, żeby zajął się tobą i dzieckiem. To musi być twoja decyzja. Jednak myślę, że możesz sobie zaufać. Uwierzyć, że postępujesz słusznie.

Przynosi mi kawę do ogrodu. Odstawiam kubek, obejmuję go i przyciągam do siebie. Do semafora zbliża się pociąg. Jego dudnienie jest jak bariera, jak otaczający nas mur i mam wrażenie, że jesteśmy zupełnie sami. On też obejmuje mnie i całuje.

– Dziękuję – mówię. – Dziękuję, że przyszedłeś, że jesteś.

Uśmiecha się, odsuwa i pociera kciukiem mój policzek.

– Dasz sobie radę, Megan.

– Nie mogłabym z tobą uciec? Tylko ty i ja… Nie moglibyśmy uciec?

Kamal śmieje się.

– Nie potrzebujesz mnie. I nie musisz już uciekać. Nic ci nie będzie. Ani tobie, ani dziecku.

Sobota, 13 lipca 2013

Rano

Wiem, co muszę zrobić. Myślałam o tym cały dzień i całą noc. Prawie nie spałam. Scott wrócił zmęczony i w parszywym nastroju, chciał tylko jeść, rżnąć się i spać. Nie była to dobra pora na rozmowę.

Przeleżałam, nie śpiąc całą noc, tuż obok niego, rozpalonego i niespokojnego, wreszcie podjęłam decyzję. Zrobię, co trzeba. Wszystko zrobię jak należy. Wtedy nic nie może pójść nie tak. A jeśli pójdzie, to nie z mojej winy. Będę kochała to dziecko i wychowam je, wiedząc, że od początku postępowałam właściwie. Zgoda, może nie od samego początku, ale od chwili, gdy dowiedziałam się o jego istnieniu. Jestem mu to winna, jestem to winna Libby. I ze względu na nią tym razem zrobię wszystko inaczej.

Leżałam i myślałam o tym, co powiedział mi kiedyś mój nauczyciel, o tym, kim byłam: małą dziewczynką, zbuntowaną nastolatką, uciekinierką, dziwką, kochanką, złą matką i złą żoną. Nie wiem, czy mogłabym być dobrą żoną, ale dobrą matką – tego muszę spróbować.

Będzie ciężko. Będzie to prawdopodobnie najtrudniejsza rzecz, jaką kiedykolwiek musiałam zrobić, lecz powiem prawdę. Koniec z kłamstwami, koniec z ukrywaniem się, uciekaniem i wciskaniem kitu. Wyłożę kawę na ławę i zobaczymy. Jeśli przestanie mnie kochać, trudno.

Wieczorem

Odpycham go rękami ze wszystkich sił, ale jest trzy razy silniejszy i nie mogę oddychać. Uciska przedramieniem moją tchawicę i w skroniach pulsuje mi krew, coraz gorzej widzę. Przygniata mnie do ściany, próbuję krzyknąć. Chwytam go za podkoszulek i mnie puszcza. Odwraca się i odchodzi, a ja osuwam się na podłogę.

Kaszlę i charczę, z oczu płyną mi łzy. Stoi kilka kroków ode mnie, a gdy znowu na mnie patrzy, moja ręka wędruje odruchowo do szyi. Widzę, że się wstydzi, i chcę mu powiedzieć, że wszystko jest dobrze. Że nic mi nie zrobił. Otwieram usta, lecz zamiast słów wydobywa się z nich tylko kaszel. Ból jest niewiarygodny. Scott mówi coś, ale go nie słyszę, bo dźwięk jest przytłumiony, dociera do mnie rozmytymi falami, jakbyśmy byli pod wodą. Nie rozumiem ani słowa.

Chyba mnie przeprasza.

Podciągam się, wstaję, mijam go, biegnę na górę, trzaskam drzwiami i zamykam je na klucz. Siadam na łóżku i czekam, nasłuchuję kroków, ale Scott nie przychodzi. Wyciągam torbę spod łóżka, podchodzę do komody, żeby wyjąć ubrania, i widzę swoje odbicie w lustrze. Dotykam twarzy: w porównaniu z zaczerwienioną skórą, sinymi ustami i nabiegłymi krwią oczami moja ręka jest biała jak kreda.

Jestem w szoku, bo nigdy dotąd się na mnie nie rzucił. Ale podświadomie tego oczekiwałam. W głębi duszy zawsze wiedziałam, że tak może być, że do tego zmierzamy. Że go do tego doprowadzę. Powoli wyjmuję rzeczy z szuflad: bieliznę, parę podkoszulków. Wkładam je do torby.

Nie zdążyłam mu nawet powiedzieć. Dopiero zaczęłam. Chciałam przekazać mu najpierw złą wiadomość, a potem dobrą. Nie mogłam powiedzieć mu o dziecku i zastrzec, że nie jestem pewna, czy to on jest ojcem. To by było zbyt okrutne.

Siedzieliśmy na tarasie. Opowiadał o pracy i zauważył, że go nie słucham.

– Nudzę cię? – spytał.

– Nie. No, może trochę. – Nie roześmiał się. – Nie, jestem po prostu zdenerwowana. Muszę ci coś powiedzieć, kilka rzeczy. Niektóre ci się nie spodobają, ale niektóre…

– Co mi się nie spodoba?

Powinnam była wyczuć, że to nieodpowiednia chwila. Od razu stał się podejrzliwy, zaczął sondować moją twarz w poszukiwaniu wskazówek. Powinnam była wiedzieć, że to straszny pomysł. I pewnie wiedziałam, ale było za późno na odwrót. Poza tym podjęłam decyzję. Zrobić to, co trzeba.

Usiadłam obok niego na kamiennym krawężniku i wzięłam go za rękę.

– Co mi się nie spodoba? – powtórzył, lecz nie zabrał ręki.

Powiedziałam, że go kocham, i poczułam, że tężeją mu wszystkie mięśnie, jakby się już domyślił, jakby przygotowywał się na najgorsze. Bo tak jest, prawda? Kiedy ktoś mówi ci w ten sposób, że cię kocha. Kocham cię, naprawdę, ale... Ale.

Powiedziałam, że popełniłam kilka błędów, i wtedy zabrał rękę. Wstał, zrobił pąę kroków w kierunku torów i się odwrócił.

– Jakich? – spytał spokojnie, jednak widziałam, że dużo go to kosztuje.

– Chodź, usiądź obok mnie. Proszę.

Pokręcił głową.

– Jakich błędów, Megan? – powtórzył, tym razem głośniej.

– Był... To już skończone, ale... był ktoś. – Miałam spuszczone oczy, bałam się na niego spojrzeć.

Zaklął pod nosem, ale prawie tego nie słyszałam. Podniosłam wzrok, lecz on zdążył się już odwrócić i z rękami na skroniach patrzył na tory. Wstałam, stanęłam za nim i położyłam ręce na jego biodrach, ale odskoczył ode mnie jak oparzony. Ruszył w stronę domu i nie patrząc na mnie, syknął:

– Nie dotykaj mnie, dziwko.

Powinnam była go zostawić w spokoju, dać mu czas na otrzeźwienie, ale nie mogłam. Przekazałam mu złą wiadomość i chciałam, żeby usłyszał teraz dobrą, więc poszłam za nim.

– Scott, proszę, wysłuchaj mnie, to nie takie straszne, jak myślisz, to już skończone. Wysłuchaj mnie, proszę...

Chwycił nasze zdjęcie, to, które tak lubi – kazałam je oprawić i dałam mu je w prezencie z okazji drugiej rocznicy naszego ślubu – i ze wszystkich sił cisnął nim we mnie, celując w głowę. Kiedy roztrzaskało się o ścianę, runął na mnie, złapał mnie za ramiona, zaciągnął na drugą stronę pokoju i rzucił na przeciwległą ścianę. Grzmotnęłam w nią tak mocno, że odskoczyła mi głowa. Potem nachylił się z przedramieniem na moim gardle i bez słowa zaczął napierać, coraz mocniej i mocniej. Zamknął oczy, żeby nie widzieć, jak się duszę.

Kończę pakować torbę i natychmiast zaczynam ją rozpakowywać, wkładać wszystko z powrotem do szuflad. Jeśli spróbuję wyjść z torbą, na pewno mnie nie wypuści. Nie, muszę wyjść z pustymi rękami, tylko z torebką i telefonem. Po chwili zmieniam zdanie i znowu się pakuję. Nie wiem, dokąd pójdę, ale wiem, że nie mogę tu zostać. Zamykam oczy i czuję jego ręce na szyi.

Wiem, co zdecydowałam – koniec z uciekaniem i ukrywaniem się – ale dzisiaj nie mogę tu zostać. Słyszę ciężkie i powolne kroki na schodach. Trwa to wieki. Zwykle wbiega na górę, lecz dzisiaj wchodzi jak na szafot. Nie wiem tylko, czy jako skazaniec, czy kat.

– Megan? – Nie próbuje otworzyć drzwi. – Przepraszam, że zrobiłem ci krzywdę, przepraszam…

Prawie płacze. Dostaję szału, mam ochotę wypaść na korytarz i podrapać mu twarz. Nie waż się beczeć, nie po tym, co mi zrobiłeś! Jestem wściekła, mam ochotę na niego nawrzeszczeć, powiedzieć, żeby spadał, odszedł od drzwi, ale gryzę się w język, bo nie jestem głupia. Ma powody do gniewu. A ja muszę myśleć racjonalnie, trzeźwo. Bo teraz myślę za dwoje. Ta konfrontacja dodała mi sił, jestem bardziej zdeterminowana. Słyszę go za drzwiami, błaga mnie o wybaczenie, ale nie mogę o tym myśleć, nie teraz. Teraz muszę coś zrobić.

Na dnie szafy, w ostatnim z trzech rzędów starannie oznakowanych pudełek na buty, stoi ciemnoszare pudełko z napisem „czerwone koturny". W pudełku jest stary telefon komórkowy na kartę, zabytek, który kupiłam lata temu i na wszelki wypadek zatrzymałam. Dawno go nie używałam, ale dzisiaj użyję.

Będę szczera. Wyłożę kawę na ławę. Dość kłamstw, dość tajemnic. Tatuś nawarzył piwa i pora, żeby je wypił.

Siadam na łóżku i włączam komórkę, modląc się, żeby bateria była choć trochę naładowana. Ekran ożywa i czuję się jak po zastrzyku adrenaliny, mam zawroty głowy i lekkie mdłości, jestem nakręcona jak na haju. Zaczynam się dobrze bawić, jestem podniecona, bo już wkrótce wszystko wyjdzie na jaw, bo stawię mu czoło – jemu i całej reszcie – bo wreszcie będzie jasne, kim jesteśmy i dokąd zmierzamy. Tak, wieczorem będzie już wiadomo, na czym każde z nas stoi.

Wybieram numer. Od razu słyszę powitanie poczty głosowej, ale się tego spodziewałam. Rozłączam się i wysyłam esemesa: „Muszę z tobą porozmawiać. TO PILNE. Oddzwoń". Potem siedzę i czekam.

Przeglądam rejestr rozmów. Ostatni raz korzystałam z tej komórki w kwietniu. Mnóstwo połączeń wychodzących – nieodebranych – pod koniec marca i na początku kwietnia. Dzwoniłam, dzwoniłam i dzwoniłam, a on mnie ignorował, nie odpowiadał nawet na moje groźby, że przyjdę do niego do domu i porozmawiam z jego żoną. Ale teraz mnie posłucha. Zmuszę go do tego.

Na początku to była tylko zabawa. Rozrywka. Widywałam go od czasu do czasu. Wpadał do galerii, uśmiechał się, flirtował ze mną, lecz wszystko to razem było zupełnie niewinne – mnóstwo mężczyzn wpadało tam i flirtowało. Ale potem galerię zamknięto i przez cały czas siedziałam w domu znudzona i niespokojna. Potrzebowałam po prostu czegoś jeszcze, czegoś innego. Pewnego dnia, gdy Scott gdzieś wyjechał, wpadłam na niego na ulicy. Zaczęliśmy rozmawiać i zaprosiłam go do domu na kawę. Patrzył na mnie tak, że od razu wiedziałam, o czym myśli, tak też się stało. Później stało się znowu, ale nigdy nie traktowałam tego poważnie, nigdy nie chciałam. Po prostu miałam frajdę, że aż tak na niego działam, podobało mi się poczucie władzy. To takie proste i takie głupie. Nie pragnęłam, żeby zostawił żonę, pragnęłam tylko, żeby chciał ją zostawić. Żeby aż tak mnie pożądał.

Nie pamiętam, kiedy pierwszy raz pomyślałam, że to może być coś więcej, że możemy więcej z tego mieć, że do siebie pasujemy. Ale kiedy tylko tak pomyślałam, zaczął się ode mnie odsuwać. Przestał pisać esemesy, przestał odbierać telefony i żadne odrzucenie nie zabolało mnie tak bardzo jak to, żadne. Nie mogłam tego znieść. Dlatego gniew przeszedł w coś innego: w obsesję. Teraz to widzę. Pod koniec myślałam, że z tego wyjdę, może trochę posiniaczona, ale cała. Jednak teraz sprawa nie jest już taka prosta.

Scott wciąż jest pod drzwiami. Nie słyszę go, ale wyczuwam. Idę do łazienki i dzwonię. Znowu poczta głosowa, więc rozłączam się i wybieram numer ponownie, drugi raz, trzeci, czwarty. Nagrywam szeptem wiadomość.

– Odbierz albo tam przyjdę. Nie żartuję. Muszę z tobą porozmawiać. Przestań mnie ignorować.

Telefon leży na brzegu umywalki. Bardzo chcę, żeby zadzwonił. Jednak ekran uparcie pozostaje szary i pusty. Czeszę się, myję zęby i się maluję. Wracają mi rumieńce. Oczy wciąż mam zaczerwienione, wciąż boli mnie gardło, ale wyglądam nieźle. Zaczynam liczyć. Jeśli telefon nie zadzwoni, zanim doliczę do pięćdziesięciu, pójdę tam i zapukam do drzwi. Telefon milczy.

Chowam go do kieszeni, szybko przechodzę przez pokój i otwieram drzwi. Scott siedzi na podeście, obejmując rękami kolana. Ma spuszczoną głowę, nie patrzy na mnie, więc mijam go i bez tchu zbiegam na dół. Boję się, że chwyci mnie od tyłu i popchnie. Słyszę, że wstaje.

– Megan! – woła. – Gdzie idziesz? Do niego?

Odwracam się u podnóża schodów.

– Nie ma żadnego „niego". Jasne? To już skończone.

– Proszę, zaczekaj, nie idź.

Nie chcę słyszeć, jak mnie błaga, nie chcę słyszeć tego jęczenia, żałosnego zawodzenia. Nie wtedy, kiedy gardło piecze mnie, jakby ktoś wlał do niego kwasu.

– Nie idź za mną – chrypię. – Jeśli pójdziesz, już nie wrócę. Rozumiesz? Jeśli spojrzę przez ramię i cię zobaczę, już nigdy mnie nie ujrzysz.

Trzaskając drzwiami, słyszę, jak mnie woła.

Czekam przez chwilę na chodniku, żeby upewnić się, czy za mną nie lezie, potem idę Blenheim Road, najpierw szybko, później coraz wolniej i wolniej. Dochodzę na miejsce i tracę pewność siebie. Nie jestem jeszcze gotowa na taką scenę. Muszę mieć chwilę, żeby się pozbierać. Kilka minut. Idę dalej, mijam dom, przejście pod wiaduktem, mijam stację. Idę aż do parku i stamtąd dzwonię jeszcze raz.

Mówię mu, gdzie jestem, że na niego czekam, że jeśli się nie zjawi, będzie miał przegwizdane, bo odwiedzę go w domu. To jego ostatnia szansa.

Jest ładny wieczór, ciepły i jasny, chociaż minęła już siódma. Na huśtawkach i zjeżdżalni wciąż bawi się grupka dzieci, a ich rodzice stoją obok i z ożywieniem rozmawiają. Ładny obrazek, taki zwyczajny, ale gdy na nich patrzę, mam bolesne przeczucie, że Scott i ja nie przyprowadzimy tu naszej córeczki. Po prostu nie widzę nas takich – szczęśliwych i odprężonych. Nie teraz. Nie po tym, co właśnie zrobiłam.

Rano byłam przekonana, że wyciągnięcie wszystkiego na światło dzienne jest najlepszym sposobem – nie tylko najlepszym, ale jedynym. Koniec z kłamstwami i tajemnicami. A to, że się na mnie rzucił, jeszcze bardziej mnie w tym utwierdziło. Jednak teraz, gdy siedzę tu sama, gdy Scott jest nie tylko wściekły, ale też załamany, dochodzę do wniosku, że źle zrobiłam. Wcale nie byłam silna, byłam lekkomyślna i wyrządziłam Bóg wie ile szkód.

Może odwaga, której mi brakuje, nie ma nic wspólnego z prawdą, tylko z odejściem. I nie chodzi jedynie o ten niepokój, chodzi o coś więcej. Może dla jej dobra i mojego pora odejść od nich obu, od tego wszystkiego. Może muszę się ciągle ukrywać i uciekać, może potrzebuję właśnie tego. Wstaję i obchodzę park. Tylko raz. Chcę, żeby telefon zadzwonił, jednocześnie się tego boję, ale w końcu cieszę się, że milczy. Traktuję to jak znak. Zawracam, idę do domu.

Widzę go tuż za stacją: wychodzi szybko z przejścia pod wiaduktem, jest przygarbiony i ma zaciśnięte pięści. Wołam go – nie zdążyłam ugryźć się w język – a on odwraca się w moją stronę.

– Megan! Co ty tu, do diabła… – Jest wściekły, ale przywołuje mnie gestem ręki. – Chodź – mówi, kiedy podchodzę bliżej. – Nie możemy tu rozmawiać. Mam samochód.

– Chcę tylko…

– Nie tutaj! – warczy. – Chodź. – Ciągnie mnie za ramię. I łagodniejszym głosem dodaje: – Pojedziemy w jakieś zaciszne miejsce, dobrze? Gdzieś, gdzie będziemy mogli porozmawiać.

Wsiadając do samochodu, zerkam przez ramię. W przejściu jest ciemno, ale mam wrażenie, że kogoś widzę w tym mroku. Że ktoś nas obserwuje.

Rachel

Po południu

Anna odwraca się na pięcie i wbiega do środka, gdy tylko go spostrzega. Z głucho walącym sercem idę za nią ostrożnie i zatrzymuję się tuż przed rozsuwanymi drzwiami. Tom obejmuje ją i przytula wraz z dzieckiem. Anna ma pochyloną głowę, trzęsą się jej ramiona. On całuje ją w czubek głowy, ale nie spuszcza mnie z oczu.

– Co tu się dzieje? – pyta z cieniem uśmiechu na ustach. – Dwie panie plotkujące w ogrodzie? Muszę przyznać, że nie tego się spodziewałem.

Mówi lekkim głosem, ale mnie nie nabierze. Już nie. Otwieram usta, żeby coś powiedzieć, lecz nie znajduję odpowiednich słów. Nie wiem, jak zacząć.

– Rachel? Powiesz mi, o co chodzi? – Wypuszcza Annę z objęć i robi krok w moją stronę. Cofam się, a on się śmieje. – Co ci jest, do licha? – pyta. – Upiłaś się?

Ale dobrze wie, że jestem trzeźwa, poznaję to po jego oczach i daję głowę, że tym razem tego żałuje. Wkładam rękę do tylnej kieszeni dżinsów – jest tam moja komórka: mała i twarda dodaje mi otuchy, szkoda tylko, że nie byłam na tyle rozsądna, żeby zadzwonić na policję. Uwierzyliby mi czy nie, gdybym powiedziała, że jestem z Anną i jej dzieckiem, przyjechaliby i tak.

Tom jest dwa kroki ode mnie, stoi w drzwiach, ja stoję tuż przed nimi.

– Widziałam cię – mówię w końcu i gdy wreszcie wypowiadam te słowa, ogarnia mnie euforia, ulotna, lecz prawdziwa. – Myślisz, że nic nie pamiętam, ale się mylisz. Uderzyłeś mnie, zostawiłeś mnie tam, pod wiaduktem…

Tom wybucha śmiechem, jednak teraz wyraźnie to widzę i nie mam pojęcia, dlaczego nigdy dotąd nie umiałam go rozszyfrować. W jego oczach czai się panika. Zerka na Annę, ale ona ucieka wzrokiem w bok.

– Co ty pleciesz?

– W przejściu pod wiaduktem. W dniu, kiedy zaginęła Megan Hipwell…

– Bzdura. – Pogardliwie macha ręką. – Nie uderzyłem cię. Upadłaś. – Bierze Annę za rękę i przyciąga ją bliżej. – Kochanie, to dlatego jesteś taka zdenerwowana? Nie słuchaj jej, ona bredzi. Nie uderzyłem jej. Nigdy w życiu nie podniosłem na nią ręki. Nigdy. – Obejmuje Annę i przyciąga jeszcze bliżej. – Daj spokój. Przecież mówiłem ci, jaka ona jest. Kiedy pije, nie wie, co się wokoło dzieje, zmyśla…

– Wsiadłeś z nią do samochodu. Widziałam, jak odjeżdżacie.

Wciąż się uśmiecha, chociaż już bez przekonania, i może to tylko moja wyobraźnia, ale chyba trochę zbladł. Zwalnia uścisk i puszcza Annę. Ta siada przy stole tyłem do niego, z wiercącą się córeczką na kolanach.

Tom przesuwa ręką po ustach, opiera się o blat kuchenny i krzyżuje ręce na piersi.

– Widziałaś, jak wsiadam do samochodu z kim?

– Z Megan.

– No tak! – Znowu się śmieje, głośno i sztucznie. – Kiedy rozmawialiśmy ostatnim razem, twierdziłaś, że z Anną. A teraz twierdzisz, że z Megan, tak? Z kim wsiądę za tydzień? Z księżną Dianą?

Anna patrzy na mnie. Widzę, jak przez jej twarz przebiega wyraz zwątpienia i nadziei.

– Nie jesteś pewna? – pyta.

Tom klęka przy niej.

– Oczywiście, że nie jest. Ona zmyśla, bez przerwy zmyśla. Skarbie, proszę cię. Idź na górę i zostaw nas na chwilę. Porozmawiam z nią. I tym razem – zerka na mnie – daję ci słowo, że już nigdy nie będzie nas niepokoiła.

Anna waha się, widzę, że się waha – poznaję to po tym, jak na niego patrzy, jak sonduje jego twarz, wpatrzone w nią oczy.

– Anno! – wołam, próbując przeciągnąć ją na swoją stronę. – Przecież ty wiesz. Wiesz, że on kłamie. Wiesz, że z nią spał.

Przez chwilę nikt się nie odzywa. Anna patrzy to na niego, to na mnie. Otwiera usta, chce coś powiedzieć, lecz wciąż milczy.

– Anno! O co jej chodzi? Między mną a Megan Hipwell nigdy nic nie było.

– Znalazłam telefon – mówi Anna tak cicho, że prawie jej nie słychać. – Dlatego nie kłam. Proszę. Przestań mnie okłamywać.

Evie zaczyna skarżyć się i marudzić. Tom bierze ją na ręce; jest bardzo delikatny. Podchodzi do okna, huśtając ją i coś do niej mrucząc. Nie słyszę, co mówi. Anna ma pochyloną głowę, na stół kapią łzy.

– Gdzie on jest? – Tom odwraca się do nas; już się nie śmieje. – Ten telefon. Dałaś go jej? – Wskazuje mnie ruchem głowy. – Masz go?

– Nic nie wiem o żadnym telefonie – mówię, żałując, że Anna nie wspomniała o tym wcześniej.

Tom nie zwraca na mnie uwagi.

– Anno? Dałaś go jej?

Anna kręci głową.

– Więc gdzie jest?

– Wyrzuciłam go. Za płot. Na tory.

– Zuch dziewczyna – mówi Tom nieobecnym głosem. – Zuch dziewczyna. – Próbuje to rozgryźć, opracować plan działania. Zerka na mnie i odwraca wzrok. Przez chwilę sprawia wrażenie pokonanego.

Patrzy na żonę.

– Cały czas byłaś zmęczona – mówi. – Nic cię nie interesowało. Ciągle tylko dziecko i dziecko. Mam rację? Myślałaś tylko o sobie, prawda? Tylko o sobie! – Pstryk! I nagle znowu się ożywia, znowu jest wesoły, robi miny do córeczki, łaskocze ją w brzuszek, rozśmiesza ją. – A Megan była… Cóż, była pod ręką. Początkowo spotykaliśmy się u niej, ale paranoicznie się bała, że Scott nas przyłapie. Więc zaczęliśmy się umawiać Pod Łabędziem. Wtedy… Pamiętasz, jak było z nami, Anno? Na początku. Pamiętasz ten dom przy Cranham Street? Dlatego pewnie zrozumiesz. – Zerka przez ramię i puszcza do mnie oko. – Umawialiśmy się tam z Anną w starych, dobrych czasach.

Przekłada córeczkę na drugą rękę i Evie opiera się o jego ramię.

– Pewnie myślisz, że jestem okrutny, ale to nieprawda. Mówię tylko, jak było. Sama tego chciałaś. Prosiłaś, żebym przestał kłamać.

Anna nie podnosi głowy. Siedzi sztywno, kurczowo ściskając rękami brzeg stołu.

Tom głośno wzdycha.

– Szczerze mówiąc, ulżyło mi. – Mówi teraz do mnie, patrzy mi w oczy. – Nie masz pojęcia, jakie to wyczerpujące żyć z kimś takim jak ty. Kurwa, żebym chociaż nie próbował! Ale próbowałem, robiłem wszystko, żeby ci pomóc. Żeby pomóc wam. Jesteście… Kochałem was, naprawdę kochałem, ale obie jesteście niewiarygodnie słabe.

– Wal się, Tom! – mówi Anna i wstaje. – Wrzucasz do jednego worka mnie i ją?

Nagle uświadamiam sobie, że dobrali się jak w korcu maku. Anna pasuje do niego dużo lepiej niż ja, bo w nosie ma to, że jej mąż jest kłamcą i mordercą, przejmując się tylko tym, że porównał ją do mnie.

Tom podchodzi do niej i uspokajającym głosem mówi:

– Przepraszam, kochanie. To było niesprawiedliwe. – Anna odpycha go lekko, a on przenosi wzrok na mnie. – Robiłem, co mogłem, Rach. Byłem dobrym mężem. Wiele znosiłem, twoje picie i depresję. Znosiłem bardzo długo, aż w końcu się poddałem.

– Okłamywałeś mnie – mówię, a on odwraca się w moją stronę zaskoczony. – Wmawiałeś mi, że to moja wina, że jestem do niczego. Patrzyłeś, jak cierpię…

Wzrusza ramionami.

– Zdajesz sobie sprawę, jak nudna się stałaś? I brzydka? Zbyt smutna, żeby rano zwlec się z łóżka, zbyt zmęczona, żeby wziąć prysznic albo umyć włosy? Chryste. Chyba nic dziwnego, że straciłem cierpliwość. Że musiałem szukać rozrywek. To twoja wina, tylko twoja.

Zwraca się do żony i wyraz pogardy na jego twarzy ustępuje miejsca zatroskaniu.

– Anno, z tobą jest inaczej, przysięgam. Ta sprawa z Megan była tylko… tylko dla zabawy. Nigdy nie traktowałem jej poważnie. Przyznaję, nie popisałem się, ale musiałem jakoś spuścić parę. Ot, i wszystko. Nie zamierzałem tego ciągnąć. Tym bardziej zniszczyć nas i naszą rodzinę. Musisz to zrozumieć.

– Ona… – Anna próbuje coś powiedzieć, ale nie może mówić.

Tom kładzie rękę na jej ramieniu i je ściska.

– Co takiego, skarbie?

– Ona opiekowała się naszym dzieckiem – syczy Anna. – Pieprzyłeś się z nią tutaj? Kiedy doglądała Evie?

Tom zabiera rękę. Jego twarz jest ucieleśnieniem skruchy, głębokiego wstydu.

– To było straszne. Myślałem... myślałem, że... Naprawdę nie wiem, co myślałem. Nie wiem, czy w ogóle myślałem. Postąpiłem źle. Bardzo źle. – Maska znowu się zmienia i Tom zaczyna ją błagać, z jego twarzy, jego wytrzeszczonych oczu bije teraz czysta niewinność. – Wtedy jeszcze nie wiedziałem, Anno. Musisz mi uwierzyć, nie wiedziałem, kim ona jest. Nie wiedziałem o dziecku, które zabiła. Gdybym wiedział, nigdy nie dopuściłbym jej do Evie, wierz mi.

Bez najmniejszego ostrzeżenia Anna gwałtownie wstaje i odpycha krzesło, które przewraca się z trzaskiem, budząc ich córeczkę.

– Daj mi ją. – Wyciąga ręce, ale Tom się cofa. – Daj mi ją, słyszysz? Daj mi ją!

Tom odchodzi, kołysząc Evie, szepcząc coś do niej, utulając ją do snu, a wtedy Anna zaczyna krzyczeć. Początkowo powtarza w kółko: „Daj mi ją, daj mi ją", ale potem już tylko wyje z bólu i wściekłości. Dziecko też krzyczy. Tom próbuje je uspokoić, nie zwraca uwagi na żonę, więc muszę się nią zająć. Ciągnę ją do ogrodu i przemawiam do niej cicho i z naciskiem.

– Uspokój się. Rozumiesz? Musisz się uspokoić. Porozmawiaj z nim, zajmij go na chwilę, a ja zadzwonię na policję. Dobrze?

Anna kręci głową, cała się trzęsie. Chwyta mnie za rękę, jej paznokcie wbijają mi się w ciało.

– Jak on mógł?

– Anno! Posłuchaj mnie. Odciągnij go od drzwi, zajmij go czymś.

Anna wchodzi do domu. Biorę głęboki oddech i oddalam się od wyjścia. Nie idę daleko, przystaję na trawniku. Odwracam się i patrzę. Są w kuchni. Idę trochę dalej. Zrywa się wiatr, upał niedługo ustąpi. Jerzyki latają nisko, w powietrzu czuć deszcz. Uwielbiam ten zapach…

Wyjmuję komórkę. Trzęsą mi się ręce i nie mogę jej odblokować. Próbuję raz, drugi – udaje mi się dopiero za trzecim razem. Postanawiam zadzwonić do detektyw Riley, do kogoś, kogo znam. Przewijam rejestr rozmów, ale nie mogę jej znaleźć – nie, zadzwonię pod 999. Właśnie wpisuję drugą dziewiątkę, gdy Tom kopie mnie w krzyż. Padam bez tchu na trawę. Komórka wyślizguje mi się z ręki – Tom podnosi ją, zanim zdążam uklęknąć i złapać oddech.

– Spokojnie, Rachel, spokojnie. – Chwyta mnie za ramię i bez wysiłku stawia na nogi. – Nie róbmy niczego głupiego.

Prowadzi mnie do domu, a ja nie stawiam oporu, bo wiem, że to bez sensu, że od niego nie ucieknę. Wpycha mnie do środka, zasuwa przeszklone drzwi i zamyka je na klucz. Rzuca go na stół. Obok stołu stoi Anna. Posyła mi lekki uśmiech i zastanawiam się, czy nie powiedziała mu, że chciałam zadzwonić na policję.

Zaczyna przygotowywać jedzenie dla córki i nastawia czajnik, żeby zrobić nam herbatę. Mam wrażenie, że w tej dziwacznej namiastce rzeczywistości mogłabym grzecznie pożegnać się z nimi i wyjść na bezpieczną ulicę. Myśl jest tak kusząca, że robię kilka kroków w stronę drzwi, ale Tom zagradza mi drogę. Kładzie mi rękę na ramieniu i przesuwa palcami po szyi, leciutko ją uciskając.

– I co ja mam z tobą zrobić, Rach?

Megan

Wieczorem

Dopiero w samochodzie widzę krew na jego ręku.

– Skaleczyłeś się – mówię.

Tom milczy; tak mocno zaciska palce na kierownicy, że zbielały mu kłykcie.

– Musiałam z tobą porozmawiać. – Próbuję być pojednawcza, dorosła, lecz chyba jest trochę za późno. – Przepraszam, że zawracam ci głowę, ale na litość boską! Zupełnie się odciąłeś. Nie chcesz…

– Nie, nie – przerywa mi łagodnie. – Jestem… jestem wkurzony. Ale nie na ciebie. – Patrzy na mnie i próbuje się uśmiechnąć. Bezskutecznie. – Kłopoty z moją byłą – wyjaśnia. – Wiesz, jak to jest.

– Co ci się stało w rękę? – pytam.

– Kłopoty z moją byłą – powtarza z nieprzyjemną nutą w głosie. Resztę drogi do Corly Wood pokonujemy w milczeniu.

Dojeżdżamy na miejsce i zatrzymujemy się na końcu parkingu. Byliśmy tu kilka razy. Wieczorami nikogo tu nie ma, czasem kilku nastolatków z piwem, to wszystko. Dzisiaj jesteśmy sami.

Tom gasi silnik.

– No dobrze. O czym chciałaś porozmawiać?

W jego głosie wciąż słychać gniew, lecz ten gniew już nie

kipi, tylko cicho bulgocze. Po tym, co się stało, nie chcę przebywać w zamkniętej przestrzeni z rozwścieczonym mężczyzną, dlatego proponuję, żebyśmy się przeszli. Tom przewraca oczami, ciężko wzdycha, ale się zgadza.

Jest ciepło. Pod drzewami tańczą roje muszek, przez liście sączą się promienie słońca, kąpiąc ścieżkę w dziwnym, jakby podziemnym świetle. Gdzieś w górze gniewnie skrzeczą sroki.

Idziemy w milczeniu, ja przodem, on kilka kroków za mną. Zastanawiam się, co powiedzieć, jakich użyć słów. Nie chcę pogarszać sytuacji. Muszę ciągle przypominać sobie, że dobrze robię.

Zatrzymuję się i odwracam. Tom stoi bardzo blisko.

Kładzie mi ręce na biodrach.

– Tutaj? – pyta. – Tego chciałaś? – Sprawia wrażenie znudzonego.

– Nie. – Odsuwam się. – Nie tego.

Ścieżka lekko opada. Zwalniam, ale zrównuje ze mną krok.

– To czego?

Głęboki oddech. Wciąż boli mnie gardło.

– Jestem w ciąży.

Tom nie reaguje, ma pozbawioną wyrazu twarz. Równie dobrze mogłabym powiedzieć, że wracając do domu, muszę wpaść do sklepu albo do dentysty.

– Winszuję – mówi w końcu.

Kolejny głęboki oddech.

– Mówię ci o tym, bo... bo niewykluczone, że to twoje dziecko.

Patrzy na mnie przez chwilę i wybucha śmiechem.

– Tak? Szczęściarz ze mnie. No i co teraz? Uciekniemy? We troje? Ty, ja i dziecko? Dokąd? Do Hiszpanii...

– Pomyślałam, że powinieneś wiedzieć, bo...

– Idź się wyskrobać – rzuca. – Jeśli to twojego męża, rób, co chcesz. Ale jeśli moje, idź na skrobankę. Poważnie, nie róbmy głupot. Nie chcę kolejnego dzieciaka. – Przesuwa palcami po moim policzku. – Poza tym bardzo mi przykro, ale nie sądzę, żebyś nadawała się na matkę, prawda?

– Możesz udzielać się, jak chcesz…

– Słyszałaś, co powiedziałem? – warczy. Odwraca się i rusza z powrotem do samochodu. – Byłabyś okropną matką. Wyskrob się.

Idę za nim, najpierw szybko, potem biegnę i kiedy jestem blisko, popycham go w plecy. Krzyczę na niego, wrzeszczę, próbuję zedrzeć mu z gęby tę zadowoloną z siebie minę, a on śmieje się i bez trudu broni. Mówię najgorsze rzeczy, jakie tylko przychodzą mi do głowy. Obrażam jego męskość, jego nudną żonę, ich brzydkie dziecko.

W sumie nie wiem, czemu tak się wściekam, bo niby czego się spodziewałam? Gniewu, zdenerwowania, może niepokoju. Ale nie tego. To nie jest nawet odrzucenie. To jest lekceważąca odprawa. Chce się mnie pozbyć – mnie i mojego dziecka – więc mówię mu, więc krzyczę:

– Nie pozbędziesz się mnie! Zapłacisz za to! Będziesz za to płacił do końca swojego zasranego życia!

Już się nie śmieje.

Podchodzi do mnie. Ma coś w ręku.

Upadłam. Musiałam się poślizgnąć. Uderzyć o coś głową. Chyba zwymiotuję. Wszystko jest czerwone. Nie mogę wstać.

Jedna sroczka smutek wróży, dwie – radości pełne dni. Trzy to dziewczę urodziwe… Utykam na „trzy", nie pamiętam, co jest dalej. Huczy mi w głowie, w ustach mam pełno krwi. Trzy to dziewczę urodziwe. Słyszę sroki, ich głośne skrzeczenie – śmieją się, naśmiewają ze mnie. Całe stado: złe wieści. Widzę je teraz, są jak czarna plama na tle słońca. Nie, to nie ptaki, to coś innego. Ktoś nadchodzi. Coś mówi.

– I zobacz. Zobacz, do czego mnie zmusiłaś.

Rachel

Po południu

Siedzimy w małym trójkącie: Tom na sofie, z córką na kolanach, kochający ojciec i oddany mąż, u jego boku żona. A naprzeciwko nich była żona z kubkiem herbaty w ręku. Bardzo kulturalnie. Siedzę w skórzanym fotelu, który kupiliśmy u Heala zaraz po ślubie, kosztownym i luksusowym, pokrytym mięciutką beżową skórą – to był nasz pierwszy wspólnie nabyty mebel. Pamiętam, jak bardzo byłam podekscytowana, kiedy go przywieźli. Pamiętam, jak bezpieczna i szczęśliwa zwinęłam się w nim w kłębek, myśląc: „Ciepło, bezpieczeństwo i wygoda, na tym polega małżeństwo".

Tom obserwuje mnie ze zmarszczonymi brwiami. Zastanawia się, co dalej, jak z tego wybrnąć. Nie martwi się o Annę, wyraźnie to widzę. To ja jestem dla niego problemem.

– Była trochę podobna do ciebie – mówi nagle. Odchyla się do tyłu i układa wygodniej córeczkę na kolanach. – Była i nie była. Miała w sobie to coś, wiesz, tę bezradność. Nigdy nie umiałem się temu oprzeć. Ja, rycerz w lśniącej zbroi.

– Nie jesteś niczyim rycerzem – ripostuję cicho.

– Och, Rach, nie bądź taka. Nie pamiętasz? Byłaś taka smutna, bo umarł ci tatuś, chciałaś tylko mieć do kogo wracać i być kochana. A ja ci to dałem. Przy mnie poczułaś się

311

bezpiecznie. Potem postanowiłaś to wszystko spieprzyć, ale to już nie moja wina.

– Twoja, Tom, twoja.

– Nie, nie. – Grozi mi palcem. – Nie zmieniajmy historii. Byłem dla ciebie dobry. Czasem... czasem mnie prowokowałaś. Ale byłem dobry. Troszczyłem się o ciebie – mówi i dopiero wtedy przychodzi olśnienie: on się okłamuje, wmawia to sobie, tak jak wmawiał mnie. On w to wierzy. Naprawdę wierzy, że był dla mnie dobry.

Nagle dziecko zaczyna głośno płakać i Anna gwałtownie wstaje.

– Muszę jej zmienić pieluchę – mówi.

– Nie teraz.

– Ma mokro, trzeba zmienić pieluszkę. Nie bądź okrutny.

Tom przeszywa ją wzrokiem, ale podaje jej zapłakane dziecko. Próbuję przykuć jej uwagę, lecz na mnie nie patrzy. Serce podchodzi mi do gardła, gdy rusza w stronę schodów i równie szybko wraca na miejsce, ponieważ Tom wstaje i kładzie jej rękę na ramieniu.

– Zrób to tutaj – mówi. – Nie musisz robić tego na górze.

Anna wchodzi do kuchni i zmienia pieluszkę na stole. Pomieszczenie wypełnia zapach kału i przewraca mi się żołądek.

– Powiesz nam dlaczego? – pytam.

Anna nieruchomieje i patrzy na nas. Robi się cicho i spokojnie, słychać tylko gaworzenie Evie.

Tom kręci głową, jakby sam nie mógł w to uwierzyć.

– Potrafiła być taka jak ty – odpowiada. – Nie umiała sobie odpuścić. Nie wiedziała, gdzie jest granica. Po prostu... nie chciała słuchać. Pamiętasz, jak się ze mną sprzeczałaś? Zawsze musiałaś mieć ostatnie słowo. Megan też taka była. Nie chciała słuchać.

Poprawia się na sofie i z łokciami na kolanach nachyla w moją stronę, jakby opowiadał coś ciekawego.

– Na początku to była tylko rozrywka, zwykłe pieprzenie. Dałem się zwieść, myślałem, że tego właśnie chce. Ale potem się jej odmieniło. Nie wiem dlaczego. Nie dawała mi spokoju. Wystarczyło, że pokłóciła się ze Scottem albo się jej nudziło i zaczynała: wyjedźmy, zacznijmy wszystko od nowa, zostaw Annę i Evie. Jakbym tego chciał! A jeśli nie zjawiałem się na żądanie, dostawała furii, wyzywała mnie, groziła, mówiła, że przyjdzie tu i powie Annie.

I nagle przestała. Bardzo mi ulżyło. Myślałem, że wreszcie to do niej dotarło, że już mnie nie interesuje. Ale w tę sobotę zadzwoniła. Chciała porozmawiać, miała mi coś ważnego do powiedzenia. Nie oddzwoniłem, więc znowu zaczęła grozić, że tu przyjdzie i tak dalej. Początkowo się tym nie przejąłem, bo Anna i tak miała wyjść. Pamiętasz, kochanie? Umówiłaś się na kolację z koleżankami, a ja miałem przypilnować Evie. Pomyślałem, że może to nawet lepiej, przyjdzie i się z nią rozmówię. Wytłumaczę jej, co i jak. Ale wtedy zjawiłaś się ty, Rachel, i wszystko spieprzyłaś.

Odchyla się do tyłu z szeroko rozłożonymi nogami, rozsiada się jak panisko.

– To twoja wina. Wszystko przez ciebie. Anna nie poszła na kolację. Wróciła po pięciu minutach zła i zdenerwowana, bo zobaczyła, że jak zwykle pijana włóczysz się koło stacji z jakimś facetem. Bała się, że tu przyjdziesz. Bała się o Evie. Dlatego zamiast dogadać się z Megan, musiałem wyjść i zająć się tobą. – Z odrazą wykrzywia usta. – Boże, w jakim ty byłaś stanie. Wyglądałaś koszmarnie, cuchnęłaś winem… Chciałaś mnie pocałować, pamiętasz?

Udaje, że zbiera mu się na wymioty, i parska śmiechem. Anna też się śmieje i nie wiem, czy myśli, że to zabawne, czy próbuje mu się przypodobać.

– Chciałem, żebyś wreszcie się ode mnie odczepiła, ode mnie i od nas, musiałem ci to wytłumaczyć. Dlatego zaprowadziłem cię pod wiadukt, żebyś nie zrobiła mi sceny na ulicy. I kazałem ci trzymać się z daleka. Płakałaś i jęczałaś, więc dałem ci w twarz, żebyś się zamknęła, ale ty nie chciałaś przestać. – Mówi przez zaciśnięte zęby, widać, jak tężeją mu mięśnie szczęki. – Wkurzyłem się, chciałem tylko, żebyście dały nam święty spokój, ty i Megan. Mam rodzinę. Dobrze mi się żyje. – Zerka na Annę, która próbuje posadzić dziecko na krzesełku. Jej twarz jest zupełnie bez wyrazu. – Ułożyłem sobie życie wbrew tobie, wbrew Megan i wszystkiemu. Wyszedłem spod wiaduktu i wtedy zobaczyłem Megan. Na Blenheim Road. Nie mogłem pozwolić, żeby tu przyszła i pogadała z Anną. Prawda? Więc zaproponowałem jej, żebyśmy gdzieś pojechali i porozmawiali, naprawdę chodziło mi tylko o to. Wsiedliśmy do samochodu i zawiozłem ją do Corly, do lasu. Czasem tam jeździliśmy, kiedy nie mieliśmy lokum. Robiliśmy to w samochodzie.

Siedząc w fotelu, niemal czuję, jak Anna się wzdryga.

– Wierz mi, nie chciałem, żeby tak się stało. – Tom patrzy na nią, pochyla się i ogląda swoje dłonie. – Powiedziała mi o dziecku, nie wiedziała, czy było moje, czy jego. Chciała wywlec to na światło dzienne, powiedziała, że jeśli dziecko jest moje, mogę je widywać... Ja na to, że nie interesuje mnie jej dziecko, nie mam z tym nic wspólnego. – Kręci głową. – Wkurzyła się, a kiedy Megan się wkurzy... To nie Rachel, Megan nie płacze i nie jęczy. Wrzeszczała na mnie, przeklinała, wyzywała od najgorszych, zagroziła, że pójdzie prosto do Anny, że nie pozwoli się lekceważyć, nie dopuści do tego, żeby jej dziecko było zaniedbywane. Chryste, nie chciała się zamknąć... Nie wiem, chciałem tylko, żeby przestała. Podniosłem kamień. – Patrzy na prawą rękę, jakby go w niej widział. – Podniosłem i... – Zamyka oczy i głęboko wzdycha. – Uderzyłem tylko raz, ale ona... – Nadyma policzki i powoli wypuszcza powietrze. – Nie chciałem tego. Chciałem tylko, żeby przestała. Bardzo krwawiła. Płakała, wydawała straszne odgłosy. Próbowała się odczołgać. Nie miałem wyjścia. Musiałem to dokończyć.

Słońca już nie ma, w pokoju jest ciemno. I cicho, bo słychać tylko jego krótki i płytki oddech. Z ulicy nie dochodzą żadne odgłosy. Nie pamiętam, kiedy ostatni raz słyszałam stukot pociągu.

– Włożyłem ją do bagażnika – mówi dalej – i wjechałem trochę głębiej w las, dalej od drogi. Nikogo tam nie było. Musiałem kopać... – Oddycha jeszcze bardziej płytko, coraz szybciej. – Musiałem kopać gołymi rękami. Bałem się. – Patrzy na mnie, ma olbrzymie źrenice. – Bałem się, że ktoś nadejdzie. Bolało mnie, zdarłem sobie paznokcie. Dużo czasu mi to zajęło. Musiałem zrobić przerwę, zadzwonić do Anny i powiedzieć jej, że cię szukam.

Odchrząkuje.

– Ziemia była właściwie miękka, ale nie mogłem kopać tak głęboko, jak chciałem. Za bardzo się bałem, że ktoś mnie zobaczy. Pomyślałem, że wrócę tam później, kiedy wszystko przycichnie. Przeniosę ją, przewiozę... w lepsze miejsce. Ale potem zaczęło padać i nie miałem już okazji.

Patrzy na mnie ze zmarszczonym czołem.

– Byłem niemal pewien, że policja zacznie podejrzewać Scotta. Bał się, że Megan się puszcza, miał na tym punkcie paranoję, czytał jej mejle, ciągle ją sprawdzał. Pomyślałem... Chciałem podrzucić mu jej telefon. Sam nie wiem. Pomyślałem, wpadnę do niego na piwo czy coś, na sąsiedzkie pogaduchy. Nie wiem. Nie miałem żadnego planu. Niczego nie przemyślałem. Nie zrobiłem tego z premedytacją. To był po prostu straszny wypadek.

Jego zachowanie znowu się zmienia. Jak pędzące po niebie chmury, raz jest jasno, raz ciemno. Wstaje i idzie powoli do kuchni, gdzie Anna karmi córeczkę przy stole. Całuje żonę w czubek głowy i wyjmuje Evie z krzesełka.

– Tom... – protestuje Anna.

– Już, już. – Tom uśmiecha się do niej. – Chcę się tylko przytulić. Prawda, skarbie? – Z dzieckiem na rękach podchodzi do lodówki i wyjmuje piwo. Patrzy na mnie. – Chcesz?

Kręcę głową.

– Nie – mówi – chyba lepiej nie.

Ledwo go słyszę. Kalkuluję, czy zdążę dobiec do frontowych drzwi, zanim mnie złapie. Jeśli są zamknięte tylko na zatrzask, mam szansę. Jeśli na klucz, będą kłopoty. Pochylam się do przodu i biegnę. Wypadam na korytarz i już, już mam dotknąć klamki, gdy obrywam butelką w tył głowy. Eksplozja bólu, biały rozbłysk przed oczami i osuwam się na kolana. Tom chwyta mnie za włosy, zaciska rękę, wlecze do salonu i puszcza. Jedna noga po lewej stronie, druga po prawej – staje nade mną okrakiem na wysokości bioder. Wciąż ma dziecko na rękach, lecz u jego boku wyrasta Anna, która próbuje mu je odebrać.

– Daj mi ją, Tom. Proszę, zrobisz jej krzywdę. Daj mi ją.

Tom podaje jej zapłakaną Evie.

Coś mówi, ale mam wrażenie, że jest bardzo daleko, jakbym słyszała go przez warstwę wody. Rozróżniam poszczególne słowa, lecz wydaje mi się, że nie dotyczą mnie, tego, co się ze mną dzieje. Że stoję kilka kroków dalej.

– Idź na górę – mówi. – Idź do sypialni i zamknij drzwi. Nigdzie nie dzwoń, dobrze? Mówię poważnie, Anno. Do nikogo nie dzwoń. Pamiętaj, że jest tu Evie. Nie chcemy, żeby zrobiło się paskudnie.

Anna nie patrzy na mnie. Tuli do siebie dziecko, przestępuje nade mną i szybko idzie na górę.

Tom pochyla się, wsuwa ręce pod pasek moich dżinsów, zaciska palce i wlecze mnie do kuchni. Wierzgam, próbuję się czegoś przytrzymać, ale nie mogę. Źle widzę, od łez pieką mnie oczy, wszystko jest zamazane. Moja głowa podskakuje na podłodze i czuję koszmarny ból, dostaję mdłości. Coś uderza mnie w skroń i widzę rozbłysk gorącej bieli. A potem nie ma już nic.

ANNA

WIECZOREM

Leży w kuchni. Krwawi, ale to chyba nic poważnego. Tom jeszcze nie skończył. Nie wiem, na co czeka. Pewnie mu niełatwo. Kiedyś ją kochał.

Byłam na górze i układając Evie do snu, pomyślałam: „Przecież właśnie tego chciałaś, prawda? Rachel nareszcie zniknie, raz na zawsze, już nigdy nie wróci. Przecież o tym marzyłaś". No nie, niezupełnie o tym. Ale owszem, chciałam, żeby zniknęła. Marzyłam o życiu bez niej i teraz marzenie to mogłoby się spełnić. Zostalibyśmy tylko we troje, ja, Tom i Evie, tak jak powinno być.

Przez chwilę delektowałam się tą fantazją, lecz potem spojrzałam na śpiącą córeczkę i wiedziałam już, że to była tylko fantazja. Pocałowałam czubek palca i dotknęłam jej idealnie wykrojonych usteczek. Nie, już nigdy nie byłybyśmy bezpieczne. Ani ona, ani ja, bo teraz już wiem i Tom mi nie zaufa. Poza tym, skąd pewność, że nie pojawi się druga Megan? Albo – co gorsza – druga Anna, druga ja?

Kiedy zeszłam na dół, pił piwo przy kuchennym stole. W pierwszej chwili jej nie zauważyłam, a potem zobaczyłam stopy i pomyślałam, że już po wszystkim, lecz Tom powiedział, że nic jej nie jest.

– To tylko lekki kuksaniec, zaraz się ocknie. – Tego nie będzie mógł nazwać wypadkiem.

Tak więc czekaliśmy. Ja też wzięłam sobie piwo i piliśmy razem. Przeprosił mnie za Megan, za ten romans. Pocałował mnie, zapewnił, że mi to wynagrodzi, że przetrwamy, że wszystko będzie dobrze.

– Wyprowadzimy się stąd, tak jak zawsze chciałaś. Gdzie tylko zapragniesz. Dokądkolwiek zechcesz.

Spytał, czy mu kiedyś wybaczę. Odpowiedziałam, że pewnie tak, z czasem, i chyba mi uwierzył.

Zaczyna się burza, tak jak zapowiadali. Słychać grzmot i Rachel się budzi, odzyskuje przytomność. Zaczyna charczeć, pełzać po podłodze.

– Lepiej już idź – mówi Tom. – Idź na górę.

Całuję go w usta i wychodzę, ale nie idę na górę. Przystaję w korytarzu, biorę słuchawkę telefonu bezprzewodowego, siadam na schodach, nasłuchuję i czekam na odpowiednią chwilę.

Słyszę, jak coś do niej mówi, cicho i łagodnie, potem słyszę ją. Chyba płacze.

Rachel

Wieczorem

Coś słyszę, jakiś syk. Widzę rozbłysk światła i dociera do mnie, że to deszcz, ulewa. Na dworze jest ciemno, jest burza – błyska się. Nie pamiętam, kiedy zapadł zmierzch. Ból przywraca mi przytomność i czuję serce w gardle. Leżę na podłodze. W kuchni. Z trudem dźwigam głowę i podpieram się łokciem. Tom siedzi przy stole. Ma w rękach butelkę i obserwuje burzę. – I co ja mam zrobić, Rach? – pyta, widząc, że podnoszę głowę. – Siedzę tu... prawie pół godziny i wciąż nie wiem. Co mam z tobą zrobić? Jaki dajesz mi wybór? – Pociąga długi łyk piwa i patrzy na mnie w zadumie.

Siadam głębiej i opieram się plecami o szafkę. Kręci mi się w głowie, w ustach mam pełno śliny. Jest mi niedobrze. Zagryzam wargę i wbijam paznokcie w dłoń. Muszę otrząsnąć się z tego otępienia, nie stać mnie na słabość. Mogę polegać wyłącznie na sobie. Wiem, że tylko na sobie. Anna nie zadzwoni na policję. Nie narazi córki na niebezpieczeństwo, nie dla mnie.

– Ale przyznaj – mówi Tom. – To wszystko przez ciebie. Pomyśl tylko: gdybyś dała nam spokój, nie znalazłabyś się w tej sytuacji. Ani ty, ani ja. Żadne z nas. Gdyby nie było cię tam w tę sobotę, gdyby Anna nie zobaczyła cię na stacji i nie wróciła do domu, pewnie udałoby mi się dogadać z Megan. Nie byłbym taki... nakręcony. Nie wyszedłbym z siebie. Nie zrobiłbym jej krzywdy. Do niczego by nie doszło.

W moim gardle wzbiera szloch, lecz go dławię. Oto cały Tom – zawsze tak robi, to prawdziwy mistrz. Chce, bym uwierzyła, że to ja jestem wszystkiemu winna, że jestem kompletnym zerem.

Dopija piwo i toczy po stole pustą butelkę. Ze smutkiem kręci głową, wstaje, podchodzi bliżej i wyciąga do mnie ręce.

– Wstawaj – mówi. – Chwyć się. No dalej. Hop i do góry.

Pozwalam mu się podnieść. Stoję tyłem do blatu, on stoi tuż przede mną, opiera się o mnie, naciska biodrami. Wyciera kciukiem łzy z moich policzków.

– I co ja mam z tobą zrobić, Rach? Jak myślisz?

– Nie musisz nic robić. – Próbuję się uśmiechnąć. – Przecież wiesz, że cię kocham. Że nie przestałam. I wiesz, że nikomu bym nie powiedziała, nie mogłabym ci tego zrobić...

Uśmiecha się – tym pięknym szerokim uśmiechem, na którego widok rozpływałam się kiedyś jak gorące masło – a ja zaczynam szlochać. Nie mogę w to uwierzyć, nie mogę uwierzyć, że do tego doszło, że największe szczęście, jakiego kiedykolwiek zaznałam – moje z nim życie – było iluzją.

Przez chwilę pozwala mi płakać, ale chyba go nudzę, bo oszałamiający uśmiech znika i jego usta wykrzywia szyderczy grymas.

– Przestań, wystarczy. Przestań się mazać. – Cofa się i bierze garść chusteczek higienicznych z pudełka na stole. – Wytrzyj nos – mówi, więc robię, co każe.

Obserwuje mnie z twarzą, która jest studium pogardy.

– Kiedy pojechaliśmy nad jezioro, myślałaś pewnie, że masz jeszcze szansę, co? – Śmieje się głośno. – Naprawdę tak myślałaś, powiedz. Patrzyłaś na mnie błagalnie tymi sarnimi oczami... Mógłbym cię wtedy mieć, prawda? – Mocno zagryzam wargę. Znowu podchodzi bliżej. – Jesteś jak te psy, te niechciane, które przez całe życie są źle traktowane. Kopiesz je i kopiesz, a one wciąż wracają, wciąż płaszczą się i merdają ogonem. Proszą, błagają. Mają nadzieję, że tym razem zrobią coś dobrze i wreszcie je pokochasz. Taka właśnie jesteś, prawda, Rach? Jesteś psem. – Obejmuje mnie i całuje. Pozwalam mu wsunąć język do ust, przywieram do niego biodrami. Czuję, że ma wzwód.

Nie wiem, czy wszystko jest w tym samym miejscu, w którym było, gdy tu mieszkałam. Nie wiem, czy Anna nie zrobiła rewolucji w szafkach, nie przełożyła spaghetti do innego słoja, nie przeniosła wagi z dolnej szafki po lewej stronie do dolnej po prawej. Po prostu nie wiem. Dlatego kiedy wsuwam dłoń do szuflady za plecami, pozostaje mi tylko nadzieja, że tego nie zrobiła.

– Może i masz rację – mówię, gdy przestajemy się całować. Podnoszę wzrok. – Może gdybym nie zjawiła się wtedy na Blenheim Road, Megan wciąż by żyła.

Kiwa głową i w tej samej chwili moje palce zaciskają się na znajomym przedmiocie. Uśmiecham się, nachylam, wciskam się w niego coraz mocniej i mocniej, jednocześnie obejmuję go w pasie lewą ręką. I szepczę mu do ucha:

– Ale zważywszy, że to ty roztrzaskałeś jej czaszkę, naprawdę myślisz, że to moja wina?

Gwałtownie cofa głowę, a wtedy rzucam się na niego, napieram całym ciężarem ciała tak, że traci równowagę i wpada tyłem na stół. Podnoszę nogę, ze wszystkich sił przydeptuję mu stopę i kiedy z bólu zgina się wpół, chwytam go za włosy, przyciągam bliżej i wbijam mu kolano w twarz. Słychać trzask chrząstki, Tom głośno krzyczy. Popycham go na podłogę, szybko biorę klucze ze stołu, otwieram drzwi i wypadam do ogrodu. Widzę jeszcze, że wstaje.

Biegnę do płotu, ale ślizgam się na błocie, tracę równowagę i Tom powala mnie na ziemię, wlecze z powrotem, ciągnie za włosy, drapie po twarzy, pluje krwią i klnie:

– Ty durna suko, dlaczego nie zostawiłaś nas w spokoju? Dlaczego za mną łaziłaś?

Udaje mi się wyrwać, lecz nie mam dokąd uciec. Nie dam rady przebiec przez dom, nie dam rady przeskoczyć przez płot. Krzyczę, ale nikt mnie nie usłyszy, bo leje deszcz i grzmi, bo nadjeżdża pociąg. Biegnę na koniec ogrodu w kierunku torów. Koniec, ślepy zaułek. Stoję dokładnie w tym samym miejscu, w którym rok temu, może nawet dawniej, stałam z jego dzieckiem w ramionach. Odwracam się i patrzę. Idzie w moją stronę zdecydowanym krokiem, wyciera przedramieniem usta, pluje krwią. Czuję, jak od wibrujących szyn drży płot – pociąg jest tuż-tuż, jego stukot brzmi jak rozdzierający krzyk. Tom porusza ustami, coś mówi, lecz go nie słyszę. Uważnie patrzę, obserwuję, stoję bez ruchu i czekam, aż podejdzie bliżej, i kiedy jest w zasięgu ręki, biorę zamach. Wbijam mu w szyję spiralnie skręcone ostrze korkociągu.

Tom wybałusza oczy i pada, nie wydając żadnego dźwięku. Patrzy mi w oczy, podnosi ręce do gardła. Chyba płacze. Przyglądam mu się, a gdy już nie mogę, odwracam się tyłem. Przejeżdża pociąg i widzę twarze w jasno oświetlonych oknach, głowy pochylone nad książkami i telefonami, podróżnych, którzy wracają do domu w ciepłych, bezpiecznych wagonach.

Wtorek, 10 września 2013

Rano

Łatwo to wyczuć, tę zmianę atmosfery, kiedy pociąg staje przed czerwonym semaforem – jest jak buczenie świetlówek. Teraz nie tylko ja patrzę. Ale chyba zawsze tak było. Myślę, że wszyscy to robią – patrzą na mijane domy – lecz każdy widzi je inaczej. A raczej widział inaczej. Bo teraz wszyscy widzą to samo. Czasem nawet o tym rozmawiają.

– To ten. Nie, nie, tamten, ten po lewej, tam. Ten z różami pod płotem.

Domy są puste, ten pod piętnastką i ten pod numerem dwadzieścia trzy. Nie wyglądają na takie – żaluzje są podniesione, drzwi otwarte, ale tylko dlatego, że czekają na chętnych. Wystawiono je na sprzedaż, chociaż upłynie trochę czasu, zanim znajdzie się poważny kupiec. Myślę, że ci z agencji handlu nieruchomościami pokazują je głównie gustującym w makabrze gapiom, ciekawskim, którzy chcą zobaczyć to z bliska, miejsce, gdzie upadł i gdzie krew wsiąkła w ziemię.

Boli mnie, że chodzą po domu – moim domu, gdzie kiedyś żyłam nadzieją. Próbuję nie myśleć o tym, co było potem. O tej nocy. Próbuję, lecz nie mogę.

Zakrwawione siedziałyśmy obok siebie na sofie, Anna i ja. Żony czekające na karetkę. To Anna do nich zadzwoniła, zadzwoniła także na policję, zrobiła, co trzeba. Wszystkim się zajęła. Przyjechali sanitariusze – chociaż dla Toma było już za późno – zaraz po nich mundurowi, a potem Gaskill i Riley. Dosłownie szczęki im opadły, kiedy nas zobaczyli. Zasypali nas gradem pytań, ale nie rozumiałam, co mówią. Nie mogłam się poruszyć, ledwo oddychałam. Mówiła Anna, spokojnie i rzeczowo.

– To była samoobrona. Wszystko widziałam. Z okna. Rzucił się na nią z korkociągiem. Byłby ją zabił. Nie miała wyjścia. Próbowałam... – Tylko raz załamał jej się głos, tylko raz zapłakała. – Chciałam zatamować krwotok, ale nie mogłam. Nie mogłam.

Jeden z policjantów poszedł po Evie, która jakimś cudem wszystko smacznie przespała, zawieźli nas na posterunek, posadzili w osobnych pokojach i znowu zarzucili pytaniami, ale nie pamiętam jakimi. Próbowałam odpowiadać, próbowałam się skupić. Ledwo mogłam mówić. Powiedziałam, że się na mnie rzucił, uderzył mnie butelką. Zaatakował korkociągiem.

Że zdołałam mu go odebrać i wykorzystałam do obrony. Zbadali mnie, obejrzeli ranę na głowie, ręce i paznokcie.

– Nie wygląda to na obrażenia obronne – skonstatowała z powątpiewaniem Riley.

Potem wyszli i zostawili mnie z policjantem, tym z trądzikiem na szyi, który sto lat temu był u Cathy w Ashbury. Teraz stał w drzwiach, unikając mojego wzroku. Po jakimś czasie wróciła Riley.

– Anna Watson potwierdza pani wersję – oznajmiła. – Może pani iść. – Ona też nie mogła spojrzeć mi w oczy.

Któryś z mundurowych zawiózł mnie do szpitala, gdzie mnie pozszywali.

Gazety rozpisywały się o Tomie. Okazało się, że nigdy nie był w wojsku. Chciał się zaciągnąć, ale dwa razy go odrzucono. Opowieści o jego ojcu też okazały się kłamstwem, wszystko przekręcił. Po prostu przepuścił oszczędności rodziców. Wybaczyli mu, ale gdy zażądał więcej pieniędzy i gdy ojciec odmówił ponownego zaciągnięcia kredytu hipotecznego, zerwał z nimi kontakty. Bez przerwy kłamał, kłamał cały czas. Nawet kiedy nie musiał, kiedy nie miało to żadnego sensu.

Dobrze pamiętam, co Scott powiedział o Megan – „Miałem ją za kogoś innego. Nie mam pojęcia, kim była" – i czuję się dokładnie tak samo. Całe życie Toma było oparte na kłamstwie, na fałszu i półprawdach, które głosił, żeby brano go za kogoś lepszego, silniejszego i bardziej interesującego. A ja to wszystko kupowałam, a ja dałam się nabrać. Anna też. Kochałyśmy go. Zastanawiam się, czy pokochałybyśmy jego słabszą wersję, tę felerną i nieupiększoną. Ja chyba tak. Wybaczyłabym mu jego błędy i porażki. Mam na koncie sporo własnych.

WIECZOREM

Jestem w hotelu w małym nadbrzeżnym miasteczku w Norfolk. Jutro jadę na północ. Może do Edynburga, może dalej. Jeszcze się nie zdecydowałam. Chcę mieć pewność, że nikt i nic mnie nie dogoni. Mam trochę pieniędzy. Dowiedziawszy się, co przeszłam, mama była bardzo hojna, więc nie muszę się martwić. Przynajmniej na razie.

Po południu wynajęłam samochód i pojechałam do Holkham. Na skraju miasteczka jest cmentarz, gdzie leży Megan – jej prochy pochowano obok kości jej córeczki Libby. Czytałam o tym w gazetach. Były jakieś kontrowersje à propos pogrzebu, ponieważ przyczyniła się jakoby do śmierci dziecka. Ale w końcu wyrażono zgodę, to chyba dobrze. Bez względu na to, co zrobiła, poniosła wystarczającą karę.

Zaczęło padać, kiedy tam przyjechałam, wokoło nie było żywego ducha, jednak zaparkowałam i poszłam. Jej grób jest w najdalszym zakątku cmentarza, niemal całkowicie ukryty pod jodłami. Jeśli się nie wie, gdzie szukać, nigdy się go nie znajdzie. Na nagrobku widnieje jej nazwisko, data urodzin i śmierci, nic więcej, ani spoczywaj w pokoju, ani ukochana żona, córka czy matka. Na nagrobku córki wyryto tylko jedno słowo: „Libby". Grób jest nareszcie odpowiednio oznaczony i Libby nie śpi już przy torach sama.

Rozpadało się. Idąc przez cmentarz, zobaczyłam mężczyznę w drzwiach kaplicy. Przez chwilę myślałam, że to Scott. Z sercem w gardle, wytarłam oczy z deszczu, spojrzałam jeszcze raz i okazało się, że to pastor. Pozdrowił mnie gestem ręki.

Do samochodu wracałam prawie biegiem, ogarnięta bezsensownym lękiem. Myślałam o moim ostatnim spotkaniu ze Scottem, o tym, że pod koniec był gwałtowny, szalony i paranoiczny, niemal obłąkany. Już nigdy nie zazna spokoju. Bo jak mógłby zaznać? Wspominam, jaki był kiedyś – jacy byli kiedyś oni albo jakimi ich sobie wyobrażałam – i czuję się tak, jakby coś mi odebrano. Jakbym ja też poniosła stratę.

Wysłałam do niego mejla, przeprosiłam za wszystkie kłamstwa. Przeprosiłam za Toma, bo powinnam była się domyślić.

Czy domyśliłabym się, gdybym przez te wszystkie lata była trzeźwa? Może ja też już nigdy nie zaznam spokoju.

Scott nie odpisał. Ale tego się spodziewałam.

Wsiadam do samochodu, jadę do hotelu, melduję się i żeby nie myśleć, jak miło by było usiąść w skórzanym fotelu w nastrojowo oświetlonym przytulnym barze i wypić kieliszek wina, idę na spacer na przystań.

Doskonale wiem, jak dobrze bym się poczuła w połowie pierwszego drinka. Odpędzam tę myśl i liczę dni od tego ostatniego: dwadzieścia. Z dzisiejszym dwadzieścia jeden. Dokładnie trzy tygodnie, mój rekord.

Dziwne, ale to Cathy podała mi ostatniego drinka. Kiedy policjanci przywieźli mnie do domu bladą jak trup i zakrwawioną i kiedy powiedziałam jej, co się stało, poszła do siebie, przyniosła butelkę Jacka Danielsa i nalała nam po szklaneczce. Nie mogła przestać płakać i mnie przepraszać, jakby to była jej wina. Wypiłam whisky i od razu zwymiotowałam. Od tamtej pory nie wzięłam do ust kropli alkoholu. Co nie znaczy, że nie mam ochoty.

Dochodzę do przystani, skręcam w lewo i zataczam łuk, żeby dojść do plaży, którą mogłabym wrócić aż do Holkham, gdybym chciała. Zapadł już mrok, nad wodą jest zimno, jednak idę dalej. Chcę iść, dopóki się nie zmęczę, dopóki nie będę leciała z nóg, bo może wtedy zasnę.

Na plaży nikogo nie ma i jest tak zimno, że muszę zaciskać zęby, inaczej szczękają. Idę szybko skrajem kamienistej plaży, mijam kabiny, tak ładne za dnia i tak złowieszcze nocą. Każda jest kryjówką, a gdy zrywa się wiatr, drewniane deski ocierają się o siebie i skrzypią, a w szumie morza słychać coś jeszcze, jakiś szmer. Ktoś nadchodzi, ktoś lub coś, jest coraz bliżej.

Odwracam się i biegnę.

Wiem, że nic tam nie ma, że nie ma się czego bać, mimo to strach wędruje z brzucha do piersi i z piersi do gardła. Biegnę, ile sił w nogach. Zatrzymuję się dopiero na przystani w jasnym świetle latarni.

Wracam do hotelu, siadam na łóżku, podkładam ręce pod pupę i siedzę tak, aż przestają się trząść. Otwieram barek, wyjmuję butelkę wody i orzechy makadamia. Wina i malutkich butelek dżinu nie tykam, chociaż pomógłby mi zasnąć, żebym ciepła i zrelaksowana mogła zapaść łagodnie w niebyt, chociaż na chwilę zapomnieć widok jego twarzy, gdy odwróciłam się, by popatrzeć, jak kona.

Pociąg przejechał. Słyszałam, jak się oddala, i wtedy zobaczyłam, że z domu wychodzi Anna. Szybko podeszła do nas, uklękła przy Tomie i położyła mu ręce na szyi.

Miał tę minę, zaszokowaną, urażoną. Chciałam powiedzieć: „Już za późno, już mu nie pomożesz", gdy nagle dotarło do mnie, że Anna wcale nie próbuje powstrzymać krwawienia. Anna sprawdzała, chciała się upewnić. Wkręcała korkociąg głębiej i głębiej, rozrywała mu gardło i cały czas do niego przemawiała, tak cicho, cichutko. Nie słyszałam, co mówiła.

Ostatni raz widziałam ją na posterunku, kiedy składałyśmy zeznania. Zaprowadzono ją do jednego pokoju, mnie do drugiego, ale zanim się rozstałyśmy, dotknęła mojego ramienia.

– Uważaj na siebie, Rachel. – Zabrzmiało to jak ostrzeżenie.

Jesteśmy ze sobą związane, już na zawsze, związane tym, co zeznałyśmy: że nie miałam wyboru i musiałam dźgnąć go w szyję i że Anna próbowała go ratować.

Kładę się i gaszę światło. Nie zasnę, ale muszę spróbować. Myślę, że koszmary kiedyś odejdą, że kiedyś przestanę odgrywać to w nieskończoność w głowie, lecz na razie wiem, że czeka mnie długa noc. A muszę wcześnie wstać, bo nie zdążę na pociąg.

Podziękowania

W pisaniu tej książki pomagało mi wielu, ale nikt bardziej niż moja agentka Lizzy Kremer, kobieta cudowna i mądra. Wielkie podziękowania należą się również Harriet Moore, Alice Howe, Emmie Jamison, Chiarze Natalucci, wszystkim pracownikom agencji literackiej Davida Highama oraz Tinie Neilsen i Stelli Giatrakou.

Jestem bardzo wdzięczna znakomitym redaktorom po obu brzegach Atlantyku: Sarze Adams, Sarze McGrath i Nicie Pronovost. Dziękuję także Alison Barrow, Katy Loftus, Billowi Scott-Kerrowi, Helen Edwards, Kate Samano i członkom fantastycznego zespołu Transworld – jest was zbyt wielu, bym mogła wszystkich wymienić.

Kate Neil, Jamie Wilding, mamo, tato, Rich – dziękuję wam za wsparcie i zachętę.

Na koniec pragnę podziękować dojeżdżającym do pracy do Londynu, którzy rozpalili we mnie iskierkę natchnienia.